本书的研究得到

国家软科学研究计划项目（2010GXS4K045）资助

创新与创业管理丛书

总主编 柳卸林 高 鹏

构建均衡的区域创新体系

柳卸林 吕萍 程鹏 陈傲 ◎ 著

科学出版社

北 京

内 容 简 介

本书的核心思想是：区域创新能力是多种资源、多种力量均衡配置的结果。因此，在一个地理边界内，从国家到地区，创新的实现需要社会部门的参与，需要多种融资方式的产生和配合，需要高校、研究机构、企业的合作。同时，开放的创新、国内外的技术转移与合作，会大大提高一个区域的创新能力。地理边界产业的集群度和城市群网络的建立，也决定着创新能力的实现。以江苏、广东和其他发达地区为案例，本书论证了上述核心思想，丰富了区域创新理论，对建设创新型区域和国家有很好的参考价值。

本书可作为高校、研究机构管理类相关专业的学生、研究人员的参考用书，也可供企业界及政策界人士参考。

图书在版编目（CIP）数据

构建均衡的区域创新体系／柳卸林等著 . —北京：科学出版社，2011
（创新与创业管理丛书）
ISBN 978-7-03-029549-1

Ⅰ. 构… Ⅱ. 柳… Ⅲ. 产业经济学－研究－中国 Ⅳ. F121.3

中国版本图书馆 CIP 数据核字（2010）第 225003 号

责任编辑：王 倩 王晓光／责任校对：陈玉凤
责任印制：钱玉芬／封面设计：鑫联毕升

科 学 出 版 社 出版
北京东黄城根北街 16 号
邮政编码：100717
http://www.sciencep.com

骏 杰 印 刷 厂 印刷

科学出版社发行 各地新华书店经销

*

2011 年 1 月第 一 版 开本：B5（720×1000）
2011 年 1 月第一次印刷 印张：19 插页：2
印数：1—3 000 字数：370 000

定价：58.00 元
（如有印装质量问题，我社负责调换）

《创新与创业管理丛书》总编委会

总　　序

创新已经被全世界不同国家和地区公认为是提高国家竞争力、促进经济长期发展的重要手段。在中国，自主创新战略已经成为国家战略，是建设创新型国家，转变经济增长方式，走向小康社会的必由之路。

中国科学院研究生院的管理学院，是中国科学院研究生院 2001 年更名后（前身是成立于 1978 年的管理学部）成立的第一个学院，是一个较年轻的学院。自 1998 年起招收 MBA 研究生，自 2004 年起招收港澳台和外国留学生。现有博士研究生和硕士研究生 800 余人，其中 MBA 研究生 400 余人。在院长成思危教授的领导下，教学与研究工作都取得了飞速的发展，MBA 也办得越来越好。

管理学院一直把创新和创业的管理作为学院的重点学科加以发展。一是学院一直坚持立足国家发展的需要，把技术管理、创新管理作为重点学科来建设，力图在技术管理、创新管理、创业管理等方面的研究以及教学和人才培养方面，作出应有的贡献；二是在得到了国家知识创新工程大力支持的背景下，中国科学院的科学研究水平有了很大的发展，但如何通过成果、通过科技人员的创业努力、通过与产业部门的合作，使科研成果快速转化为可商用的产品，是科学院面临的重要课题之一。因此，在科学院的支持下，管理学院决心把技术创新管理、科技创业管理办成学院的特色学科，为科学院的创新作出贡献。

如今管理学院在创新领域已经形成了一批老中青结合，教授和一批博士生、博士后共同组成的科研团队。他们承担了大量的科学技术部、中国科学院、环境保护部、北京市科学技术委员会、中外大企业等单位的委托项目，并承担了许多国际合作项目，如得到了加拿大国际发展研究中心（IDRC）支持，进行"金砖五国"（巴西、俄罗斯、印度、中国、南非）的创新体系比较研究，正在从事的与瑞典 LUND 大学的合作研究等。IT 技术管理、创新管理、创业管理已经在国内学术机构和高校形成了自己的特色，取得了许多具有较高学术水平的学术成果。

正是在这样的背景下，我们推出了创新与创业管理丛书，以此汇聚管理学院在创新管理、IT 技术管理、创业管理、知识管理、供应链管理、企业管理创新、金融创新等领域的广大教师和博士生、博士后的辛勤工作成果，以与学术界、企业家及政府部门进行交流，为创新与创业管理学科的不断发展、企业创新能力的不断提高与创新型国家的建设，作出我们应有的贡献。

柳卸林　高　鹏

2008 年 4 月

前　　言

在全社会都在努力建设创新型国家的今天，国家创新体系建设与区域创新体系建设对中国而言非常重要。因为创新体系的政策思路是从一个系统，即制度、机构、政策和创新要素互动的角度来提高一个国家或地区的创新能力。

中国是一个拥有众多人口的大国。地方政府在区域经济发展和创新中起着重要的作用。如何根据本地的资源条件，设计好推进区域创新的框架思路，是建设创新型区域的出发点；评价一个地区的创新能力，是发现最佳创新体系的好方法。作为历年《中国区域创新能力报告》课题组的组长，笔者从 2001 年开始，一直关注各地的区域创新体系建设。2009 年，江苏区域创新能力排名第一位，让我们课题组反思：为什么一个农业人口比重较大的省份，会超过上海、北京这样的大城市，成为区域创新的旗手？这一现象促成了本书的写作。

我们课题组为此进行了历时近一年的材料搜集、理论梳理、框架搭建工作，考察对象以江苏为主，兼顾广东、上海、北京、浙江等区域创新能力高的地区。我们从五个方面来分析一个地区的创新能力，提出了创新体系建设的"五力模型"。

我们的基本结论是：第一，在内外两层面上，中国区域创新能力的提高需要借助全球化的资源，有了较强的自主创新能力，就可以更好地利用开放创新，以提高区域创新能力。第二，在横向层面上，相当多的区域缺乏应有的科技资源，因此，加强与大学等研究机构的合作，是提高区域内企业创新能力的另一个重要手段。第三，在产业纵向层面上，产业集群化是影响区域创新能力的内因，要利用好集群化的优势，同时注意提高产业的升级与促进新兴产业的形成。第四，在地理层面上，发挥城市间的互补作用，可更好地发挥创新资源间的协调作用，提高区域创新能力。第五，在治理层面上，要发挥好市场机制对创新资源的配置作用，同时重视政府在创新资源配置中的引导作用。

参加本书写作的主要作者是：程鹏，第 3~4 章；陈傲，第 5~7 章；吕萍，第 8，10 ~ 11 章，其他各章由柳卸林主笔。全书由柳卸林定主题，确立框架和统稿。参加本书写作的还有：博士后胡坤，博士生戴鸿轶、高广宇，硕士生宋镇、左凯瑞、白璐。因此，本书可以说是团队合作的产物。张迪女士为此书的文字编辑做了大量的工作，特此致谢。

在成书前后，课题成员对江苏进行了数次考察调研。江苏省科技厅，无锡、苏州、常州和镇江市政府领导，以及雨润、尚德等企业的领导，对我们的调研工作给予了很大的支持，特此致谢。

当然，本书的观点和结论仍有许多不足之处，欢迎大家批评指正。

柳卸林

2010 年 10 月于北京

目　　录

第1章　寻找均衡的区域创新体系

技术创新是一个国家经济增长的源泉。如何通过推进创新，实现本国或本地区的经济竞争力，是国际学术界和政府部门关注的热点之一。

从创新鼻祖熊彼特提出创新是经济增长的源泉以来，经济学家们（Solow，1957；Romer，1990）和管理学家们经过不懈努力，揭示了科技创新的许多内在规律，找到了科技创新影响经济发展的方式。从20世纪80年代以来，越来越多的学者认识到：理解创新，把握创新，以创新作为政策工具，必须从系统的角度出发，才能驾驭创新的"苍龙"（Freeman，1987；Lundvall，1992）。这一理论一经提出，就在国际上形成了一股研究国家创新系统的热潮，区域创新体系的研究也逐渐开始流行起来（Cooke et al.，1997）。国家创新体系和区域创新体系的提出，是创新研究的一个重要发展，它为利用创新促进经济发展提供了一个很好的分析框架。在此基础上，可以把区域创新体系定义为：一个企业和其他组织在一个给定的制度背景下以系统及嵌入的方式参与互动学习的体系。换句话说，是一个知识从产生到发展再到商业化的体系。

从发展的角度看，区域创新体系有几个理论来源。一是演化经济学，强调一个区域产业发展中的演化轨道及轨道的锁定和解锁。二是新区域经济理论，强调集群所带来的区域独特优势（Krugman，1991；Porter，1998）。三是学习经济学理论（Lundvall，1992），强调特定区域中知识学习、知识扩散所起的作用。

区域创新体系的研究，不只是国家创新体系研究在理论上的一个应用，它还有自身的重要意义，且大大丰富了创新体系的理论体系。一是区域创新体系的研究把创新的变量延伸到空间的维度，使创新体系有了地理的内涵，丰富了国家创新体系研究的内容。二是通过区域创新体系的研究，可使创新资源配置中的区域极化与均衡成为一个重要命题。三是区域创新体系研究有丰富多样性作支撑，这大大丰富了创新体系的动力学类型。如不同政府对创新的政策支持、规制模式，都为相关的研究提供了丰富的内容支持。对中国而言尤其如此，中国区域创新体系的结构形成有着与发达国家不同的独特性。一是因为中国是一个有着悠久历史的国家，地域的多样性使得区域创新体系有着丰富的多样性。二是中国是一个从计划经济向市场经济转型、从封闭走向开放的国家，在不同地区，这种转型的速度不一、方式不一、开放的程度不一，从而导致了区域创新体系结构的差异性。

与此相关的核心话题是：如何看待区域创新发展的基本模式。中国目前各个地区强大的发展模式是强调以计划来确定优先发展的地区与领域，即极化的发展模式。或者说是一个非均衡的创新发展观。

非均衡的创新发展观起源于增长极理论。这一理论是佩鲁（Francis Perroux）于 1950 年在法国经济学季刊上发表的《经济空间：理论的应用》一文中提出的。这一理论的问世，引起了许多经济学家对增长极理论的探讨。许多国家把增长极理论作为制定政策的依据。增长极理论是区域经济学研究的一个突破，它在经济学中占有重要的地位。佩鲁认为，首先，经济增长应该是不同部门、行业或地区按不同速度不平衡增长的。主导产业部门和有创新能力的行业集中于一些大城市或地区，以较快的速度优先得到发展，形成"增长极"。其次，经济发展的主要动力是技术进步与创新。创新集中于那些规模较大、增长速度较快、与其他部门的相互关联效应较强的产业中，具有这些特征的产业佩鲁称之为"推进型产业"。推进型产业与被推进型产业通过经济联系建立起非竞争性联合体，通过后向、前向连锁效应带动区域的发展，最终实现区域发展的均衡。这种推进型产业就起着增长极的作用，它对其他产业（或地区）具有推进作用。但是，极化效应促成各种生产要素向增长极的回流和聚集，即出现发达地区越来越发达，不发达地区越来越落后，经济不平衡状态越来越突出，甚至形成一个国家内地理层面上的二元经济局面，因此，极化的扩散效应很关键。扩散效应是促成各种生产要素从增长极向周围不发达地区的扩散，即通过建立增长极带动周边落后地区经济迅速发展，从而逐步缩小与先进地区的差距。在发展的初级阶段，极化效应是主要的，当增长极发展到一定程度后，极化效应削弱，扩散效应加强。

增长极理论在提出之后，很快在全球得到了政策应用。在 20 世纪 80～90 年代，法国是运用创新政策的先锋，这些政策的前提就是增长极理论。这些政策包括科学园和技术都市。

增长极理论是一种"自上而下"的区域发展政策，带有较浓的计划经济色彩，但对后发地区而言，这一理论有着很大的魅力。因为后发地区在资源稀缺的前提下，需要集中优势资源，以产生影响。同时，对发展新兴产业，它也有着重大的意义。因此，非均衡的创新发展观对有社会主义传统的国家来说，有着特别的魅力。

与极化发展相关的一个发展思维是对 GDP 的崇拜，这又转化为对投资驱动经济发展模式的膜拜，对外国直接投资（FDI，简称外资）的膜拜。这一发展思维与中国长期处在一个落后的发展阶段相关。为了发展经济，在相当长的时间内，中国政府都认为：只要能够推进发展，就应该调动一切可以调动的资源和手段。这一模式的一个积极的方面是国家动用资源，大力加强对基础设施的投资，进而拉动重化工行业的发展，使中国的经济进入了一个快速发展的轨道。中国的工业化速度是世界瞩目的，即将近三十年的超过 10% 的经济增长速度。

与此同时，这一时期正好处在中国改革开放的年代，外资成为实现 GDP 快速增长的重要手段。大量流入的外国资本，不仅带动产业的快速发展，也对产业和地区的技术进步起到了一定的作用。但这种模式，一方面使中国的经济加入了全球的生产网络，尤其是沿海的广东等地区。这一模式的成功在于，它迎来了一个国际产业技术转移的新契机。另一方面，它又能够吸收中国大量的剩余劳动力。大量的外资进入中国，使中国的产业发展模式出现了新变化，如改变了以国有企业为主的企业所有制形式，促进了产业的竞争。外资带来了新的管理方式和技术，大大提高了产业的生产率。但这一模式也使中国的经济发展模式受到了很大的限制，一是中国经济过于依赖外国的市场和技术。二是本土企业的竞争能力没有得到有效的提升。三是土地、矿产资源的快速消耗，环境污染的加剧，导致发展模式缺乏可持续性。正因为如此，中国政府适时提出了自主创新的战略，以建设创新型国家。因此，当一种模式被推到极致时，必然会带来很多的反作用。

但这一理论应用的结果：第一，造成了资源配置的人为不均衡性；第二，造成了二元化的经济，即发达的更加发达，落后的更加落后；第三，也是更为重要的一点，它忽视了创新的产生是一个多种资源配合协调的结果，仅关注极化的资源配置方式，关注政府的作用，对 GDP 会有一定的促进作用，但对创新能力的提升和可持续发展，效果并不明显。

因此，非均衡的创新发展观，在给中国带来快速经济增长的同时，也给经济、产业、地区等多方面带来了严峻挑战。这种发展模式的不可持续性，得到了越来越多的关注。为此，以胡锦涛为首的党中央也提出了科学发展观的新发展战略。这为我们提出均衡的创新发展观提供了很好的支撑。

实际上，地方政府出于本地 GDP 的思维会十分重视引进外资，而中央政府会从全局出发，从经济安全出发，考虑到自主创新的重要性。因此，一种均衡的创新观对未来的中国意义重大。

提出均衡的创新发展观是与我们长期关注区域创新能力密切相关的。从《中国区域创新能力报告》对多年中国各地创新能力的评价中我们发现：在 2009 年之前的区域创新能力排名中，江苏的综合创新能力一直保持在全国第四名的位置，2009 年跃居全国第一名，取代了长期交替排在第一名的上海、北京这类特大型城市。这一变化是本书写作研究的灵感来源。我们想知道，这是一种偶然现象还是必然现象。如果是必然现象，哪些因素使得江苏的创新能力得到提升？这些都是非常值得关注的问题。

　　江苏是一个开放的沿海省份，地处长江三角洲，曾培育出经济发展的"苏南模式"。作为一个省，能够超越北京、上海等特大城市，肯定有其内在的原因。我们认为，江苏的区域创新体系有着重要的特色。一方面，江苏是中国最发达的省份之一，以企业为创新主体的创新体系有很鲜明的特色，是中国区域创新体系建设的一个典范，具有很好的学术研究意义；另一方面，江苏地处长江三角洲地区，这里的多个中等规模城市构成了城市群，深刻地改变了长江三角洲地区经济发展的空间格局，显示出强大的生产力和人口、产业与财富聚集力。城市群产生的效应也可能会对江苏的创新能力提升产生一定影响。因此，我们希望通过从区域层面和微观层面分析江苏创新能力提升的原因，推进区域创新体系理论和实践的发展，对其他区域的发展提供有益的借鉴。

　　由江苏的崛起我们还想到：区域创新体系的理论和政策实践，需要再反思和总结，我们需要发展已有的区域创新体系理论及政策工具。其中，构成一个区域创新体系的内在动力到底有哪些？在推进区域创新中，有着众多的力量，例如，是依靠政府，还是依靠市场？是依靠外资企业，还是依靠本土企业？是依靠国有企业，还是依靠民营企业？是以企业为主体，还是以大学、科研院所为主体？对这些问题的解答，或者是大家并不清楚，或者是大家只强调一方而排斥另一方。

　　我们认为江苏创新能力崛起的这一现象对中国区域创新能力建设的理论与实践都具有重要的意义。因为江苏是一个既有广大农村，又有城市群，既有外资，又有发展很快的本地产业的地区，既有发展强劲的产业，又有较好的科教基础。因此，江苏的崛起意味着：非均衡的创新发展观是有限度的，到了某一个值，将产生边际收益下降的结果。因此，均衡的创新发展观，是一个学界忽视但却需要我们十分关注的话题。它对于中国的国家创新体系建设、创新型国家的建设、区域创新体系的建设，都有着重要的意义。

　　均衡的创新发展观的现实基础是：创新是一个多种力量均衡的结果。因为创新是一个"新思想的产生—研究开发—实验验证—工程化—小批量—大批量—市场投放"的过程。在这一过程中，用户需求的确定、新思想的可行性、制造问题的解决、融资解决方案，都制约着创新的成与败。创新是一个市场失灵的领域，是一个社会回报高于私有回报的过程（Arrow，1970）。创新过程面临着多种不确定性，而这种不确定性的消除，仅靠政府解决，或者公司自己解决，都是不够的。

　　均衡创新发展观的理论基础是：不同知识网络化是区域创新的依靠。这一方面是因为创新的本质是多种创新要素、多种知识的碰撞和相互作用。因此，在一个地理边界内，从国家到地区，创新的实现需要社会部门的参与，需要多种融资方式的产生和配合，需要大学、研究所、企业的合作。另一方面，开放的创新，国内外的技术转移与合作，会大大提高一个区域的创新能力。地理边界内创新生态系统的建立，包括企业的特质、产业的发达程度、产业的集群度、科技教育的综合水平、技能的供给，也影响着创新能力的实现。因此，创新不是由一种力量或一种资源推动实现的，而是多种力量均衡作用与网络协同的结果。

我们提出均衡创新，是因为考虑到区域创新是由多种影响力量共同作用的结果。在一个区域创新体系中，创新力量通过与创新相关的区域知识网络表现出来。每一种力量都在影响资源配置的方向和方式，影响着知识的流动和集成。因此，我们把区域内创新网络的形成作为一个重要的分析创新能力的框架。其中以下五种力量是影响区域创新的基本力量，也是影响区域创新网络结构的力量。它们之间的均衡与否，决定了区域的持续竞争力。

一是在影响区域创新网络的内外层面上。中国的改革开放已经三十多年，中国加入 WTO 已经十年，中国在开放和利用外资方面取得了很大的成绩。由于中国的创新能力弱，政府适时提出了自主创新的战略。但在解读这一战略过程中，出现了如何理解开放创新与自主创新并存的问题。事实上，开放创新与自主创新，都是促进创新的重要力量，但相当多的学者和官员把开放创新与自主创新看作是对立的力量。国外对中国自主创新战略的误解也越来越多。我们认为只有两种力量的适度均衡，才能有助于中国区域创新能力的提高。

二是在影响区域创新网络的纵向层面上。在区域创新体系中，谁是创新的主体？是企业还是高等学校与研究机构。市场会传递创新所需的信号，且会提供创新的基本激励（柳卸林，1993），因此，企业一直被认为是创新的主体。但在中国，相当多人并不认可这一基本理念。他们认为企业创新能力低，企业没有创新积极性，这一观点在科技界尤其有市场，他们认为政府应该更多支持科技界来实现自主创新。因此，在现阶段的中国，是依靠企业还是依靠高校和研究所来提升本地的创新能力已成为一个值得关注的话题。本书的一个基本结论是：企业与高校、研究机构作为创新体系的重要要素，需要形成均衡的资源配置，偏袒任何一方都不利于创新的实现。两者之间的网络化，是实现创新能力提高的关键。

三是在区域创新网络的横向层面。问题是如何在建立产业集群和培育新兴产业这对力量中形成均衡。产业集群理论在中国各地区已经深入人心，并产生了很好的经济社会效果。但与此同时，在金融危机后，一些由外资带来的嵌入式的产业集群，即外生产业集群出现了严重的产业升级的问题。产业集群是鼓励一个产业内的企业网络化，而培育新兴产业，则强调了产业内企业与产业外企业的网络化。发展新兴产业与发展专业的产业集群，是一个产业地理向心力与离心力的均衡。向心力是指集群化给地理边界内的企业所带来的益处，离心力则指企业要离开这一区域的力量，过于集群化的产业会出现产业轨道锁定，相关资源要素价格上涨的趋势，会使区域经济蒙受损失。因此，需要不断发展新兴产业来实现转型与升级，保持区域内向心力与离心力的均衡。

四是区域创新网络的地理层面。在区域创新体系建设的过程中，是强调大城市作为创新载体还是以中小城市群作为创新载体？一种观念是强调以大城市为创新载体，强调资源向大城市集聚，在中国，上海、北京等大城市一直比其他地区更能得到国家支持，并希望它们能够带动周边和全国的经济发展。但随着大城市所面临的城市病越来越明显，如房价、交通、水等资源的紧张。大城市作为创新基本载体的模式正在受到新的挑战。我们认为中国需要转变思维，以中小企业的城市群作为新的创新空间载体。

五是在区域创新网络的治理层面。如何实现政府力量和市场力量在促进区域创新中的均衡。在讨论创新时，一个基本的命题是：创新是一个市场失灵的领域（Arrow，1962），尤其是在对创新有重要贡献的基础研究领域。因此，需要政府的干预，但政府干预到什么程度，不同的国家有着不同的理解，随着全球金融危机的到来，各国都加强了政府的干预。在我们国家，社会主义的传统使我们一直强调政府干预。而在今天，在国家通过中长期科技发展规划后，政府对自主创新的支持，包括重大项目的启动，似乎有一种更强调政府干预的走向。但我们认为：在促进自主创新中，尽管会有市场失灵的角落，但市场竞争的树立，是促进创新最重要的一个基础机制。过于强调政府的干预，会压制创新。

在区域创新体系框架下，我们的政策推论是：一个政府必须对上述一种创新力量进行均衡配置，并使之形成有效的互补与网络化，才能实现区域创新能力的持续提升。那种过于极化的资源配置方式，即简单强调外资的万能作用，或强调封闭的自主创新不利于创新效率的提高。过于简单地强调企业或大学、科研院所的作用，都违背了网络化是区域创新生命力的宗旨。过于强调政府的调控作用或过于强调市场的万能，同样违背了创新发展的规律。过于注重一个行政地理区域而不注重跨部门化的协调，创新也会失去动力。创新政策和治理中的部门化已经成为中国创新体系发展的一大障碍，其表现是：每个部门都有自己的政绩考核，使政策制定和资源分配越来越呈现部门化的特点。但创新是多种要素、多种知识碰撞和相互作用的结果，部门化趋势是非常不利于创新的实现的，因为创新往往需要跨部门的协调才能实现。

为此，我们提出了均衡创新（Balanced Innovation）的发展观。这一观念勾勒了创新体系下的五对基本力量，并认为这五对创新力量的均衡与网络化是区域持续竞争力的基础。

本书起源于中国科技发展战略研究小组长期坚持对《中国区域创新能力报告》的研究。研究组一直关注中国以省市为单元的创新能力的变化，并从中找出最有动态的创新地区,进而聚集构成区域创新能力的根本要素,找出促进创新的最佳实践,带动其他地区创新能力的发展。在本书中,我们研究的出发点是考察在《中国区域创新能力报告》中名列前茅的省市,它们代表着中国区域创新体系最发达的地区。

本书不同于一般的区域发展的著作,相当多的著作是从发展经济学或地理学的角度来解读区域竞争力的。本书是一本从创新学出发理解区域竞争力的著作。它以区域创新体系为基本分析框架,以知识作为区域发展中的核心资产,以创新作为区域竞争力的源泉。最终,以均衡创新观作为区域持续竞争力的来源。

本书以江苏为基本研究对象,兼论广东、浙江、上海和北京等地区。

本书的章节安排如下:

第1章的主题是从非均衡到均衡的创新发展观,主要是交待写作本书的背景和意义。

第2章讨论区域创新体系的五力均衡与网络化。本章主要是在已有区域创新能力分析框架的基础上,基于中国的国情,建立起一个分析中国区域创新体系和区域竞争力的五力均衡理论。

第3章主要分析自主创新与开放创新的关系。本章提出自主创新能力是实现开放创新的基础,内资企业的创新能力与异质性是实现吸收外资溢出,提高区域自主创新能力的依靠。

第4章则从产业的角度,分析了外资与区域创新能力的关系。我们发现本土产业与外资产业的差异化,而非同质化,是实现有效吸收外资的关键。

第5章分析了区域创新体系中的另一个重要力量均衡:企业力量与科研单位的力量。我们提出的结论是企业与科研部门的网络化是提高区域创新能力的关键。

第6章则以产业集群为线索,提出了内生与外生产业集群对区域创新能力的影响有较大差异的观点,并提出外生的产业集群容易形成轨道锁定。但只要配合适当的政策引导,产业集群可以实现持续的升级。

第7章则从创新的空间配置上提出城市是创新发生的重要载体,但并非城市越大,集中的创新资源越密集,就一定会促进区域创新。相反,城市到了一定的规模之后会形成投入的边际效应下降的现象,而中小城市群,在形成了网络化之后,会成为更好的创新载体。

第8章的主题是一个永远有挑战性的问题,即政府的作用与市场机制力量的均衡。我们的结论是尽管存在着创新体系中市场失灵的现象,但过于强调政府的作用,会形成适得其反的效果。

第 9~10 章，着重解剖了江苏如何在发挥市场机制的同时，积极地发挥政府的作用。

第 11 章以风险资金为案例，分析了政府如何通过融资模式的创新，促进本地企业的发展。

第 12 章是总结，提出建立均衡的创新体系对中国未来创新型国家建设的重要意义。

第2章 区域创新力量的均衡与网络化

2.1 什么是创新体系中的基本力量

在一个区域边界内，什么是创新的主导因素？或者说，什么是推动创新的基本力量？我们认为在现阶段，以下五对力量是区域或国家创新体系建构中的支柱。

第一，区域发展应该依靠外来的创新还是本土的创新？在创新全球化的今天，开放创新成为一个大趋势。越来越多的跨国公司在全球部署创新资源，并利用企业外的资源，实现创新。中国应该如何认识外资企业在区域创新体系中的作用，如何认识技术引进、技术合作与技术联盟在创新中的地位呢？

第二，大学、研究所作为科技力量的重要代表，在"三螺旋理论"基础出现之后，是否能够在科技革命时代成为新型的创新主体？企业作为创新主体的提法是否符合中国实践？在现阶段提倡自主创新的潮流中，中国应该鼓励企业还是大学、研究所作为承担创新的基本力量？

第三，产业集群是目前最为流行的政策工具。但金融危机后一些产业集群密集的地区出现了企业发展乏力的现象，产业集群会给区域内的企业带来竞争和创新优势，促进相关知识的网络化，但它也可能造成产业发展轨道的锁定，阻碍产业的不断升级。而培育新兴产业则是另一种引导产业发展的力量，产业集群力与推进新兴产业发展，也是两种不同的力量。

第四，大城市是创新的重要载体。城市越大，越可能形成更多更好的创新要素集聚。但是否城市越大，创新能力就越高？在我们的区域创新能力报告中，江苏排名第一位的现实告诉我们，事实并非如此。现在，许多地区越来越强调经营城市，强调本地的创新型城市建设，且在城镇化的浪潮下，城市已经成为创新的重要载体。但中小城市的组群和网络化已经显现出容纳创新的新优势。

第五，政府和市场谁是推进创新的重要基础力量？因为有创新的市场失灵，加上作为发展中国家，中国许多学者强调要在创新体系中把政府作为主体。但市场力量的作用永远不能低估。

以上是我们提出的区域创新体系中的五对关键推动力。且每一个力量都有正反两种力量在作用，它们可以合力，也可以反力。而合力的关键是不同创新要素的网络化，并形成一种均衡。

为了理解这种创新体系的运作模式，有必要对创新的过程作更深入的分析。

2.2　创新的系统性与网络化

自从熊彼特提出以创新作为经济增长的源泉后，不论是发达国家还是发展中国家，推动创新便已经成为全社会的共识。

但如何推动创新，在不同的阶段，人们有着不同的认识。

首先提出的是线性的创新发展观，它强调科学是推动创新最重要的力量。这一理论最早是由美国的万尼瓦尔·布什（Vannevar Bush）提出的。在第二次世界大战后，美国的万尼瓦尔·布什在 1945 年所作的报告《科学：无尽的前沿》中对美国战后科学（以及技术）政策提出了明确的定义。这份报告将科学政策的任务定义为对国家安全、卫生和经济增长的贡献。布什着重强调了对科学的投资可能对经济产生的影响。受布什报告的影响，当时的美国政府强调了基础研究对经济发展的重要推进作用，并认为科学可以无障碍地为企业所用。在资源配置上，以大学为基础研究的主要基地。这种把科学和创新政策简单化为对基础研究的支持以实现创新的思路被后人叫做创新的线性思维。

但这种线性的、从科学到创新的思维在政府部门和学术界，仍然有一定的市场。一是因为这种思维模式和政策制定比较简单。二是迎合了传统的科学至上的思想。因此，许多国家一说支持，就是加大对研究开发的投入。这种思维是典型的线性思维的结果。

熊彼特作为创新研究的创始人，并不是线性思想的提出者。他强调了创新的作用并意识到，从科学到创新需要企业家的贡献。因此，熊彼特是创新体系中主张以企业家为创新主要推动力的学者。

20 世纪 60 年代后，经过长达一个世纪的研究，学者们逐渐认识到创新是一个复杂的过程，是一个从研究开发、设计、样机、中试、生产到销售的过程，但仅强调这一点是一种线性的思想。而创新的实现是系统的结果，其中用户与企业需要不断地互动才能实现创新。有些创新是用户的需求所拉动的创新，有些创新是技术推动的结果。创新从本质上来说，是将一个用户需求的功能通过各种专业化知识集成加以实现的过程，而这一个过程是通过市场竞争的方式加以实现的（柳卸林，1993；Von Hipple，1994）。

创新的系统观，在后来得到了很大的推进。尤其是费里曼对日本经验的总结，把政府的作用引入到创新体系中（Freeman，1987）。经过研究，学者们发现除企业外，大学和研究所在创新过程中起着越来越重要的作用。许多重大的创新都是大学和研究所推动的，如生物领域的创新。但大学、研究所和企业与用户又存在一定的距离，因此产学研的合作又成为创新成功的关键。在开放创新的时代，其他地区，包括国外的知识源都可以成为企业创新的重要源泉。一些跨国公司的创新，企业之外的知识源贡献已经达到了所有创新的 50% 左右（Chesbrough，2003）。因此，这是一个依靠多源知识集成和网络化进行创新的时代（图 2-1）。

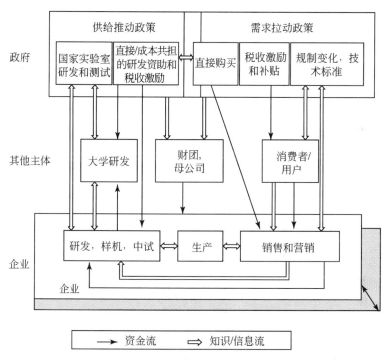

图 2-1　创新的资源与知识的流程图

创新是一个不确定的过程，是一个市场失灵的活动（Arrow，1970）。因此，在创新的初始阶段，对创新的融资和风险分担是创新得以实现的制度保障。在这里，政府可以发挥很好的作用，但仅依靠政府的力量是不够的。企业需要成为风险分担的主体，即成为创新的主体。而风险投资公司、非营利机构、社会也起着重要的创新推进作用（图 2-2）。因此，需要多种力量的网络化来推进创新。

这种创新的系统性和网络化要素使众多学者都不约而同地提出了国家创新体系的概念（Freeman，1987；Nelson，1993）。在全世界范围内掀起了一股国家创新体系的研究热潮。

为了提高国家的创新能力、建设创新型国家，我们需要反思已有的创新战略和政策，告别非均衡的创新资源配置和创新治理观念；我们还需要树立资源均衡

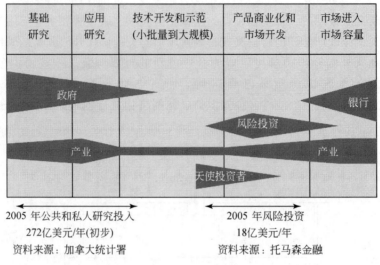

| 基础研究 | 应用研究 | 技术开发和示范（小批量到大规模） | 产品商业化和市场开发 | 市场进入市场容量 |

2005 年公共和私人研究投入
272亿美元/年(初步)
资料来源：加拿大统计署

2005 年风险投资
18亿美元/年
资料来源：托马森金融

图 2-2　加拿大的创新融资
资料来源：www.sdtc.ca

的创新发展观以调动多种资源，用多种力量网络化推进的思路，更有效地推进创新能力的提升，即用系统代替线性，以多元代替一元，以均衡代替非均衡，以网络化代替部门化。

2.3　区域创新体系的提出

作为国家创新体系的重要组成部分，区域创新体系随后被提出来，且得到了学术界的重视并加以研究，在全世界许多地区均得到了实施。甚至有学者认为，区域创新体系是一个更适合研究的范畴。英国的 Metcalfe（1995）教授认为以国家为单位来分析一个技术体系的动态图像可能太大了。因此，"应该考虑一组特色的、以技术为基础的体系，其中的每一个体系均以一个国家地理和制度为边界，而它们之间又进行联结，支撑国家或国际创新体系的发展。"

区域创新体系研究得到重视的一个重要原因是美国硅谷的崛起。硅谷的神奇使人们认识到区域在创新体系中扮演着重要角色。学者们对此进行了大量的讨论，其中的代表有美国的 Saxenian 教授。她分析了硅谷与"麻省 128 号公路"的发展经历的不同。她的问题是为什么硅谷的发展好于"麻省 128 号公路"？她的结论是硅谷是一个区域网络化的产业体系，这一体系促进了专业化厂商集体学习能力以及相互适应能力的提升。区域内密集的社会网络、开放的劳动力市场，促进了各种新探索和创业的产生。公司间既互相竞争，又不断在新技术方面互相学习，且企业内外水平式的沟通非常多，有利于企业与供应商、客户、大学等的交流（Saxenian，1994）。

与国家创新体系相比，区域创新体系的建设有一个独特优点：通过区域创新体系的建设，可形成一个区域的创新文化；通过集体学习而形成的价值观、态度以及进行创新实践，是国家创新体系建设的功能中所不具备的（Cooke，2006）。

对中国而言，区域创新研究同样重要，且要比其他国家更为重要。中国人口多、地域广，如何发挥地区在创新方面的能动性，如何发挥各个有特色的创新文化和创新体系的作用，是国家创新体系建设的关键。把握、理解和利用区域创新的变化和差异，是未来区域创新研究的重要方向。区域创新体系是国家创新体系的重要组成部分，区域创新体系的多样性是国家创新体系的活力所在。特别是在当今全球经济一体化的趋势下，产业的空间聚集已经成为一种客观规律，它不仅是创造优势和保持优势的重要手段，而且也是大国参与全球产业分工的主要载体。因此，强调建设区域创新体系和发展区域创新能力，具有极其重要的现实意义。

（1）中国地域广大、人口众多、历史悠久、地理多样性高、民族较多，强调区域多样性可为创新提供更多更大的空间。我们已经看到，在南方人们更加注重发挥小企业的作用，家族文化在创新中起着重要作用，突出了灵活的经营模式；上海则非常注重大企业的作用；北京则强调了高科技中小企业的作用。在沿海地区，几千年来的贸易文化使他们更加注重外向型经济的作用，而内陆地区则更加强调本地优势的发挥。所有这些都为区域创新体系的构建创造了条件。换言之，区域创新体系的构建可为区域经济发展提供新的思路，摆脱长期困扰中国经济发展中的区域趋同现象。

因此，国家应注重发挥各地的创新积极性，把创新的差异性作为制度设计和政策制定的基本出发点。要通过与地方共建若干创新基地的形式，带动区域性经济的发展。要注意培育跨省市的区域创新体系，以及以产业集群为核心的区域创新体系。各地高新技术开发区是地方创新的密集区，要加强高新区在地方技术转移和高技术产业化中的龙头作用，从而提高地方的创新能力。

（2）为地方政府推动地方经济工作提供新的模式。许多地方政府的工作模式仍带有计划的色彩，即注重项目，直接支持企业。许多地方的企业仍然有一种强烈的"等靠要"的依赖倾向，缺乏创业创新精神。许多地方通过地方市场封锁来保护产业，而不是靠核心竞争力的形成来获得市场。通过区域创新体系观念的传播，可帮助地方政府寻找新的、面向市场的政府工作模式。区域创新体系强调要促进本地创新要素，如企业、大学、科研院所、金融部门等的互动，强调创新环境的重要性，强调区域专有因素的重要作用，强调产业的集群。

21世纪以来，区域创新体系建设对世界和中国而言有着特别的意义。在学者们把集聚、学习、区位优势、历史文化都作了较多的研究之后，我们需要在一个更高的层次上深化区域创新的研究。区域创新体系存在着一个什么样的结构？影响这种结构及均衡的关键因素是什么？这些重要因素如何对一个地区的创新能力和动力起决定性意义？

在强调全球化和知识流动的条件下，区域开放能否给地区带来自主创新的后发优势？作为一个政府在经济和创新中发挥积极作用的国家，如何限制同时发挥好市场在基础配置上的基础作用？政府引导和市场基础之间的平衡点在哪里？如何在一个地区内，通过产学研合作，形成一个以企业为主的高效的技术创新网络？等等。对这些问题的回答，是本书的关注焦点，也是我们期望对国家和区域创新体系有所贡献的领域。

2.4 影响区域创新能力上升的因素

在国家创新体系的研究中，学者们提出了两种不同的研究框架。一种框架强调创新体系的制度框架的能力，以 Freeman（1987）和 Lundvall（1992）等为代表；另一种框架是强调活动的重要性，即强调从创新链条中的薄弱环节进行干预（Liu and White，2001）。

近几年来，在区域层面上，学者们同时关注创新研究中的一个区域特殊性，即创新是一个社会网络联系的结果。在某一个区域内，会形成一个非正式的社会关系网络，它们决定了一个地区的内在属性，并通过集体学习的过程来提高区域创新能力（Camagni，1991）。

新的研究还表明，区域化的发展可形成一种"集体学习的过程"，这有助于促进创新和知识的扩散，创新将成为一种合作式社会努力的结果。创新的成本是由网络成员联合分享的，网络成员包括劳动者、供应商、客户、大学和研究机构、政府以及竞争者。因此，Cappello（1998）认为，共同知识的开发和分享将超越一个企业的边界，但在一个区域内，将形成一个累积性的当地诀窍类知识增长的机制。

从学术角度看，英国的 Cooke 教授认为，区域创新体系这一概念来自于演化经济学，它强调了企业经理在面临经济问题的社会互动中通过不断学习和改革而进行的选择，从而形成了企业的发展轨道。这种互动超越了企业自身，它涉及大学、研究所、教育部门、金融部门等。当在一个区域内形成了这些机构部门的频繁互动时，就可以认为产生了一个区域创新体系（Cooke et al.，2000）。

因此，区域创新体系的研究是国家创新体系研究的一个延伸和发展，且区域创新体系的研究具有很高的实践价值。如欧盟非常重视区域创新体系研究的价值，他们在许多地方进行了区域创新体系的实施工作。

区域创新体系研究的基本单位是什么？在很长一段时间内，借助国家创新体系的分析工具，相当多的学者（Cooke et al.，2000）强调了企业、研究机构、大学及中介机构的互动，因为这种互动决定了一个体系的效率。

区域创新体系中，大量的研究局限在产业集群领域。这是因为产业集群具有很强的操作性，且在中国有很好的基础。当前，产业集聚已经在中国的浙江、广东的许多地区得到了应用，并被学者们认为是形成中国新型工业化所必须走的重要道路（刘世锦，2003）。其表现出来的特色：一是产业集聚区生产和销售规模很大，在全国同类产品中占据很大的份额，例如，浙江温州是世界打火机的制造基地；珠江三角洲和江苏苏州的计算机配件的产量也在全球占据很大的份额。二是产业集聚使专业化分工达到了极致。这种分工集聚促进了竞争，不断推进质量的改进和成本的降低。三是分工降低了生产和交易的成本，在珠江三角洲地区，计算机、手机等零部件的采购成本可比外地降低 30%。

从地理边界而言，以省（自治区、直辖市）为单位的区域创新体系研究仍然是主流。中国科技发展战略研究小组于 2001 年出版的《中国区域创新能力报告（2001）》是以省（自治区、直辖市）为基本单位的。这样做，一是因为省（自治区、直辖市）是一个较好的行政级别单位，相当多的资源是以省（自治区、直辖市）为单位进行配置的。二是考虑到数据资源容易搜集。到今天，研究在深化，如向更小的城市延伸。有人认为城市是最基本的单位，因为城市可以构成一个不同部门间互动最为频繁、最为密集的区域，它既提供了基础设施，又提供了文化氛围，知识的交流在这里最快，最有效率（Simmie，2001）。中国很多地方政府都在推进创新型城市的建设，这其中有的用一个城市的某个区作为研究的基本单位。当然，基本单位也可以更大，如一个省（自治区、直辖市），或跨省（自治区、直辖市），如长江三角洲。当然，不是所有的区域都是创新的区域，都能形成有效的区域创新体系。我们以前也提出，应该重视跨行政区域的创新体系建设（中国科技发展战略研究小组，2007）。

大多数学者认为，在理解一个区域创新体系时，以下四个方面是最主要的：

（1）企业。企业是生产和创新的基本单元。在一个市场经济体系中，企业是细胞，也是创新的主体。但企业需要有学习的能力，要通过与其他组织进行有效的互动，企业才能实现创新。其中大企业具有创新的实力，能够不断推进产业技术的完善，实现持续的创新。而中小企业，尤其是科技型中小企业，可以在突破性创新中发挥重要作用，它们会本着创新的精神，进入新产业，实现探索性的创新。

（2）制度。制度可以创造一个促进创新的环境。有的学者提出了"制度高于技术"（吴敬琏，2002）的说法，指明了制度在创新体系中的重要作用。这包括市场体系、相关的交易机构、相关的法律，如知识产权部门以及政府部门等。它们存在的作用主要是为创新提供环境和激励体系，以帮助解决知识交易成本高和市场失灵的问题。

（3）知识平台。其中大学、研究所可以为企业创新提供所需要的新知识。还有一些重要部门是科技园区、高新区、工业区等，它们起到促进知识转移的作用。

（4）地理维度。近几年，有关产业集群成为一个区域创新中的重要维度。产业的地理集聚，可缩短较大的距离，增加接近性，从而使知识的扩散更加快速。通过地理集聚便可使知识向专业化发展。

最近几年，区域创新的治理模式受到了许多学者的关注。有关区域创新体系治理类型的划分，Cooke（2006）等学者提出了一个二维分类法：一是从地理的角度来看，企业可以遵从一个"局域主义（localist）—互动型（interactive）—全球型（globalized）"的取向。二是从创新的动力出发，可分为草根型（grassroots）、网络型（network）和统制型（dirigiste）。

局域主义的创新体系是指本地好的公共资源（高校、公共研究所或国有大企业）有限，但本地企业间的联系非常紧密，企业与政府的联系也较多。

互动型的区域创新体系是指本地大小企业均衡，存在着较好的企业与研究机构及大学的合作，甚至存在与国外机构的合作。

全球型的区域创新体系是指本地存在全球性的公司，且本地有很好的产业配套资源，研究开发主要依靠企业内部解决。

同时，Cooke 等还提出了三种不同的区域创新的治理方式：

草根型创新体系。这一系统主要由本地制度提供，如资金由家庭、当地社区和信用机构提供。研究以应用领域为主，着重解决实际问题，且本地机构间的正式与非正式的联系也较多。意大利的一些产业集群（如 Tuscany）便是此类型的代表。

网络型。这种体系中有更多的正式制度，且局域、区域和国家三个层次的制度在此得到集成。该体系的创新投入可以通过国家计划，也可以通过大企业自身来实现。一些工业区便是此类型代表，如德国的巴登－沃腾堡（Baden-Wurttemburg）。

统制型。在这一体系里，来自中央政府的干预较多，有很多大企业的资金经常来自政府的科技计划。如法国图卢兹（Toulouse）的欧盟航空中心，在这里基础研究与应用研究同等重要。许多高新区、科学园都是这种统制型区域的典型例证。

上述两个维度形成了一个对区域创新体系类型的划分，见表 2-1。

表 2-1　创新体系的治理模式

类型	草根型	网络型	统制型
局域主义	意大利托斯卡纳 Tuscany	丹麦	日本的东北 Tohoku
互动型	西班牙 加泰罗尼亚 Catalonia	德国巴登 - 沃腾堡 Baden-Wurttemburg	韩国京畿道 Gyeonggi
全球型	加拿大安大略 Ontario	北莱茵威斯特伐利亚 North Rhine-Westphalia	英国威尔士 Wales

资料来源：Cooke et al. , 2006

按照三个不同类型的区域创新体系治理模式，Cooke 提出了区域创新体系的类型与特征，见表 2-2。

表 2-2　区域创新体系的类型与特征

区域创新体系特征	草根型	网络型	统制型
动力	局域	多层次	中央
资助	分散的	指导的	确定的
研究类型	应用	混合	基础
协调	低	高	高
专业化	弱	柔性的	强

资料来源：Cooke, 1992

Cooke 等的研究，为区域创新体系的分类和理解区域创新体系的动力类型提供了一个很好的基础。当然，上述类型都是理想的类型，任何一个现实的区域创新体系的类型都会与其有出入。另外，在一个城市的层次上对区域创新体系进行分类，要比在一个省的层次上进行分类容易得多。这是因为城市的区域较小，一致性更高，而省的地理面积大，省内的区域差异性大，因此类型就更难确定。Cooke 的分类基本上是以城市或特定的工业区为基准的。

Cooke 的区域创新治理理论，考虑了政府与市场的关系，考虑了历史和地理对治理模式差异形成的影响，但却忽视了如何利用本地的资源条件，通过战略来实现区域竞争力这样一些更为主动的变量因素。其他的模型对资源的分析重视不够，对获取资源在一个地区发展中的重要性的重视不够。

2.5　区域创新的均衡与网络化

在本书中，我们强调了知识在一个地区创新中的核心价值。这里所说的"知识"不仅包括自然与工程类的知识，还包括管理类的知识及技能等。其中与知识相关的机构是我们考察的重点，如知识的创造者、使用者、知识的治理者、知识的资助者、知识的基础设施等（Liu and White，2001）。

Lundvall（1992）认为创新系统是一个有关用户和制造商之间的互动的经济过程。但不同学者对学习型区域的理解不同。在美国，Florida（1995）将学习型区域定义为：一个知识和思想的集合，并为知识、思想和学习的流动提供一个基础设施。在欧洲，Asheim（2005）将学习型区域定义为：代表了互动学习和学习组织的地理和制度嵌入（embeddedness）。在西方学者看来，提高区域创新体系效率的重要方面是社会资本，它可以克服市场失灵，减少知识交易或网络化中的市场成本（Wolfe，2001）。Cooke 认为，学习型区域、网络化的学习区域，要比集群更有意义（Cooke，2005）。

本书的一个创新点是强调了创新网络化对区域创新体系建设的重要意义。创新的实现需要多种专业化知识的集成，需要多种源泉的知识集成，需要多种支持创新资源的集成。创新的核心是多种知识的碰撞与重组。巴顿（Leonard-Barton，1995）提出创新发生在各种思想的交界处，而不是在某一种知识和技能的边界内。Bechman 和 Haunschild（2002）提出拥有更广阔的网络则可能学到更多的经验，获得不同的能力以及更多的机会。总之，无论是国家创新体系还是区域创新的学说，都越来越多地强调创新要素间的网络化是打开能力提升之门的钥匙。

因此，一个地区的区域创新能力取决于创新要素能否实现网络化。在本书中，我们继承了西方学者的思想，但我们认为上述的分析还远远不够。在我们看来，判别知识的载体之间能否互动和网络化，在什么程度上互动，与谁互动学习，在多大空间内进行互动，并不是一件容易的事。相反，对这些学习所作的努力会产生不同方向的作用力，这些力量可能会协力，也可能会彼此反作用而形成极化。

为了形成一个有政策意义的研究，我们将核心思想定为区域的知识学习能力决定了区域创新能力。我们认为有五大类因素决定了区域内知识的生成、扩散和应用。这是因为一个面向创新的学习型区域，需要实现各类创新主体的学习动力机制和体系、不同类型的知识、特定知识的转化能力以及不同空间的知识之间的有效配置。为此，我们提出了区域创新的五力均衡与区域创新网络化模型。

第一个均衡是指在一个给定的区域内外来创新力量与自主创新力量的均衡，

也是区域内与区域外创新要素的网络化，本质上是指开放创新与自主创新的均衡。作为一个区域而言，随着全球化的不断展开，外来的知识力量对本地创新能力的影响在加深。这里所说的外来，主要是来自国外的知识资源。当然，跨国公司在当地建厂，在本书中也被认为是外来的知识资源。

在很长一段时间内，我们国家都强调通过外来的技术和资本来实现经济增长。外资最多的地区，也是全国经济增长最快的地区。但随着外资在中国经济生活中的地位越来越重要，全国上下出现了对外资作用的反思。一种观点认为外资不会带来创新能力的提升。国家的自主创新战略正是在这一背景下提出的，许多人认为自主创新就应该放弃开放创新道路。因此，在自主创新的战略背景下，强调开放创新还是排斥开放创新是我们考虑的第一个核心问题。

对一个地区而言，地区创新能力由企业的知识创造能力以及本地大学和研究机构的知识创造能力构成。这取决于企业是否重视研究开发投入和人才。与之相对的是知识的获取能力，即能够以开放创新的心态，在全球范围内获取相关的科学技术资源。其中技术的引进与合作以及外资的引入是获取知识很有效的方式，另外产学研结合也是重要的知识获取方式。在中国的许多地区，引进全球性的先进技术以及利用外资仍然是知识获取的重要渠道（柳卸林，2008）。

在这里，学者们对是依赖本土的自主创新能力，还是依靠外来的技术能力来实现创新，存在着不同的看法。一个非均衡的思维是依靠外资实现经济的快速发展，但本土创新能力得不到足够的重视。另一个同类思维是只强调本土的自主创新能力，而排斥利用外来技术实现创新，这是一种封闭的自主创新思维。我们认为，任何只强调本土或只强调外来知识思维，都是非均衡的创新发展观，都不利于区域创新。我们需要在两者之间进行一种平衡，即强调一种内外知识力量均衡的创新发展观。

已经有学者批评指出，现有的区域创新体系研究忽视了外部网络中跨国公司的贡献（MacKinnon et al.，2002）。因此，在本书中，我们将分析外来的跨国公司能否成为区域创新体系中的一个重要因素，并分析这个因素将在什么时候和以什么方式作用于区域创新体系。

因此，如何看待开放创新与自主创新的关系是一个区域发展中面临的核心问题。开放创新对企业而言，意指利用企业外的资源实现创新。美国的企业从20世纪90年代以来经历了一场开放创新运动，许多企业更加强调利用大学、研究所以及其他小企业的创新作为自己的创新源泉。开放创新对中国而言意味着如何利用国外的技术与资本，为自主创新服务，包括如何看待跨国公司在一个国家或地区中的作用。开放创新的思维会把合理利用跨国公司的资源，从国外引进技术，作为创新的重要方式。但狭隘的自主创新思想会排斥跨国公司对本土创新的积极作用。我们认为过于强调狭隘的自主创新和过于强调开放的创新，都是一种极端的思维，不利于中国创新能力的提高。这种开放与自主创新的均衡，其实也是一个内部知识与外部知识网络化，实现互动与创新的过程。

强调了这种内外知识的网络化和集成，也避免了当下流行的学术争论：是依靠引进技术还是自主开发来实现创新？我们认为对企业而言，任何一个创新都是在前人基础上将知识进行新的组合而实现的。问题的关键是如何将企业已经掌握的知识与外部知识有效结合在一起。

第二个均衡是指在创新知识网络的纵向或垂直层面上。在一个区域内，作为创新主体的企业是否能够与知识供应者形成有效的网络联系，这也是一个重视企业作用力与重视大学、研究所作用力均衡的问题。这里所说的大学和研究所是指区域内和外的相关大学及研究机构。由于大学和研究所与企业所掌握的知识类型的差异，两者的网络成为当今推进知识创新能力的重要手段。

在创新中，市场的知识很重要，企业家是创新的主要执行者，因此强调了企业是创新的主体。一个极端的非均衡思维是只重视企业自身的创新能力建设，忽视大学和研究所的贡献。但许多创新又可以是由技术推动的，由此产生了一个极端的思想，即只强调大学、研究所对国家创新体系的贡献。另外，中国作为一个发展中国家，企业的创新能力较弱，因此，企业是创新的主体的说法是错误的。我们认为这两种说法都是非均衡的创新发展观。我们提出需要创新知识的网络化，即通过企业—大学—研究所的有效合作来提高区域创新能力。

在这一方面，"三螺旋理论"产生了很大的影响。它提出了创业性大学概念，如麻省理工学院（MIT）这种创业型大学，在一个区域内起着重要的创新领头羊作用。它们与当地的产业和政府积极互动，形成一个非常活跃的创业区域，类似的大学还有硅谷的斯坦福大学。这一理论在中国的反映是非常强调大学、研究所在创新体系中的作用，同时认为现阶段中国的企业不能成为创新的主体。

我们认为在一个创新的区域内，必须将创业大学与周边强大的企业需求结合在一起，才能形成创业型区域。这就要强调大学、研究所的作用与企业作用的均衡。

对网络化作为区域创新核心竞争力来源的学说而言，企业与大学、研究所的网络化是核心。尽管企业是创新的主体，但任何一个企业都不可能拥有能在所有领域保持领先并给市场带来重大创新所必需的全部技能。在这样的背景下，网络成为创新的中心（Powell and Grodal，2009）。因此，推动企业与大学、研究所形成有效的创新合作网络是提高区域竞争力的核心问题。

第三个均衡是区域创新体系内横向层面上不同企业之间的创新网络化与分散化的均衡，包括以什么方式进行网络化。

在这里，有关区域内企业间网络化的一个重要概念是产业集群。产业集聚意味着一个特定产业在某些区域的集中，最早注意到产业集聚效应的是英国的马歇尔。后来的学者注意到，产业在一个区域内的密集可形成集聚效应。原因在于：第一，生产商的地理集聚有利于产生当地的专业化供应商，进而产生外部规模经济效应；第二，有利于专业技能的产生；第三，有利于信息的溢出，形成知识网络；第四，有利于降低交易成本，促进创新（Krugman，1997）。哈佛大学的Porter 教授在 20 世纪 90 年代提出的 Cluster 概念，可以说是区域集聚效应的再发展（Porter，1998）。也就是说，产业集群是推动企业间形成知识网络，进而提高企业生产率的重要手段。

创新的产业集聚化是为了通过提高创新力，使知识资源向某一个特定产业集中。Porter 和 Stern（1999）在衡量一个国家创新能力中，把这种集群化能力作为重要因素来分析考核。集群化一是强调了知识的专业化，使知识向高附加值延伸；二是强调了多种专业化知识的集成和协调。只有这样，一个地区才能形成自己的核心竞争力。因此，一个地区的产业集群化能力非常关键。

但是，在集群化的趋势中，是依靠外生的产业集群，即依靠外来力量产生的集群，还是依靠内生力量产生的集群，不同地区有不同的做法。在中国，相当多的产业集群是外生的，即是外来移植性的，如广东的东莞地区。大量的台湾电子企业的集结，形成了高密集的电子产业集群。但这种集群的产业，由于缺乏自身的研究开发能力和品牌，只是一个大规模的零部件制造中心，非常依赖外来的订单。这种模式在金融危机中暴露出了很多弱点。这种产业集群会产生巨大的产业轨道锁定效应。如果某一个产业或产品不适合市场的需要，会形成资本设备和技能的过时。同时，地理集聚也会在一定的阶段后形成离心力，即集聚的经济成本过高，集群外部企业比内部企业更有优势。因此，集群产生的经济规模和知识网络化优势，是一种推动形成集群的力量，而集群后的轨道锁定和规模不经济则是离开集群的离心力。保持这两种力量的均衡是产业集群的内生化，会使企业拥有真正的知识再生能力、研究开发能力、创新能力，从而使区域内不断推出新兴产业。

第四个均衡是区域创新体系内知识的空间资源配置的均衡，这是在创新体系中重视大城市与重视城市群的均衡。

知识是在一个地理空间内分布的，但在一个特定的地理边界内，知识是不会均衡分布的。这种知识的地理分布是集中在一个大城市好，还是在一个特定空间内分布于若干中小城市好，是一个影响区域创新能力的重要变量。知识网络化的地理空间表现是我们关心的一个重要变量。

在计划经济时代，中国的科学教育资源的配置是将地区均衡因素考虑在内的。但随着市场经济时代的发展、东西差距的扩大、大城市与中小城市差距的扩大，越来越多的科教资源涌向大城市，如北京、上海。但在美国，科教资源是相当分散的，东中西部都有很好的科学教育基地，这促进了不同地区的均衡发展。中国的这种极化的知识资源配置方式，并不只是对地区发展的不平衡产生影响，还对是否能实现国家创新资源的最佳配置产生影响。因此，在空间这一维度上，也存在一个均衡发展的问题。另外，强调一个城市的作用，会形成创新资源配置部门化倾向。

第五个均衡是区域创新体系内对创新要素进行治理的均衡问题，即发挥政府作用与发挥市场机制的均衡。

一种观点是高度强调政府在推进创新中的作用。一方面，一些学者认为在发展中国家，由于市场力量薄弱，加上很大的开放度，使中国企业难以承担起创新主体的作用。因此，理应强调政府的作用，通过国家的力量，集中资源进行攻关，从而实现创新能力的提高。而另一方面，也有相当多的学者指出，对创新而言，最基本的力量是市场竞争。市场经济发达的地方，创新就会不断涌现。而事实也说明，在中国的南方地区，由于市场经济更为发达，创新的动力也就更为强劲。但在不同地区，如何使政府的力量与市场的力量达到一种均衡，是区域创新体系能否具有活力的第五大因素。图 2-3 描述了五对力量之间的关系。图 2-4 描述了一个区域创新体系内外的五大网络关系。

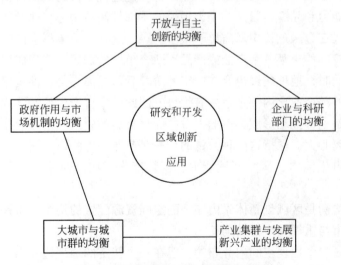

图 2-3　区域创新五对力量均衡结构图

但使两种力量对接的一个重要因素是区域创新要素网络化的治理。只有创新要素具备进行知识交换的平台，才能实现知识的网络化，而这种平台需要政府的

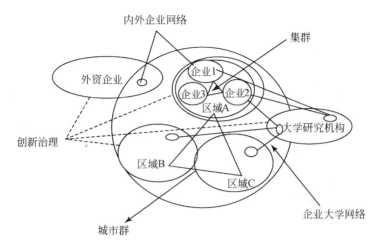

图 2-4　区域创新体系网络结构图

支持才能实现。我们认为金融部门是其中的关键。江苏之所以能够在区域创新中排名靠前，主要是因为政府与市场的关系处理得较好，且让金融部门成为推动区域创新的重要部门。

本书的一个重要结论是区域创新能力或区域竞争力，取决于上述五对力量的发展和均衡，取决于创新要素网络化的程度。

在改革开放过程中，我们用非均衡的方式实现了经济的快速增长。但我们认为非均衡的发展观不利于国家或区域创新能力的提高和持续发展。非均衡的发展观强调了外资的超级作用，或强调政府的超级作用，这都不利于区域创新能力的提升。相反，在一个区域内，保持一定的知识开放度并对吸收能力的提高、各类知识的配置（特别是在产业和地理空间层面的配置）、不同类型知识的互补和集成以及营造有利于创新的动力氛围方面加以重视，并实现政府与市场力量的合力最大化，是区域竞争力持续提高的关键。也就是说，五对力量的均衡代表着区域创新体系的合理结构和持续的创新力。提高区域竞争力的核心在于分析区域内的五对创新力量并使之达到一定的均衡。

我们的区域概念是在传统的行政地理边界的意义上加以使用的。因此，与Cooke 的思想一样，我们认为如何实现这五对基本创新力量的均衡，就是一个区域创新的治理过程。这一区域创新的治理过程与政府及市场、当地的产业结构和地理文化都密切相关。因此，治理是一个与动态有关，并受历史、地理因素等决定的过程。

第3章 外资的创新活动对本土创新的影响

3.1 问题的背景

全球化是一个新现象，在传统的区域创新体系理论的形成中，学者们并没有对这一问题给予很大的关注。人们更多关注的是区域内的劳动分工、区域文化、特定的知识积累（Marshall，1920）以及产业集群（Porter，1998）。如今，创新在不断全球化，知识的流动越来越呈现出全球化的趋势，开放创新（Chesbrough，2003）成为主流。因此，我们认为需要在区域创新体系中加入开放的元素，即区域内外的知识流动和吸收。只有能较快吸收外来知识的区域，才能成为有创新活力的区域。

今天的中国，尤其是在加入 WTO 之后，创新体系基本上融入到创新全球化的大潮之中。外资对中国经济以及区域创新的影响也越来越深入。因此，理解区域创新体系必须理解一个地区参与创新全球化的程度，及这一地区从先进的知识流动中获益的能力。中国区域在缺乏相关创新资源的前提下，利用引进消化吸收的战略模式已经难以满足中国企业快速发展的需要。因此，开放创新、利用外资来提高自主创新能力是一个立足于本地资源的全球化战略。这种资源一是让企业更快地学习全球先进的技术和管理知识，了解全球的市场需求；二是引入了更高层次的竞争因素，迫使中国企业更快地提高自己的竞争力。但这种战略能否成功，又取决于本地企业的学习能力和创新能力的提升速度。我们的判断是：企业以何种方式进入创新的全球化，以何种战略迎接全球化，会对一个地区的长期发展形成重要影响。广东、江苏是中国吸引外资最为密集的地区，它们的全球化创新模式的差异和得失值得我们总结。因此，本书将以较大的篇幅比较江苏和广东的开放创新与自主创新。

总的说来，中国各区域的开放和吸收能力是不平衡的。也就是说，因为地理的原因、环境的原因，许多地区仍然是一个较封闭的创新体系。有些地区尽管有较高的开放度，但缺乏应有的吸收能力，也会使本地的创新体系低效化。具体而言，中国区域创新的开放度受到以下因素的影响。第一，受计划经济和改革开放的影响。计划经济时代的产业布局使中国的东北地区成为重工业装备的基地，也是国有企业最为集中的基地。南方的许多地区成为轻工业的基地，而浙江、广东和江苏成为产业集群的区域。第二，在中国决定开放之后，不同地区开放的进度不一，加上地理位置的因素，导致外资进入中国的方式和速度有巨大的差异。其中广东由于紧邻香港、澳门和台湾地区，使得珠江三角洲地区成为港澳台投资的优先选择。而港澳台地区长期是发达国家的加工基地，它们把加工的产业转移到珠江三角洲，使该地区成为"三来一补"的重要基地。也就是说，珠江三角洲地区通过外向型经济，成为全球产业化链条中的一个重要环节。而长江三角洲地区则在 20 世纪 90 年代后成为了新一轮外资的优选地，且是众多跨国公司的投资场所，因而其获得的外资已经超过了珠江三角洲地区。

但外资是区域创新的阻力还是推动力，学者们的意见并不一致。外资对区域创新能力影响可以分为两大派，一是抵制论，二是促进论。

抑制论认为：外资对发展中国家技术进步的贡献是有条件的。外资的大规模进入没有带来技术创新，甚至东道国出现逆向技术扩散的问题。Konings（2001）发现，外资对保加利亚与罗马尼亚的本地企业产生了一种负向效应，市场竞争对本地企业的抑制和挤出效应大于技术转移对本地企业的正向溢出效应；而对波兰本地企业来说，外资既没有产生挤出效应也没有产生溢出效应。

促进论认为：从长期看，技术外溢是一种必然现象，因而就成为了跨国公司海外投资的一种潜在成本，因为免费搭车的当地企业迟早会变得足以与跨国公司相抗衡，最终的结果是增加了东道国市场的竞争性。何洁（2000）利用 1993～1997 年 28 个省区工业行业的面板数据研究了外资对中国工业部门的外溢效应，发现外资对中国的工业部门的市场存在一定的溢出效应，而这种溢出效应存在一种明显的门槛现象，即只有地区经济发展到一定的水平以后，外资的溢出效应才会发生显著的跳跃，进入一个更高的层次。Liu（2002）利用 1993～1998 年深圳 129 个制造业行业的数据研究了外资与内资企业产出增长之间的关系，发现外资显著提高了国内企业的产出效率以及产出增长速度。在产出增长过程中，国有企业与合资企业对外资的溢出效应更为敏感。

谢建国（2006）利用中国 29 个省区 1994～2003 年的面板数据研究了外资对中国省区经济增长效率的影响，这是国内少有的从区域层面对外资溢出效应所作的研究。结果显示，外资对中国省区技术效率的提高有显著的溢出效应，外资的技术溢出呈现一种区域的差异性，外资显著提高了东、中部省区的技术效率，但对西部省区的技术效率没有明显的影响。

学者们认为本土企业的吸收能力与技术差距有关。本国企业和外国企业之间的技术差距越小，前者的吸收能力就越高，因而向本土企业的技术转移就会获得更高的利益。通过对 1965～1975 年在欧盟内进行投资的美国跨国公司的分析，

Cantwell（1989）发现美资并不是在所有行业都能产生溢出效应，技术溢出效应主要产生在那些技术差距较小的行业中。也就是说，一些行业只是溢出的接受者，不是溢出的供给者。Haddad 和 Harrison（1993）研究了外资对摩洛哥本地企业产出效率的影响，没有发现外资对本地企业效率的提高产生任何溢出效应，他们认为摩洛哥国内企业与跨国公司之间较大的技术差距阻碍了跨国公司溢出效应的产生。当然，吸收能力还在于企业自身是否重视研究开发的投入，是否有创新的战略。如果企业自身有很强的研究开发能力，就可以更好地学习外来的新技术，并掌握新技术。

　　但在利用外资进行发展的过程中，有一个问题在中国讨论得越来越多，即中国必须要发展自主创新能力。相当多的学者认为，中国太过于迷信开放能够自动导致自主创新的思维了。中国需要告别开放创新的模式，通过限制外资的影响力加大对本国企业创新能力的扶持，才能实现国家或区域创新能力的提升。我们认为大量的外资投入能够自动提高创新能力的思想是非均衡观念的结果。同样，在全球化的时代，不利用世界上最先进的技术和管理知识，完全在封闭的条件下进行自主创新，也是不利于自主创新能力提高的。因此，在中国区域创新能力的形成中，开放和自主创新能力是一对重要的均衡因素。这也就意味着，理解中国区域就必须理解开放和吸收能力的因素。而能否在开放的基础上实现自主创新是衡量一个地区创新能力的尺子。我们在本书的其他章节中，将通过对江苏和广东两省的分析，深化对这一问题的认识。

　　长达三十多年的经济增长，使得中国成为吸引外资最多的国家之一。2008年流入中国的外资金额高达 1083 亿美元①，仅次于美国和法国，排名世界第三位。外资对中国经济发展具有举足轻重的作用，借助外资实现经济增长已经成为中国的一个显著特征。然而，随着外资在中国经济参与度的加深，与外资有关的一些问题，如中国经济安全、产业竞争力空心化或边缘化、拉美化等问题相继产生。蒋殿春（2004）认为跨国公司并不会因为缺少竞争压力而增加技术转移，而且外资依存度的增加也会压缩国内企业的生存空间，并导致国内企业无力投资于风险高、见效慢的研发活动领域，此时较高的外资依存度很可能对于东道国的技术进步乃至经济增长产生负面影响。Huang 和 Khanna（2003）甚至认为中国经济走上外资驱动的增长道路，其可持续性还不如印度。市场换技术也遭到很多人的诟病——"市场没有了，技术也没有换来"。对此，北京大学教授路风曾经撰文指出："如果不改变多年来实行的'以市场换技术'和通过引进外资来'引进技术'的政策，数十年间积累起来的中国工业基础就会变

---

　　① 数据来源于 2009 年世界投资报告数据。

成跨国公司占据中国市场的进门砖和铺路石，而中国经济发展的脊梁就会坍塌。"①

作为一个后发国家或地区，在缺乏创新资源的情况下，利用外资和引进外来的科学技术都是发展的重要手段。虽然中国的一些企业很早就成为国外企业的加工厂，进入全球产业链，但我们关心的是这种基于全球产业链的加工战略能否具有可持续性，外资密集投资的地区能否带来产业发展轨道的锁定，从而影响经济增长的可持续性。

值得注意的是外资企业的本质是受到母公司的制约和影响的，跨国公司在华从事研发活动本质的动机就是为了实现企业利益短期或长期的最大化，其行为更多是企业的一种微观行为。外资企业并不希望中国本土企业成为它们的竞争对手，故技术上的封锁、市场上的挤压通常会成为外资企业必然的战略选择。因此，对中国这样一个发展中国家而言，如何在吸引外资开展研发活动的同时又能保持和提升自主创新能力，从而实现开放创新与自主创新两种力量的均衡发展是一个重要的命题，也是区域创新能力的重要命题。

基于上面的分析，我们将在本章中讨论如下问题：如果说投资型的外资只是为了占领中国市场，那与创新相关的外资活动，是有利于区域创新还是阻碍区域创新？具体而言，外资研发究竟是刺激了内资企业自主创新能力的提升，还是压制了自主创新？外资企业研发在创新产出中的贡献又是什么？

3.2　外资市场强弱与内资研发强度的国际比较

基于中国的数据，我们发现在很多国际上公认的高技术行业中，内资企业所占的市场份额是比较低的，而在一些技术含量较低的行业，内资企业的市场份额都比较高。因此，我们产生如下疑问：跨国公司在华企业的研发强度是否也与国际公认的研发强度一致呢？内资企业的研发强度和国际公认的研发强度是否有差距呢？是否在一些高技术行业出现外资企业市场份额较高，而研发强度较低的现象呢？在一些内资企业市场份额较低的行业，内资企业的研发强度如何呢？中国和其他新兴经济体国家，如印度和巴西，这些国家的外资市场的强弱与内资研发强度存在怎样的关系呢？

3.2.1　内外资研发强度的现状

对跨国公司而言，中国是全球最有前景的研发投资目的地，超过美国和印度

---

① 原载于工人日报 2006 年 1 月 11 日。

（UNCTAD，2005）。最早进入中国的外资研发中心是1994年设立在北京的加拿大北电网络公司，随后大量的世界500强企业纷纷在中国设立研发中心。外资研发机构的数量也从2001年的不到200家，增加到2006年的1160家①。但是外资研发机构的行业分布不平衡，2008年74.4%的外资研发机构集中在通信设备、计算机及其他电子设备制造业，交通运输设备制造业，电气机械及器材制造业，化学原料及化学制品制造业，专用设备制造业，医药制造业，黑色金属冶炼及压延加工业。其中通信设备、计算机及其他电子设备制造业的比例为27.8%，交通运输设备制造业为16.1%，这两个行业的跨国领先企业基本都在中国设立了研发机构②。

然而，我们在比较外资研发经费比例与其市场份额的关系的过程中，发现这样一个现象：除了少数几个行业外③，绝大多数行业的外资研发经费比例均小于外资销售收入占整个行业销售收入的比例（表3-1），而且这个现象从2004年到2008年没有发生根本性的变化。这个现象说明在绝大多数行业中，外资企业研发强度弱于内资企业。

表3-1 外资企业研发经费比例与市场份额的比较

产业	2004年		2008年	
	市场份额/%	外资研发经费比例/%	市场份额/%	外资研发经费比例/%
农副食品加工业	29.93	14.98	27.39	29.10
食品制造业	39.78	21.34	37.50	39.91
饮料制造业	39.16	32.32	38.05	29.78
烟草制品业	0.35	0.29	0.11	0.32
纺织业	27.21	25.29	22.46	21.47
纺织服装、鞋、帽制造业	48.43	30.91	42.34	36.83
皮革、毛皮、羽毛（绒）及其制品业	54.18	41.24	47.46	41.75
木材加工及木、竹、藤、棕、草制品业	26.78	17.15	14.99	14.38

---

① 数据来源于中华人民共和国商务部网站。

② 通信设备、计算机和其他电子设备制造业，如 IBM、Sun、Nokia、Ericsson、Microsoft、Fujitsu、Motorola、HP、Siemens 等；交通运输设备制造业，如 GM、Volkswagen、Nissan、Daimler、Honda、Toyota、Hyundai 等。

③ 造纸及纸制品业、石油加工炼焦及核燃料加工业、非金属矿物制品业、有色金属冶炼及压延加工业。

续表

产业	2004 年		2008 年	
	市场份额 /%	外资研发经费比例/%	市场份额 /%	外资研发经费比例/%
家具制造业	60.58	54.55	39.66	50.77
造纸及纸制品业	34.52	39.51	33.12	41.47
印刷业和记录媒介的复制	33.21	32.06	28.13	39.56
文教体育用品制造业	60.95	48.20	56.57	61.62
石油加工、炼焦及核燃料加工业	10.18	12.97	13.06	6.77
化学原料及化学制品制造业	25.93	14.79	27.21	15.60
医药制造业	24.20	24.21	26.73	28.87
化学纤维制造业	29.65	28.04	31.12	24.12
橡胶制品业	41.81	29.02	38.86	46.94
塑料制品业	44.73	32.02	36.91	35.11
非金属矿物制品业	19.89	22.30	17.15	28.48
黑色金属冶炼及压延加工业	12.48	6.89	13.67	7.07
有色金属冶炼及压延加工业	16.84	18.84	15.43	11.92
金属制品业	37.77	26.29	30.50	27.67
通用设备制造业	29.52	22.75	25.83	22.67
专用设备制造业	25.97	15.84	27.25	18.61
交通运输设备制造业	42.63	26.20	45.55	33.23
电气机械及器材制造业	38.85	24.96	35.37	25.53
通信设备、计算机及其他电子设备制造业	83.30	52.44	81.05	53.50
仪器仪表及文化、办公用机械制造业	68.94	38.56	58.01	24.93
工艺品及其他制造业	41.84	12.83	37.29	19.24

资料来源：根据 2005 年和 2009 年《中国科技统计年鉴》整理

　　为了进一步验证内外资研发强度之间的差异，我们计算了中国外资研发经费最多的八个行业的研发强度，并且对比了内外资企业的研发强度超过 1%的行业差异。在研发经费投入最多的八个行业中，除了医药制造业，其余七个行业的内资企业研发强度均高于外资企业（表 3-2）。按理说，医药制造业是一个高技术行业，内资企业要获得与外资企业抗衡的能力，其研发强度应该高于外资企业，而不是低于外资企业，我们认为这很可能是由于中药企业的特征导致的。为此，我们在 2008 年 6 月去吉林敖东制药公司调研中药产业创新的问题。与该公司相关人员座谈的结果表明：从某种程度上说，中药产业最主要的竞争优势就是生产工艺的创新，而非药品本身的创新。实际上大量中药的药方来自于中国古代的医药典籍，甚至是一些民间的偏方。从这个角度，我们就可以理解中国医药制造业的研发强度低于外资的原因。

表 3-2　外资研发经费最多的八个行业内外资研发强度的比较

行业	内资研发强度/%	外资研发强度/%
通信设备、计算机及其他电子设备制造业	4.53	1.22
交通运输设备制造业	2.77	1.65
电气机械及器材制造业	2.25	1.41
通用设备制造业	1.72	1.45
化学原料及化学制品制造业	1.60	0.79
专用设备制造业	2.66	1.62
医药制造业	2.41	2.68
黑色金属冶炼及压延加工业	1.56	0.75

资料来源：根据 2009 年《中国科技统计年鉴》整理

从内外资企业研发强度超过 1% 的行业看，内资企业的研发强度超过 1% 的行业明显多于外资企业，而且行业也存在一些差异（表 3-3）。按照经济合作与发展组织（OECD）标准研发强度，本来一些研发强度较高的行业，例如通信设备、计算机和其他电子设备制造业，仪器仪表及文化办公用机械制造业，电气机械及器材制造业等，其外资企业研发强度却达不到 1%，远低于内资企业的研发强度。与内资企业一般都是基于中国范围布局不同的是，外资企业大部分是从全球范围布局着眼，所以单纯从中国范围内发现外资企业的研发强度低于内资企业也就不那么奇怪了。但是并不是说在华外资企业研发强度低于内资企业，内资企业的竞争优势就强于外资企业。内外资企业之间的竞争表面上看是内资企业与在华外资企业的竞争，实际上是内资企业与跨国公司总部的竞争。

表 3-3　2007 年中国大中型内外资企业研发强度超过 1% 的行业

外资企业		内资企业	
行业	研发强度/%	行业	研发强度/%
医药制造业	1.99	通信设备、计算机及其他电子设备制造业	3.99
通用设备制造业	1.46	仪器仪表及文化、办公用机械制造业	2.48

续表

外资企业		内资企业	
行业	研发强度/%	行业	研发强度/%
专用设备制造业	1.39	专用设备制造业	2.18
交通运输设备制造业	1.08	电气机械及器材制造业	1.81
非金属矿采选业	1.00	医药制造业	1.75
		交通运输设备制造业	1.73
		通用设备制造业	1.56
		橡胶制品业	1.54
		化学原料及化学制品制造业	1.12
		化学纤维制造业	1.01

资料来源：根据2008年《中国科技统计年鉴》整理

外资企业研发强度低于内资企业，并不是中国特有的现象，印度、巴西等新兴经济体都存在这个问题。正如 Ranganathan 和 Murthy（2009）的观点，外资企业研发强度低并没有什么奇怪的。我们以印度汽车行业的研发强度为例，说明内外资研发强度的差异。在过去几年里，通用汽车、福特汽车、铃木汽车和现代汽车都纷纷选择在印度设立研发中心，铃木汽车甚至已经决定把印度作为日本以外的亚洲唯一的汽车研发中心。然而，跨国汽车企业在印度开展研发活动的趋势，并没有改变印度外资汽车企业研发强度偏低的事实。2001～2002年，印度外资汽车企业研发强度只有0.3%。

3.2.2 研发差异的原因分析

为什么跨国公司持续在中国设立外资研发机构，尽管很多研发中心已经成为跨国公司全球研发网络的重要一环，而外资企业的研发强度在过去的几年内并没有相应的提升呢？甚至来自 OECD 国家的外资企业，在东道国的研发强度远远低于 OECD 标准研发强度。我们认为外资企业研发强度偏低的原因与外资企业在东道国从事研发活动的目的有关系。印度学者 Kumara（2005）认为：外资企业在东道国从事研发活动，并不是专注于技术本身，而是针对东道国市场的特定需求，对现有产品进行优化和调整。印度学者的观点是否与外资企业在华从事研发活动的目的相吻合呢？对此，我们到北京、河北以及江苏进行了相关调研。

2009年11月，我们与北京博格华纳传动器有限公司（以下简称博格华纳公司）总经理以及技术部经理进行了座谈。当被问及博格华纳公司最主要的研发成就时，博格华纳公司做出了如下回答："我们公司（指博格华纳公司）的主要产品是四轮驱动分动器，产品技术来源于美国博格华纳传动系统公司，但是在给长城汽车做配套的过程中，遇到四轮驱动分动器与长城 SUV 汽车存在尺寸不匹配的问题。我们公司根据长城汽车的要求，对现有产品进行了尺寸的调整，这是我们公司最主要的研发成就。"2009 年 11 月，我们与廊坊 TRW 廊重制动器有限公司（以下简称 TRW 公司）的外方总经理进行了座谈。作为美国天合公司在华的合资企业，TRW 公司的主要产品是制动器总成，产品研发完全由美国天合公司总部研发中心完成。而 TRW 公司设在上海的亚太技术开发中心主要针对中国路况，从事产品的优化和调整等一系列改良型研发工作。为此他们在中国多处地方设立测试场地，如将严寒测试放到黑河。

虽然我们只对两家外资企业进行了调研，但是这两家企业都是世界著名的汽车零部件企业在华的独资或者合资企业。通过他们的研发活动，我们可以在一定程度上推断出这些外资企业从事研发的目的并不是全新的产品研制，而是根据中国市场需求对现有产品进行优化和调整。例如《中国交通法规》要求汽车安装后雾灯，但是《日本交通法规》并没有这个要求，所以在华的日本汽车零部件和整车厂也必须根据这个要求，针对中国特定需求进行一系列的研发活动。但是这类研发活动主要是一些支撑性研发活动，处于研发的低端环节，核心技术的研发仍然留在跨国公司的总部。

我们认为外资企业在华从事研发，除了考虑中国的特殊市场需求外，还应该有其他的原因。因为有的行业或者产品并不存在东道国独特的需求，或者东道国的独特需求并不明显，为什么此类外资企业也在华从事研发活动呢？虽然我们不能否认这些企业在很大程度上可能是从事基于科学和技术的活动，但是否存在市场或者技术需求以外的原因呢？2010 年 5 月 10 日到 13 日，我们对苏州和无锡进行了一轮调研，在与苏州和无锡一些政府官员讨论外资研发机构情况的时候，很多官员都认为外资在华从事研发活动很大原因是政府的压力。中国政府要求进入中国的大型外资企业享受超国民待遇的前提条件就是设立研发中心，如通用汽车在华设立的研发中心就属于这个类型。甚至有的官员认为："从某种程度上说，有相当多的外资企业在华设立研发中心的目的是为了洗钱和避税"。

诚然，还有另外一些吸引外资企业在华从事研发活动的原因。例如，一些跨国制药公司把一些具有毒性、危险性、腐蚀性的研发活动拿到中国来，可能更多是看重中国工程技术人员的成本相对廉价和吃苦耐劳的精神。但是这并不妨碍我们通过前期的调研，总结出外资在华设立研发机构的两个主要目的：一个是低端的支撑性研发，目的是制造出符合中国实际需求的产品；另一个是政府的压力，目的是为了享受优惠政策，甚至是避税和洗钱。

同时，通过一系列调研活动，我们产生这样一个疑问：促使外资在华从事一些真正高水平的研发活动，是不是中国政府未来一段时间内需要追求的目标呢？

跨国公司的本质决定了其在华研发机构必然是采用在公司总部研发的基础上，基于中国特定需求的支撑性研发模式。即使中国现有的一些行业具有一定的技术水平和实力，也拥有与外资正面竞争的能力，但是仍然无法成为吸引外资在华真正从事有价值研发的磁石。我们于 2010 年 6 月 17 日对爱立信（中国）有限公司进行的调研结果在某种程度上证明了这一点。虽然中国在通信设备制造和研发方面培养了深圳华为技术有限公司和中兴通讯股份有限公司，提出了 TD-SCDMA 标准，但是出于竞争和安全方面的考虑，爱立信在中国研发的主要职能仍然是偏重于产品开发，而不是偏向高端的研究环节。

印度制药业的数据更能说明外资在东道国研发的形态。印度的制药行业在国际上具有一定的竞争优势，吸引了包括行业巨头辉瑞制药公司和葛兰素史克制药公司等外资企业纷纷进入印度。同时，制药行业也是研发强度非常高的行业，制药行业的 OECD 标准研发强度为 10.5%。世界著名的辉瑞制药（Pfizer Ltd.）和葛兰素史克制药（Glaxo Smith Kline Pharmaceuticals Ltd.）设在印度的分公司的研发强度分别为 3.6% 和 0.7%，然而印度本土的制药企业比外资企业具有更高的研发强度（表 3-4），印度制药企业的研发强度平均为 2.6%，是外资制药企业研发强度的 3.5 倍。

表 3-4　印度制药企业的研发强度

企业名称	2008 年研发强度/%
Dr. Reddy'S Laboratories Ltd.	9.2
Cipla Ltd.	5.4
Lupin Ltd.	7.3
Sun Pharmaceutical Inds. Ltd.	5.9
Aurobindo Pharma Ltd.	4.9
Cadila Helthcare Ltd.	9.2
Wockhardt Ltd.	7.5
Torrent Pharmaceuticals Ltd.	11.3
Panacea Biotec Ltd.	12.9
Ranbaxy Laboratories Ltd.	11.9
Matrix Laboratories Ltd.	12.3
Pfizer Ltd.	3.6
Glaxo Smith Kline Pharmaceuticals Ltd.	0.7

资料来源：根据 2009 年印度 Prowess，CMIE 整理

有意思的是，Ranbaxy 和 Matrix 曾经都是印度的本土企业，后来被外资收购，但是所有制性质的改变并没有使其研发强度下降。这给了我们很大的启示：外资企业的研发强度与资本性质并没有多大关系，而是与外资企业的目的有关系。如果外资企业进入东道国仅仅是为了获取市场份额，其研发活动也只能是市场驱动型的研发活动，而非基于科学和技术的研发行为，这种模式的研发强度也不可能太高。

在未来的一段时间内，内资企业的研发强度高于外资企业的状况不会发生根本性改变，除非外资在华从事研发活动就是为了技术寻求，而非市场驱动。至少在目前，我们现有的技术水平还达不到这个要求。因此，我们不能被外资在华的研发活动蒙蔽了双眼，认为外资研发就一定能给外资制造带来更多的技术溢出，或者认为外资研发的强化一定会导致外资企业研发强度超越内资企业的研发强度。我们的观点是：无论是外资研发也好，制造也罢，技术溢出更多的是产品的示范效应，而非技术本身。因此，如何在外资企业产品的示范带动下，提升内资企业的研发能力仍然是我们未来努力的目标。

3.2.3 中国和巴西在外资规模与内资研发强度上的区别

我们虽然描述了中国存在外资企业研发强度低于内资企业的事实，分析了导致这个现象的主要原因，但是我们仍然不能非常客观地评价中国内外资企业研发的状况，原因是缺乏与新兴经济体和发达国家相关数据横向比较的参照系。

巴西学者 Zucoloto 和 Junior（2005）基于巴西的相关数据发现：巴西的外资规模与内资企业研发强度存在负向关系，巴西的外资企业过高的市场份额限制了本土企业的发展，导致了较低的研发强度。巴西学者的研究对我们构建参照系给予了很大的启示。如果外资市场份额很大，而内资企业研发强度尽管高于外资企业，却远低于 OECD 标准，这便是一个危险的警示信号。为此，我们把 OECD 国家的标准研发强度，以及东道国外资企业的市场份额两个变量作为参照系，横向比较巴西和中国内资企业研发强度的问题（表 3-5）。

表 3-5　中国和巴西外资市场份额与内资研发强度的对比

行业	中国内资企业研发强度/%	巴西内资企业研发强度/%	中国外资市场份额/%	巴西外资市场份额/%	OECD 标准/%
食品制造业	0.53	0.09	38.57	36.69	0.30
饮料制造业	0.84	0.11	36.25	42.82	0.30

续表

行业	中国内资企业研发强度/%	巴西内资企业研发强度/%	中国外资市场份额/%	巴西外资市场份额/%	OECD 标准/%
烟草制品业	0.24	0.00	0.23	100.00	0.30
纺织业	0.48	0.38	23.81	7.39	0.30
纺织服装、鞋、帽制造业	0.41	0.69	45.14	6.24	0.30
皮革、毛皮、羽毛（绒）及其制品业	0.22	0.79	50.20	0.00	0.30
木材加工及木、竹、藤、棕、草制品业	0.73	0.44	18.94	0.00	0.40
家具制造业	0.33	1.39	46.89	19.28	0.40
造纸及纸制品业	0.60	0.32	34.76	34.70	0.40
印刷业和记录媒介的复制	0.57	0.06	30.71	4.93	0.40
石油加工、炼焦及核燃料加工业	0.14	0.87	14.82	0.00	0.40
黑色金属冶炼及压延加工业	0.81	0.23	14.37	18.43	0.60
有色金属冶炼及压延加工业	0.64	0.05	15.94	33.80	0.60
金属制品业	0.97	0.27	34.83	35.35	0.60
非金属矿物制品业	0.49	0.55	18.41	36.45	0.80
橡胶和塑料制品业	1.00	0.33	37.50	54.22	1.00
通用设备制造业	1.56	1.02	27.52	77.60	2.20
化学原料及化学制品制造业	1.12	0.52	28.08	48.68	2.90
汽车制造业	1.90	0.00	45.55	100.00	3.50
电气机械及器材制造业	1.81	2.02	37.30	71.64	3.60
通信设备、计算机及其他电子设备制造业	3.99	1.73	84.05	79.11	7.30
仪器仪表及文化、办公用机械制造业	2.48	1.53	62.84	94.18	9.70
医药制造业	1.75	1.00	25.59	63.80	10.50

注：中国为 2007 年数据，巴西为 2005 年数据

资料来源：巴西数据来自 Zucoloto 和 Junior（2005）的论文，中国数据根据 2009 年《中国科技统计年鉴》整理

　　除了少数几个行业外，中国内资企业研发强度整体上高于巴西内资企业。在外资企业市场规模上，巴西和中国差距较大。巴西在一些低技术行业，外资企业市场份额比较低，但是在中高技术行业，其外资企业市场份额非常高。例如，外资几乎占据了巴西通用设备制造业，汽车制造业，电气机械及器材制造业，通信设备、计算机及其他电子设备制造业，仪器仪表及文化办公用机械制造业，医药制造业 70% 以上的市场份额，化学原料及化学制品制造业 50% 的市场份额。相

反，中国在低技术行业，例如纺织业、纺织服装鞋帽制造业、家具制造业、印刷业和记录媒介的复制业，外资比例远高于巴西。但是在中高技术行业，除了通信设备、计算机及其他电子设备制造业外，中国的外资企业市场份额并没有巴西的高，但是巴西这些行业的内资企业研发强度，除了电气机械及器材制造业外，都低于中国的内资企业。

尽管与巴西相比，我们没有表现出明显的经济拉美化倾向，但中国本土企业在一定程度上挺起了经济发展的脊梁，当然还不能说中国内资企业就具备了相当的竞争实力。与 OECD 标准相比，中国内资企业研发强度还是有一定差距的，一些中高技术行业研发强度仅及 OECD 标准的一半，甚至仅为 OECD 标准的四分之一。

过大的外资市场规模会给一些自主创新项目的实施，特别是试图借助政府推动企业或者行业创新发展的做法带来一些障碍。以通信设备、计算机及其他电子设备制造业为例，虽然在过去的时间内，ICT 行业发展得非常迅速，也培养出了华为和中兴通讯这样的世界级通信设备供应商，但是由于这个行业包括的子行业非常多，故内资企业的份额只有 16%。中国内资企业除了少数几个子行业具备世界级竞争力，大多数子行业都处于弱势，甚至要依附于外资企业。

TD-SCDMA 就是一个例子，尽管政府对 TD 进行了大力的支持，并且让实力最强的中国移动通信集团公司承担 TD 运营商的任务，但是相当多的 ICT 子行业并不掌握在内资企业手里面，特别是内资企业在手机及其零部件的生产和研发方面的话语权比较弱。而且，2009 年，中国移动的新增 TD 用户只有 1000 万，严重影响了企业从事 TD 手机的研发和制造的热情。即使是联想公司最新推出的 3G 手机——乐 phone，也是采取的 WCDMA 标准，而不是 TD 标准。道理很简单，手机厂商从事 WCDMA 手机的研发和制造，面向的是全球的市场，而从事 TD-SCDMA 手机的研发和制造，面向的只是中国的一个运营商，企业运营风险明显提高。此外，手机厂商研发和制造 WCDMA 手机所需要的芯片可以得到很多芯片企业的支持，而 TD 手机则缺乏这方面强有力的支持。

TD-SCDMA 这个例子说明：由于创新的整个链条非常长，也非常复杂，故试图借助政府力量主导整个创新链条的整合是非常困难的，甚至是不可能的。外资企业早早就掌控了 ICT 行业的研发和制造，使我们的自主创新面临着一个困难，即某一点的创新突破，仍然不能使我们实现整个行业的突破。例如，尽管我们也搞出了制造芯片用的光刻机，但是很多内资企业却拒绝采用国产的光刻机，因为这些内资企业都是给外资企业代工的，外资企业的芯片制造标准已经排除了国产光刻机的市场空间。虽然政府自 2006 年以来大力提倡自主创新对于提升中国产业升级是一个重要的政策导向，但是我们也要避免陷入这样的误区——认为自主创新就是完全自己掌控的创新。实际上，我们要学会如何在整个创新链条上与外资企业共存，实现开放创新与自主创新的融合才是至关重要的。

3.3　外资研发机构对区域创新能力的影响

3.3.1　外资企业研发资源现状

2003～2007 年，中国外资企业研发投入从 167 亿元增加到 615 亿元，但是 90% 以上都是集中在东部地区，东部地区又主要集中在广东、江苏和上海。2007 年上述三地外资大中型企业研发经费占全部大中型工业企业的比重分别为 23.9%、19.3% 和 17.8%。尽管北京科研实力非常强，但是外资企业在京研发经费仅排名第九位，比重仅占全部大中型工业企业的 3.1%。原因可能有两个：一个是我们研究的对象是工业企业，而北京 GDP 的 70% 都由服务产业创造，工业并不是北京着力发展的产业。另一个是跨国公司大量投资北京的高校、科研院所，利用其人员、科研基础，联合进行各项先进技术的开发，外资企业的研发费用可能被计入到大学或研究所的科研经费里面。

考虑到外资研发机构主要集中在广东、江苏和上海，以及北京作为全国科技中心的特殊性，我们将分析广东、江苏、上海和北京外资研发总量和增长率的特征。2007 年，江苏外资企业研发经费总额达到 118.71 亿元，比 2003 年增加了 99.88 亿元，其研发经费增加额占同期江苏全部大中型企业增加额的 41.41%；江苏外资企业拥有的科学家和工程师数量从 2003 年的 0.64 万人增长到 2007 年的 2.54 万人；企业科技机构数量也达到 514 家，比 2003 年增加了 345 家。2007 年，北京外资企业研发经费总额达到 18.82 亿元，比 2003 年增加了 1.94 亿元，其研发经费增加额占同期北京全部大中型企业增加额的 7.68%；北京外资企业拥有的科学家和工程师数量从 2003 年的 0.29 万人增长到 2007 年的 0.38 万人；企业科技机构数量也达到 53 家，比 2003 年增加了 38 家。2007 年，广东外资企业研发经费总额达到 147.27 亿元，比 2003 年增加了 108.1 亿元，其研发经费增加额占同期广东全部大中型企业增加额的 50.82%；广东外资企业拥有的科学家和工程师数量从 2003 年的 1.39 万人增长到 2007 年的 4.93 万人；企业科技机构数量也达到 770 家，比 2002 年增加了 479 家。2007 年，上海外资企业研发经费总额达到 109.44 亿元，比 2003 年增加了 70.15 亿元，其研发经费增加额占同期上海全部大中型企业增加额的 68.12%；上海外资企业拥有的科学家和工程师数量从 2003 年的 1.06 万人增长到 2007 年的 1.7 万人；企业科技机构数量也达到 161 家，比 2002 年增加了 59 家。

我们分别从大中型外资企业研发经费年均增长率、拥有的科学家和工程师数量年均增长率、企业科技机构数量年均增长率、技术引进经费年均增长率和消化吸收经费年均增长率五个方面分析了江苏、北京、广东和上海外资企业研发资源5年来的变化（表3-6）。从全国的数据看，2003~2007年全国工业企业研发经费、科学家和工程师数量以及企业科技机构数量的年均增长率分别为29.85%、25.85%和23.61%，外资企业研发资源的增长速度明显高于内资企业。从江苏、北京、广东和上海四个地区增长率来看，江苏除了技术引进经费年均增长率排名第二位外，剩下的四个年均增长率都排在第一位，这表明外资企业参与江苏研发和创新体系的程度在大幅度提升。除研发经费、机构和科学家等创新资源外，技术引进和消化吸收的经费也是制造业科技活动的重要资源。江苏和广东的外资企业技术引进速度与研发经费的增长幅度都呈现快速增长的态势。一种可能的解释是Hu和Jefferson（2004）提出的：外资企业的研发支出和技术引进不是替代效应而是互补的，外资企业在中国进行研发活动时也依赖于全球市场的技术来源。此外，江苏、北京和广东外资企业的消化吸收经费出现大幅度上涨，这一方面可能与过去几年消化吸收总体投入的基数较小有关系，另一方面也说明中国一些特殊的市场需求迫使外资企业加大在消化吸收方面的投入力度。例如，西门子公司经过市场调研发现中国县级医院需要一款价格低廉又具备一些基本功能的CT机，西门子总部并没有类似功能的CT机，故西门子中方研发人员在消化吸收西门子CT机技术的基础上，研发出一款适用于县级医院的CT机，并成功进入其他发展中国家。

表3-6　2003~2007年外资企业研发资源的年均增长率

地区	大中型外资企业研发经费年均增长率/%	拥有的科学家和工程师数量年均增长率/%	企业科技机构数量年均增长率/%	技术引进经费年均增长率/%	消化吸收经费年均增长率/%
全国	29.85	25.85	23.61	14.10	19.12
东部地区	29.27	24.71	23.49	15.82	22.20
中部地区	34.24	38.48	27.01	−15.84	6.57
西部地区	42.85	28.12	19.93	54.69	36.03
江苏	50.79	37.00	34.45	31.22	70.53
北京	7.69	14.85	20.34	1.36	70.09
广东	38.53	33.28	23.97	36.31	69.60
上海	10.94	6.16	7.53	−3.14	9.35

资料来源：根据2004年和2008年《中国科技统计年鉴》整理

目前外资企业研发投入增长的速度明显高于内资企业，可以想象若干年以后，外资企业研发资源有可能成为中国企业研发方面非常重要的主体，这样就产生一个话题——什么规模的外资研发资源对中国自主创新能力提高最有效？

3.3.2　外资企业研发资源规模与区域创新能力

根据联合国贸易发展组织（UNCTAD）《2005 年世界投资报告》得知 2003 年主要国家外资研发的平均比重为 15.9%。其中，爱尔兰（72.1%）、匈牙利（62.5%）、新加坡（59.8%）的比重超过 50%；在 30% ~ 50% 的国家有巴西（47.9%）、捷克（46.6%）、瑞典（45.2%）、英国（45%）、澳大利亚（41.1%）、加拿大（34.8%）、意大利（33%）、墨西哥（32.5%）和葡萄牙（30.9%）；在 10% ~ 30% 的国家有西班牙（27.3%）、荷兰（24.7%）、中国（23.7%）、阿根廷（23.2%）、德国（22.1%）、以色列（20.7%）、法国（19.4%）、波兰（19.1%）、斯洛伐克（19%）、芬兰（15%）、美国（14.1%）和土耳其（10.6%）。日本和韩国都在 10% 以下，分别为 3.4% 和 1.6%。

从上述数据可以看到，欧盟的一些国家基本上介于 25% ~ 45%。杜德斌（2009）认为世界大多数国家的普遍情况是：研发投入和研发活动以本国为主，但也吸引了一定份额的国外研发资金，外资研发比重一般在 30% ~ 40% 比较适宜。考虑到 2007 年中国的外资研发比重为 29.12%，我们也认为 30% ~ 40% 的外资研发比重可以为确立中国吸引外资研发的合理规模提供参考和借鉴。

2007 年中国外资企业研发经费占全部企业研发经费的比重符合 30% ~ 40% 区间的地区分别为北京（2，30.75%）①、浙江（5，31.51%）和江苏（1，36.88%），超过 40% 以上的地区是广西（25，43.13%）、广东（3，43.78%）、天津（7，40.50%）、上海（4，67.25%）和福建（12，67.78%）。图 3-1 描述了 2007 年中国区域创新能力得分与该区域外资研发经费比重的关系，图中的实曲线是区域创新能力得分的 6 次多项式趋势线，链状线是不同区域外资研发经费比重的连线（该比重按照从低到高的顺序排序）。比较实曲线和链状线，当链状线数值低于 40%，链状线的总体趋势和实曲线的趋势一样，都是同方向增长，当链状线数值超过 40% 以后，实曲线开始出现下降的趋势。图 3-1 只是 2007 年一年的定性分析，图中实曲线出现的拐点可能只是一个巧合。我们又分析了 2006 年区域创新能力与外资研发比重的关系，如图 3-2 所示，发现当外资企业研发经费占全部企业研发经费的比重超过 40% 时，区域创新能力得分开始出现下降。

为了更好地分析外资研发比重与创新能力之间的关系，我们借鉴了 Hu 和 Jefferson（2001）的相关研究。Hu 和 Jefferson 用新产品的销售额代表企业研发活动的产出，以行业内的技术人员数量、研发资金投入以及行业内的外资数量作为

---

①　括号内前面为 2009 年区域创新能力排名，后面为该区域外资企业研究与开发（简称为 R&D）经费占全部企业 R&D 经费的比重。

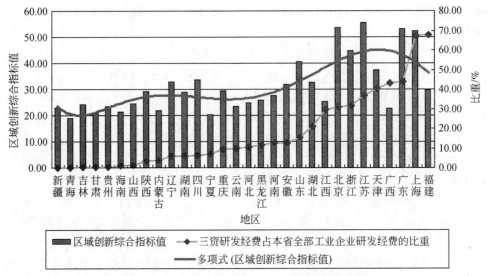

图 3-1　中国 2007 年区域创新能力与外资研发比重的关系

资料来源：根据 2008 年《中国科技统计年鉴》以及 2009 年区域创新能力综合得分整理

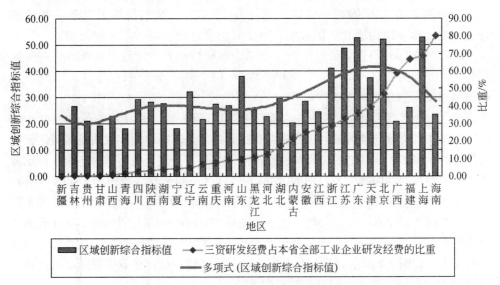

图 3-2　中国 2006 年区域创新能力与外资研发比重的关系

资料来源：根据 2007 年《中国科技统计年鉴》以及 2008 年区域创新能力综合得分整理

解释变量，研究了外资对区域创新能力的影响。我们分别检验了外资研发资源的比重与外资企业创新产出，以及外资研发资源的比重与全部企业创新产出的关系。其中外资研发资源的比重由如下三个变量构成：用变量 RD 表示外资企业研发经费占全部企业研发经费的比重，用变量 TCHU 表示外资企业从业人员占全部企业从业人员的比重，用变量 CHZH 表示外资企业工业总产值占全部工业总产值的比重。因变量由如下三个变量构成：用 XCP 表示外资企业新产品产值占全部工业企业新产品总产值的比重，用 ZXCP 表示全部工业企业新产品产值占全部企业工业总产值的比重，用 FMZL 表示外资企业发明专利申请数占全部工业企业发明专利申请数的比重。数据来源于 2003～2007 年《中国科技统计年鉴》，回归结果分别如表 3-7 至表 3-10 所示。

表 3-7 外资研发资源比重对外资企业新产品产出比重 XCP 影响的回归结果

自变量	系数 t	标准差 r	T 检验	显著性	调整 R^2	F 检验	整体显著性
C	8.657 3	4.769 4	1.815 2	0.072 1			
RD	0.562 0	0.116 8	4.811 4	0.000 0			
TCHU	0.270 8	0.312 6	0.866 3	0.388 1	0.833 3	23.565 4	0.000 0
CHZH	0.105 0	0.256 6	0.409 3	0.683 1			

表 3-8 滞后一期外资研发资源比重对外资企业发明专利比重 FMZL 影响的回归结果

自变量	系数 t	标准差 r	T 检验	显著性	调整 R^2	F 检验	整体显著性
C	−36.692 7	17.536 0	−2.092 4	0.039 3			
RD（−1）	1.681 5	0.462 4	3.636 9	0.000 5			
TCHU	−0.214 0	0.618 2	−0.346 3	0.730 0	0.480 3	4.332 8	0.000 0
CHZH	1.634 4	0.913 1	1.789 9	0.077 0			

表 3-9 外资研发资源比重对全部工业企业新产品比重 ZXCP 影响的回归结果

自变量	系数 t	标准差 r	T 检验	显著性	调整 R^2	F 检验	整体显著性
C	12.189 5	3.861 1	3.157 0	0.002 0			
RD	0.016 7	0.058 1	0.286 8	0.774 8			
TCHU	0.009 8	0.153 5	0.063 6	0.949 4	0.110 6	0.571 1	0.967 4
CHZH	0.059 3	0.187 0	0.317 3	0.751 6			

表 3-10 滞后一期外资研发资源比重对全部工业企业新产品比重 ZXCP 影响的回归结果

自变量	系数 t	标准差 r	T 检验	显著性	调整 R^2	F 检验	整体显著性
C	10.982 51	5.756 016	1.908 006	0.059 7			
RD（−1）	−0.057 28	0.144 99	−0.395 04	0.693 8			
TCHU	0.047 772	0.196 904	0.242 618	0.808 9	0.150 9	0.519 0	0.981 8
CHZH	0.135 623	0.288 6	0.469 934	0.639 6			

表 3-7 回归结果表明外资企业研发投入比重与新产品产出比重正相关，方程整体拟合较好；表 3-8 表明滞后一期的外资企业研发投入比重与专利产出比重正相关，方程整体拟合较好；表 3-9 回归结果说明外资企业研发投入比重与总体新产品比重相关性没有通过检验，方程整体拟合较差；表 3-10 也说明滞后一期的外资企业研发投入比重与总体新产品比重相关性没有通过检验，方程整体拟合较差。经过这些计算，得到如下结论：第一，外资研发投入对外资企业创新产出有正向作用；第二，外资研发投入与总体的创新产出关系不大。这个研究结论说明外资企业研发与内资企业研发存在脱节，外资研发并不能有效带动创新总产出的提升。

3.4　外资企业创新产出是否有助于内资企业创新产出？

理论界认为：外资对发展中东道国本土企业技术能力的提升作用通常来自两个效应，一个是由于跨国公司的进入在东道国市场引进竞争，迫使国内同类企业采用更有效率的生产和管理手段，内外资企业之间的技术差距逐渐缩小而产生的趋同效应；另一个是由于跨国公司通过示范效应加快国内企业采用新技术的速度，外资作为一个新的优势群体进入后所起的触媒效应（杨先明，2000）。然而，我们一直在思考这样的问题：至少在宏观层面上，中国内资企业的创新产出是否真正是由外资企业的竞争或者示范效应所直接引发的？外资企业创新产出是否真正有助于内资企业创新产出？

为此，我们从新产品的显性产出和发明专利的隐形产出两个方面分析外资企业创新产出是否有助于内资企业创新产出。考虑到江苏和上海同处于长江三角洲地区，外资企业又是江苏和上海经济发展的重要组成动力之一，因此对同一个地区的两个城市的外资企业创新产出作比较分析更有意义。

2002～2007 年，江苏制造业中外资企业新产品产值占全部新产品产值的比重经历了小"V"形的变化，最高值为 2006 年的 39.48%，最低值为 2003 年的 24.27%（表 3-11）。而上海制造业中的这一比重一直在高位徘徊，最高值为 2003 年的 82.33%，最低值为 2000 年 69.62%。2007 年江苏外资企业新产品产值比重为 37.46%，同期江苏外资企业研发经费增加额占同期江苏全部大中型企业增加额的 41.41%。2007 年上海外资企业新产品产值占全部新产品产值的比重为 72.18%，同期上海外资企业研发经费增加额比重为 68.12%。江苏和上海的数据说明外资新产品产出占全部新产品产出的比例与外资研发经费占全部研发经费的比例是有关系的。

表 3-11　江苏和上海外资企业新产品产值与全部新产品产出的对比

年份	江苏		上海	
	外资企业新产品总产值占外资企业工业总产值的比重/%	外资企业新产品产值占全部新产品产值的比重/%	外资企业新产品总产值占外资企业工业总产值的比重/%	外资企业新产品产值占全部新产品产值的比重/%
2000	17. 61	37. 06	21. 25	69. 62
2001	16. 16	35. 94	18. 90	77. 67
2002	10. 59	29. 90	18. 92	79. 54
2003	6. 27	24. 27	19. 20	82. 33
2004	5. 67	26. 71	14. 57	76. 49
2005	5. 03	31. 96	18. 97	75. 33
2006	7. 02	39. 48	20. 36	77. 71
2007	6. 62	37. 46	22. 74	72. 18

资料来源：根据 2001～2008 年江苏和上海统计年鉴整理而成

　　为了能够更细致地描述外资企业是否拉动了内资企业新产品产值比重的提高，我们依据 1988～2009 年的《中国科技统计年鉴》，计算了内外资企业新产品产值比重的变化情况（图 3-3）。中国内资企业新产品产值比重的变化可以划分为三个阶段：第一个阶段是 1990 年之前，内资企业新产品比重在 7%～8% 波动，第二个阶段是 1990～2000 年，新产品比重在 10%～14% 波动，第三个阶段是 2000 年以后，新产品比重超过 15%。而同期，外资企业（包括外商企业和港澳

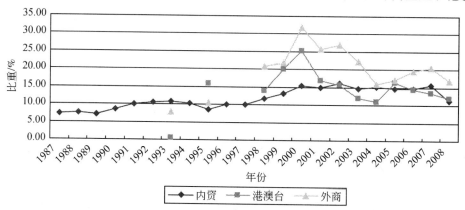

图 3-3　中国内外资企业新产品产值比重的变化趋势
资料来源：根据 1988～2009 年《中国科技统计年鉴》整理而成

台企业）的新产品产值比重逐渐下降，从 2004 年以后逐渐趋同。江苏外资新产品比重从 2000 年到 2007 年处于下降通道，2007 年为 6.62%，上海基本不变，上海的该指标数据为 22.74%（表3-11）。

为什么内资企业新产品比重在逐渐上升，而外资企业新产品比重在逐渐下降呢？2010 年 3 月，我们到西门子能源公司调研内资企业对外资企业技术追赶问题的时候，西门子的一位高层管理者认为："西门子发电设备作为行业领先者，需要不断地进行从零到一的创新活动，研制出新产品的速度远低于模仿速度。西门子的新产品对内资企业具有很强的示范效应，内资企业的技术模仿和学习能力提升较快，例如上海电器集团股份有限公司、东方电机股份有限公司等，因此西门子能源部门能够感受到中国发电设备企业技术进步对西门子的压力。最后很可能出现外资企业的产品逐渐被内资企业驱逐到高端市场，而拱手将中端市场让与内资企业的局面，好比现在外资家电企业已经很难在中国中低端市场有所作为一样。"虽然对西门子的调研在某种程度上说明外资企业创新产出对内资企业的带动作用，但是内资企业新产品比重提升也不是突然就发生的，而是有一个时间差的。从图 3-3 我们大致推断出这个时间差为 5 年，但是时间差还在不断地扩大，而不是缩小，从 20 世纪 80 年代的 3 年到 90 年代的 5 年，2000 年以后已经变成 8 年，甚至更长。这是因为自主创新能力具有较强的内生性，即技术能力可以引进，而创新能力不可引进。特别是随着产品复杂性的提升以及外资企业专利战略的实施，所谓外资企业新产品的示范效应其实在逐渐衰减。

2002～2007 年，在隐性的创新产出方面，江苏外资企业发明专利申请量的比重处于上升势头，2007 年达到 43.66%，2007 年上海外资企业发明专利占全部企业发明专利的比重一直在 60% 以上（表3-12）。而同期上海规模以上外资企业数量为 5882 家，占规模以上全部企业数量的比重是 40%，江苏外资企业数量达到 9853 家，比重为 23.5%。按照这个比例，上海和江苏外资企业在隐性创新产出方面均超过内资企业，这突出显示了外资企业在两个地区市专利活动中的重要性。

表3-12　2002～2007 年江苏和上海外资企业发明专利占全部企业发明专利的比重

（单位:%）

地区	2002 年	2003 年	2004 年	2005 年	2006 年	2007 年
江苏	15.14	34.34	29.22	34.87	31.38	43.66
上海	64.02	78.79	66.27	69.02	66.93	64.86

资料来源：根据 2001～2008 年江苏和上海统计年鉴整理

我们对 2007 年江苏和上海前 100 强企业在中国专利数据库上全部申请的专

利进行进一步分析，数据结果如表 3-13 所示，专利申请量前 10 名企业总的专利申请量占 100 强企业全部专利申请量的比例非常高，江苏为 79.8%，上海为 84.9%。

表 3-13　2007 年江苏和上海前 100 强企业发明专利申请量的前 10 名

（单位：件）

江苏		上海	
公司名称	发明专利申请量	公司名称	发明专利申请量
富士康（昆山）电脑接插件有限公司	700	上海乐金广电电子有限公司	1 478
泰州乐金电子冷机有限公司	269	宝山钢铁股份有限公司	1 030
南京 LG 新港显示有限公司	116	上海华虹 NEC 电子有限公司	682
扬子石油化工股份有限公司	101	英华达（上海）电子有限公司	383
中国石化仪征化纤股份有限公司	74	上海贝尔阿尔卡特股份有限公司	366
苏州三星电子电脑有限公司	73	中国石化上海石油化工股份有限公司	322
扬子江药业集团有限公司	68	沪东中华造船（集团）有限公司	88
苏州三星电子有限公司	67	上海三菱电梯有限公司	83
苏州佳世达电通有限公司	44	上海迪比特实业有限公司	81
江苏沙钢集团有限公司	36	上海华谊丙烯酸有限公司	75

资料来源：根据 2008 年江苏和上海统计年鉴，以及国家知识产权局专利数据库整理

江苏和上海两地的外资企业发明专利申请量都存在一个有意思的现象——外资企业要么是发明专利申请量极高，要么没有或者只有极少的发明专利申请量。例如：富士康（昆山）电脑接插件有限公司和上海乐金广电电子有限公司发明专利申请量非常多，分别占 2007 年江苏和上海前 10 强企业从 1985 年到 2008 年全部发明专利申请量的 27.3% 和 45.2%。与此形成对比的是，巴斯夫、日立、克虏伯、3M、强生、京瓷、英特尔、东芝、夏普、大金、柯达、飞利浦等跨国公司在江苏和上海企业没有提出任何发明专利申请。这种很大数量的专利申请来自小部分的跨国公司引起了巨大的关注，这种关注是关于它们在中国创新能力构建中的作用问题，一方面问题是这些专利是否真是利用中国的研发资源开发的，另一方面是这些专利是否对国内竞争者起到战略性的阻碍作用，而对区域创新能力构建没有贡献。

我们从新产品的显性产出和发明专利的隐形产出两个方面对外资企业创新产出是否有助于内资企业创新产出的问题加以分析，初步得到如下一些结论。

外资企业创新产出对内资企业创新产出存在双刃剑效应。积极的方面表现为

外资企业的新产品产出对内资企业的竞争和示范效应。竞争的压力和追求利润最大化的本能会促使国内企业随着外商投资企业技术水平的提升，加大对研发部门人力资源的投入，内资企业便能够通过竞争效应和示范效应获得技术进步。

消极的方面表现为外资企业直接利用跨国公司总部的技术大量地申请中国专利，而且除了在数量上快速部署已获得的规模效应外，在策略上也采取扩张的举措，其中包括：对可能或潜在的技术进行全面的专利保护，以达到其抑制对手、全面垄断的目的；同样出于垄断的目的，它们甚至不惜采用将公共技术稍加改动即申请专利的手段达到抑制中国内资企业发展的目的。

我们认为外资企业创新产出对内资企业的积极作用实际上在逐渐衰减。一方面是新产品越来越复杂，内资企业学习的成本越来越高；另一方面是外资企业对内资企业的警惕性提高，可以通过专利战略给内资企业研发设置障碍。因此，不可过分迷恋外资研发能够提升内资企业创新能力的想法，利用外资只能是发展中东道国提升自主创新能力的一种辅助途径，真正自主创新能力的形成来自于自身，而非外资。

3.5 主要结论与政策启示

我们从外资市场强弱与内资研发强度的国际比较，外资研发资源规模与创新能力的关系以及外资企业在创新产出中的贡献等多个角度分析了外资企业及其研发对中国创新的影响，同时观察到外资因素在中国创新系统中的显著增长。外资企业研发投入的迅速增加，使其成为中国企业研发投入的重要来源和推动中国研发经费快速增长的重要力量，这种趋势还将持续下去。总体看来，中国目前的外资研发投入的规模、外资研发占中国企业研发投入的比重以及外资研发投入增长速度基本处于合理水平，并具有较大的发展空间。

本章研究的一个重要目的就是想弄清外资企业及其研发的何种规模最有利于中国创新能力的提升。以 2009 年区域创新能力综合排名前四位为例，总体来看，广东和江苏的外资企业所占份额比北京和上海低很多，但是广东和江苏的区域创新能力并不比北京和上海差，特别是江苏一举提前三位，于 2009 年排名第一位。这给我们一个启示：是不是外资企业在经济中的地位应该有一个适度的范围，在这个范围内，外资企业最有利于区域创新能力的提升，低于这个范围或者高于这个范围都不利于区域创新能力的提升。遗憾的是，对于这一问题，我们的定量分析并没有鲜明地给出直接答案。但是我们始终认为外资企业在一个区域内比例过高，并不是一件值得炫耀的事情。外资企业不同于内资企业，一切行动要受母公司的指挥和控制，跨国公司在华从事研发活动最本质的动机就是要利用中国的优势资源和抢占中国市场以实现企业利益短期或长期的最大化。跨国公司通过给本土企业一定的外包业务，使得本土有一定研发能力的企业为了短期利益而进行偏向应用性的开发工作，从而减少或取消相关基础性的、对未来长期发展具有重要意义的研发活动。福建和上海就是很好的例子，这两地外资企业的规模和地位太庞大了，在外资企业内部形成了一个封闭的自循环，很少有创新的资源和能力外溢给内资企业。相反，江苏的外资企业只在江苏占据一定的地位，外资企业可能无法形成一个封闭的内循环，而在外资企业自我发展的过程中，又需要内资企业的支持，这便很容易形成先进技术的外溢。当然，技术溢出效应作为跨国公司研发投资的一种内在功能，是必然发生的。

但是也不要过分迷恋外资的技术溢出，我们认为外资对中国技术创新最大的贡献就是帮助中国完善了产业链条。如果中国没有大量的外资汽车制造企业，奇瑞、吉利和比亚迪很难学习到先进的汽车制造技术和供应链管理技术；如果中国没有大量的外资汽车零部件企业，奇瑞、吉利和比亚迪也很难克服技术的缺陷。例如，通过购买在华外资企业的发动机和变速箱产品，借助外国设计公司的力量，可以较快地推出新产品。同时，我们也需要牢记，通过技术转移得到的是研发产品，而不是研发资源本身，内资企业需要构建自己的研发资源。

总体看来，外资的市场规模，以及外资企业的研发的确可以为中国提供新的机遇，但过于依赖外资企业，并认为外资越多，中国产业的技术进步就越快的结论难以成立。因此，不能认为有了外资或高质量的外资，就有了自主创新的想法。从外资，到技术溢出，到本土创新，需要一个漫长的过程。而且自主创新还与许多本地因素相关，包括中国不同地区在经济发展水平、人力资本状况、开放程度、技术水平与政策取向上的差异等因素。

第4章 外资溢出与内资企业创新

外资的技术溢出能否促进内资企业创新能力的提升，理论界一直以来都存在争议。学者们的意见可以分为两大派，一是抑制论，一是促进论。抑制论认为：外资对发展中国家技术进步的贡献是有条件的，外资的大规模进入没有带来技术创新，甚至东道国出现逆向技术扩散的问题。促进论认为：从长期看，技术外溢是一种必然现象，因而是跨国公司海外投资的一种潜在成本，因为免费搭车的当地企业迟早会变得足以与跨国公司相抗衡，最终的结果是增加了东道国市场的竞争性。

然而，很大一部分支持促进论文献的研究对象是相对发达的国家，而支持抑制论的研究则是基于东欧等经济转型国家的数据，或者诸如摩洛哥、委内瑞拉等发展中国家的数据。为此，学者们试图从本土企业的吸收能力与技术差距角度来解释为什么经济转型国家或者发展中国家往往得出抑制论。例如，Kokko（1994）通过研究乌拉圭的制造业企业数据发现乌拉圭本土企业与外资企业的技术差距会反向地影响内资企业对外资溢出的吸收，即技术差距过大会阻碍溢出。我们认为经典的研究似乎更注重技术溢出的供给方，即在外资提供给内资企业学习机会的前提下，分析外资技术溢出的大小，而较少关注外资技术溢出的需求方，即外资凭借技术和管理的先进性压制内资企业发展，导致外资技术溢出吸收主体弱化或者消亡，结果使本土企业丧失了吸收技术溢出的基础。

带着这个问题，我们从 2010 年 5 月 10 日起到苏州和无锡进行了为期四天的调研，主要走访了苏州工业园区管委会、苏州市科技局、苏州纳米研究所、苏州星恒能源、无锡软件园、无锡市外经贸局和无锡科教园区等单位，调研的话题主要包括政府在推进企业创新中的作用、外资溢出的效果、外向型发展模式、外资带动自主创新的作用以及私营企业创新能力提升等方面。调研期间，苏州和无锡的一些地方官员对外资技术溢出效应都给出了否定的回答。基本的观点为："外资技术不可能溢出，只有技术封锁。技术差距大的时候，为了配套，外资对一些内资供应商进行标准培训，可能有溢出作用。但是技术差距缩小以后，为了防止竞争，就不可能有溢出效应了。特别是有些行业的产值，相当大的比例都是由外资创造的，内资企业很难进入由外资企业主导并且封闭的供应体系，更别说技术外溢的大小了。"

我们并不赞同外资不存在溢出的观点，我们与王红领等（2006）的观点是一致的，就是认为外资的技术溢出是必然的，如果说对此还有争议的话，那也只是外资溢出效应大小的问题。而所谓外资不存在溢出的背后，实际上是本土企业能否成为接收技术溢出载体的问题。内资企业能否成为自主创新的载体，取决于两个方面：一方面是外资企业能否给予内资企业成为载体的机会，另一方面是内资企业是否具备成为载体的能力。因此，我们研究的问题是：在外资溢出的前提下，什么因素导致了内资企业失去成为自主创新载体的机会？内资企业具备承接创新载体的能力是否与企业异质性存在某种联系？

为此，我们仍然以广东和江苏为例，试图从以下几个方面对研究的问题给出初步的分析和回答：首先，内外资产业结构相似度与内资企业自主创新的关系，即内外资企业的直接竞争是有利于自主创新还是阻碍自主创新。其次，外资溢出与内资企业异质性的关系，即不同类型的企业是否具备不同的吸收外资溢出的能力。同时，我们想回答，在外资来到这一地区之前，什么因素决定了外资企业的溢出水平，这一水平与本土企业发育程度的关系，尤其是乡镇企业的发展在联接外来创新与本土创新中的角色是什么？我们的一个设想是为了使外来知识成为本土创新的基础，需要一个载体，而国内的乡镇或民营企业可能是最后的对象，他们可以成为联系外来知识与内生知识的桥梁。最后部分是结论及政策启示。

4.1　市场竞争与内资企业创新

与东道国的内资企业相比，外资企业往往在全球范围内具有更大规模的经济和更低单位成本的优势，在带来正面影响的同时，也不可避免地加强了东道国市场的竞争程度（刘巳洋，2008）。从短期看，外资企业会利用其管理、技术和产品质量、品牌上的优势以及各种优惠政策对本国产品造成强大的竞争压力，表现为内资企业的市场份额不断收缩，利润不断减少（沈坤荣，2009）。张海洋（2005）认为外资活动产生的负向竞争效应抑制了内资部门技术效率的增长。广东和江苏都无法避免在外资扩张过程中，由于省内企业的发展环境恶化造成的内资企业份额下降的事实。如果外资和内资都集中在少数行业，外资企业往往会凭借有力的势能，在与内资争夺市场、人才、资源方面获得先机，甚至可能将内资企业置于生死存亡的境地，使内资企业连吸收外资溢出的机会都没有，因此有必要分析广东和江苏产业结构相似的问题，我们试图借助产业结构相似度指标来分析广东的企业创新能力弱于江苏的原因。

4.1.1 内外资产业结构相似度

产业结构的趋同是指一个地区若干区域产业结构发展过程中表现出来的某种共同的相似倾向。我们利用联合国工业发展组织国际工业研究中心提出的相似系数法来说明，该方法把相似系数定义为：

$$S_{ij} = \frac{\sum_{i=1}^{n} X_{in} \cdot X_{jn}}{\sqrt{\sum_{i=1}^{n} X_{in}^2 \cdot \sum_{j=1}^{n} X_{jn}^2}}$$

其中：S_{ij} 为相似系数；i，j 为两相比较的区域；n 为行业；X_{in}，X_{jn} 为行业 n 在区域 i 和区域 j 的制造业结构中所占的比例。

一般而言，$0 \le S_{ij} \le 1$。若 $S_{ij} = 1$，表明两个地区的产业结构完全相同，若 $S_{ij} = 0$，表明两个地区的产业结构完全不相同。

2008 年广东内外资产业结构相似度系数为 0.81，江苏为 0.49，广东内外资产业结构相似度系数高于江苏，说明广东的内外资更多的是在相同的行业内部相互竞争和拼杀的，而江苏内外资所在行业存在差异，内资和外资都集中在各自优势的行业发展。表 4-1 分析了江苏和广东不同性质企业产业结构相似度系数，计算结果表明：江苏外资与国有、私营的产业结构相似度低于 0.5，产业结构差距较大，而江苏国有和私营产业结构相似度系数较高。广东的外资与国有、私营的产业结构相似度高于 0.6，产业结构较为相似。

表4-1　2008 年江苏和广东不同性质企业产业结构相似度系数

项目	广东				江苏			
	内资			外资	内资			外资
	国有	私营	其他		国有	私营	其他	
国有	1.00	0.47	0.27	0.72	1.00	0.64	0.48	0.43
私营		1.00	0.74	0.65		1.00	0.81	0.48
其他内资			1.00	0.61			1.00	0.39
外资				1.00				1.00

资料来源：根据 2009 年广东和江苏统计年鉴整理

为了进一步剖析广东和江苏内外资产业结构相似度差异背后的原因，我们又分析了三个方面的数据：①广东和江苏不同城市之间产业结构的特征；②同一个城市内外资产业结构的特征；③不同城市外资产业结构的特征。

表 4-2 和表 4-3 比较了广东和江苏 2007 年不同城市产业相似度变化的情况。

表 4-2 2007 年广东各个地级市产业结构相似度系数

地区	广州	深圳	珠海	佛山	东莞	中山	江门	惠州	肇庆	汕尾	汕头	潮州	梅州	韶关	河源	清远	阳江	湛江	茂名	揭阳	云浮
广州	1.00	0.37	0.50	0.48	0.49	0.51	0.71	0.49	0.49	0.38	0.54	0.28	0.41	0.38	0.43	0.37	0.26	0.28	0.24	0.44	0.45
深圳		1.00	0.89	0.29	0.90	0.51	0.28	0.97	0.44	0.88	0.25	0.16	0.36	0.24	0.47	0.27	0.09	0.08	0.02	0.16	0.43
珠海			1.00	0.62	0.95	0.79	0.47	0.91	0.49	0.77	0.39	0.23	0.40	0.30	0.56	0.40	0.16	0.14	0.03	0.29	0.51
佛山				1.00	0.59	0.90	0.73	0.36	0.62	0.27	0.53	0.49	0.45	0.35	0.50	0.68	0.44	0.26	0.10	0.52	0.63
东莞					1.00	0.79	0.55	0.91	0.59	0.86	0.53	0.32	0.49	0.33	0.58	0.45	0.26	0.18	0.05	0.44	0.61
中山						1.00	0.74	0.58	0.58	0.51	0.63	0.36	0.37	0.26	0.53	0.52	0.37	0.24	0.09	0.59	0.61
江门							1.00	0.38	0.76	0.36	0.64	0.45	0.42	0.34	0.46	0.46	0.70	0.23	0.09	0.72	0.78
惠州								1.00	0.53	0.86	0.33	0.19	0.38	0.26	0.48	0.32	0.13	0.09	0.06	0.22	0.50
肇庆									1.00	0.49	0.52	0.49	0.54	0.50	0.46	0.72	0.67	0.18	0.07	0.58	0.84
汕尾										1.00	0.50	0.24	0.42	0.27	0.50	0.33	0.11	0.11	0.04	0.41	0.50
汕头											1.00	0.49	0.46	0.33	0.41	0.45	0.31	0.29	0.10	0.85	0.59
潮州												1.00	0.70	0.32	0.39	0.61	0.30	0.19	0.06	0.54	0.74
梅州													1.00	0.53	0.43	0.63	0.21	0.19	0.07	0.44	0.67
韶关														1.00	0.79	0.61	0.41	0.11	0.05	0.45	0.39
河源															1.00	0.50	0.41	0.17	0.05	0.52	0.49
清远																1.00	0.30	0.21	0.07	0.43	0.58
阳江																	1.00	0.35	0.04	0.53	0.66
湛江																		1.00	0.56	0.21	0.27
茂名																			1.00	0.08	0.08
揭阳																				1.00	0.70
云浮																					1.00

资料来源：根据 2008 年《广东统计年鉴》整理

表 4-3　2007 年江苏各个地级市产业结构相似系数

地区	南京	苏州	无锡	镇江	南通	扬州	盐城	淮安	徐州
南京	1.00	0.82	0.78	0.65	0.49	0.56	0.44	0.65	0.41
苏州		1.00	0.84	0.44	0.54	0.51	0.39	0.55	0.37
无锡			1.00	0.63	0.66	0.71	0.53	0.83	0.57
镇江				1.00	0.70	0.81	0.67	0.68	0.65
南通					1.00	0.73	0.90	0.68	0.62
扬州						1.00	0.67	0.65	0.56
盐城							1.00	0.62	0.71
淮安								1.00	0.73
徐州									1.00

　　资料来源：根据2008年《江苏统计年鉴》整理

　　广东不同城市之间产业结构相似度与地理空间上城市临近程度存在密切的联系，这一点在珠江三角洲地区表现得特别明显。其中深圳、珠海、东莞和惠州产业结构基本趋同，中山和佛山产业结构也基本趋同。而且2007年和2003年相比，整个广东产业结构趋同现象进一步扩大，例如，汕尾开始与临近的深圳、惠州、东莞等城市出现产业结构趋同现象，产业结构相似度系数都超过0.85。

　　江苏不同城市之间产业结构相似度与地理空间上城市临近程度并不存在密切的联系。

　　在分析广东和江苏同一个城市内外资产业结构特征的过程中，由于数据的限制，我们只对江苏和广东几个城市的内外资产业结构相似度进行了比较，如表4-4所示。特别令人关注的是，同样是外资比重较高的城市，苏州和东莞内外资产业结构相似度却出现两个极化的现象，苏州内外资产业结构差距非常大，东莞内外资产业结构却基本相同。这个现象说明：苏州的内资企业和外资企业分别在各自的优势行业中发展，外资企业主要集中在通信设备、计算机及其他电子设备制造业，内资企业主要集中在纺织业和黑色金属冶炼及压延加工业。特别是在过去的10多年间，苏州内外资产业结构差距越来越大，从1999年的0.43下降到2007年的0.21，形成了内外资双轮拉动经济发展的格局。而东莞内资企业和外资企业主要都集中在电气机械及器材制造业，通信设备、计算机及其他电子设备制造业，但是内资企业在这两个行业总产值的比例低得可怜，分别为12%和9%。我们认为内外资都在同一个行业发展和竞争，并没有什么不妥。关键是看内外资在竞争过程中，是否形成内外资合力拉动经济发展的格局。然而东莞较低的内资比例，说明在内外资相互竞争的过程中，外资企业挤压了内资企业发展的空间，东莞的内资企业更多的是依附于外资企业，处于微笑曲线的最低端，丧失了自主创新的能力，这是一种外力统治的经济模式。

表 4-4　2007 年江苏和广东几个地级市内外资产业结构相似系数

南京	苏州	无锡	镇江	东莞	惠州	肇庆
0.35	0.21	0.53	0.66	0.87	0.61	0.69

资料来源：根据 2008 年相关城市统计年鉴的数据整理

　　像东莞这样形成外力统治的经济模式是否与流入外资的产业结构有关呢？对此，我们又进一步分析了江苏和广东几个地级市外资产业结构的相似系数（表 4-5）。我们发现南京、苏州、无锡、东莞和惠州这些外资经济发达的城市之间的外资产业结构基本相同。2007 年南京、苏州、无锡、东莞和惠州的外资产业结构相似系数高达 0.9 以上。外资主要流向化学原料及化学制品制造业，电气机械及器材制造业，通信设备、计算机及其他电子设备制造业。当然，大的背景和国际产业结构转移是密切相关的。然而，我们认为形成外力统治的经济模式与流入外资的产业结构并没有直接关系。无论是苏州还是东莞，实际上都面临着在相同外资产业结构雷同的情况下，内资企业发展的问题。苏州是先有内力，再有外力，内力和外力关注的焦点存在差异，内力会得到更大提升是一种产业间的技术外溢效应。东莞市内力弱，外力强，内力和外力又都有相同的关注焦点，内力则会陷入外力统治的局面。

表 4-5　2007 年江苏和广东几个地级市外资产业结构相似系数

地区	南京	苏州	无锡	镇江	东莞	惠州	肇庆
南京	1.00	0.97	0.90	0.33	0.87	0.98	0.59
苏州		1.00	0.94	0.25	0.94	0.98	0.55
无锡			1.00	0.27	0.89	0.91	0.58
镇江				1.00	0.30	0.31	0.38
东莞					1.00	0.92	0.59
惠州						1.00	0.54
肇庆							1.00

资料来源：根据 2008 年相关城市统计年鉴的数据整理

4.1.2　内外资产业结构相似度差异的原因

　　我们认为历史逻辑起点和现实之困是导致广东和江苏内外资产业结构相似度差距较大的原因。

　　广东开放较早，外资在 20 世纪 80 年代开始流入广东，同时广东原有企业技术水平较低，与外资企业具有较大的技术差距，内资企业无法与外资企业展开有效的竞争。过快的外资扩张速度势必打破原有的市场均衡状态，削弱了内资企业学习的时间和空间，导致内资企业被大幅度挤出，这是广东历史逻辑起点的真实写照。而内资企业发展空间缩小的现实之困，使广东内资企业发展出现两极分化的局面。一方面是由于相当多的外资企业主要关注国外市场而忽视国内市场，国内需求层次提升所带来的商机，以及部分内资凭借与外资竞争过程中逐渐练就的能力，使广东涌现出一些创新型内资企业。如华为、中兴、中集、比亚迪、迈瑞、微芯生物、赛百诺、研祥、茁壮、金蝶、腾讯、朗科、大族激光、美的和格兰仕等。另一方面更多的内资企业只能无奈地依附于外资企业的产业链条，企业只专业化于一个生产环节，无需积累其他的能力，奉行"只要外需能够有保障，企业就没有后顾之忧"的经营理念，这是一种发展轨道的锁定。历史逻辑起点和现实之困的后果就是形成了广东外资和内资都集中在相似的行业，用一条腿走路，陷入外力统治的局面。

与广东不同的是，外资进入江苏的时间较晚。20世纪80年代初到90年代中期，是江苏乡镇企业快速发展的时期。乡镇企业的发展会对国有企业产生压力，促使国有企业进行公司化改造。同时国有经济在技术、资金、人力资本上的溢出效应，为乡镇企业发展提供了良好的外部环境，提升了乡镇企业的竞争力。江苏乡镇企业的发展成就了江苏90年代的辉煌，90年代后期外资开始大量进入江苏，为江苏经济增长提供了另一个支撑，使江苏有时间解决乡镇企业产权模糊的问题。江苏借助乡镇企业发展起来的基础以及原先国有企业的基础，在某些行业形成内资企业优势，不仅使内资企业成为吸收外资溢出的载体，同时也延缓了外资企业排挤内资企业的速度，为内资企业保留了吸收外资溢出的机会。我们认为历史逻辑起点和现实基础等原因导致内资与外资发展的时间差，这恰恰为江苏传统产业能够延续优势赢得了先机，并且将内资企业的优势演化成内外资创新均衡发展的前提条件，形成内资和外资各有优势行业、两条腿走路的局面。但是并不是说江苏的外资就很好地促进了内资发展，那些没有传统优势的行业，例如，通信设备、计算机及其他电子设备制造业也只能将产业主导权让与外资企业，而内资企业的发展不得不依附于外资企业，这同样是发展轨道的锁定。

内资企业缺乏创新型企业的主要表现是产业升级乏力、附加值低、工资水平长期在低水平徘徊。珠江三角洲的民工荒问题说明经过20多年的发展，珠江三角洲仍然无法摆脱依靠廉价劳动力获得发展的方式，高能耗、高物耗、以资源的过度损耗和生态环境的破坏为代价的粗放型发展模式仍然没有得到实质性改善。以东莞为例，虽然东莞期间经历了从服装、鞋、帽制造业向通信设备、计算机及其他电子设备制造业的产业升级，但实际上东莞所谓的产业升级并没有改变外资企业外源型企业的本质，同时内资企业的角色没有发生根本性改变，仍然依附于外资企业进行发展，没有形成本土创新型企业。表 4-6 比较了外源型企业与本土创新型企业的差别。

表 4-6　外源型企业与本土创新型企业的比较

项目	外源型企业	本土创新型企业
企业形态	两头在外，不完整	完整
生产方式	代工、加工制造、组装	从产品开发到生产、营销
技术开发与创新活动	基本不存在创新与技术开发活动	自主创新，自主技术与知识产权
品牌营销	OEM，大多无自主品牌	自主品牌
本地参与程度	很低	对企业享有完全的管理权
直接经济贡献	总体贡献大，但效益不高	总体贡献小，但效益较高
根植性与带动效应	根植性差，流动性强	根植性强，带动效应大

此外，外资企业大量集中在某些城市，实际上使这些城市承担着巨大的社会管理成本。例如，位于苏州高新区的台湾华硕电脑公司表面是一家高科技企业，实际上利用廉价的大陆员工组装电脑获取代工收益，该公司 8 万名员工大多来自其他省份，管理成本高，台资企业技术封锁非常厉害，技术溢出少，难以带动内资企业发展，同时土地成本、自然环境等也要求该公司调整产品结构。

广东和江苏大量的外资企业，某种程度是建立在地理性的区位优势和政府优惠政策的倾斜上。地理区位优势包括劳动力成本较低，基础设施优良，交通、通信便利。因此，大部分初期进入广东和江苏的外资企业都是基于上述区位优势的吸引，而部分进入时间相对较晚的外资企业投资广东和江苏的动因也包括相关行业的集中与区域供应网络的完善。由于集中到广东和江苏的外资企业主要从事制造活动，所以从类型上而言，属于生产型知识集群。不仅如此，外资企业的进入还带来了与之有产业联系的上下游企业相继进入广东和江苏，以维持原有的生产联系，结果造成外资企业在集群中的根植性要明显低于中小企业在集群中的根植性。广东和江苏产业集群的发展仅仅是某一时期外资企业暂时落脚的飞地，要想持续发展并成为培育当地新企业的苗床，在很大程度上将取决于外资企业地方根植性的发展。较差的地方根植性导致整个外资企业与本地产业脱嵌，具有外嵌特征，集群区域只是跨国公司局部的经营环境之一。外资企业形成的外生型优势还没有转化为内生型优势，故而本地企业的成长相对滞后，经济增长的自生力量不足。

4.1.3 讨论

过去我们过于强调静态资源禀赋的作用，忽视了对企业能力的培养，认为只要引进高技术要素就可以带动本地经济的发展，忽视了两者之间的连接环节——本土企业的培养。与很多国家不同的是，外资承载了中国太多理想化的期望，中国不仅希望通过大量吸引外资的方式实现经济增长、解决就业和增加税收，更希望利用外资获取先进的技术和管理来实现本土企业创新能力的提升。这样的情结甚至导致各个地方政府产生了对外资的崇拜，并且一个地区吸引多少外资成为地方政府官员考核的重要指标，造成各个地区疯狂追求外资，给予外资很多超国民待遇。然而外资企业在中国经营的本地化，并不意味着自主创新能力的自然上升。试想：2008 年江苏 92.5% 的 ICT 行业工业总产值由外资创造，而且外资又控制核心技术和供应链体系，实际上内资企业已经很难在这个行业得到发展，更别说外资的技术溢出效应了。更为致命的是外资企业还把境外的产业链完整地复制到境内，形成一个封闭的供应体系，内资企业很难融入到供应体系中。内资企业长期游离于供应体系之外或者身处非常低的供应层面，导致本土企业在技术上被低端锁定，妨碍本土企业进行技术学习和创新，也就难以衍生出有核心竞争力的创新型企业。外资溢出最佳的效果就是内资企业能够在与外资企业配套的过程中提升自己的制造能力和创新能力。当内资企业被排斥在外资供应体系之外，或者只处于低端地位时，实际上内资企业就已经失去了最佳的学习机会。

而苏州传统产业，如纺织、服装、鞋、帽制造业，之所以能够在与外资企业竞争的过程中，仍然保持相当的竞争力，就是大量的隐性知识实际上构成了一个行业发展的苗床。当纺织业的外资企业进入苏州，外资的技术和管理的示范效应也就容易流入。外资企业作为一种催化剂，激发了传统产业企业原有的隐性知识，也构成了与外资企业竞争的基石。我们过去没有研发和生产 ICT 产品的知识，当外资企业大量进入这个行业时，内资企业甚至都不具备抵抗的能力。最明显的例子就是中国卡车和轿车的生产和研发，中国拥有生产和研发卡车的传统，所以直到现在，中国 95% 以上的卡车市场完全由中国品牌掌握；而对于轿车，我们没有生产和研发轿车的传统，一旦外资企业进入，我们也只能成为国外的代工者。所谓技术溢出更多的是体现在生产制造环节的技术溢出上，而想从代工者发展成为技术和品牌的独立运营者，还有很长的路要走。

当然，在整个过程中，千万不能认为拥有原有的优势，通过政府的积极推动，促进这些优势产业的创新提升，就能够得到更大的发展空间。实际上，在当前全球化的情况下，很难做到封闭式创新。由于整个创新的链条非常长，也非常复杂，政府不可能掌控整个的创新链条。TD-SCDMA 就是一个例子，2009 年，中国移动通信集团公司新增的 TD 用户只有 1000 万，除了 TD 自身的技术问题外，我们不能忽视 TD 与国外标准的互通性。如果一个手机厂商从事 WCDMA 研发，面向的是全球的市场，而从事 TD-SCDMA 手机的研发，面向的只是中国一个运营商，那么这样的风险太高了。你完全可以想象，为什么联想推出的乐Phone 手机都是采用 WCDMA 标准，而不是 TD-SCDMA 标准。开放创新和自主创新并不是彼此孤立的，实际上它们是彼此融合在一起的，如果一个地方强调吸引外资，而忽视本土企业发展，实际上也就是失去了开放创新的基石。如果一个地区过分关注自主创新，不注重开放创新，那么往往所谓的自主创新恐怕并不能和国际标准融合与接口，本土创新型企业便有被边缘化甚至被忽视的风险。在原有优势产业的基础上，吸收开放创新的成果，恰恰是苏州一些传统产业得到发展的原因。

4.2　外资溢出与内资企业异质性

回顾改革开放的历史轨迹可以发现对外开放和内部经济所有制结构的优化构成了近三十年来中国经济发展的两大主要制度性推动力量（王争等，2008）。虽然通过前面的分析我们指出外资大规模到来之前和之后，本土企业的发展状况决定了一个地区自主创新能力上升的快慢，但这一结论有待得到更严密的论证。而一个更有意义的学术问题是在一个区域创新能力快速发展的地区，其不同所有制的内资企业发展与外资企业存在怎样的联系，其中的政策含义又是什么呢？

4. 2. 1　广东和江苏发达城市经济所有制结构的比较

为了能够较好地比较广东和江苏不同区域外资工业企业与不同所有制内资工业企业发展的关系，我们按照工业总产值的大小选择广东和江苏工业总产值最高的五个城市——苏州、深圳、广州、无锡和佛山作为研究对象。虽然这五个城市工业总产值都超过 1 万亿元，但是内外资增长率却落在不同象限。其中，苏州和佛山内外资增长率高于广东和江苏两个省的平均增长率；无锡的外资增长率高于平均增长率，但是内资增长率低于平均增长率；深圳正好和无锡相反，是内资增长率高于平均增长率，而外资增长率低于平均增长率；广州的内外资增长率均低于平均水平。我们以这些工业经济总量巨大而内外资增长速度存在差异的城市为样本，分析国有企业、私营企业以及其他类型内资企业的组合与外资企业的关系①，并试图找到一些有意思的现象。

---

① 此部分对不同所有制企业的分析，如果没有特别说明，均指的是工业企业。

4.2.1.1 苏州和深圳的内外资结构分析

作为江苏和广东经济总量最大的城市，2008 年苏州和深圳的地区生产总值分别为 6701.29 亿元和 7806.54 亿元，工业总产值分别为 18 630.1 亿元和 15 860.1亿元，外资企业工业总产值占全部工业总产值的比例分别为 67.1% 和 71.2%。无论从经济规模，还是从外资规模来看，苏州和深圳都具有相当程度的可比性，所以我们把苏州和深圳放在一起进行比较。

从图 4-1 可以看出，苏州外商投资企业的比重增加较快，2008 年已经达到 52%，与此同时，私营企业的比重也快速增加，从 2000 年的 4% 增加到 2008 年的 16.4%，超越港澳台企业的比重，成为苏州内资企业快速发展的最重要的动力源。苏州形成了"一大三小"的拉动经济发展的态势，其中外商投资企业份额最大，私营、港澳台和有限责任公司平分余下的份额，而其余的内资工业企业总产值占全部工业总产值的比重不超过 4%。

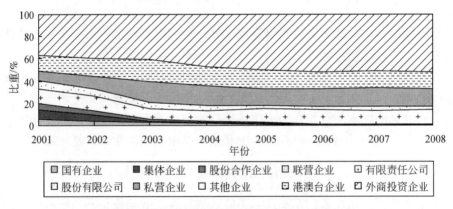

图 4-1　苏州不同类型工业企业总产值的比重变化

资料来源：根据 2002 ~ 2009 年《苏州统计年鉴》整理

《深圳统计年鉴》在 2005 年以后进行了统计口径的调整，把原先按照限额以上工业企业的统计口径调整为按照规模以上工业企业的统计口径进行统计，但是这并不妨碍我们作出大致趋势的判断。图 4-2 则描述了深圳 2001 ~ 2008 年不同类型工业企业总产值的比重变化情况。虽然深圳内资的增长率提升速度较快，占全部工业总产值的比重也在提升，从 2001 年的 20.43% 上升到 2008 年的 28.75%，但是深圳内资企业并没有形成某一种类型的内资企业的规模能够达到与港澳台和外商相抗衡的状态，内资企业中所占比重最高的有限责任公司也只为 10.6%，无法向港澳台和外商企业进行有力的挑战，故深圳的经济仍然属于港澳台和外商两架马车拉动型。

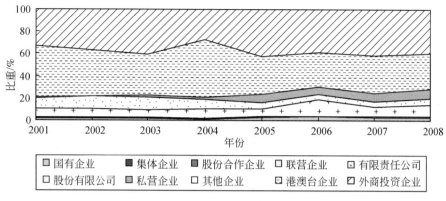

图 4-2　深圳不同类型工业企业总产值的比重变化

资料来源：根据 2002 ~ 2009 年《深圳统计年鉴》整理

对比图 4-1 和图 4-2，苏州的私营企业在 2003 ~ 2004 年，深圳的私营企业在 2005 ~ 2006 年都经历了快速增长，由于私营企业 2001 年产值较低，深圳私营企业的增长速度要远高于苏州。苏州和深圳私营企业发展的初始条件是存在差异的。苏州凭借良好的经济发展基础和氛围，以及当地政府的大力推动，私营企业主要集中在制造业，并逐渐形成了以政府为主导、以创业园为载体、产业集群发展的私营企业模式。2006 年以来，苏州形成了 12 个江苏省重点私营企业集聚的区域板块，包括松陵 IT、吴江光电缆、盛泽纺织科技、工业园区精密机械电子、常熟服装、常熟电子机械、昆山模具、张家港冶金、塘桥纺织、吴中精密机械电子、太仓化纤丝以及新区高新技术。而深圳在改革开放之前只是一个小渔村，没有任何经济发展的基础，早期通过"三来一补"实现了海外资源的利用，这对于工业起飞和后来制造业的发展产生了不小的影响。深圳的私营企业发端于第三产业，之后才逐渐向制造业扩展，受外向型经济的影响，深圳私营企业发展模式市场化程度和外向型程度都很高。

我们认为苏州和深圳的"历史逻辑起点"① 的差异导致了现在两个城市私营企业与外资企业比例的不同。李维安（2009）认为不同的"历史逻辑起点"会导致不同的偏好结构和经济反应模式，最终影响到经济行为人的合约选择，这将诱致不同地域的人们在现实约束条件下选择有差异的、异质的组织形态，这使江苏和广东模式在形成之初就开始了它们各自的分岔演进轨迹。

但是政府选择某种政策是有目的的，苏州和深圳对内资企业发展的调整，除

---

① 历史逻辑起点又称为转型经济的初始条件。林毅夫和姚洋把初始条件定义为某个区域所拥有的农村工业、国有工业的比重以及结构方面的基础条件。

了历史逻辑起点外，还存在现实约束方面的原因。无论是苏州还是深圳都必然面临外资控制下的产业集聚植根性较差，与东道国的产业联系薄弱，外资与内资企业之间形成技术、产品和品牌的隔绝，知识的流动和技术的扩散受阻等一系列问题。从 2003 年开始，苏州和深圳开始选择促进私营企业发展的政策和措施。例如，2004 年初，苏州出台了 1 号文件《关于促进民营经济腾飞的决定》，启动了民营经济三年腾飞计划。从该计划提出到 2006 年，苏州民营经济主要指标基本比 2003 年翻了一番。深圳在 2003 年 3 月出台了《关于加快民营经济发展的意见》，2006 年 8 月出台了《关于进一步加快民营经济发展的若干措施》。表 4-7 列出了苏州和深圳主要促进私营企业发展的若干措施。

表 4-7　促进私营经济发展的主要扶持措施汇总

地区	财政扶持	融资担保	服务体系建设
苏州	支持重点产业集群 13 个创业孵化基地 中小企业发展扶持资金	上市辅导 纳入行业管理的担保公司 45 家	4 家江苏中小企业技术服务示范平台
深圳	民营及中小企业发展专项资金 深圳市民营领军骨干企业认定暂行办法	私营中小企业上市辅导 私营骨干企业中小企业联合公开发行企业债券	深港生产力基地公共技术服务平台 创业辅导示范基地

资料来源：彭曙曦，窦志铭，2009

现在看来，苏州和深圳发展私营企业的政策和措施的效果是不错的，苏州的私营企业经济总量较大，已经成为苏州经济发展的驱动力。深圳的私营企业增长速度较快，成为内资企业中一个重要的部分。苏州和深圳的数据至少说明，虽然在过去的 10 年里，对外开放促使外资企业在苏州和深圳占据了重要的位置，但是内资企业并非没有变化，内部经济所有制结构也得到了调整，更多的资源流向私营企业，私营企业的比重大幅度上升，这直接表现在苏州和深圳的内资企业增长率都高于江苏和广东内资企业的平均增长率上。

4.2.1.2　无锡、广州和佛山内外资结构分析

苏州和深圳的分析表明在过去的 10 年里私营企业获得了快速的发展，成为内资企业增长的主力军，那么无锡、广州和佛山是否也有这样的现象呢？2008 年无锡、广州和佛山的工业规模都达到 1 万亿元，比苏州和深圳要低三分之一左右，无锡和佛山的 GDP、工业总产值和外资比例都非常接近（表 4-8），它们的内资企业增长率都高于江苏和广东的内资企业平均增长率。而广州紧邻佛山，也是一个经济总量很大的城市，广州的内外资增长率都低于江苏和广东内外资的平均增长率。无锡、广州和佛山在工业总产值比较接近的同时，内资企业增长率却

有差异，这三个城市形成一个很好的对照组，所以我们把这三个城市放在一组进行比较，希望在进一步研究外资发展的同时，其内资企业的结构最终是否会表现得和苏州、深圳比较类似。

表 4-8 2008 年无锡、广州和佛山经济总量的基本数据

地区	GDP/亿元	工业总产值/亿元	外资工业企业比例/%
无锡	4 419.50	10 281.7	39.1
佛山	4 333.30	10 667.15	37.1
广州	7 560.67	10 688.74	66.2 ①

资料来源：根据 2008 年和 2009 年无锡、广州和佛山统计年鉴整理

2000～2008 年，无锡不同所有制工业企业结构发生了很大的变化（图 4-3），从早期的集体企业和国有企业是内资企业的主力军，到 2008 年的私营企业一枝独秀，占据 32.7% 的比例，成为整个无锡经济发展的最重要驱动力。佛山也发生了相同的变化（图 4-4），2001 年港澳台企业的工业产值占佛山工业总产值的比例高达 31.9%，但是到了 2008 年，该比例已经下降到 22.7%，而私营企业则上升到 24.6%，佛山的经济成为私营企业、港澳台企业和有限责任公司三驾马车拉动型。2001～2007 年，广州虽然出现了私营企业和有限责任公司份额提升的苗头，但是整个不同所有制内资经济结构并没有发生与无锡、佛山相似的较大辐度变化。不过广州外资企业结构发生变化，外商投资企业已经超越港澳台企业，成为经济总量中的第一增长极（图 4-5）。

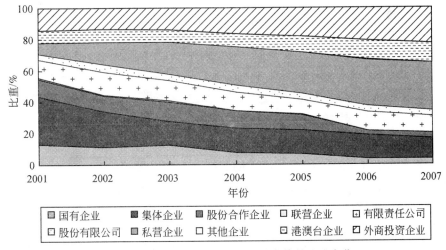

图 4-3 无锡不同类型工业企业总产值的比重变化

资料来源：根据 2002～2009 年《无锡统计年鉴》整理

---

① 广州外资工业企业比例为 2007 年数据。

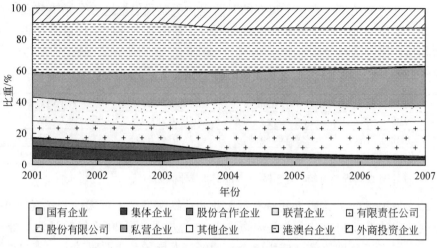

图 4-4　佛山不同类型工业企业总产值的比重变化

资料来源：根据 2002～2009 年《佛山统计年鉴》整理

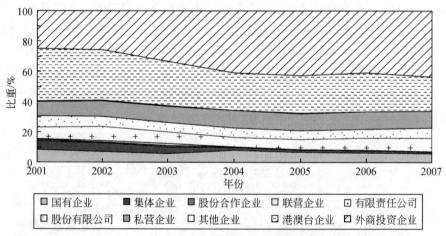

图 4-5　广州不同类型工业企业总产值的比重变化

资料来源：根据 2002～2008 年《广州统计年鉴》整理

　　与苏州和深圳相似，无锡和佛山的数据再一次说明：一个地区的经济要想得到可持续增长，不仅要重视外资企业，也要发展内资企业，特别是私营企业的快速发展对经济可持续发展至关重要。隶属于佛山的顺德，早在 1978 年 8 月就成立了中国最早的"三来一补"企业——大进制衣厂，由于佛山地处珠江三角洲的西岸，"三来一补"的企业需要绕道广州，再中转到香港，因此在佛山发展"三来一补"企业的成本高于深圳和东莞。但是佛山却能迅速打破这种模式并迅速采取措施大力发展乡镇企业。这就是南开大学教授李维安在其专著《中国民营经济制度创新与发展》中所说的"历史逻辑起点"的问题。与佛山直线距离只有 94 公里的东莞，过于重视外资发展，而忽视内资成长，结果现在面临的问题是极其困难的，在改革开放之初该地就是以鞋袜等纺织制造业为主的，虽然现在产业也有了一点发展，也开始生产计算机及通信设备产品了，但同时还是在做鞋袜生意，产业有调整但并没有升级，即使是腾笼换鸟也受到地方很大的阻力。

我们对广州现在的发展模式感到担心，任何一种形态的内资企业不仅整体规模与外资相差甚远，而且增长速率也低于江苏和广东的平均水平。有意思的是：我们在查阅《广州统计年鉴》的时候，发现广州和上海一样，除了正常列出规模以上工业企业的基础数据外，还列出了几个重点发展行业的数据。广州重点发展的行业是汽车整车及零部件制造业、电子产品制造业、石油化工制造业，上海是电子信息产品制造业、汽车制造业、石油化工及精细化工制造业、精品钢材制造业、成套设备制造业、生物医药制造业。

作为官方的出版物，统计年鉴的表述方式体现出官方的意图。广州和上海列出的重点发展行业都属于重化工业，但是这不是市场导向的结果，而是政府导向造成的。例如，日本的三大汽车整车企业：丰田、本田和日产都在广州建有工厂，并且有相当多的外商零部件企业跟随来到广州投资设厂。遗憾的是广州却没有很好地利用零部件企业建立的工业基础培养出一个自主品牌汽车企业。而且重要的是私营企业普遍没有操作重化工行业的经验，这种产业政策的偏向，导致即便没有政策上的歧视，民营企业也会被拒之门外。从长远来看，这会对中国企业的创新能力产生很大的危害。刘卓平（2006）在对比广州内外资企业就业绩效的时候，发现广州外资企业虽然总体上对就业呈正效应，但无论是就业总量还是就业结构，外资企业吸纳就业的能力远比内资企业差，与其生产规模不相符。我们认为，这种政府导向的重化工业，重视外资企业而忽视内资企业发展的政策，其收益非常有限，而且收益主要是落在国有垄断企业和外资巨头手中，但造成的恶果将来却要整个社会承担。

4.2.2　广东和江苏后发城市经济所有制结构的比较

苏州、深圳、无锡、广州和佛山的数据表明一个道理，就是在鼓励外资发展的同时，内资的发展特别是私营企业的发展对区域经济的可持续发展具有积极作用。广东和江苏不仅有上述五个发达城市，而且都还存在一些后发城市，其中有些后发城市在过去的几年经济增长的速度很快，例如广东的清远、河源和汕尾，江苏的连云港、宿迁和淮安。同一个省份发达城市的内外资结构关系是否也在这些后发的且经济增长迅速的城市有所体现呢？为了更具有可比性，我们在广东和江苏所有经济增长迅速的后发城市中，以工业总产值为标准，形成两个配对比较。一个是清远和淮安的比较，这两地的工业总产值都在 1000 亿元左右，另一个是宿迁和河源，这两地的工业总产值在 500 亿元左右。

我们除了对这些后发城市进行内外资结构的分析外，还需要关注内外资互动关系，即是外资引入内资，还是内资引入外资。因为这些后发的城市，原有的工业基础很是薄弱，所谓的内资相当多也是从发达地区流入的。特别是广东和江苏都在后发地区设立了产业转移园，用来承接从发达地区转移过来的劳动密集型产业。某种程度上说，这些来自发达地区的内资，其功能和外资一样，对后发地区都具有资本、技术和管理的复合体。这时就产生一个问题：这些后发地区是内资带动外资流入，还是外资带动内资流入？广东和江苏在后发地区的内外资关系存在怎样的区别？

4.2.2.1 淮安和清远内外资结构的比较

表 4-9 对比了淮安和清远规模以上内外资工业企业总产值的结构，我们发现，2004~2007 年，淮安的私营企业和有限责任公司是经济增长的推动力，而淮安外资企业的比例基本维持在 11%，私营企业的比例从 2004 年的 28.1% 上升到 2007 年的 39.5%。清远的经济增长主要依靠港澳台企业和私营企业，2005 年港澳台企业产值占全部产值的比例为 41.23%，私营企业的比例为 21.16%；2007 年港澳台企业产值占全部产值的比例为 38.7%，私营企业的比例为 32%。2007 年和 2005 年相比，私营企业比例大幅度上升了 10.84%。

表 4-9 淮安和清远规模以上内外资工业企业总产值结构 （单位：亿元）

项目	淮安				清远		
	2004 年	2005 年	2006 年	2007 年	2005 年	2006 年	2007 年
规模以上工业总产值	450.9	568.6	794.0	1044.3	364.3	616.6	1104.3
国有企业	81.8	70.0	65.3	70.8	36.1	50.3	60.0
集体企业	17.0	29.7	70.4	71.9	4.1	4.0	8.6
股份合作企业	6.3	4.7	0.5	0.8	0.4	0.5	0.5
联营企业	2.4	2.7	1.4	1.5	1.0	0.6	0.4
有限责任公司	137.1	186.6	245.2	318.6	56.6	76.6	136.0
股份有限公司	31.5	37.1	31.6	37.7	3.6	4.0	6.3
私营企业	126.5	174.9	281.9	412.4	77.1	171.0	353.0
其他企业	1.4	1.1	8.8	8.9	0.0	0.0	0.0
港澳台企业	12.2	17.5	23.8	34.4	150.2	255.1	426.8
外商投资企业	34.5	44.2	65.1	87.3	35.2	54.5	112.6

资料来源：根据相关年份淮安和清远统计年鉴整理

无论是淮安还是清远，在其经济发展过程中能够看到内资与外资企业共同发展的趋势。只不过淮安的外商投资企业规模要大一些，而清远更多是港澳台企业，可见这两个城市分别具有其各自省份传统发展模式的一些特点。此外，淮安集体企业 2004～2007 年也增长得非常迅速，集体企业是江苏经济发展的一个很重要的历史逻辑起点，淮安的发展也带有典型的"苏南模式"烙印。

4.2.2.2　宿迁和河源的比较

如表 4-10 所示，宿迁和淮安很相似，外资企业整体比例较低，2005 年外资企业总产值占 7.2%，私营企业比重达到 58%。宿迁私营企业快速增加，与江苏实施的产业转移有很大关系。例如，2009 年 10 月 29 日，总投资 25 亿元的宿迁恒力工业园化纤项目正式开工，等到这个项目全部建成后，宿迁的超亮光丝和工业丝生产能力将是全球第一。

表 4-10　宿迁全部国有和年销售收入 500 万元以上的非国有工业企业总产值

（单位：亿元）

宿迁	2001 年	2002 年	2005 年
规模以上工业总产值	105.0	121.4	195.8
国有企业	10.4	6.6	0.1
集体企业	12.9	8.5	3.6
股份合作企业	10.6	5.9	0.4
联营企业	0.2	0.0	0.0
有限责任公司	14.0	14.3	46.0
股份有限公司	9.3	11.8	17.4
私营企业	44.7	70.0	113.5
其他企业	0.1	0.1	0.8
港澳台企业	0.9	2.6	3.4
外商投资企业	2.0	1.2	10.6

资料来源：根据相关年份《宿迁统计年鉴》整理

由于《河源统计年鉴》没有统计私营企业的工业总产值，内资企业中只列出了国有企业、集体企业和其他企业三种，显然其他企业包括私营企业、有限责任公司等所有制类型企业。从表 4-11 可以看出：河源三资企业 1990～1995 年工业总产值出现了一个较大变化，工业总产值从 0.1 亿元提升到 6.5 亿元，占全部工业总产值的比重达到 27.3%。而同一个时期，其他企业工业总产值只从 0.1 亿元提升到 0.4 亿元。1995～2000 年，包括私营企业和有限责任公司的其他企业工业总产值增加得较多，从 0.4 亿元提升到 14.2 亿元，外资企业和其他企业的比重分别为33.2%和39.7%。我们认为，在20世纪90年代的前5年，外资企业开始进入河源，其他企业都没有发展起来。但是在20世纪90年代的后5年，包括私营企业和有限责任公司等类型的企业得到快速发展。从2000年开始，外资企业和内资企业得到同步发展。

表4-11 河源规模以上工业总产值 （单位：亿元）

河源	1988年	1990年	1995年	2000年	2004年	2005年	2006年	2007年	2008年
规模以上工业总产值	6.6	8.4	23.8	35.8	116.5	182.1	310.2	472.3	597.4
国有企业	5.2	6.5	13.4	7.4	13.5	15.1	20.0	24.0	27.4
集体企业	1.3	1.7	3.5	2.3	7.4	10.1	12.2	11.5	4.0
其他企业	0.098	0.1	0.4	14.2	48.5	76.4	137.1	229.0	307.2
三资企业	0.002	0.1	6.5	11.9	47.1	80.5	140.9	207.8	258.8

资料来源：根据相关年份《河源统计年鉴》整理

4.2.2.3 后发城市内外资结构关系的进一步分析

内外资增长率地域差异的数据表明：清远、河源、淮安和宿迁内外资企业总产值增长率都高于广东和江苏的平均增长率。这些后发城市产业规模跨越发展，实际上得益于广东和江苏产业转移的巨大牵引作用。广东和江苏通过发达地区和欠发达地区共建开发园区，有目的、有计划地把劳动密集型产业向欠发达地区转移，可以为发达地区腾出空间和资源，发展资金更密集、技术更先进、附加值更高的产业，特别是高新技术产业，实现产业的转型升级。而欠发达地区通过承接发达地区的产业转移，可以快速培育出新的经济增长点，实现经济的跨越式发展。广东和江苏后发地区在承接发达地区产业转移方面各有特点，清远和河源的外资比例要高些，特别是来自港澳台的资本，表现出外资拉动内资进入的趋势。淮安和宿迁的内资企业比例高些，内资企业从开始时的以浙商为主，到如今的苏商、浙商、沪商、粤商等竞相落户，再到目前的外资落户，实际上是在内资促进经济增长后，吸引外资的进入。

需要注意的是：来自发达地区的内资实际上和来自国外的外资一样，对于后发地区来说，都属于外来资本。这种外来资本对经济的增长只具有短期效应，要使外来资本能够长期促进经济发展，关键是如何把握外来资本的溢出效应，外来企业如何与当地企业融合。

如果一个城市在外来企业快速发展之后，本土企业不能在一个较短的期限内获得快速的跟进发展，那么这个地方的发展可持续性就存在隐患。其实说到底，一个城市或者区域的发展，在处理好内资与外资的关系的基础上，还要分析内外资的关系是依赖型联系，还是发展型联系。内资企业能否通过跟外资企业的产业联系、学习和互动来提高其技术能力，在很大程度上取决于东道国政府和本土企业同跨国公司的讨价还价能力（梅丽霞，2009）。如果内外资之间是发展型联系，内外资就能够协同发展。如果内外资之间只是一种依赖型联系，嵌入性较差，本土企业仅限于最终的装配作业，那么无论最终产品是何种的高技术，实际上溢出的效果都是非常差的，与产品性质没有关系（表 4-12）。因此，如何在发展外资的同时，积极促进内资企业发展，使内资企业融入到外资的配套体系中去，需要政府的制度设计与市场主导相结合。

表 4-12　发展型联系和依赖型联系

属性	依赖型联系	发展型联系
本地联系的形态	不平等的贸易关系 协议的转包合同 重视节约成本	合作的、相互学习 以技术和信任为基础 重视附加值
本地联系的持续时间	短期合同	长期伙伴关系
投资的本地嵌入性程度	嵌入性较差 分工企业仅限于最终的装配作业	嵌入性较强 分散的、多功能部门较多
对本土企业的好处	本土企业制造标准的、技术含量较低的零部件 转包合同限制了本土企业的自主增长	本土企业发展和生产自己的产品 技术和专家意见的转移增强了本土企业的发展能力
对本地经济发展的影响	易受外来力量和外地公司总部决策影响	关联企业的增长带来本地产业和社会经济的自主发展
创造就业的质量	低技能、低工资的工作占主导，高级就业机会多为临时的、弹性化的、不稳定的	变化多样的就业机会，包括了高技能、高收入的工作，有利于提升本地工人技能

资料来源：Turok，1993. 转引自梅丽霞，全球化、集群转型与创新型企业——以自行车产业为例. 北京：科学出版社，2009

4.2.3　讨论

外资企业的本土化投资有助于形成知识外溢，进而促进本土产业集群的创新。但是本土企业能否提高技术创新能力，则有赖于整体层面的集群吸收能力，包括集群中企业的学习意愿、创新动力和现有的基础能力（Giuliani，2005）。私营企业的成长与外资活动的扩张是关系到中国国民经济现在和未来发展的两大结构性力量，两者都扮演着举足轻重的角色。对这两个部门的深入研究势必涉及对两部门间关系的理解。由于通常外资企业代表着广义技术的前沿，而内资私营企业则代表着本土民间经济力量和未来国民经济的希望，因此从经济学研究的角度出发，我们首先需要特别关心的是外资活动是促进还是抑制了内资私营企业生产率的增长？这种效应的发生机制又是如何的？本章的立意即在于此。

我们发现在外资企业进入中国，对中国本土企业形成竞争压力的同时，私营企业也在崛起，成为缓冲双方竞争的重要力量。私营企业的快速发展在一定程度上削弱了外资对内资的负向作用。江苏很多城市的发展，得益于私营企业的快速发展，成为内资企业发展的支撑。我们把这种现象称为内外资均衡下的内资非均衡现象，私营企业成为外资技术溢出的桥梁。

通过对广东和江苏五个发达城市工业总产值的历史数据分析，我们发现内外资增长较快的城市，都是内外资得到均衡发展的城市，而内资发展主要表现在私营企业的发展上。通过对四个后发城市工业总产值数据的分析，我们发现借助发达地区产业转移的方式可在短期内实现后发地区经济总量的跨越式发展。我们认为当 GDP 达到一定规模后，单纯依靠外资或者发达地区的内资并不能保持经济的继续发展，如何培育出城市自己的本土企业，如何做到内外资企业的有机融合和均衡发展，关系到这些城市未来发展的可持续性问题。

无论是从内外资企业增长率的高低，还是发达城市的内外资结构的比较，江苏内资企业的规模和发展都要强于广东。李维安（2009）认为各地历史逻辑起点不同导致这些地区国有经济和民营企业的资本分布、所有权结构不同。因此，这些不同类型经济组织的资本边际效率及组织的交易效率均出现了显著差异性，从而一方面引起生产率竞赛，另一方面在不同类型经济组之间内生出制度互补。这些共同决定不同地区的制度互补特性的差异性，使得不同地方政府在修正其意识形态偏好方面出现了不同的反应。地方政府的意识形态偏好取决于其所面对的国有资本、私营资本和外资资本的比例以及其各自边际产出效率的比较。例如，某地外资企业占总的社会资本的比例较大，边际效率较高，那么往往更倾向于为外资的发展提供宽松的环境。制度经济学认为社会制度的变迁决定于人类的心理活动和社会习惯，从经济制度来说它的变迁是由社会集团的思想和行为决定的。制度经济学的路径依赖指的是人民一旦选择了某个制度，就很难摆脱其影响，惯性的力量会使这一制度不断自我强化（彭曙曦，窦志铭，2009）。

江苏，主要是苏南是一个经济基础较为雄厚的地区。20 世纪 80 年代的乡镇企业发展阶段，就已经吸引了一批港台中小资本，形成了一批劳动密集型行业，实现了农业经济向工业经济的转变。但是苏南借助乡镇企业实际上已经培养了一批内资企业，如好孩子集团公司、江苏法尔胜泓升集团有限公司等。20 世纪 90年代，当外资开始大量进入江苏时，虽然对内资企业产生了一定的挤出效应，但是在示范和竞争效应下，外加乡镇企业在与国有企业竞争中形成的一定的要素集聚，使内资企业已经具备一定的发展基础。江苏的内资企业发展的整个成长环境是二元的，首先是国有企业和乡镇企业的关系，然后才是内资与外资的关系。第一个成长阶段已经使内资企业具备一定的要素集聚能力，这为以后内外资企业的均衡发展提供了一定的基础。而广东，由于靠近香港，在改革开放初期，就吸引了大量的香港资金进入，外加原有工业基础的薄弱，并没有留给内资企业足够的成长空间，即使是后来成长起来的内资企业实际上也是伴随外资企业的发展而成长的。整个内资企业的成长环境是一元的，只有内资与外资的关系。

因此，广东和江苏不同区域的内外资发展也存在路径依赖，其发展路径与该区域的自然资源禀赋、经济基础、社会背景、人文环境以及政策环境有极大的关联性。这些区域的外部环境因素与经济行为主体之间存在多重相互作用而形成了特定的制度体系，这一制度体系通过对社会经济行为的影响而左右了不同所有制企业的发展方向，而这种发展又反过来强化这一制度体系及其变迁，通过这样反反复复的相互作用最终塑造了稳定的内外资经济个性，形成了特定的内外资经济发展的典型路径。

4.3　结论及政策启示

通过对苏州、深圳、无锡、佛山和广州五个发达城市，以及清远、河源、淮安和宿迁四个后发城市的内外资结构和增长率关系的分析，我们初步得到下面的一些结论：

（1）一个城市经济的发展需要靠两条腿走路，不仅需要外资企业增长，同时也需要配合内资企业发展和内外资需要均衡发展。对比发现，广东很多地级市的经济发展是单纯依靠外资驱动的。相反，江苏很多城市实际上是内外资双重驱动发展经济。当然，广东也有一个例外，佛山的经济发展较快，很大程度上也是内外资双重驱动的结果。

（2）企业的异质性使得不同性质的企业对溢出的吸收程度并不相同，私营企业成为经济驱动的一个重要的动力源，具有不同类型内资企业发展的非均衡性特征。例如，无锡、佛山以及苏州，都具有私营企业经济总量大的特点。相反，广州之所以有内外资企业的增长率低于江苏和广东的平均水平这样一个很明显的特征，就是因为没有哪一种类型的内资企业的经济总量能够成为经济增长的驱动力。

（3）历史逻辑起点以及自然资源禀赋、经济基础、社会背景、人文环境等因素造成地方政府的意识形态偏好是广东和江苏内外资出现不同结构关系的重要原因。我们认为，当外资促进某一区域经济快速增长之后，如何克服地方政府的意识形态偏好，并且有效地推进组织演进，是保证经济可持续发展的政策保证。

（4）私营企业是承接外资技术溢出的桥梁。如何构建合理的制度框架，引导私营企业走科技创新道路，强化私营企业在创新中的作用和地位，对于国家贯彻自主创新至关重要。

（5）我们的基本发现是：内外资产业结构相似程度与内外资对行业资源争夺有某种联系。内外资产业相似度越高，内外资对同行业资源的争夺越激烈，外资越容易排挤内资企业。与此同时，外资扩展速度过快，会阻碍内资企业学习能力的提升，造成外资企业主导当地经济发展的局面，阻碍本土产业结构和经济活动的升级。这些结论有着很好的政策意义和管理意义。

通过对内外资行业结构的分析可知：无论是广东还是江苏，外资的发展对同行业内资企业发展的促进作用并不是特别明显。我们认为珠江三角洲城市产业结构的相似性，主要是"三来一补"造成的后果。产业结构趋同对广东经济的发展造成了很大危害，虽然外向型经济曾经创造了广东的富足，大量的外资企业进入广东，这并不足以刺激创新型企业的诞生，使得广东的产业难以摆脱低端锁定的命运。因为相当多的企业已经习惯于贴牌生产带来虽然低微但是稳定的利润空间，本土企业缺乏技术学习和创新的动力和期望，最终造成了产业的低端锁定。

进入广东的外资企业除了一部分以开拓中国市场为目标外，相当多的外资企业是以满足国外订单的出口为目标的，主要涉及技术水平较高的产品生产中需要利用大量密集劳动的生产作业部分，如电子产品的装配等。在外资控制下的加工贸易发展模式中，跨国公司并不一定会增加与东道国的产业联系。在跨国公司垂直型外资流入东道国之前，就已经存在一个稳定的分工体系和较完善的生产销售网络。由于东道国没有与之衔接的可靠分工网络，外资进入往往要求原有的配套供应商跟随进入东道国市场。这种产业集聚的植根性差，与东道国的产业联系非常薄弱，外资与内资企业之间形成技术、产品和品牌的隔绝，阻碍了知识的流动和技术的扩散，因此并没有在外资的带动下，形成有创新力的内资企业。

总体而言，广东的企业在缺乏创新型企业的条件下，仍然能够在碎片化的全球市场中找到生存和盈利的空间，这离不开国外的外部市场和中国廉价劳动力的支撑，但是这种增长方式是不可持续的，因为缺乏创新型企业所构建的动态技术和组织能力，全球化的外部市场一旦出现危机，广东的经济必然出现波动。创新型企业的缺失使得本土企业在全球价值链上受制于国外的品牌制造商和国际采购商，成为价格的接受者。

在苏南地区的产业结构高度化过程中，由于外资在投资力度、投资结构、投资方向上的差异，外资对各地结构升级的作用和影响也不尽相同。在苏州，由于国际先进技术的渗入和溢出，苏州制造业的结构发生了根本性的调整和提升，达到了质的变化。在原先以轻纺等传统产业为主的制造业基础上，高科技新兴产业迅速崛起，大量外资企业形成了以电子信息产业、机电一体化、精细化工、生物医药为主的高科技产业链。无锡外资流入的主要领域是纺织等传统产业，走出了一条利用高技术改造传统产业的新路。新"苏南模式"是以开放为基础的外资、民营和股份制经济的相互融合，充满活力的所有制结构；先进制造业与现代服务业并举的产业结构；以规模企业为主题的企业结构；城乡一体协调发展的城乡结构；市场管经济发展、政府管社会发展的调节结构。

第 5 章　企业与高校、研究机构的网络化

5.1　引　言

创新要素的网络化抑或破碎化，是衡量一个地区创新能力效率的重要指标之一。创新要素网络化，是指与创新相关的各种要素，如企业、高校、研究机构、金融部门、政府、中介性的机构组织，都能围绕创新的目标进行合作，形成有效的互补性网络，以推进创新在一个地区的实现。缺乏任何一个要素的有效合作，都会使区域创新能力下降。而在这种创新要素的网络化中，产学研合作是最重要的一个方面，这是一种区域创新体系内垂直层面的创新网络化建设。

创新要素的网络化可以通过以下三个方面加以描述：一是产学研合作。二是企业之间的合作，包括内外资企业之间的合作。其中内外资企业的创新合作在 3 ~ 4 章已经有所分析。本章将主要以产学研合作作为创新网络化的研究对象。

创新要素的网络化，是区域创新体系研究中最重要的一个部分。尽管有关"区域创新体系"的精确定义仍然较为模糊，但大多数文献都接受的区域创新系统应当包括：在特定区域内影响创新的产生、发展和扩散的机构和主体。无论是广义还是狭义的"区域创新体系"概念均包含了企业、高校与研究机构。有关创新系统的文献强调了不同机构主体在提高创新能力方面密切联系的重要意义，这一点特别适用于创新系统中的高校和研究机构，详情可见知识产权出版社出版发行的《牛津创新手册》（2008）一书。

基于资源能力观的企业战略管理文献强调资源积累或者学习过程，即将组织间合作当做一个学习的机会而不仅是降低成本或者风险的手段（Tidd and Izuminoto, 2002）。产学研合作关系建立的一个重要前提是各方知识资源的异质性和互补性，通过建立产学研合作联盟，打破学习的组织边界，扩展组织学习的维度，为各方搭建了一个知识交流和共享的平台。企业可以有效地学习和利用高校、研究机构创造的知识和技能，从而加速技术创新速度。高校、研究机构则可以获得市场需求信息和成果商业化等相关知识，这些知识有利于缩短今后新的知识成果与市场的距离，加速知识成果的价值实现。

创新网络化背后的推动因素是创新的实现所需要多种资源，而这些资源经常

是分散于多个地区的。同时，在多种创新要素中，相比较企业而言，高校、研究机构的作用越来越活跃。技术类的企业在今天的企业群体中作用非常明显。因此，如何发挥高校、研究机构在一个区域内的作用，也成为决定区域竞争力的重要因素之一。目前较为流行的分析高校和研究机构在国家或区域创新系统内作用变化的概念框架是由埃茨科维奇和雷特斯多夫（Etzkowitz and Leytesdorff, 1997）提出的"三螺旋理论"（Triple Helix）。"三螺旋理论"强调工业化国家的创新系统内产学研各主体之间交互作用的增加。埃茨科维奇进一步指出，除了机构之间的联系，每个领域都为另外的领域承担任务。因此，大学承担企业家任务，比如营销知识和创建企业，正如企业开始承担学术功能，彼此间分享知识并在更高层次的技能水平上进行培训。

"三螺旋理论"强调的产学研相互作用，在某种程度上与"创新网络"的观点存在一致性。创新网络观点认为组织间的网络成为各个组织共享和交换资源、共同开发新创意和新技能的一种方式。在技术发展迅速、知识来源分布广泛的领域，任何一家企业都不可能拥有能在所有领域内保持领先并给市场带来重大创新所必需的全部技能（Powell et al. , 1996a）。在这样的背景下，企业、高校和研究机构之间的复杂网络是很多产业的重要特征，尤其是在那些技术进步迅猛的领域——如计算机、半导体、药物和生物技术。大多数关于网络和创新之间的经验研究集中于组织之间建立起来的正式关联。这一研究潮流证明了联盟的设立与创新之间呈强正相关关系，这种关系体现在多种产业中，如化工（Ahuja, 2000）、生物技术（Powell et al. , 1996b；Baum et al. , 2000）、电信（Godoe, 2000）和半导体（Stuart, 2000）。各种不同的研究背景都表明网络结构的影响可能是普遍的。

在中国，尽管政府不断地推动产学研合作，但因为地方经济的发展阶段和企业的能力水平，产学研合作的整体水平不高，换句话说，创新要素的破碎化现象在中国十分普遍。这是因为：第一，一些地区尽管拥有很好的高校，但它们与周边企业的联系甚少，如西安地区；第二，在一些外企集中的地区，外资企业互相之间形成孤岛，很少与本地企业联系。但一个可喜的现象是一些经济相对发达的地区，对产学研合作表现出了越来越强烈的愿望，尤其是江苏、浙江与广东地区。一个标志是来自北京的许多成果，都争相在长江三角洲地区、珠江三角洲地区落户。这种活跃的产学研合作，是创新要素网络化的一个重要侧面。

本章的一个目标是理解创新要素网络化的推动因素，理解长江三角洲地区，尤其是江苏创新要素网络化发达的原因，以及其政策意义和管理意义。

我们将以东中西三个地区为主来具体分析产学研合作的网络化与破碎化，特别以广东、江苏、北京作为我们的重点研究对象，因为它们代表了珠江三角洲、长江三角洲和环渤海三大经济发展区域。

5.2　中国区域的产学研合作

产学研合作有许多表述形式，如 OECD 将产学研合作形式划分为：跨国企业和世界水平大学之间的产业与科学联系、大学与高技术小公司之间的联系、在区域性范畴内公司（经常是寻找有短期问题解决能力的中小企业）与当地高校之间形成的联系（OECD，2002）。

产学研合作的内容也不仅仅包含"技术"这一要素，还有其他非常重要的要素，如高级人才培养（不是科技人才，而是企业发展和核心竞争力形成所需的各种人才）、在职员工培训、售后技术服务网络建设、利用研究机构的信息渠道等。通过长期稳定的产学研合作，可以将外部的信息知识内部化，活化企业的内部资源，提高企业的知识构建能力和组织竞争能力。而且，有效的产学研合作可以促使企业与高校或科研单位建立一种信任和互惠关系，这种信任和互惠关系会强化学习主体间的相互作用，从而推动产学研合作向广度和深度扩展。

Cassiman 和 Veugelers 采用调查数据对 1993 年比利时的制造业进行了实证回归分析，结果发现较高的外部进入溢出（Incoming Spillovers）对企业与诸如高校、公立和私立研究实验室等研究机构开展合作的可能性具有正面影响。但企业可得的公共知识池（Knowledge Pool）对于企业来说更为重要，原因是其创新过程更可能从企业与其他研究机构的合作协议中获得收益（Cassiman and Veugelers，2002）。在高技术产业中，创新要素网络化尤其重要。Zueker 等（1998）研究了美国生物企业技术创新组织的构成，发现均有一流大学的研究人员参与了技术创新项目。Harhoff（1999）研究了德国区域产业集群的形成，认为技术密集型的行业大都与高校和研究机构联系紧密。

当然，制约创新要素网络化的原因有很多。许多企业不与高校、研究机构联合进行研发活动的一些主要原因表现在如下几个方面。

Van Dierdonck 和 Debackere 指出，企业与高校合作中存在三类障碍：文化障碍（相互不理解）、制度障碍（不清晰的合同和政策）、运营障碍（项目执行过程中出现的问题）（Van Dierdonck and Debackere，1988）。Medda 等认为限制产学研有机结合的问题之一就是组织文化的差异性（Medda et al.，2006）。企业往往属于目标导向型，运作过程追求高效率、低成本，而企业界对高校、研究机构抱怨较多的就是延长运作时间，无视紧急商业的最后期限。且由于缺乏有效的调控手段和凝聚机制，高校、研究机构很难集中优势资源实现重大技术的创新突破，这是因为高校对科研人员的激励政策目前只侧重于论文产出上，对技术扩散的实际效果关注较少，对如何将技术转化为实际生产力缺乏研究。Ditzel（1988）认为：作为研究机构的大学追求学术上的成就，大学教员有很强的动力去发表他们的最新研究成果；而企业却恰恰相反，他们希望尽可能长时间地维持对新技术的专有权，以此来攫取超额利润。Yves（2000）认为：大学关注新的发明和知识的进步，而企业更关注新技术的应用，关注如何增加价值，关注财务上的回报；大学对技术知识往往更注重长期的获取，而企业相对注重短期的利用。从地理空间限制知识溢出的角度来看，Mansfield 和 Lee（1996）指出：尽管存在着基础研究和应用研究的差别，企业也喜欢与距离企业 R&D 实验室 100 英里以内的当地大学里的研究人员合作。随着信息技术的发展，显性知识易于在更大的地理空间内交流与扩散，对地缘限制不是很严格。然而，在产学研相结合的过程中，创新扩散的技术多属隐性知识，这种知识在集群地缘空间上具有粘滞性。

在中国，由于企业、高校与研究机构三者之间长期处于分离的状态，因此，在强调创新的导向之后，对产学研合作关注得较早。国内对产学研的研究起始于 20 世纪 90 年代，回顾已有研究成果，产学研合作的学术研究大体上包括产学研合作的必要性研究，产学研的组织模式、障碍和对策的研究以及产学研合作的知识流动、利益分享的内在机制的研究等方面（姜照华，1994；杨东占，1995；冯学华，1996；罗德明，1996；谢薇，1997；李廉水，1998；张丽立，1998；穆荣平，1998；陈章波，1999；吴树山，2000；丁堃，2000；王毅，2001；袁志生，2001；王娟茹，2002；吕海萍，2004；骆品亮，2004；薄琳，2004；周国红，2005；刘璇华，2007；潘铁，2007；董静，2008；刘小斌，2008；柳卸林，2008；吴玉鸣，2009；岳贤平，2009）。1992 年 4 月，在朱镕基总理的倡议下，原国务院经济贸易办公室、原国家教育委员会、中国科学院开始组织实施产学研联合开发工程。自 1992 年产学研联合开发工程实施以来，中国的产学研合作取得了巨大的经济效益和社会效益。不仅成功地组织了许多重大的产学研联合科技攻关项目，而且从整体上加快了科技成果的商品化和产业化进程，推动了企业的技术改造，增强了企业的竞争力。

如今，以国家科学技术部为主推进的技术创新联盟的专项工程，是推进产学研合作的一个重要延伸。在科学技术部等部门于 2006 年联合下发的"技术创新引导工程"实施方案中，也把引导和支持若干重点领域形成产学研战略联盟作为重要内容。具体内容是：引导若干重点领域，以共性技术和重要标准为纽带，以大中型骨干企业和行业龙头企业为核心，形成各种形式的产学研战略联盟，并给予优先支持。以国家高新区等产业集群中的技术联盟企业为主体，配合国家科技计划、重大专项和条件平台项目，采用竞争机制，组织产学研联合开展对引进先进技术的消化吸收和再创新①。

但整体而言，如何针对不同地区的特点，开展产学研合作，实现创新体系的网络化，是区域创新系统建设中的重要课题。在本节，我们将以各地区产学研三方创新投入的情况对区域产学研合作作一个总体分析。

在本书中，东部地区包括北京、天津、河北、辽宁、上海、江苏、浙江、福建、山东、广东和海南11个省区市。中部地区包括山西、吉林、黑龙江、安徽、江西、河南、湖北、湖南8个省区市。西部地区包括广西、内蒙古、重庆、四川、贵州、云南、西藏、陕西、甘肃、青海、宁夏、新疆12个省区市。

为便于分析，我们依据历年来《中国科技统计年鉴》的统计口径，从宏观层面上将产学研三方研发主体依次界定为大中型工业企业、高校和研究机构。从2000~2007年看，8年来产学研三方R&D经费内部支出数额均获得了巨大增长，大中型工业企业R&D经费内部支出数额从2000年的353.59亿元增长至2112.46亿元（图5-1），研究机构R&D经费内部支出数额从2000年的258.28亿元增长至687.87亿元（图5-2），高校R&D经费内部支出数额从2000年的76.74亿元增长至314.69亿元（图5-3）。总体而言，企业研究经费内部支出数额的增长高于高校和研究机构，企业与高校和研究机构的投入绝对差距在不断扩大；同时，东部地区总的研发经费增长高于中西部地区，东部与中西部地区投入的绝对差距也在扩大。

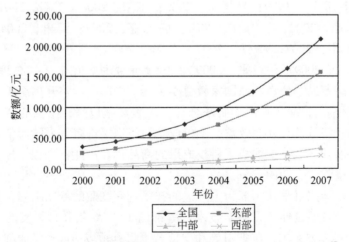

图5-1　2000~2007年大中型工业企业R&D经费内部支出数额②

---

　　①　科学技术部网站：www. most. gov. cn

　　②　注：R&D经费内部支出包含基础研究、应用研究和实验开发；资料来源：以下数据除特殊说明外，均来源于对2001~2008年《中国科技统计年鉴》、《中国统计年鉴》数据的整理。

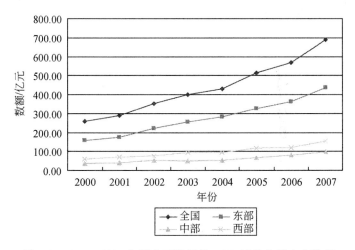

图 5-2　2000~2007 年研究开发机构 R&D 经费内部支出数额

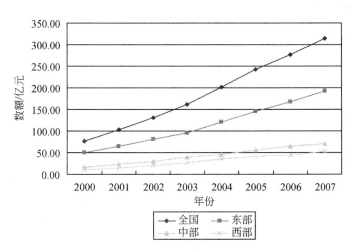

图 5-3　2000~2007 年高等院校 R&D 经费内部支出数额

从 2000~2007 年产学研三方研发经费投入的相对比例来看，大中型企业的投入比例由 2000 年的 51.35% 逐步增长为 2007 年的 67.82%，研究机构的投入比例由 2000 年的 37.51% 逐步降低为 2007 年的 22.08%，高校的投入比例基本稳定，在 2004~2007 年间略有下降，由 2000 年的 11.14% 降为 2007 年的 10.10%（图 5-4）。总体来看，企业投入的相对比例逐步提高，而研究机构的投入比例逐步下降，高校的投入比例稳中有降。但这一趋势从全国不同区域层面上来看表现有所差异。

在东部地区，企业投入的相对比例最高，2007 年已达 71.40%，而研究机构和高校投入的比例下降也最为明显，研究机构的投入比例由 2000 年的

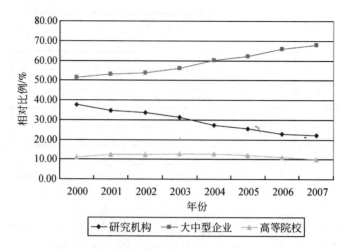

图 5-4　2000~2007 年全国产学研三方研发投入的相对比例的变化

34.79% 下降至 2007 年的 19.85%，高校的投入比例由 2000 年的 11.02% 下降至 2007 年的 8.74%（图 5-5）。也就是说，在东部地区，企业的创新能力有了较大的提升，这为产学研合作、创新的网络化打下了良好的基础。

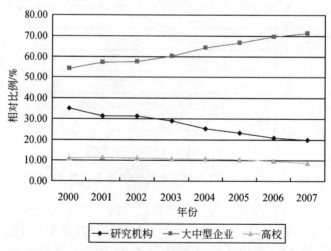

图 5-5　2000~2007 年东部地区产学研研究投入的相对比例的变化

　　在中部地区和西部地区，虽然研究机构的投入比例同样有所下降，但总体而言，高校和研究机构的投入比例仍然明显高于东部地区，其中中西部地区高校的投入比例均有不同程度的增加（图 5-6 和图 5-7）。也就是说，相比较而言，西部地区的企业的创新能力增长较慢。

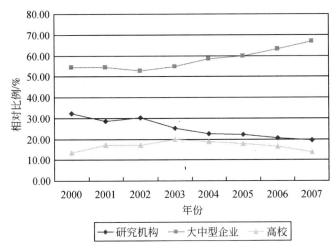

图 5-6　2000～2007 年中部地区产学研研究投入的相对比例的变化

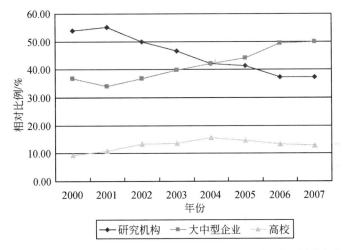

图 5-7　2000～2007 年西部地区产学研研发投入的相对比例的变化

　　在衡量创新网络化中，产学研三方的联系是实质。我们可以通过产学研联系强度进行考察。

　　三方之间的联系有很多种渠道，如高级人才培养、在职员工培训、售后技术服务网络建设、利用研究机构的信息渠道、定期的交流会谈、利用图书文献等公开信息以及部分省份采取的诸如设立院士工作站等手段。相当多的学者认为，这些非正式的联系是大学知识向产业转移的重要渠道（Cohen，2002）。

　　本部分从容易量化的角度，选择高校和研究机构科技经费筹集中来自企业资金的数额（比例）作为度量产学研联系强度的指标。这一指标以前就有许多学者采用过（柳卸林，2006）。

就 2000～2007 年的绝对数额来看，企业和高校科技经费中来自企业资金的数额从 2000 年的 93.22 亿元增长至 2007 年的 273.45 亿元（图 5-8）。作为反映产学研合作强度的相对指标，即高校和研究机构经费筹集中企业资金的比重总体保持平稳上升的态势。

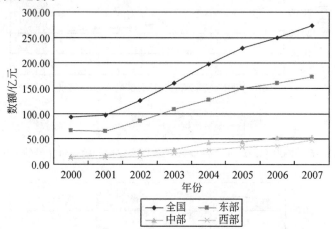

图 5-8　2000～2007 年高校和研究机构经费筹集中企业资金的数额变化

但是，产学研联系强度存在明显的区域差异。

东部地区产学研合作强度的相对水平均高于全国同期水平，加之东部地区研发经费投入规模基础巨大，产学研联系的绝对强度也在不断提升（图 5-9）。

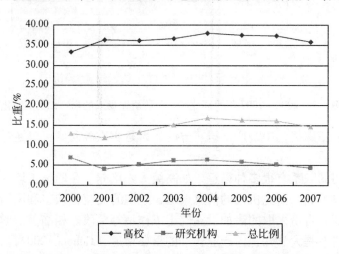

图 5-9　2000～2007 年东部地区高校和研究机构经费筹集中企业资金的比重变化

相反，中部和西部地区产学研联系强度无论从绝对量还是从相对水平来看都有待提高（图 5-10 和图 5-11）。在某种程度上，产学研的合作深度和广度受经济发展水平的影响，受企业需求水平和需求层次的影响。

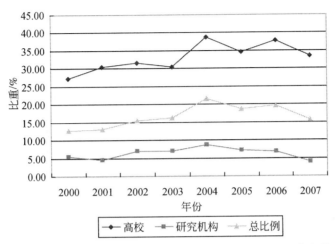

图 5-10　2000～2007 年中部地区高校和研究机构经费筹集中企业资金的比重变化

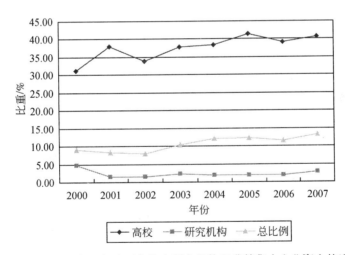

图 5-11　2000～2007 年西部地区高校和研究机构经费筹集中企业资金的比重变化

5.3　主要地区产学研网络化的比较研究

5.3.1　产学研资源区域配置差异的静态分析

由于对区域产学研差异的动态分析需要更长时间的数据样本，从统计资料的可能性和统计口径的一致性出发，我们选择产学研三方科技经费内部支出额作为数据来源。同时，在区域层面上，我们选择在中国区域创新能力（2009）排名中靠前，也就是说创新能力较突出的几个省市进行分析。它们是：北京、上海、江苏、广东、浙江。

从2000~2007年的统计数据来看（图5-12），北京产学研三方科技经费内部指标的绝对值数量均增长明显，企业和高校的增长率更为明显，但以研究机构为投入主体的局面并没有得到根本性转变。其高校和研究机构科技经费投入的相对比例虽然从2000年的84.15%降至2007年的81%，但依然处于绝对主导地位，这和长期以来优质科技资源中心城市集中配置的科技政策密切相关。

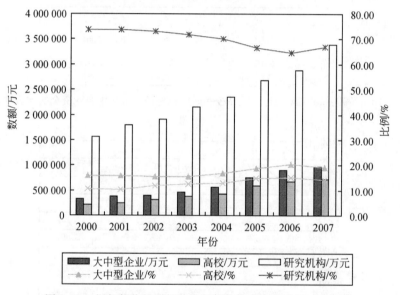

图5-12　北京产学研三方科技经费内部支出额及相对比例①

上海地区企业投入的主体地位虽日益明显，但高校和研究机构的相对比例下降不大，近三年基本稳定在34%左右（图5-13）。从绝对量来看，上海高校和研究机构的科技经费内部支出额仅次于北京。

虽然江苏、浙江和广东有共同点，企业科技经费支出的相对比例均较高，2007年年底分别达到了83.94%、84.56%和90.23%，但省际之间的内部差异性也不能忽视，如江苏高校和研究机构的科技经费内部支出额几乎是同期广东、浙

---

① 科技活动经费内部支出：指报告年内用于科技活动的实际支出。包括劳务费、科研业务费、科研管理费、非基建投资购建的固定资产、科研基建支出以及其他用于科技活动的支出。不包括生产性活动支出、归还贷款支出及转拨外单位支出。

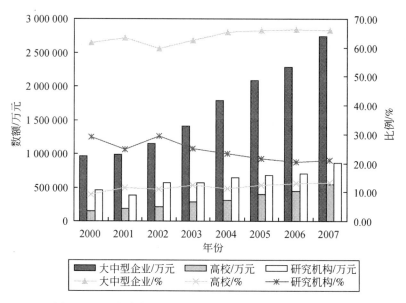

图 5-13　上海产学研三方科技经费内部支出额及相对比例

江的两倍以上，这说明三省高校和研究机构的投入绝对数量差异明显（图 5-14 ～
图 5-16）。

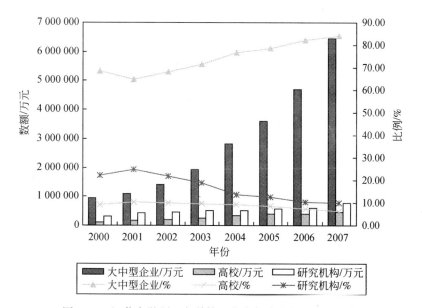

图 5-14　江苏产学研三方科技经费内部支出额及相对比例

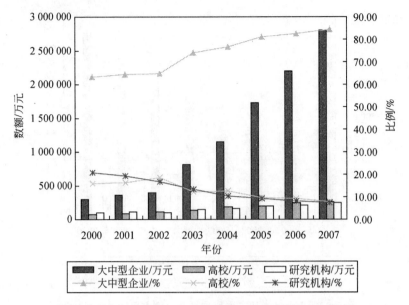

图 5-15 广东产学研三方科技经费内部支出额及相对比例

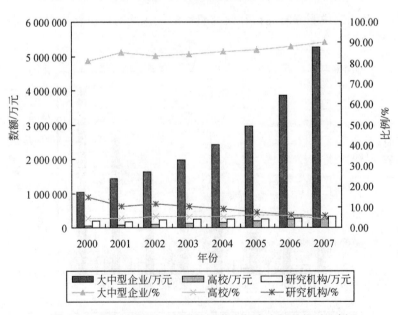

图 5-16 浙江产学研三方科技经费内部支出额及相对比例

5.3.2 产学研联系强度差异

从容易量化的角度，我们依然采用高校和研究机构科技经费筹集中企业资金的数量和比例来表征产学研联系的强度。对比 2002 年和 2007 年数据可以发现（图 5-17~图 5-20）：2002 年江苏研究机构的资金来自企业的份额仅为 2.25 亿元，2007 年这一数据提高至 8.5 亿元，同期高校科技经费的筹集中来自企业的资金量也从 11.08 亿元增长至 23.09 亿元。

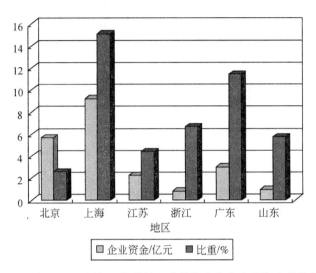

图 5-17　2002 年六地区研究机构科技经费筹集中来自企业资金的数量和比例

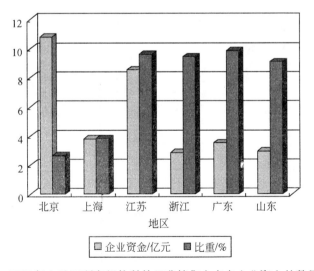

图 5-18　2007 年六地区研究机构科技经费筹集中来自企业资金的数量和比例

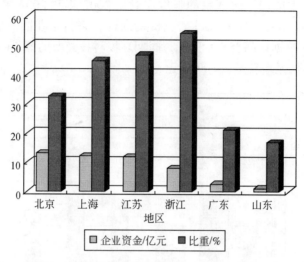

图 5-19　2002 年六地区高校科技经费筹集中来自企业资金数量和比例

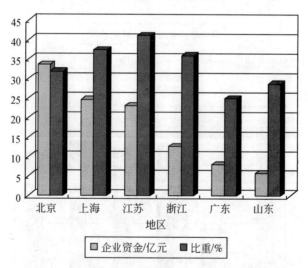

图 5-20　2007 年六地区高校科技经费筹集中来自企业资金数量和比例

从 2000～2007 年产学研联系的总体比例来看，除北京以外，其他省市一直明显高于全国平均水平。从 2007 年年底产学研联系的绝对数量看，北京地区高校和研究机构科技经费筹集中来自企业的资金量为 44.47 亿元，江苏为 31.61 亿元，上海为 28.48 亿元，而广东和浙江明显偏少，分别为 11.50 亿元和 15.47 亿元（图 5-21，图 5-22）。

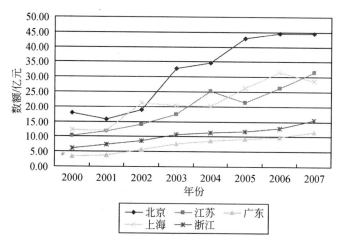

图 5-21　2000～2007 年高校和研究机构科技活动经费筹集中来自企业的资金

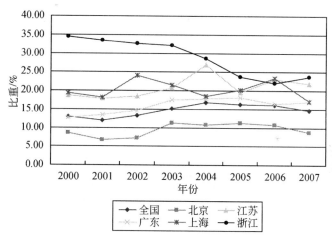

图 5-22　2000～2007 年高校和研究机构科技活动经费筹集中来自企业的资金比重

5.3.3　基于结构—联系的二维产学研匹配矩阵

基于上一部分的实证研究，我们得出结论：产学研三方既存在差异化的定位又需要有效协同。从差异化定位的角度来看，高校、研究机构和企业存在知识供给和需求的异质性，高校、研究机构知识创造者的角色需要足够的物质经费的保证。江苏高校和研究机构科技经费投入的绝对数量虽落后于北京和上海，这与长期以来科技资源中心集聚的历史原因有关，但同为经济发达地区，江苏高校和研究机构的科技经费投入的绝对数量远高于广东和浙江。就产学研联系的相对比例而言，浙江、上海和江苏都处于较高的水平。基于上文对产学研区域差异的分析，我们进一步利用 2006 年、2007 年两年的统计数据，从结构和联系两个维度，大致刻画中国各省市产学研的现状（图 5-23）。

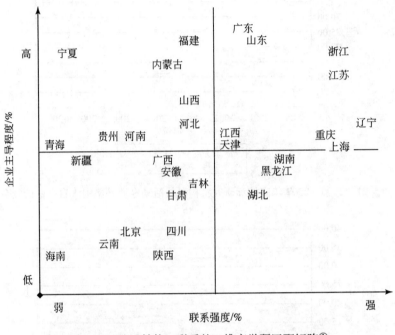

图 5-23　基于结构—联系的二维产学研匹配矩阵①

5.4　创新网络化促进区域创新能力的实证研究

5.4.1　导言

从创新网络化视角看中国国家创新系统研发的主体资源配置，近年来出现了两个值得关注的现象，对现象解读延伸出的问题成为了本部分实证研究的出发点。

现象 1：2000～2007 年，企业 R&D 经费内部支出数额从 353.59 亿元增长至 2112.46 亿元，高校和研究机构 R&D 经费内部支出数额从 335.02 亿元增长至 1002.56 亿元。企业 R&D 投入的相对比例由 51.35% 逐步增长为 67.82%，高校与研究机构 R&D 投入的相对比例由 48.65% 下降为 32.18%，企业投入的主体地

---

① 水平线和垂直线分别表示相应指标的全国平均水平。

位日益加强①（图 5-24）。然而，中国区域创新体系研发资源的优化配置是否可以依靠企业研发比例的上升而自动实现？高校和研究机构基础知识供给的重要地位如何保证？

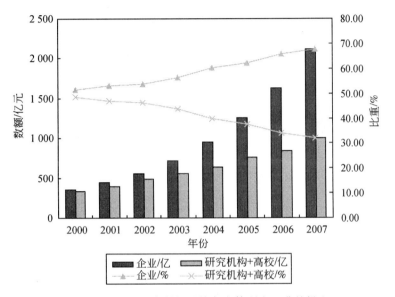

图 5-24　中国国家创新系统各主体研发经费的投入

现象 2：创新系统各研发主体之间的合作日益引起重视，中国成功地组织了许多重大的产学研联合科技攻关项目。高校和研究机构经费筹集中企业资金的数量在不断提高，从 2000 年的 93 亿元增长至 2007 年的 273 亿元，但作为反映合作强度的相对指标，即高校和研究机构经费筹集中企业资金的比重，在经历了稳定增长后却出现了停滞甚至下降的趋势，从 2000 年的 12.96% 逐步提高至 2004 年的 16.80%，2005～2007 年这一比重分别为 16.23%、16.15% 和 14.57%（图 5-25）。也就是说这三年来，企业和高校研究机构的研究开发经费都在快速上升，但他们之间的联系相比而言却在不断下降。这一趋势，与当前世界所强调的开放创新、合作创新的趋势背道而驰。

自中国提出自主创新战略，建设创新型国家的目标以来，一方面，高校科研机构得到国家的投入支持越来越高；另一方面，针对企业研究开发的税收减免，面向企业的项目支持，包括政府采购政策的调整，不断激励企业重视自主创新。但近年来出现的产学研联系强度下降的局面着实引人深思。因此，本节有两个出

---

①　依据《中国科技统计年鉴》的统计口径，本文所指的企业被界定为大中型工业企业。除特殊说明，基础数据均来源于历年《中国科技统计年鉴》《中国统计年鉴》的数据整理。

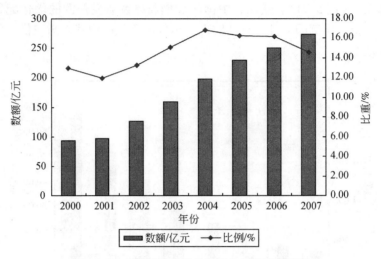

图 5-25　中国国家创新系统各主体的联系强度

发点：首先，如果说企业的创新能力在不断上升，产学研的联系在下降，是否说明在中国产学研联系不再是企业创新的重要来源？其次，由于国家在评价大学、研究机构的绩效时越来越重视论文的产出，即科学引文索引，这使相当多的应用研究或工程研究科学化，这种基础科学的研究到底会对企业的创新产生什么影响？对这两个问题的回答，关系到中国创新政策是否需要调整，也影响到我们对企业创新模式的判断，以及对大学和研究机构在国家创新系统中的作用的理解。

5.4.2　基本假设

已有关于区域创新绩效测度及影响因素分析的实证研究大都将专利视为因变量（李习保，2007；李伯洲，朱晓霞，2007）。由于专利提供了对新颖性的测度方法，它通过外部的专利审查程序使之生效，因此是测量知识创新的有效指标。但专利是一个衡量发明而不是衡量创新的指标，它标志着新技术原理而不是商业创新的出现，许多专利实质上不具备技术或经济上的意义。借鉴已有文献的分析方法（柳卸林，2006），本研究选择以专利产出和新产品产出两类因变量作为衡量区域创新绩效的标准。

企业作为创新主体，其创新行为依赖于企业特定决定要素的交互作用及环境因素，前者如 R&D 强度、企业规模等，而后者如外部资源的利用、市场结构、产业技术水平及政府的政策等。在这种情况下，企业必须以最有效的方式通过对可得资源的配置来获取并增强其技术创新能力，进而开发并生产出有竞争力的新产品。企业可以依靠自身内部的努力或者外部来源，但更多的时候是合理利用组织内外的研发资源，尤其是通过研发合作的制度安排这种方式（David，

2000；刘建兵，柳卸林，2005）。Belderbosa 等（2004）对荷兰包括竞争者、供应者、消费者、高校、研究机构等 R&D 伙伴的合作与企业绩效进行了分析，发现企业与高校、研究机构及供应者的合作对新产品销售的增长具有正面作用，由消费者、高校和研究机构产生的外部进入的知识溢出进一步激励了新产品的销售。

在开放创新的条件下，知识的规模和多样性的增加使得合作研究显得日益重要。企业在自身创新过程中，必须清醒地认识到建立研发合作可以获取企业自身所无法生产的专门技术，通过与创新网络中高校、研究机构的研发合作是企业利用外部可用资源不可或缺的一条重要途径。研发合作可以降低不确定性，实现成本节约及规模经济和范围经济，它提供了一种有效的知识溢出、资源交换及组织学习的可能性途径。因此，本研究假设区域创新体系内研发主体的联系强度能够促进区域创新产出的提升。相应的有如下假设：

假设 1：企业与高校、研究机构的联系强度对企业新产品产出有正向影响。

假设 2：企业与高校、研究机构的联系强度对区域发明专利产出有正向影响。

区域创新体系各机构主体的分工差异集中体现在知识供给和需求的异质性方面。技术创新是从科学研究开始，在实验室中得到技术成果，然后寻找市场，通过技术创新，使其商品化，从而达到发展经济的目的。高校和研究机构则为社会发展提供基础研究和基础科学，企业则主要关心面向消费市场的科学技术的商业应用。关于基础研究在创新体系和经济中作用的一个有影响力的概念就是所谓的创新"线性模式"，他与万尼瓦尔·布什及他为 1945 年后美国研究开发系统制定的著名"蓝图"——《科学：无止境的边界》（*Science：The Endless Frontier*）密切相关。"线性模式"的观点与基础学术研究中提供公共资助的"市场失灵"原理是吻合的。当然，后来，"线性模式"对创新过程的描述遭到了学者们广泛的批评。从历史发展来看，自 19 世纪以来，许多根本性的知识都是由头脑中想着某种特定用途的基础研究产生的，基础研究可以同时是由好奇心和用途双重驱动的。对基础研究和技术创新的关系来说，两者之间并不是简单的单向线性关系，并不是所有的联系都是科学研究流向技术，同样技术发展也会反馈科学研究，也并不是所有的创新都源于好奇心驱动的基础研究，也可能来源于应用驱动的基础研究。

然而，即使是对"线性模式"的批评，也没有否认基础研究投入的重要价值，而是更加强调基础研究来源的多样化。增加基础研究的投入可能存在更大的边际效应。根据西方发达国家的理论和国际贸易竞争的基本框架，政府对企业创新的支持只能局限在竞争前技术领域。从创新体系知识供给的定位来讲，高校和研究机构承担着主要基础研究的角色，从高校和研究机构基础研究产出学术论文及公开出版物对企业研发的实际效果来看，公共研发信息来源对企业研发产生了明显的溢出效应。Trajtenberg 等（1997）的研究表明以引用高校专利的发明者地点来表征的来自大学的知识溢出，在美国趋向于区域层面的本地化。Hichks 等（2001）的研究同样指出美国研究机构和高校的科学论文经常被本州专利发明者所引用。高校和科研院所在国家创新体系中有其独特的定位，相对于部分企业研发的短视行为来说，高校和研究机构有必要从事一些具有战略意义的基础研究工作，从而提供产业重大共性技术等公共技术需求。

但在中国，高校和研究机构在现有政策的激励下，比较重视以论文表现的研究方式，这会对企业的创新水平带来什么影响？这是本研究关注的核心问题。为此，我们提出，由于基础研究扩散周期较长，短期对企业新产品产出的影响可能不显著，相应的有如下假设：

假设 3：高校、研究机构对基础研究的投入对企业新产品产出的直接影响不显著。

假设 4：高校、研究机构对基础研究的投入对区域发明专利产出有正向影响。

5.4.3 模型构建与数据描述

5.4.3.1 计量模型构建

为研究需要，我们共构建两组实证计量模型：

$$\ln XCP_{i,t} = \alpha_0 \ln ZJ_{i,t-1} + \alpha_1 \ln RY_{i,t} + \alpha_2 \ln GM_{i,t} + \alpha_3 XN_{i,t} + \alpha_4 TJ_{i,t-k} \times \ln ZJ_{i,t-1}$$
$$+ C_{i,t} + \varepsilon_{i,t}$$

$$\ln FMZL_{i,t} = \beta_0 \ln ZJ_{i,t-2} + \beta_1 \ln RY_{i,t} + \beta_2 \ln GDP_{i,t} + \beta_3 TJ_{i,t-k} \times \ln ZJ_{i,t-2}$$
$$+ C_{i,t} + \varepsilon_{i,t}$$

其中：$XCP_{i,t}$、$FMZL_{i,t}$ 分别表示各地区年度的新产品产出、发明专利产出；$ZJ_{i,t-1}$、$ZJ_{i,t-2}$ 分别表示滞后 1 期和滞后 2 期的研发经费投入，$RY_{i,t}$ 表示研发（科技）人员投入；$GM_{i,t}$、$GDP_{i,t}$ 分别为相应的控制变量；$TJ_{i,t}$ 指调节变量，包括产学研合作强度（$HZ_{i,t}$）和基础研究投入（$JC_{i,t}$）两部分，k 为调节变量滞后期。

1. 自变量选择

本研究选择以专利产出和新产品产出两类因变量作为衡量区域创新绩效的标准。由于发明专利和实用新型以及外观设计专利知识含量的差异，又将专利产出分为两类分别计量，总共构建三组计量模型。根据知识生产函数的表述，创新产出是由于投入活动产生的结果，直接影响创新产出水平的是相关科研经费投入和科研人员投入[①]。尽管研发资金和人员之间存在较强的相关性，但单纯的资金投入并不能替代人员的投入，因此在专利表征的创新产出方面，同样也选择这两种投入因素。新产品产出不仅包含企业直接研发人员的贡献，同时也包含了试制生产过程中各类技术人员的贡献，故选择企业技术人员数量作为新产品产出的人员投入指标。在以发明专利和其他两类专利产出为因变量的回归模型中，相应的自变量选择研发资金总投入和研发人员总投入。

2. 控制变量选择

以新产品产出为因变量的回归模型控制企业规模，使用区域内企业平均就业人员数量来表示，考虑到中国经济发展东西不均衡的现状，需要控制区域差异的影响。东西部发展水平的差异是中国区域差异的集中体现，本研究设置两组区域差异的虚拟变量，西部地区为 1，非西部地区为 0，东部地区为 1，非东部地区为 0。受综合人口因素和经济因素的影响，我们在以区域专利产出为因变量的回归模型中设置人均 GDP 作为控制变量，由于人均 GDP 数据已经表征了区域经济发展水平的差异，便不再设置反映区域差异的虚拟变量。

3. 调节变量选择

本研究重点考察产学研联系强度对高校、研究机构基础研究投入的直接影响和调节作用。为了便于不同区域的比较分析，产学研总联系强度使用相对指标，采用当年高校和研究机构科技经费筹集中来自企业资金的数额占二者筹集资金总额的比例来表征。选择高校和研究机构对基础研究的投入强度这一变量，来揭示高校和研究机构的基础性研发对企业新产品产出的影响。投入强度同样选择相对指标，使用高校和研究机构对基础研究投入资金量占二者科研经费总投入的比例来表征。设置产学研联系强度与同期研发经费投入的交叉项，通过考察交叉项系数的符号和大小来判断产学研联系强度的调节作用。同时，设置高校研究机构基础研究的投入比例与同期研发经费投入的交叉项，通过考察交叉项系数的符号和大小来判断基础研究投入的溢出作用。由于两组调节变量的相对基本模型相互独立，采用逐步植入回归模型，分别估计其对区域创新绩效的直接影响和调节作用。

4. 滞后期选择

研发经费投入对创新产出的影响存在明显的滞后效应。Hall 等（1983）就专利产出与研发支出的滞后结构进行了专门的研究，发现了滞后 1 期和滞后 2 期的研发支出对专利产出有一个显著的影响。逄淑媛和陈德智（2008）基于全球研发顶尖公司 10 年的面板数据的实证分析表明经费投入对专利产出影响的平均滞后

① 指直接从事科技活动以及专门从事科技活动管理和为科技活动提供直接服务累计从事科技活动的实际工作时间占全年制度工作时间 10% 及以上的人员。

期为 2 年左右。考虑到新产品的产出周期与专利产出的差异性，部分文献将研发投入对新产品和专利产出的滞后期限区别对待（柳卸林，2006）。调节变量与研发经费同期滞后，但在衡量基础研究直接影响的过程中，增加了对不同滞后期回归结果的考察。本研究在初始回归模型中，研发投入这一流量指标对新产品产出和专利产出分别考虑滞后 1 年影响和滞后 2 年影响。其他控制变量如研发人员投入、企业规模等多为存量指标，不再考虑滞后期限。虽然人均 GDP 是流量指标，但其反映的各地经济发展水平的差异具有连续性，这种连续性在不考虑滞后期限的情况下也足以体现其作为控制变量的作用。

5.4.3.2 实证数据描述

1. 变量描述性统计

除虚拟变量外，四组回归模型各个变量的标准差均小于均值，初步判断原始数据异方差问题不严重，但毕竟样本大部分是取自截面的面板数据，故在回归过程中通过 White 检验来修正潜在的异方差，同时对模型进行稳健性检验，从而降低截面数据较多导致异方差现象对估计结果可能的影响（表 5-1 和表 5-2）。

表 5-1　新产品产出模型变量描述性统计①

项目	XCP	ZJ	RY	GM	HZ	JC
均值	14.61	11.78	11.26	7.20	0.13	0.06
中位数	14.73	11.89	11.36	7.23	0.12	0.04
最大值	17.57	14.87	13.06	8.11	0.39	0.31
最小值	10.03	7.11	8.02	6.14	0.00	0.01
标准差	1.62	1.43	0.92	0.34	0.08	0.05
样本点	210	180	210	210	210	210

表 5-2　专利产出模型变量描述性统计

项目	FMZL	QTZL	ZJ	RY	GDP	HZ	JC
均值	5.39	7.62	12.54	10.13	9.26	0.13	0.06
中位数	5.34	7.62	12.70	10.28	9.19	0.12	0.04

---

① 表 5-1 ~ 表 5-3 中除调节变量外，其余变量均为取自然对数后的结果。

续表

项目	FMZL	QTZL	ZJ	RY	GDP	HZ	JC
最大值	8.48	10.87	15.28	12.20	10.93	0.39	0.31
最小值	1.79	3.89	8.98	6.68	7.94	0.00	0.01
标准差	1.24	1.32	1.40	1.14	0.60	0.08	0.05
样本点	240	240	180	240	240	240	240

2. 变量相关性分析

在自变量选择过程中,依据模型的经济含义,本研究考虑了研发经费投入的滞后期限,这在某种程度上降低了自变量之间相关性的概率。相关性分析的结果显示:解释变量间总体相关性不高,结合 VIF 检验结果(均小于 2),基本可以排除解释变量之间多重共线性对回归结果的影响(表 5-3 和表 5-4)。

表 5-3　模型 1 解释变量相关性检验

新产品产出	ZJ	RY	GM	HZ	JC
ZJ	1.000				
RY	0.013	1.000			
GM	0.000	0.027	1.000		
HZ	−0.103	0.382	−0.136	1.000	
JC	0.051	−0.263	0.047	−0.167	1.000

注:解释变量相关性分析中没有包括虚拟变量。

表 5-4　模型 2 解释变量相关性检验

两类专利产出	ZJ	RY	GDP	HZ	JC
ZJ	1.000				
RY	−0.144	1.000			
GDP	−0.127	0.323	1.000		
HZ	−0.039	0.072	0.073	1.000	
JC	0.070	−0.073	−0.021	−0.174	1.000

5.4.4　主要研究发现

5.4.4.1　实证模型稳健性说明

根据对个体影响处理形式的不同,面板数据变截距模型分为固定影响模型和随机影响模型两种。在估计"窄而长"的面板数据时,二者区别不大。但由于本研究的面板数据"宽而短",从降低回归结果不一致的风险出发,我们选择固定效应模型进行估计。在以新产品产出为因变量的回归模型中,考虑调节变量的直接影响与交叉影响,从模型 1~模型 5 逐步回归的结果来看(表 5-5),解释变量回归系数正负、数值大小、显著性水平以及回归模型的显著性水平体现了很好的一致性。在以发明专利产出为因变量的回归模型中(表 5-6),同样显示实证模型具有很强的稳健性。通过改变调节变量的滞后期,观察产学研的联系强度和基础研究投入对创新产出的直接影响和间接作用,在显著性检验通过的前提下,直接影响和间接作用的方向均没有发生变化。回归模型整体拟合优度较高,D-W 检验结果显示模型不存在明显自相关问题。

表 5-5　新产品产出模型检验结果(固定效应)

自变量	模型 1	模型 2	模型 3	模型 4	模型 5
C	10.813 6 ***	10.525 7 ***	10.678 2 ***	10.155 1 ***	10.018 3 ***
ZJ	0.289 3 **	0.260 8 **	0.261 5 **	0.334 3 ***	0.335 7 ***
RY	0.540 4 ***	0.558 5 ***	0.550 5 ***	0.546 2 ***	0.545 0 ***
GM	−0.765 1 ***	−0.735 7 ***	−0.739 8 ***	−0.771 3 ***	−0.761 7 ***
XBXN	−0.608 9 ***	−0.532 0 ***	−0.549 3 ***	−0.561 5 ***	−0.550 9 ***
DBXN	0.569 6 ***	0.592 1 ***	0.579 2 ***	0.548 6 ***	0.564 0 **
HZ		1.264 4 ***			
ZJ × HZ			0.083 8 ***		
JC				1.779 2	
YF × JC					0.243 2 **
R^2 值	0.815 6	0.819 4	0.817 8	0.816 6	0.818 8
D-W 检验值	1.691 8	1.692 3	1.680 2	1.732 1	1.729 0
F 值	80.17	74.81	74.02	73.45	74.52

注: * * * , * * 和 * 分别代表显著水平为 1% , 5% 和 10%

表 5-6　发明专利产出模型检验结果(固定效应)

自变量	模型 1	模型 2	模型 3	模型 4	模型 5
C	−4.930 6 ***	−6.912 0 ***	−6.864 4 ***	−6.709 9 *	−6.684 0 *
ZJ	0.645 3 ***	0.749 0 ***	0.750 2 ***	0.729 0 ***	0.726 9 ***
RY	0.128 7	−0.181 9	−0.186 3	−0.187 8 **	−0.185 6
GDP	0.490 1 **	0.816 2 ***	0.813 2 ***	0.837 5 **	0.835 1 **
HZ		0.298 7			
ZJ × HZ			0.026 3		

续表

自变量	模型 1	模型 2	模型 3	模型 4	模型 5
JC				0.445 5 **	
ZJ × JC					0.034 4 *
R^2 值	0.965 8	0.948 7	0.960 1	0.948 5	0.948 5
D-W 检验值	2.272 8	2.014 3	2.227 5	2.029 3	2.285 6
F 值	154.20 ***	98.31 ***	431.54 ***	98.06 ***	98.03 ***

注：＊＊＊，＊＊和＊分别代表显著水平为 1%，5% 和 10%

5.4.4.2　主要研究发现

1. 产学研联系对创新产出的直接影响与调节作用

产学研联系对新产品创新的回归系数为 1.2644，显著性水平通过检验，表示在控制其他变量变化的前提下，产学研联系强度每增加一个单位，将带动新产品产出增长 1.2644 个单位。产学研联系强度对同期研发经费投入的交叉项的回归系数为 0.0838，显著性水平通过检验，表明在控制其他变量变化的前提下，产学研联系强度每增加一个单位，将显著提高同期研发投入对新产品产出的边际贡献 8.38%（图 5-26 ~ 图 5-28）。

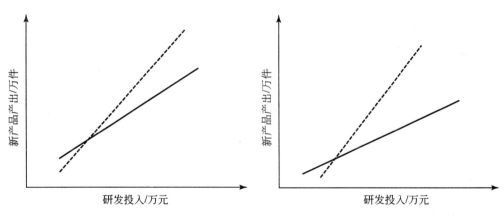

图 5-26　模型 1 中产学研联系强度对　　　　　图 5-27　模型 1 中基础研究投入对
　　　　创新绩效的调节作用　　　　　　　　　　　　创新绩效的调节作用

产学研联系对发明专利产出的回归系数的显著性水平没有通过检验，产学研联系强度与同期研发经费投入交叉项的回归系数的显著性水平也没有通过检验。这与已有研究成果存在一致性（李习保，2007），表明高校和研究机构与企业的联系强度对发明专利的产出贡献不显著。相应的，假设 1 被证明，假设 2 被拒绝。

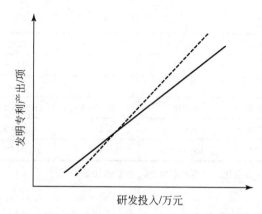

图 5-28 模型 1 中基础研究投入对创新绩效的调节作用

2. 基础研究投入对创新产出的溢出作用

基础研究投入强度对发明专利产出的回归系数为 0.4455，显著性水平通过检验，表明在控制其他变量变化的前提下，高校和研究机构基础研究的投入比例每增加一个单位，将显著提高区域发明专利产出水平 0.4455 个单位。而基础研究对发明专利的直接影响在很大程度上是由于高校和研究机构本身就在中国职务发明专利授权份额中占有非常重要的比重①。基础研究投入比例对同期研发经费投入的交叉项回归系数为 0.0344，显著性水平通过检验，表明在控制其他变量变化的前提下，高校和研究机构基础研究投入比例每增加一个单位，将显著提高同期研发投入对发明专利产出的边际贡献 3.44%（图 5-27）。

基础研究投入强度对企业新产品创新的回归系数没有通过显著性检验，说明高校和研究机构的基础研究投入对新产品产出没有产生直接影响。基础研究投入比例对同期研发经费投入的交叉项回归系数为 0.2432，显著性水平通过检验，表明在控制其他变量变化的前提下，高校和研究机构的基础研究投入比例每增加一个单位，将显著提高同期研发投入对新产品产出的边际贡献 24.32%（图 5-28）。相应的，假设 3、假设 4 被证明。

3. 对其他解释变量的研究发现

在以新产品为因变量的回归模型中，反映东部地区虚拟变量前的系数稳定为正，且通过显著性检验，反映西部地区虚拟变量前的系数稳定为负，也通过显著性检验。虚拟变量前回归系数的变化显示西部地区和中东部地区差异显著，东部和中西部地区的差异显著。以发明专利数据为因变量的回归结果显示人均 GDP 前的系数稳定为正值，且通过显著性检验。两类模型反映区域产出差异的控制变

---

① 统计结果显示：2004～2007 年高校和研究机构在国内职务发明专利授权中的比例稳定在 50% 左右。

量均通过了显著性检验，经济发展水平与区域创新产出体现出很强的关联性。

在控制研发资金投入、技术人员投入和区域经济发展水平差异之后，企业平均规模（人员）对新产品产出有负面影响。由于本研究的研究视角定位于区域层面，企业规模大小对创新的影响在某种程度上可以折射出区域创新体系内垄断和竞争的关系。从这一角度就不难理解实证结果：越是市场竞争作用发挥充分的地区，越有利于企业新产品创新的产出。

（1）产学研合作绩效明显但合作层次偏低

实证结果显示产学研联系强度对新产品产出具有显著正向的影响，并显著提升了研发经费投入对创新绩效的边际贡献。但是，产学研合作研发对发明专利产出的直接影响和间接调节作用都不显著。这说明产学研合作在应用研究和渐进性创新层面对企业的影响更为明显，但是涉及知识含量更高的发明专利产出或突破性创新成果方面，可能贡献非常有限。这也从另外一个侧面说明中国的产学研合作的层次偏低，而合作层次偏低可能成为制约中国产学研合作纵深发展的重要瓶颈，这可以部分解释近年来产学研联系强度绝对数量增长与相对比例停滞并存的现象。

（2）基础研究对企业创新的推进作用明显

虽然高校和研究机构的基础研究投入对新产品产出的直接影响不显著，但作为调节变量显著提升了企业研发投入对新产品产出的边际贡献，且基础研究投入对发明专利产出有明显的正向溢出作用。但基础研究的重要作用和目前中国总体投入数量和比例明显不匹配。从统计数据来看，中国的情况与发达国家明显不同，美国、德国、日本的基础研究经费都在其研发经费总额的 10% ~20% 之间，而中国基础研究的投入比例长期徘徊在 5% 左右（图 5-29、图 5-30）。实证研究显示提高高校和研究机构的基础研究投入强度将显著提升企业研发投入的边际贡

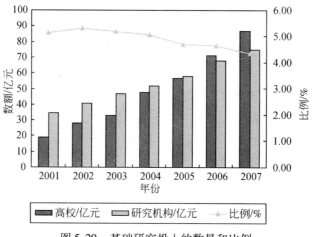

图 5-29　基础研究投入的数量和比例

献，并增加发明专利的产出。

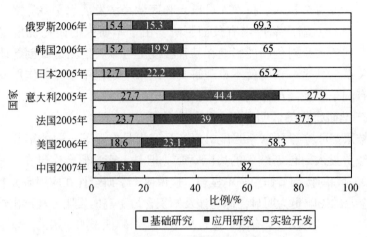

图 5-30　部分国家研发经费按照活动类型分类①

（3）创新体系各主体的分工与协同是提高区域创新能力的重要途径

本研究的一个重要发现不仅仅在于产学研联系和高校研究机构对相关创新绩效的直接影响，还在于企业通过与高校和研究机构的研发合作可以显著提升自身研发资金投入的边际贡献。同时，高校和研究机构的基础研究投入对企业新产品的研发产生了明显的溢出效应。一方面，对产学研联系强度和高校、研究机构基础研究投入的实证研究结论已经证明了在区域创新体系内强调企业的主导地位是毋庸置疑的，但这并不意味着高校和研究机构的地位可以逐步淡化，中国国家创新系统研发资源的优化配置不可能依靠企业研发比例的上升而自动实现。高校和研究机构在知识生产和知识创造等方面有不可替代的独特作用，而企业主要是面向市场的研发、生产与制造，创新系统内的高校和研究机构与企业在知识生产过程中体现出了明显的角色异质性。另一方面，高校和研究机构的知识生产过程又离不开企业的需求牵引，企业生产制造过程更需要高校和研究机构的知识供给。创新系统各主体间既存在差异化定位又需要有效协同，产学研各方在创新系统中的分工与协同机制可以用图 5-31 表示。分工与协同机制的核心就是创新主体各方差异化定位与有效协同的动态均衡。创新系统各主体的有效分工与协同，将更有利于发挥高校和研究机构的共性基础知识在创新中的作用，从而弥补企业研发的不足，同时也可以利用发挥企业需求的牵引作用提升高校和研究机构的研发效率。因此，创新系统各主体间分工与协同的动态均衡是提高区域创新能力的重要途径。

①　数据来源：科学技术部，OECD《研究与发展统计 2006～2008》。

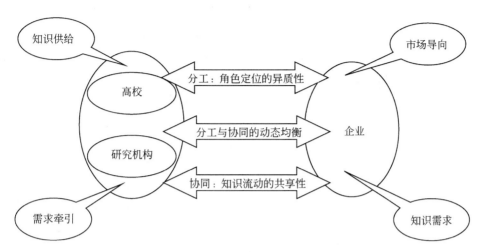

图 5-31 创新系统的网络化协同机制

4. 主要政策建议

（1）提高产学研合作层次

目前的众多产学研合作都是围绕企业的新产品开发进行的，缺乏围绕核心技术的合作。就高校和研究机构而言，应该重视基础研究和面向市场的商业技术开发的衔接，瞄准产业共性技术进行开发。长期以来，由于高校学术价值观和科技评价制度的作用，这些技术成果不能适应企业的需求，导致大量闲置，造成具有重大应用价值的关键技术知识有效供给不足。只有高校和研究机构的基础研究与市场需求紧密结合，才能真正提供满足企业大规模生产对成套技术和装备的需求，相应的，企业也有更强烈的产学研合作动力。另一方面，就企业而言，特别是具有一定经济实力和市场实力的大企业，应逐步改变其追赶思路；一味地追赶，反而可能由于路径依赖导致"赶超锁定"。不断更新的技术知识是行业技术跨越式发展的基础，沿着国外企业已有的技术路径，极可能步入"引进一代落后一代，再引进再落后"的怪圈。因此，高校和研究机构可以提供丰富的技术源和知识库，企业追赶思路的转变也将有利于拓展产学研合作的深度和广度。

（2）增加基础研究投入，拓展溢出渠道

由于企业基于商业目的，高校和研究机构研究经费中来自企业的份额，便更可能对高校和研究机构的应用研究和实验研究产生影响。而基础研究具备准公共产品的性质，其投入主体更多的是政府资金。中国基础研究投入相对较低的现状，已不符合现阶段自主创新和跨越式发展的需要。增加基础研究投入，拓展基础研究知识溢出的渠道，必将对企业创新和区域创新绩效的提升产生积极的效果。在此，我们建议从两个方面着手：一方面，由于知识本身的属性——隐性知识和显性知识，导致了知识溢出的渠道必须多元化，已有研究表明出版物与报告、会议、非正式联系和人员交流都是重要的溢出渠道。另一方面，为了提升基础知识的溢出效果，企业必须提高自身的吸收能力。企业要自觉加强有关知识的学习和积累，不断扩大知识基础，增加知识存量，提高合作知识与原有知识的关联度，从而扩大溢出空间，提升基础研究溢出的效果。

（3）增强研发合作的跨区域互动

从实证研究结论来看，无论是以新产品还是以专利产出作为因变量的回归模型，反映中国区域差异水平对创新绩效影响的控制变量都通过了显著性检验。经济发展水平高的地区，创新绩效明显优于经济发展水平低的地区。但是，中国的中西部地区虽拥有丰富的高校和研究机构资源，产学研联系强度却明显落后于东部地区，良好的科技资源并没有得到很好的利用。增强跨区域的产学研合作，不仅有利于拓展企业知识获取的渠道，也有利于激活中西部地区的优势科技资源，从而更好地为地方经济发展服务。

5.5　江苏产学研合作微观机制分析

基于上一部分实证研究，我们得出结论：产学研三方既存在差异化定位又需要有效协同。从差异化定位的角度来看，高校、研究机构和企业存在知识供给和需求的异质性，高校、研究机构知识创造者的角色需要足够的物质经费的保证。江苏高校和研究机构科技经费投入的绝对数量虽落后于北京和上海（这与长期以来科技资源中心集聚的历史原因有关），但同为经济发达地区，江苏高校和研究机构的科技经费投入的绝对数量远高于广东和浙江。就产学研联系的相对比例而言，浙江、上海和江苏都处于较高的水平。总体而言，江苏具备产学研差异化定位与有效协同动态均衡的客观条件。因此，下文我们将结合江苏产学研合作的实践，对产学研网络化合作机制进行系统分析。

5.5.1　江苏产学研合作情况总体描述

江苏具有优良的产学研合作传统。早在 20 世纪 80 年代，江苏即涌现出一大批全国闻名的"星期日工程师"，推动了苏南乡镇企业的崛起。90 年代以后，江苏产学研合作进入"以企业为主体、政府为主导"的快速发展阶段。特别是近年来，江苏产学研合作组织协调机制和工作网络日益健全，各地与中国科学院、清华、北大等国内知名科教单位的合作不断深入，全省各地与知名科教单位共建各类产学研合作载体 1295 个，全省企业与省内外 941 家高校院所建立稳定的合作关系，企业建立并经省认定的产学研联合的研发机构 1000 多个。

　　以江阴为例，2006 年 10 月，江阴开全国县级市之先河，成立了中国江阴区域产学研战略联盟，为全市企业可持续发展精心打造"智库"，引导企业依托产学研战略联盟加强与高校院所之间的新合作。从 2006 年 30 家全国重点高校院所和 68 家重点骨干企业结成产学研战略联盟，到 3 年后阵容发展壮大到近 200 家国内外高校院所和 500 多家江阴重点企业，联盟成立的战略意义最直接的体现是先后促成了江阴 1000 多个产学研项目的合作，研发投入超过 55 亿元，带动项目总投入超过 140 亿元，形成产品销售超 1000 亿元。

5.5.2　江苏各地市产学研合作情况具体描述

　　表 5-7 描述了江苏各地市的产学研合作情况。

表 5-7　江苏部分城市产学研合作简况

地区	产学研合作简况
扬州	南京大学扬州光电研究院、南京大学与扬州共建化工研究院、东南大学与江都市共建机械装备工程技术研究中心、西安交大科技园落户扬州、清华大学深圳研究生院扬州鑫源电气有限公司研究生实践基地落户江都武坚镇、华中科技大学国家数控系统工程技术研究中心扬州研发中心、中国科学院扬州应用技术研发与产业化中心。
泰州	与江苏大学共建汽车零部件研究开发中心；联合西安交大、东南大学等研发冷挤压、尼龙涂敷、凸焊等国际先进工艺；泰州医药城先后集聚美国哈姆纳研究院、得克萨斯医学中心、复旦大学等中外知名大学和研发机构 56 家，与南京大学合作共建高新技术研究院；淮安市与清华大学签订长期合作协议；中国科学院旗下的 11 家院所与泰州市共建或待建研发分中心 12 家，建立重点实验室 6 个，如：纳米材料工程研究分中心、蛋白质工程研发分中心、先进能源技术发展研究分中心、高频微波复合材料研究分中心；泰州海陵区与东南大学共建软件园；中国科学院与泰州共建技术市场；中国科学院力学研究所江苏纳米结构合金材料工程技术研究中心在靖江市耐尔集团正式成立。
南京	南京中医药大学与南京高新区共建产业化创新基地，与清华大学、北京大学开展创新创业人才和项目对接；南京大学与南京高新区共建南京大学南京生物医药研究院；东南大学与江宁合作创建南京通信技术国家实验室；江宁开发区、中国科学院微系统所及东南大学三方共建中国科学院宽带无线通信研发中心，与中国科学院共建高新技术研发与产业化中心，江宁开发区与中国科学院电工研究所共建中国科学院南京风电研发中心，江宁开发区、中国科学院热能物理研究所和南京航空航天大学三方共建中国科学院高效能源动力联合研发中心；南京红宝丽股份有限公司与中国科学院长春应用化学研究所在高淳共建醇胺工程技术研究中心；扬子石油化工股份有限公司与中国科学院上海有机所、南京长澳科技有限公司与中国科学院上海药物所、江苏中圣石化集团公司与中国科学院寒旱所进行项目合作和共建实验室；南京市与中国科学院光电研究院、北京中视中科光电技术有限公司共同打造的新一代主流显示技术产业基地，是国内首个激光显示技术产业化平台；从 2008 年起，南京设立江宁区产学研专项资金，对重点产学研项目重点支持。

续表

地区	产学研合作简况
常州	常州市与南京大学、东南大学分别正式签署共建校内技术服务平台；常州合肥工业大学研究院在常州科教城成立国防科技大学常州超媒体与感知技术研究所；南京大学与常州方圆制药共建院士工作站；建立南京农业大学—常州产学研办公室；与兰州交通大学合作，成立国家绿色镀膜技术与装备工程技术研究中心常州分中心；建立江苏大学常州工程技术研究院、合肥工业大学常州研究院、水资源高效利用与工程安全国家工程研究中心常州基地、哈尔滨工业大学机器人技术与系统国家重点实验室常州研究与产业化中心、大连理工大学常州研究院；江苏天鹅动力机械集团有限公司与东南大学进行"远程监控平台和光纤终端产业化"研究；常州兰翔机械总厂与北京航空航天大学进行"前掠大小叶片技术在发动机上的应用"研究；常州华通焊丝有限公司与清华大学进行"爬行式机器人焊接工艺"研究；常州与中国科学院大连化学物理研究所、长春应用化学研究所、长春光学精密机械研究所、合肥物质科学研究院进行科技合作；与中国科学院沈阳计算所合作成立数控技术研究所、中国科学院常州先进制造技术研发与产业化中心；常州亚邦申联化工有限公司与中国科学院长春应用化学研究所开展产学研合作。
苏州	东南大学与苏州市政府共建东南大学苏州研究院技术服务平台；南京大学、苏州兰鼎生物制药有限公司、苏州工业园区共同建设蛋白质与多肽新药教育部工程研究中心；苏州工业园区与中国科学技术大学共建科技园，与南京大学共建南京大学（苏州）高新技术研究院，建立昆山小核酸产业基地，吸引北京大学、南开大学等相关领域的合作，还成立了西安交通大学苏州研究院、东南大学苏州研究院、中国科学技术大学苏州研究院、四川大学苏州研究院，与此同时，东南大学国家大学科技园（苏州）、西安交通大学国家大学科技园（苏州）正式揭牌成立进驻园区；南京工业大学和常熟华益化工共建研究生创新中心，南理工科技产业化基地落户常熟；清华大学与金龙联合汽车工业（苏州）有限公司、北京大学与苏州敏芯微电子技术有限公司、浙江大学与苏州中茵泰格科技有限公司均有项目合作；太仓市科技局与华东理工大学国家技术转移中心、上海交通大学国家技术转移中心共建国家技术转移联盟太仓工作站。 中国科学院苏州生物医学工程技术研究所落户苏州，中国科学院苏州纳米研究所与苏州渭塘压铸有限公司合作成立了苏州高性能金属复合材料工程技术研究中心，另外，中国兵器工业集团第 214 研究所苏州研发中心落户苏州科技城。 苏州与全国高等院校、科研院所新建、在建共计 80 个研发中心（研究所），成立了 66 个工程技术中心，并在技术转化、成果推广、人才培养等方面与 100 多所高校、科研院所开展了 1800 多项各种形式的产学研合作。2008 年苏州市新建、在建 884 个产学研合作项目，实现销售收入 639 亿元，实现利税 68.9 亿元。

地区	产学研合作简况
无锡	南京大学美国留学人员中国创业总部正式落户无锡太湖新城科教产业园；成立了国内首家低碳城市研究中心；无锡市政府与清华大学合作共建江苏数字信息产业园；无锡市西漳环保设备公司与同济大学合作共建了节能减排研发基地；江阴与浙江大学签订战略合作协议；浙江大学江阴现代农业科技成果转化基地、浙江大学江阴人才交流工作联络站、浙江大学江阴企业合作服务中心、浙江大学江阴现代农业技术推广中心相继成立；江苏红豆集团与清华大学合作实现红豆杉繁育及提炼技术的开发及产业化；无锡晶石新型能源有限公司依托清华大学的科研优势，完成锂电池动力正极材料开发及应用项目；北大微软学院无锡产学研合作教育基地落成；南京邮电大学在无锡成立南邮—无锡显示技术研究院；无锡惠山经济开发区与南京航空航天大学合作共建了江苏风电设计研究院；成立了东南大学江阴新材料研究院；南京航空航天大学与江阴签约共建成果转化基地；无锡携手北京邮电大学共建"感知中国"中心，联合建设传感网技术研究院。 中国科学院微电子研究所、声学研究所、电子学研究所、上海微系统与信息技术研究所、沈阳自动化研究所以及安徽光学精密机械研究所六个研究所和中国物联网研究发展中心（筹）分别签署了合作框架协议，成为首批进驻中心的共建单位。中国电子科技集团公司与无锡市滨湖区人民政府共建了国家集成电路（无锡）设计中心；中航工业集团与无锡市政府共同投资建设了中航工业无锡发动机控制工程中心；中国电子科技集团与尚德合作开发自动装片系统、与长电合作开发凸点封装设备；无锡与中国电子科技集团合作建立了无锡中微掩模电子有限公司；成立了中国科学院太阳光伏发电系统和风力发电系统质量检测中心华东中心。 锡山专门设立产学研科技专项基金，出台技术研发费抵扣所得税等一系列政策。
连云港	连云港与江苏大学签订校地全面合作协议；南京工业大学与沙钢集团签署战略合作协议；东南大学机械工程学院与天明机械集团、灌南压铸机有限公司、连云港富安紫菜机械有限公司有项目合作并进行跟踪指导；中国地质大学与黄海机械厂合作；南京农业大学、江苏省农科院、扬州大学、江南大学等单位，与连云港市农业龙头企业合作实施了一大批海洋资源综合利用、农副产品深加工新技术引进以及国外新品种示范推广项目。 在海洋高技术领域，连云港市与中国科学院海洋研究所等9家涉海研究所建立了"9+1"合作机制，并与中国科学院过程工程研究所合作共建了江苏省海洋资源开发研究院；在医药领域，连云港市四家医药企业与上海有机化学研究所、药物研究所等建立了4个联合实验室，联合承担了国家新药创制重大专项的多项科技任务，江苏恒瑞医药股份公司与中国科学院上海药物研究所合作的项目列入了国家"863计划"；在硅材料领域，连云港委托中国科学院地理科学与资源研究所开展高技术产业规划研究；在能源领域，成立了中国科学院能源动力研究中心，中国科学院物理研究所等单位与一批硅材料加工骨干企业建立了长期合作关系。
盐城	南京大学与盐城市共建了海洋研究院；盐城市与清华大学签订共建了研究生社会实践试点基地协议；大丰市与清华大学签订产学研合作协议；森威公司与上海交通大学创办了江苏省冷温塑性成型工程技术研究中心。 苏盐公司与中国工程院的张杰院士合作在利用固体碳源生物脱氮的新型反应器装置领域走到了行业的前列；盐城阀业机械有限公司与梅自强院士合作，研制成功了膜结构材料黏合关键技术装备。

续表

地区	产学研合作简况
南通	上海交通大学国家技术转移中心南通工作站成立；海安县人民政府与东华大学合作共建了东华大学—海安纺织科技园；江苏九鼎集团新材料股份有限公司与清华大学联合举办了风力发电技术研发中心、风力发电技术中试生产基地；南京大学与南通市建立了新材料产学研合作平台和南京大学南通材料工程技术研究院；另外，南通市还设立了产学研合作专项业务经费。
徐州	与同济大学共建工程装备研究中心；与中国矿业大学共建软件园；与中国矿业大学签署市校科技项目合作协议。
淮安	与南京大学合作共建高新技术研究院；与清华大学签订长期合作协议。
宿迁	与南京信息工程大学、南京农业大学、南京工业大学、南京工程学院签署全面合作协议。
镇江	江苏大学与丹阳市开展产学研全面合作；江苏科技大学泰州船舶设计研究院揭牌；镇江与南京工业大学签署全面合作协议；举办镇江—东南大学科技成果展示洽谈会，共建东南大学镇江工业技术研究院；上海交通大学国家技术转移中心镇江分中心揭牌。

资料来源：根据《江苏省产学研工作简报》第 1-21 期整理

5.5.3　江苏与中国科学院合作的案例分析[①]

近年来，在江苏省委省政府、中国科学院党组的正确领导下，在双方主要领导的亲自推动下，院省双方本着"优势互补，互惠互利，协调促进，共同发展"的原则，共同推动科技自主创新。以重大科技成果转化、联合共建重大创新载体等为重点，强势推进院省合作，促使合作层次不断提升，合作领域不断拓展，合作形式更趋多样，合作产出大幅增长。院省合作的规模、水平和效益跃上了一个新台阶。

中国科学院与江苏的合作除了项目产业化之外，另一个重要的方面就是共建各类研发和项目转移转化平台。第一个层次是共建研究所。中国科学院、江苏、苏州和苏州工业园区四方共建的苏州纳米技术与纳米仿生研究所已经顺利通过了筹建期的各类专项和综合评估，正式成为中国科学院序列的研究所；苏州生物医学工程研究所的筹建工作也在按计划如期推进，进展喜人。第二个层次是院市共建各类中心。当下，泰州、扬州、常州三个产业转移中心正常运转，为地方的经济社会发展作出了应有的贡献；南京、苏州和无锡中心的筹建工作正在有条不紊地进行，位于连云港的中国科学院能源中心的建设也已取得阶段性的成果。第三个层次是院企共建各类研发平台。截至 2008 年，中国科学院系统各单位在江苏各地与企业共建 40 多个研发平台，为企业实现产品升级、技术创新和设备改造

---

① 部分资料根据江苏科学技术厅产学研处处长张少华在联想学院实训班的授课报告整理而成。

提供了强有力的科技支撑。至 2008 年，省省合作已覆盖江苏所有省辖市和 91% 的县（市、区）（96 个）。中国科学院系统的 85 个应用类研究所全部与江苏开展了合作，列统的合作项目 1000 多项，有 5000 多名中国科学院系统的科技人员活跃在江苏地区进行创新创业工作。2008 年院省合作项目产出规模突破 200 亿元，占中国科学院在全国总量的 1/5 以上。目前，江苏已成为中国科学院与全国各地合作中覆盖面最宽、规模最大、产出最多的省份。

5.5.3.1 以产业化项目纽带支撑技术升级，提升企业竞争力

推进技术成果的产业化一直是双方合作的一个工作重点。随着双方合作的不断拓展深化，合作项目在不断增加，合作效益日渐显著，产出规模也实现了快速增长。据不完全统计，2004 年全省共有合作项目 524 个，其中 270 项实现了产业化。至 2008 年年底，项目总数达到 950 个，其中产业化项目 672 个，项目覆盖了所有省辖市和 96 个县（市、区）。通过产业化项目的实施，有力支撑了企业的技术升级，提升了企业竞争力，促进了企业的健康发展。

（1）通过院省合作使一批企业起死回生。如江苏钟腾化工，其前身投资 1 亿元，从国外引进了一套万吨级装置生产顺酐，但因配套技术不过关而倒闭。后来在中国科学院山西煤炭化学所的帮助下，不到半年即成功投产，成为年销售超过两亿元、利润突破 1000 多万元、质态良好的企业。

（2）通过院省合作使一批企业成功转型。如淮安汉邦科技有限公司，其前身是一家国外液相色谱议的销售代理，2007 年底开始与中国科学院大连化学物理研究所合作，成功开发出硅胶基质系列的高效液相色谱议的关键耗材——色谱柱及专用填料，打破了跨国公司的技术垄断，并实现了产业化，成功转型为液相色谱柱及专用填料的专业供应商。

（3）通过院省合作增强了江苏企业抵御金融危机的能力。如江苏瑞阳化工股份有限公司在金融危机初期，原主打产品"单季戊四醇"的价格由原来的 1.3 万元/吨猛降 50%，企业难以为继。在中国科学院成都有机所的帮助下，他们完成了"双季戊四醇"的合成、分离、纯化和干燥的自动控制技术，建成了年产 5000 吨的生产线，并迅速投产，使企业在金融危机背景下仍然保持高速增长。

（4）通过院省合作使一批企业快速成长为行业骨干领军企业。如江苏索普集团与中国科学院化学研究所合作，将新型羰基合成催化技术成功应用于醋酸工业化生产，生产效率增长了一倍，年新增效益超过 13 亿元，近四年累计创造效益 40 多亿元，成为全国第一、世界第三的醋酸制造企业。江苏双登集团与中国科学院电工研究所合作，开发了纳米胶体电池、超级电容等多项技术、产品，竞争力稳步提升，成为中国名牌产品，并被认定为中国驰名商标，2009 年销售收

入达 50 亿元, 跻身行业三甲之列。

(5) 通过院省合作还培育了独具特色的传感器产业基地。该基地累计引进投资 20 亿元, 兴办了双桥测控、昆山尼赛拉、钜亮光电、光铭光电子、苏州尼赛拉电子、科尼电子等以生产各类传感器为主体的高新技术企业 48 家, 年产值达 12 亿元, 具备年产红外、光电、霍尔、热敏、超声波、压力、气敏、图像、光纤、湿敏等十大类传感器 5.3 亿只, 倾角数显水平仪、智能开关、红外报警器、光纤连接器等传感器相关应用产品 600 万套的产品生产能力。其中, 红外传感器销量已占世界同类产品市场份额的 60% 以上, 光电传感器销量占世界同类产品市场份额的 20% 左右, 霍尔传感器销量占世界同类产品市场份额的 15% 左右, 产品 80% 以上销往美国、欧洲以及东南亚国家和地区。该基地已成为中国最大的传感器产业基地。

2005～2008 年, 院省合作项目规模已从不足 70 亿元跃升到 200 多亿元, 占全国院地合作项目的 20% 以上。

5.5.3.2 以重大科技成果转化为引擎催生新兴高新技术产业发展

中国科学院系统通过实施知识创新工程和国家重大专项等方案, 在高新技术领域突破了一批重大攻关技术, 涌现出一大批具有自主知识产权的重大项目。近年来, 院省双方充分调动企业的积极性, 加大组织力度, 吸引了一批重大科技成果到江苏落户, 这对推动江苏高新技术产业向高端攀升, 加快培育具有自主知识产权的新兴产业起到了重要的引领支撑作用。

(1) 信息领域: 代表中国芯片最高成就的芯片企业落户江苏。中国科学院计算技术研究所与江苏梦兰等企业合作, 龙芯 CPU 已从 2005 年的 2C 版发展到 2007 年的 2F 版, 龙芯电脑已有多款产品上市, 已销售 3 万余台, 江苏龙芯梦兰牵头成立了由 13 家公司组成的 "国产芯片和软件产业联盟"。省政府已在三年内采购 15 万台用于中小学教育信息化建设; 就国家层面来说, 在全国范围内规模化推广龙芯电脑的工作正在积极落实。

另外, 中国科学院软件研究所安全操作系统产业化落户无锡, 孵化注册了无锡中科方德软件有限公司、无锡中科方德电子商务有限公司等。

(2) 先进制造领域: 中国科学院沈阳计算所、沈阳自动化研究所、合肥智能所、工程热物理研究所、电子学研究所等与江苏一大批企业合作, 大大提升了相关企业的竞争能力。特别是江苏与院方联合, 为加速沈阳计算所 "蓝天数控系统 (中国第一个高档数控系统)" 这一重大成果的产业化, 举办了专场推介发布会。计算所的林浒所长亲自来苏考察, 并在常州成立了常州数控技术研究所。该所成立以来, 在江苏地区与近 10 家装备企业合作, 推广了 119 套数控系统和伺

服系统，其中与江苏新瑞机械公司合作研制的 FMS-H63 柔性制造系统，在 2008
年中日数控机床展览会上，被中日机床行业协会评为"春燕奖"，受到李长春等
国家领导人的表扬。

（3）新材料领域：是双方合作转化重大成果最多、成效最大的一个领域。
中国科学院化学研究所的羰基合成技术与江苏索普公司合作，突破了国外公司
对中国乙酸工业的遏制，也打破了国际乙酸市场由西方主要工业国家垄断的局
面。中国科学院广州化学所与江苏玉华金龙科技集团合作，突破利用二氧化碳制
备聚碳酸亚酯和可降解泡沫塑料技术，率先在全球实现了二氧化碳树酯的规模化
生产；中国科学院山西煤炭化学研究所的碳纤维技术在扬州的转化受到中央军委
的高度重视，该项目带动江苏数家企业实施碳纤维的产业化技术开发转化，使江
苏成为国内碳纤维产业化推进最活跃的地区。特别是中国科学院福建物质结构研
究所与江苏丹化集团合作转化的"煤制乙二醇"项目，受到中国科学院院长路
甬祥的高度重视，路甬祥院长亲自参加了其在内蒙通辽建设的 20 万吨煤制乙二
醇装置开工典礼。该项目已于 2009 年 9 月正式投产，并已着手用年产 100 万吨
的技术开发装置建设的工作，成为煤代油化工的标志性工程。

截至 2008 年年底，新材料领域合作项目近 300 项，项目总产出近 100 亿元。

（4）生物医药领域：中国科学院上海药物研究所、上海有机化学研究所、
上海生命科学研究院、合肥等离子体物理研究所、大连化学物理研究所、北京微
生物研究所、北京理化技术研究所等与江苏恒瑞、江苏扬子江药业、江山制药、
苏中药业合作，使得"手性药物技术"、"1.1 类新药硫酸舒欣啶及片剂"、"新
一代 VC 技术"、"长链二元酸"、"冷—热刀"等一批重大技术实现转化。中国
科学院合肥等离子体物理研究所的 VC 新技术使江苏江山制药在上一轮国际 VC
产业大调整的危机中立于不败之地，企业单体稳居全国 VC 产业第一位（13 亿元
/年），为世界第三大 VC 制造商。中国科学院理化技术研究所与扬州亚光医疗器
械有限公司合作开发的"高性能肿瘤治疗用冷热刀微创医疗设备"属国内外首
次研制，且成功应用于肿瘤微创治疗中，并有望发展为全新的高效肿瘤治疗方
法。由于其具有安全性高、使用方便、并发症少、疗效确切以及能防止肿瘤扩散
等显著优点，受到国内外医学界的广泛关注。目前已有多家医疗单位开始试用，
有望产生显著的经济社会效益。

（5）新能源领域：实施转化了中国科学院物理研究所、电工研究所、大连
化学物理研究所、合肥物质科学院、广州能源研究所等的"锂离子动力电池"、
"胶体蓄电池"、"车用镍氢动力电池组"、"氢燃料动力电池"、"高效太阳能电
池"、"热泵热水热能循环利用技术"、"生物质循环流化床技术"、"风电机组变
浆距控制技术"和"40 兆瓦等级中低热值燃气轮机"等一批重大技术成果，覆

盖了新能源产业的各主要领域和方向。

（6）环保领域：如中国科学院大连化学物理研究所与无锡威孚力达催化净化器有限责任公司的汽车尾气稀土催化转化器，过程工程研究所与盐城宇达汽车配件有限公司的电袋复合高效除尘关键技术，上海有机化学研究所与常州康泰氟化工有限公司的液相氟化法生产1,1,1,2-四氟乙烷技术等。

截至2009年，仅列入省重大科技成果转化项目的中国科学院重大成果就达54项，总投入53.28亿元，省资助经费6.12亿元。至2009年9月累计（至2008年立项的47个项目）实现销售101.17亿元，利税16.88亿元，出口创汇1.67亿美元。达产后或望形成1978.47亿元的产业规模，利税451.67亿元，出口创汇53.3亿美元。2008年以来，江苏高新技术产业在危机中仍以22.9%的速度高速增长，院省合作重大科技成果项目的引领、支撑、辐射作用功不可没。

5.5.3.3 以联合共建创新平台为载体全面提升区域科技创新能力

近年来，院省双方将共建创新载体作为重点工作，强力推进，取得突破性进展，实现苏南、苏中、苏北全面布局，共建大型研究所、研究中心、产业化中心等各类机构载体全面开花的喜人局面。目前已启动建设了苏州纳米技术与纳米仿生研究所和苏州生物医学工程技术研究所两个共建研究所，连云港中国科学院能源动力研究中心、常州先进装备制造技术创新中心、无锡中国物联网研究发展中心三个研究中心，以及扬州、泰州、常州、南京、苏州5个产业化中心，江苏软件测试服务中心等8个共建的科技公共服务平台，建立了40个所企合作的研发机构，50个中国科学院院士工作站（共54个院士参与，其中涉及中国科学院系统的19个所，23个院士工作站，28个院士）等。

这批创新载体边建设、边发展，进展顺利，并开始为江苏经济社会发展带来效益。中国科学院苏州纳米技术与纳米仿生技术研究所通过了由中国科学院、江苏和苏州组成的验收委员会的验收，该所瞄准信息、能源、环境确定了纳米器件及相关材料、纳米仿生、纳米生物医学、纳米安全、系统集成与IC设计等重点发展方向，初步形成了从基础研究到产业化的完整创新价值链。截至2009年8月底，纳米所总计已承担种类项目83项，获得各类竞争性经费近1.2亿元，其中承担地方项目，为地方提供成果和技术转移51项，获得地方和企业经费6817万元；申请专利73项，其中发明专利69项；已经通过各种形式转移转化科技成果6项，创办、参股、引进高科技公司5家，吸引集聚近30家纳米技术企业入驻，纳米产业初步呈现集群发展的态势。

中国科学院苏州生物医学工程技术研究所正在边筹建边进行科研，项目推进十分顺利。2009年3月已发布首批4个最新创新成果，分别是长脉冲绿激光血管治疗仪、全自动生化分析仪、多功能酶标仪和自适应像差补偿视网膜成像仪,并免费提供给苏州的基层单位试用。另悉,其申报的"江苏省光电医疗仪器工程技术研究中心"已获批。

连云港中国科学院能源动力研究中心已于 2008 年 12 月开工建设,2009 年先行建成了 23 000 平方米试验厂房、16 000 平方米研发综合楼及配套设施,且内装修工作已于 2010 年元旦前完工。该中心的气化中试装置和重型燃气轮机等关键技术验证装置,已与江苏 40 多家企业开展了项目合作,正按计划稳步推进。

常州中心建立了 13 个分中心,建成和完善了 14 个实验室,与企业共建 10 个研发中心,依托中国科学院技术孵化出 13 个高科技公司,在中国科学院常州中心工作的科技人员已达 220 多人,签约实施项目 83 个,总投资 9.8 亿元,2009 年已实现销售收入 2.3 亿元,达产后预计实现销售收入 45 亿元。

泰州中心将主要发展定位于生物医药与精细化工领域,同时结合泰州传统特色产业和科技发展规划,在机电与数控机床、新能源、新电子、新材料、绿色化工等高新技术产业领域开展相关工作。已建设 9 个分中心,承建 2 个江苏省工程中心;孵化和转化项目 20 余项,累计产业化项目产值 8.87 亿元;拥有超过 100 人的人才队伍,拥有 6 个院地合作创新岗位。该中心目前正在筹划建立新能源动力系统控制技术研发分中心和乳品生物工程技术研发联合实验室两个分中心。

扬州中心 3.3 万平方米的主平台已投入使用,其中研发办公面积 1.2 万平方米,中国科学院山西煤炭化学研究所、半导体研究所、理化技术研究所、合肥智能机械研究所、合肥等离子体物理研究所等五家研究所在扬州分别建立了研发分中心。截至 2009 年,中国科学院在扬州实施的院地合作项目近 40 项。

特别要提的是,无锡中国物联网研究发展中心,在相关领导亲自推动下快速推进,省领导已多次亲临无锡召开现场办公会,检查指导工作。2009 年 11 月 12 日正式签署共建协议当天,该中心便与中国科学院微电子研究所、声学研究所、电子学研究所、上海微系统与信息技术研究所、沈阳自动化研究所、安徽光学精密机械研究所 6 个研究所分别签署了共建合作框架协议。相关工作受到了温家宝总理的高度重视和充分肯定。

这些创新载体的建设,填补了江苏在相关产业技术领域研究开发机构建设的缺憾,完善了江苏新兴产业创新载体建设的布局,大大提升了该省纳米技术产业、生物医学工程产业、微纳传感网产业等新兴产业的创新能力和产业集聚能力,并将对未来新兴产业的培育壮大产生巨大的影响。

5.5.3.4 以人才交流引进培养为桥梁引领持续深入合作

院省双方突出前瞻性和战略性筹划,不断加强人才交流,全方位推动人才引进培养，促进高端人才向江苏集聚，成效显著。

（1）双向挂职成果丰硕。中国科学院按照地方产业特色，选派高层次科技人员到地方政府部门和企业挂职，为地方经济发展献计献策，在加强院地沟通交流、引进技术成果等方面作出了积极的贡献。近五年来，累计派到江苏的科技副职干部达70人次。仅近两年在苏州、无锡、常州、扬州、泰州挂职的22人，就为地方引进项目194项，引进资金总额48亿元，组织院地、所企对接活动205次，撰写并向政府、企业提交建议性报告80篇，有14人次获得中国科学院和地方各级政府的表彰。江苏各地近五年来，到中国科学院挂职学习的有30余人，他们通过挂职锻炼开阔了视野，提高了能力，回到工作岗位后普遍得到重用或提拔。

（2）共建载体引进、集聚了一大批高层次人才。据统计，仅院省共建的2个研究所、6个中心这8个载体中，中国科学院派驻628人，引进589人，载体内共集聚1389人；其中有院士3人、杰出青年8人、中国科学院百人计划24人、江苏创新创业12人、博士354人，专业主要集中在纳米、物联传感网、新能源、生物医学工程等新兴产业领域。省重点支持的50个中国科学院院士工作站吸引了54名院士，500多人的院士团队来苏创新创业。

（3）合作培养人才快速增长。中国科学技术大学苏州研究院通过与香港城市大学等合作，培养研究生的能力快速增长。主要服务于地方新兴产业发展的需求，开设了互联网、纳米、嵌入式系统设计、电信工程、信息安全等专业方向，在校研究生规模达到1459人，五年累计毕业研究生达500人，其中一半以上的毕业生在江苏工作，很多已经成为爱默生、友达光电、楼氏电子、码捷科技等知名企业的技术骨干。此外，该院还与中国科学技术大学继续教育学院等合作，培训了社会、地方急需的专业人才400人。中国科学院联想学院在南京举办了"中小企业CEO创新发展高级培训班"，为南京欣网视讯通讯科技有限公司等40家江苏中小企业的约60位负责人提供了义务培训。

5.5.3.5　江苏与中国科学院合作的新动向

江苏发展正处于重要的战略机遇期，科技创新已进入新的阶段。为了在加速发展创新型经济、培育战略性新兴产业、建设创新型省份的过程中更好地发挥中国科学院的科技和人才优势，双方有关部门商定了今后一阶段的主要工作建议。具体有如下四项：

（1）院省共同推进新的重大科技创新研发平台建设。依托中国科学院海洋开发领域的研究力量，共建中国科学院江苏海洋研究机构，支撑江苏沿海开发战略的实施等。

（2）院省积极拓展科技资本合作新模式。在深入开展技术、项目合作的同时，鼓励和推进中国科学院系统科技产业在江苏的投资，促进技术、项目与资本的合作。

（3）院省进一步推升人才交流合作的工作层次。探索建立依托中国科学院面向全球吸引国内外顶尖人才到江苏创新创业的平台和机制。

（4）院省进一步完善现有科技平台的运行机制。①进一步突出中国科学院苏州纳米技术与纳米仿生研究所面向产业应用的导向，加快纳米新兴产业的育成和壮大；②加快建设中国科学院苏州生物医学工程技术研究所和苏州高新区生物医药产业基地，进一步加强科技成果产业化的工作力度，形成引领中国医疗器械产业发展的创新集群和产业集聚；③加强中国科学院常州先进装备制造技术创新中心，中国科学院南京、扬州、泰州高新（应用）技术研发及产业化中心的功能定位和技术转移机制建设，根据各地产业特色，积聚中国科学院系统的相关技术创新成果，大力推进成果的孵化与产业化转化；④加快推进中国科学院连云港能源动力研究中心的建设，集中中国科学院系统的相关技术成果，加强核心装备和关键材料的产业化，成为引领苏北地区低碳经济发展的产业孵化和技术转移中心；⑤共同推动重大战略性的科技产业化项目，筛选一批重大科技成果转化项目，进一步加以支持，做大做强，带动院省产业化项目的合作。

5.5.4　江苏产学研合作的微观机制归纳

5.5.4.1　政府牵引完善协调指导机制

提高合作层次，构建产学研合作协调指导机制。江苏省政府与中国科学院、中国工程院、清华大学、北京大学、科学技术部等签订了科技合作协议，为全省企业搭建了合作层次更高、成果渠道更宽、科技资源更广的工作平台；并建立了由省科学技术厅牵头，省财政厅、省经济贸易委员会、省教育厅、省国有资产监督管理委员会、中国科学院南京分院等9个部门参加的产学研工作协调指导小组，加强了全省产学研合作的统筹协调。全省广泛动员市县，充分发挥地方的主观能动性，积极指导各地加大开放性配置科技资源的工作力度。在地方党委和政府的重视支持下，广泛组织企业与省内外科研单位开展多种形式的产学研合作，且支持和鼓励地方紧紧围绕产业、企业需求，组织举办各种成果推介会、创新成果展示洽谈、产学研合作洽谈等产学研活动，大力扶持各类产学研合作项目和创新载体建设。

5.5.4.2　企业跟进打造产学研合作品牌

强化计划引导，调动企业和社会的积极性。江苏科技成果转化专项资金及省级各类科技计划资金进一步突出对产学研合作的引导和支撑，支持了一大批产学研合作项目。进一步推动全省企业自觉地将产学研合作作为提高自主创新能力的重要手段，积极与高校院所建立多种形式的紧密合作关系，努力形成以企业为主体的产学研合作格局。通过"政府搭台，企业唱戏"的方式，打造江苏产学研合作活动品牌。在省级层面上，每两年分别举办一次面向国内的"产学研合作成果展示洽谈会"和面向国外的"国际产学研暨跨国技术转移大会"。各地也分别形成了南京"国际软件产品博览会"、苏州"电子信息博览会"、无锡"工业设计国际博览会"、常州"先进制造技术成果展洽会"、淮安和泰州"科技洽谈会"、连云港"中国科学院高技术对接会"、盐城和扬州"科技成果交易洽谈会"、南通"军民两用技术洽谈会"等各具特色的产学研合作工作品牌。

5.5.4.3 盘活资源释放高校院所创新优势

盘活源头资源，充分释放高校院所的创新优势。运用评估考核和运行补贴等手段，推动高校院所建立以应用为导向的科研评价体系，实施产学研前瞻性研究计划、企业博士培养计划、院士工作站计划等，鼓励和支持科研人员进入产业一线、走进企业。支持和鼓励企业与高校院所合作共建重点实验室、工程技术研究中心等研发机构，进一步促进创新要素向企业集聚。扶持建设一批高校科技成果转化服务中心，促进驻苏高校用更多的技术成果为江苏地方经济发展服务。

5.5.4.4 构建产业联盟提升产学研合作层次

推动建立产业联盟，提高产学研合作的组织力度。启动建设了江苏生物医药、风力发电、集成电路、软件技术、船舶制造、光伏太阳能、半导体照明、轨道交通、纺织机械、数控机床等十大产业技术创新联盟，推动了产学研合作由单个企业、单项成果、单项技术、单个产品与高校科研机构合作向全产业链上、中、下游贯通，促进了系统、整机、关键单元、零部件配套集成，市场、技术、管理等整体联动的产业整合型合作模式的转变，实现产学研从提升企业竞争力向提升产业竞争力的跃升。

5.6 结 语

创新要素的网络化过程中，产学研合作是最重要的一个方面。在创新中，市场的知识很重要，企业家是创新的主要执行者，因此，强调了企业是创新的主体。一个极端的非均衡思维是只重视企业自身的创新能力建设，忽视高校和研究机构的贡献。但许多创新又可以是由技术推动的，由此产生了一个极端的思想，即只强调高校和研究机构对国家创新系统的贡献。事实上，一方面，高校和研究机构在知识生产和知识创造等方面有不可替代的独特作用，而企业主要是面向市场的研发、生产与制造，在创新系统内，高校和研究机构与企业在知识生产过程中体现出了明显的角色异质性；另一方面，高校和研究机构的知识生产过程又离不开企业的需求牵引，企业生产制造过程更需要高校和研究机构的知识供给。我们提出：需要创新知识的网络化，即通过企业—高校—研究机构的有效合作、动态均衡来提高区域创新能力。江苏产学研网络化合作机制也诠释了：在一个创新、创业繁荣的区域内，必须将高校和研究机构与周边强大的企业需求结合在一起，才能形成充满活力的创新网络，即要强调高校和研究机构的作用与企业作用的均衡。

第6章　产业集群与轨道锁定

在前面几章，我们论述了区域创新体系内外创新资源的网络化，横向层面的企业与高校、研究机构的知识集成与网络化。在一个区域内，决定创新能力的另一个重要变量是区域内不同企业的知识能否集成与网络化。这就是人们常说的产业集群与升级的问题。

6.1　产业集群与轨道锁定

区域创新体系建设的关键是通过促进企业、高校、研究机构、中介机构及银行、协会等的有效联系，促进区域内新知识的产生、传播和商业化。而集群是一个区域内给定产业背景中企业及其他组织特定知识的联系的集合。相当多的经济学家对区域创新体系研究中的集群给予了很高的关注。

历史证明，有些地区存在着无形的、适宜创新的专有因素，推进产业以集群的方式发展。英国经济学家 Marshall 早在 20 世纪 80 年代就指出了产业集群所具有的意义。他指出：当一种工业已这样选择了自己的地方时，它是会长久设在那里的。因此，从事同样的需要技能行业的人，互相从邻近的地方得到的利益是很大的。行业的秘密不再成为秘密，而似乎是公开的了。孩子们不知不觉地也学到许多秘密。优良的工作受到正确地赏识，机械上以及制造方法和企业的一般组织上的发明与改良的成绩，得到迅速的研究。如果一个人有了一种新思想，就为别人所采纳，并与别人的意见结合起来，那么它就成为更新思想之源泉。不久，辅助的行业就在附近的地方产生了，供给上述工业以工具和原料，为它组织运输，而在许多方面有助于它的原料的经济（Marshall，1983）。

这种无形因素的核心是一个当地化的学习和隐喻诀窍的分享机制，是产业集群形成竞争优势的重要来源。地理经济学家们对此非常重视，进行了大量的研究。如在时装业的许多创新中，本地化知识以隐含类经验知识的形式存在于日常生活之中，技术创新通过从干中学而继承。分工细化促进了知识的合作与交流，使创新和学习成为一种集体行为。

Krugman（1981）在继英国经济学家 Marshall 之后，在产业集群理论方面作出了重要的贡献。他把地理区位、规模经济、竞争和均衡等经济学问题结合在一起，从理论上证明了工业活动倾向于集群。原因有三：一是运输成本与市场需求；二是外部经济；三是历史因素。

哈佛大学 Porter 教授在 20 世纪 90 年代提出的产业集群的概念，是 Marshall 思想的发展。Porter（1992）认为：产业集群是形成区域创新体系的重要模式。所谓集群，是指地理上一些相互关联的公司、专业化的供应商、服务提供商、相关的机构，如高校、协会、研究机构、贸易公司、标准机构等在某一地域、某一产业的集中，它们相互竞争又相互合作；它们的整体作用大于单个作用之和。产业集群推动创新的原因有以下几点：首先，集群后，可更经济地获得专业化的投入要素和人力。这包括零部件、设备、服务和人力成本。当这些要素在一些产业集群时，所获得的成本要比从远处获得便宜得多。集群导致产业的专业化程度提高，进而使特定知识的创造效率得以提高。其次，集群可促进信息和知识的快速流动。集群后，相关的市场信息、技术知识、专业化信息会很快扩散，从而大大降低获取信息的成本。第三，集群可促进公共产品和机构的提供。好的基础设施可为集群的企业提供相对廉价的服务。第四，集群可以通过提供竞争，为企业的创新提供有效的激励。由于许多企业在一起，相互之间的竞争导致企业有压力，从而促使企业不断提高其产品的竞争力。同行之间的批评和比较可使企业很快地认识到自己的不足。

产业集群实际上是把产业发展与区域经济，通过分工专业化与交易的便利性，有效地结合起来，从而形成一种有效的生产组织方式。产业集群不仅可以提升产业的竞争优势，拉动地方经济的增长，也可以作为促进中小企业发展、构建区域创新体系的战略方式。中国产业集群专家王缉慈教授在其多部著作中对发展集群的意义进行了总结（表6-1）。

可以这样说，集群的程度决定了一个地区的产业竞争力水平。例如，惠宁等人（惠宁，谢攀，2009）的研究表明浙江经济的快速发展得益于产业集聚，引起浙江产业集聚的最主要因素是专业化分工水平。而专业化分工水平在陕西经济增长中的作用不如固定资产投资增长的作用显著。通过对浙江、陕西两省的 4 个采掘业和 20 个制造业的实证分析可以看出，随着市场化进程的加快，制造业的地区集中性特征已十分明显，浙江凭借区位优势等有利条件，在绝大部分制造业中占据了绝对的优势；而陕西制造业所占的份额微乎其微。陕西与浙江产业集群发展的鲜明差距验证了产业集群现象中的一个基本假说：经济开放程度较高的地区，产业集群的特征大多比较突出；经济相对封闭的地区，产业集群的特征就相对比较弱，即使有产业集群，大多也是资源性的产业。

表6-1　集群的意义

对企业的意义	对产业的意义	对个人的意义	对区域或城市的意义	对国家的意义
获得专业的技能劳动力	沟通跨产业的知识和信息渠道	增加收入	形成地方劳动分工	创造更好的内生机制
获得更先进的客户（市场）	增加了产业的有效需求与供给	有更多更安全的就业岗位可以选择	形成生产和开发知识的基础结构	获得更多的外资和技术
更早地获知需要开发新产品的信息，促进合作创新	构建价值链	增加创业机会和创业动机	形成有利于创新的文化环境	减少区域差异
更快地扩散新技术和技艺	扩大产业规模	获得更有效的教育和培训	形成有弹性的社会结构	减少就业压力和贫困
在邻近的地方有高度专业化的供应商	保证产业的持续创新	有更好更和谐的生活环境	创造更多的税收	提高国民素质
获得金融机构的支持和更多的投资	克服产业衰退		促进新企业的繁衍	改善生态环境
从政府和教育机构吸引更多的投入	提升产业竞争力		用生态思想改造本地工业系统，共同解决环境问题	增强国家竞争力
帮助企业发展出口			加速农村工业化和城市化	应对全球化

资料来源：王缉慈，童昕，2001

事实上，许多地方的创新集群也是区域创新体系发达、创新密集的地区。如美国的硅谷、北京的中关村等。

进入20世纪，经济学家、地理学家、创新学家，一再发现高技术产业、传统产业都可以通过集群的方式展现出生命力。

近几年来，学者们更注重从知识转移的角度看待产业集群的价值。第一，认识到一个企业就是一个知识集（Penrose，1959）。第二，集群是使一个地区的知识汇集在一个地区，更快地专业化和扩散。第三，集群后，知识平台的建设会有更大的社会效应。

产业集群虽然有上述所说的优点，但是集群后，过高的专业化、大量企业集中在一个产业领域，会导致产业发展的轨道锁定。原因是：第一，相关的知识集群在一个产业后，会对相关人的知识技能形成固化效应，增加学习新知识的成本。第二，专业化的知识体系会排斥新的知识体系的到来。如许多硅谷的软件工程师常在四十岁以后退休，是因为软件技术更新很快，其软技能会很快老化。

中国不同地区的产业集群大致可以分为如下三种：

第一种是草根型集群创新，这一模型最早由 Cooke（2006）提出，它是指局域性的创新制度组织体系，是以低成本和低价格维系的传统产业集群，主要由乡镇企业、民营企业集群而成，绝大部分从事纺织、服装、家电等传统产业。浙江、广东、江苏这些地区，都有大量丰富的传统产业集群存在。这类传统产业集群在中国数以千计，分布在很多地区，在中国近 20 年的区域经济发展中发挥了重要作用。

国外的例子是德国的巴登—沃腾堡地区。这是一个传统的机械制造的区域创新体系，当中有戴姆勒—克莱西勒公司、博世（Bosch）等大公司，同时有一大批中小企业，专业化于零部件制造。在这一地区有大量的产品和工艺创新，有一个强有力的职业培训系统，技术转移的体系非常发达，制造商协会在需求预测、技术选择中起着重要作用。

第二种是基于全球产业链的创新，由跨国公司主导。这是植入全球产业链的创新，它以外资企业为主，利用中国的劳动力优势和资源优势，将外来的制造业转移到中国。但这些产业集群专业化于制造，且以 OEM 为主，融入了全球产业链。这是一种外来嵌入式的产业集群。如广东的东莞 PC 制造业产业集群，苏州的电子产业集群。

第三种是依靠本地高科技人才资源的产业集群，主要是政府推进的高技术产业集群，以中关村科技园区等 56 个国家级高新技术产业开发区为代表，其中高校在其中起重要作用。这类产业集群的突出特点不仅在于它们的主要产业是信息网络、生物医药等高新技术产业，而且在于其产业发展是建立在研发、孵化、科技成果产业化和自主创新基础上的。这类产业集群在智力密集型的大中城市，主要由大量中小型高新技术民营企业组成。

产业集群形成的原因和动机大体如下：由于资源集中带来了显著的外部性，从业者能从协同竞争中获益，降低交易成本；由于相关配套和市场体系相对完整，企业可以方便地获得新的辅助性技术；集群内存在大量的公用技术设施，企业可以互利互惠地联合使用辅助性资产，也分散和减少了投资风险。当然，集群作为一个群体，也可对外来的企业形成市场进入壁垒等（Roelandt et al.，1999；王缉慈，童昕，2001）。

集群的产生有偶然因素的作用，但根本的原因在于特定的历史条件、地域特性和产业特性的有效结合，即产业集群的区域特性和社会资本起到了关键的作用。但在今天，越来越多的国家和政府开始尝试使用促进集群的政策，这些政策都是为了促进集群的产生或者化解集群难以产生的条件，如促进合作、提高集群意识等（表6-2）。

表6-2　集群政策的基本原理与工具

问题或矛盾	集群导向的政策	工具
缺乏集群鉴别和集群意识	对集群的识别及其公共营销	集群描述练习 对区域集群的外部促进 从外部或内部促进集群成员的能力
政府规制阻碍了创新和竞争	对集群做专门的调查，以发现制度上的瓶颈并采取改进措施	集群平台 税收改革 制度改革（环境、劳动力市场、金融市场）
企业放弃与其他企业合作的机会	鼓励和促进企业间的网络联系与供应商合作，采购创新的产品	网络化项目 对中介的培训 集团采购
企业尤其是中小企业不能获得战略性知识	支撑集群基础的补偿和信息扩散 组织关于集群的战略对话	建立集群的专门的信息或技术中心 探索市场机会的平台 预见练习
企业没将知识提供给专家	合作研发和集群性的专业研发设施	建立集群专业技术和研究中心/机构 对合作研发和技术转移进行补贴
缺乏集群的关键要素	吸引和促进集群企业的成长 吸引主要的研发设施	流入性投资的预算 支持某个集群的发起企业

资料来源：Boekholt and Thuriaux，1999

总结OECD各国的集群政策，可以发现多数是市场导向下的发展战略，旨在将各相关主体组合起来，培育知识交换与知识扩散的途径，因此，采取的是一种基于创新体系框架下的政策。实践证明，产业集群政策很重要的功能就是消除国家或区域创新体系中的失效问题（表6-3）。

表6-3　OECD各成员国的集群政策对系统失效的应对

系统失效	政策应对	运用集群政策的国家
市场功能失效	竞争政策和规制改革	绝大多数国家
信息不完全	技术预测	瑞典、荷兰、德国
	战略市场信息与战略集群研究	加拿大、丹麦、芬兰、荷兰、美国

续表

系统失效	政策应对	运用集群政策的国家
创新系统主体间的交互有限	中介和网络机构及其规划	澳大利亚、丹麦、荷兰
	提供建设性的对话平台	奥地利、丹麦、芬兰、美国、荷兰、英国、瑞典、德国
	支持网络间的合作	比利时、芬兰、英国、美国、荷兰
公共知识基础设施与市场需求之间的机构不匹配	优秀企业与研究中心之间的合作	比利时、丹麦、芬兰、西班牙、瑞典、瑞士、荷兰、德国
	支持企业与研究机构之间的合作	西班牙、芬兰、瑞典
	人力资本发展	丹麦、瑞典
	技术转移项目	西班牙、瑞士
忽视顾客需求	公共采购政策	澳大利亚、荷兰、瑞典、丹麦
政府失效	私有化改革	绝大多数国家
	取消分支企业	加拿大
	横向政策制定	丹麦、芬兰、加拿大
	公共咨询	加拿大、荷兰
	缩小政府干预范围	加拿大、美国

资料来源: Roelandt et al. , 1999

国内学者通过区域层面制造业的数据（1999～2007 年）证明产业聚集能显著促进经济的增长，并同时导致区域差距的产生。其中，聚集水平较高的东部地区，聚集增长效应明显，而西部地区并非如此（刘军，徐康宁，2010）。

从地理的角度考虑，国内一些学者则认为制造业是否聚集于某一区域，取决于聚集力和分散力的对比，当聚集力带来的收益超过分散力带来的成本时，聚集的净收益为正值，制造业会进一步聚集。反之，聚集则在达到一个最高点后便开始停滞不前（刘军，徐康宁，2010）。

从产业创新的角度看，与集群相关的一个概念是轨道锁定。在区域创新体系与经济发展中，一个著名的理论观点是区域发展的轨道锁定论。David（1985）最早提出产业技术发展的轨道锁定论，即在某一个时间点，会出现一个产业的技术选择，但最优的技术不一定被选上，但一旦选上，就会形成一个确定后面技术发展的轨道，这一轨道只有遇到强大的颠覆性的新技术后才会被改变。他举的最有名的例子是打字机的键盘设计，即 QWERTY 键盘设计体系。这一体系从现在看，它不是最优的，但却很难被改变，因为人们的使用习惯很难被改变。如果要走出轨道的锁定，需要一个不稳定的过程，也许会导致一个已有产业的消失。

具体而言，产业集群虽有众多优点，却有一个埋伏着的困境，这一困境在产业集群到了一定的寿命后会更明显，即产业集群被锁定在一个特定轨道上。这种特定轨道来自于集群需要专业化的知识，形成特定的专业化产品。而这种产业下的特定产品一旦遇到市场饱和，相关的技能、知识、设备、销售网络都会过时，难以向新的产业发展，这就是产业轨道锁定现象。轨道锁定之后，会形成很大的产业转换成本，将给一个地区的经济带来严重的后果，甚至灾难。例如，一些以资源为基础的产业集群，会因资源的枯竭而使产业衰退。中国东北地区是中国重型装备业集群的地区，它的发展是因为东北在中国解放最早，且在地理上与前苏联最靠近，这促使国家把大型装备制造业放在东北。几十年重工业的辉煌，导致东北对重工业产业的依赖，形成了区域创新的轨道锁定。这种轨道锁定也影响了一些资源依赖的地区，而一旦资源枯竭，整个产业或地区就会陷入困境之中。

一些后发地区，得益于产业的集群化和专业化，但专业化也会带来产业发展轨道的锁定。当一个地区的一个产业发展到极致，而市场需求不再增长时，一个地区的产业便需要转型，但过去的投资，技术的依赖，学习新技术需要时间，这些都会导致轨道的锁定现象。例如，广东地区非常强调外向经济和三来一补，但由于企业没有掌握整个产品所需的技术体系，没有自己的营销渠道，没有自己的研究开发单位，一旦外来的订单不存在，整个地区就会陷入困境。但这种发展模式在广东的一些地区已经经历了几十年的发展，要想转变它，也会面临许多困难①，这就是一种新型的轨道锁定。

当然，也有些地区出现了产业的再生，或者说不断衍生出新型的产业。国外许多老工业城市都出现了再生现象。中国江苏的无锡地区也不断推出战略新兴产业，使产业结构不断升级。

因此，在强调产业集群的同时，注意到产业的不断升级，避免陷入轨道的锁定，是一个地区在发展中面临的挑战。过于强调产业集群，会使地区经济有更强的产业创新能力和比较优势，但也会陷入到很深的专业化中而产生被锁定的危险。因此，专业化和集群的发展，需要保持好一种平衡。

产业的集群并不是计划出来的，大量的集群是自发形成的，其中偶然的机会非常重要。例如，浙江的许多产业集群，是历史选择和竞争的结果，也是当地企业家共同合作、互相加强的结果。也有些集群是靠外来的投资形成的，如广东东莞的电子集群、苏州的电子产业集群。

如此，可以根据集群的程度来划分区域创新体系：高集群度的区域创新体系，低集群度的区域创新体系。

江苏是我们重点考察的一个地区。一方面，江苏在一些地区实现了产业集群

---

① http：//www. gd. xinhuanet. com/fortune/2005-12/08/content_ 5771807. htm

的发展；另一方面，江苏非常强调产业的不断升级，这是江苏的区域创新能力能够持续上升的重要因素。而其他的一些地区，如广东，有些产业集群在得到进入全球产业网络的好处的同时，又陷入了不能升级的境地。

6.2　江苏本土产业集群与嵌入式产业集群的竞争力

江苏产业集群的形成与跨国公司的进入和外资有着密切的关系。随着大批跨国公司在中国江苏投资设立生产基地，其他的配套厂商也纷纷跟随进入，逐步形成了若干产业集群。

比如，LG 公司在南京新港开发区建立液晶显示器基地后，韩国十余家配套厂商也在此地设立了工厂。江苏属于当地企业技术条件、人员素质较好的地区，因此，许多当地企业也加入了配套企业的行业，外资企业采购的本土化程度大为提高，集群的范围也逐步扩大。从某种意义上说，跨国公司在江苏的区域集群是江苏城市产业集群迅速形成的直接动因。

首先，跨国公司带来了先进技术、新知识的生产与供给，成为产业集群发展的基础。其次，对于计算机通信等高新技术产业而言，区域产业集群要求形成分工与合作的新机制以及新知识的供求机制；通过有技术竞争力的跨国公司和研发活动的集群进入，促进区域高新技术研发竞争合作新机制的形成，从而进一步形成研发活动的合作机制和学习机制。最后，有技术竞争力的跨国公司和研究机构的区域集群可以起到学习示范作用，能促进本土科技企业和研发机构的迅速成长，形成本土科技企业和研发机构集群供给优势，进而进一步放大基于外资的江苏城市产业集群的溢出效应。从数据上看，2007 年江苏实际利用外资达到 163.5 亿美元，占长江三角洲实际利用外资比重的 52%，外资比率高达 9.7%，其中苏南地区更是达到 10.8%[①]。世界 500 强中有近半数在这里投资建厂。

在苏州，外商企业占据了高新技术企业的 45%；在无锡，世界 500 强企业有50 多家在这里扎根，带动了无锡电子、机械、化工、医药四大重点产业集群的发展。"台资群"、"韩资群"、"日资群"现象也日益普遍。外商投资企业已经成为江苏地区城市产业集群发展的主体力量。

此外，江苏各市围绕自身产业优势和区位优势，发展了特色高新技术产业基地，这对于江苏城市产业集群竞争优势的培育和提升具有十分重要的价值。每个城市不可能有发展所有高新技术产业的优势条件和能力，因此，每个城市必须科学定位、合理选择，发挥比较优势，选择一些高新技术产业进行重点集群孵化和

---

① 数据来源：2008 年《江苏省统计公报》（江苏省统计局网站）。

服务，促进相应的微观基础和制度安排的形成和创新，并在此基础上促进城市群创新体系的完善。

例如，利用外资以及人才优势，围绕南京、苏州、无锡、常州的4个特色软件基地，江苏逐步形成了集成电路设备的产业化基础，吸引了软件和集成电路设备企业500多家及15 000多名软件从业人员的集群。2000年以来，江苏软件产业年均增长超过50%，软件产业规模上升到全国第3位。2006年，苏州市软件产业实现销售收入203亿元，完成出口超10亿美元，位居江苏首位。在科学技术部火炬中心举办的"中国软件欧美出口工程"（COSEP）评选中，苏州软件园内捷讯软件、联创国际、新宇软件、新电信息、欧索软件、宏智科技、南大苏富特7家企业先后被评为COSEP试点企业。在江苏入选的9家企业中，苏州入选软件企业数占该省入选软件企业总数的78%。苏州软件园也因此被列入全国7个COSEP试点基地之一①，与此同时，产品链和上下游关联企业链机制也已形成。在江苏沿江地区形成了"软件、集成电路、计算机及其设备、现代通信和数字音频"等五大类上下游软件和集成电路产业集群体系，也带动了鼠标、显示器、激光视盘机通信光缆等产业集群优势的形成。

南通化工新材料特色产业基地是一个本土的产业集群，它有力促进了区域性产业创新体系的建设。位于南通的联合国农药剂型开发中心是亚太地区最先进的农药剂型开发中心，配备了世界上最先进的农药剂型开发仪器设备，完成了多项有世界先进水平、拥有自主知识产权的科技成果。该中心的7家孵化器和一批公共技术服务平台为南通化工新材料特色基地的成果转化和规模奠定了坚实基础，形成了富有特色的区域产业创新体系。

江阴和海门是两个县级市，正是通过高新技术特色产业基地建设才形成了高新技术产业集群的竞争优势，成为中国县城经济高新技术产业集群的成功典范。2006年，江阴新材料产品的销售额达到200多亿元，江阴沿江新材料产业基地是全国新材料产业规模最大、新材料生产和出口基地最多、相关高新技术企业最密集的县。高新技术特色产业基地的建设成为了推动区域高新技术转移和辐射的最有效途径。江苏城市群高新技术特色产业基地的相继建设，直接形成江苏城市群高新技术产业带的规模优势、集群优势和竞争优势。一方面，扩大了江苏城市群产业升级的"机会窗口"，对于科技资源配置相对不足的江苏城市群的其他城市，如泰州市、常州市、南通市、镇江市和扬州市的产业升级和高新技术产业成长都具有特别重要的意义。另一方面，借助江苏地区城市群高新技术特色产业基地的建设，江苏城市群区域高新技术产业的规模优势得以迅速形成，而这又是江

---

① 资料来源：2007-7-19《经济日报》。

苏城市产业集群优势提高的重要来源。

　　兹以电子信息产业为例。江苏电子信息产业总量位居全国第二，总体发展态势较好。入围"2009 年全国电子信息业销售收入百强"的企业，江苏占据了15%（表6-4）。江苏电子信息制造业规模不断扩大，运行质量不断提升，如集成电路等主要电子信息产品的产量大幅增长，电子信息制造业的经济运行质量不断上升，软件产业研发能力显著增强；信息传输服务业发展步伐加快，苏南地区信息产业技术层次快速提升。

表6-4　江苏入围"2009 年全国电子信息产业百强"的企业

全国排名	企业名称	销售额/万元
8	熊猫电子集团有限公司	3 244 000
24	永鼎集团有限公司	939 275
25	亨通集团有限公司	920 730
28	江苏宏图高科技股份有限公司	824 246
32	震雄铜业集团有限公司	630 000
33	中天科技集团有限公司	622 700
44	通鼎集团有限公司	513 468
49	江苏双登集团有限公司	460 542
54	南京华东电子集团有限公司	401 826
57	华润微电子有限公司	388 499
59	南京联创科技股份有限公司	378 995
68	江苏通光集团有限公司	321 580
69	江苏新潮科技集团有限公司	320 026
81	南通华达微电子集团有限公司	265 984
83	南京南瑞集团	249 146

资料来源：http：//tech. sina. com. cn/e/2009 07 09/22563250697. shtml

　　江苏的电子及通信设备制造业在近几年来的发展速度极快，在众多的制造业产业当中表现极为突出。2003 年，电子及通信设备制造业的工业总产值（当年价）达 2595. 77 亿元。2007 年，江苏全省通讯设备、计算机及其他电子设备制造业产值达到 8197. 9 亿元[①]，增长了两倍多，占工业总产值的比重达到 15. 4%，成为名副其实的江苏第一大行业。从 1993 年到 2007 年，产业集群绩效年均增长达到 9. 17%，这在制造业各门类中是绝无仅有的。

---

　　① 2008 年《江苏省统计公报》（江苏省统计局网站）。

按照江苏省政府对电子信息产业发展的布局，江苏的电子信息产业基地主要分布如表6-5所示。

表6-5　江苏电子信息产业集群分布区域

地区	优势产业
昆山	全国最大的笔记本电脑和相关器件的生产基地
南京	国家级软件园；以IT产业研发和高科技龙头项目为重点
常州	常州高新区电子园；集成电路设计、加工制造和封装测试基地
无锡	国家级软件园；国家级IC设计产业基地；国家集成电路设计产业化基地
苏州	国家级软件园；半导体集成电路生产、研发基地；中国大陆最密集、最完善和最具规模的集成电路产业基地；全国最大的笔记本电脑、电脑主板和数码相机生产基地
苏州国家高新技术产业开发区	以集成电路和新型元器件为基础，以通信产品、计算机及辅助设备和消费类电子信息产品为主攻方向
中新苏州工业园区	半导体产业、光电产业以及机电一体化产业形成了较为完整的产业链，成为园区的支柱产业
昆山经济技术开发区	优先发展电子材料、电子元器件、电子机械设备等上下游相关产业；积极发展信息网络业、软件产业、光电通信、传感器等光机电一体化产业

资料来源：http://www.csic99.com/portal

江苏依托苏州高新技术开发区、苏州工业园区、昆山经济技术开发区、吴江经济技术开发区、无锡高新技术开发区、南京珠江路科技园、江苏软件园等10个信息产业基地（园区），主抓计算机整机、集成电路、光电子设备及光纤、软件、数字化视听产品、新型电子元器件、计算机配件、信息网络安全设备、手机和通信基站、网络通信设备及终端10个产品群的建设。在这些产业集群中，外资都扮演了重要的角色，例如，昆山的台资、苏州的外资、南通的合资、南京的国资、无锡新区的日资、蠡园开发区的民资，这些都构成了江苏半导体产业的特色。半导体、软件、新型元器件、现代通信、数字化视听产品等产业带或基地正在形成或壮大。

我们试图考察江苏城市IT产业集群对产业的发展带来了怎样的影响，尤其是在产业技术发展水平上。

我们用区位商指标来表示电子及通信设备制造业的专业化程度和集群状况。区位商的计算公式为：

$$LQ_{ij} = \frac{x_{ij}/\sum_i x_{ij}}{\sum_j x_{ij}/\sum_i \sum_j x_{ij}}$$

式中：i 为第 i 个产业；j 为第 j 个地区；x_{ij} 表示第 j 个地区的第 i 产业的产值指标；产业规模区位商也称区域规模优势指数，表示该地区该行业的规模在大区域的位置。其经济含义是一个给定区域中产业占有的份额与整个经济中该产业占有的份额相比的值。LQ 方法则可以确认在国家、区域、地方（都市）水平的可能存在的集群现象。该方法从点到面、从中观到宏观表明本土产业占整个产业的比例，既提供了集群存在于一个特定区域的一个迹象，也可在一定程度上反映产业区或集群的联系。

当产业规模区位商大于 1 时，表明该地区的该产业具有比较优势，它在一定程度上显示出该产业具有较强的竞争力。产业规模区位商越大，表示该地区该产业的比较优势越显著，竞争能力越强；产业规模区位商等于 1 时，表示该地区该产业处于均势，该产业的优势还不明显；产业规模区位商小于 1 时，表明该地区该产业处于比较劣势，竞争能力较弱。

计算的数据来源为 1994～2008 年《江苏省统计年鉴》和《中国统计年鉴》。

劳动生产率反映了在一定劳动力投入条件下某产业的生产效率，它的高低反映了产业技术水平的高低。可以用来衡量一个产业和地区的科技创新水平。电子及通信设备制造业的区位商和劳动生产率计算结果如表 6-6 所示。

表 6-6　江苏 IT 产业区位商与其劳动生产率

年份	电子及通信设备制造业区位商	劳动生产率/（元/人）
1994	0.809 158	20 304
1995	0.878 395	25 861
1996	0.882 132	31 417
1997	0.899 644	41 438
1998	0.861 694	46 350
1999	0.896 711	68 303
2000	0.942 449	92 966
2001	0.894 939	104 333
2002	0.930 353	117 825
2003	1.019 806	143 079
2004	1.54 509	145 032
2005	1.994 268	146 840
2006	1.872 726	139 625
2007	2.049 021	135 326

资料来源：根据历年《江苏统计年鉴》整理

从计算结果中我们可以看出，江苏 IT 产业的区位商基本上保持了逐年上升的趋势。从 2003 年开始，IT 产业区位商开始大于 1，表明 IT 产业集群现象已经形成，产业具备较强的比较优势。到 2007 年，区位商已经达到了很高的水平，体现出了高度集中的特征。劳动生产率的上升趋势也很明显，只是近年来有所放缓。

从对 IT 产业集群度和劳动生产率进行的初步回归分析，可以看出指数函数曲线的拟和优度最好：

$$\ln y = 10.055 + 0.981x$$
$$F = 2.913(0.013), T = 23.697(0.000)$$

其中，y 代表劳动生产率，x 代表区位商。

我们可以看出，江苏 IT 产业的区位商和劳动生产率成正相关。对 IT 产业集聚度和劳动生产率长期均衡关系的因果检验结果，也显示了 IT 产业集聚度构成了劳动生产率提升的原因，说明 IT 产业聚集程度的提高有利于提升 IT 产业的劳动生产率。

相比较而言，一些传统产业集群的地区，如浙江、广东的一些地区，正在面临越来越多的产业升级的挑战。

在浙江，大量的产业集群是以本土自发形式，形成了许多"块状"的产业集群。在这里，不是政府的计划，而是当地人民的创业积极性，使得一些富有特色的产业集群以服装城、小家电城、小商品城、领带村等形式出现。据浙江有关部门调查，2003 年，全省工业总产值在 10 亿元以上的制造业产业集群有 149 个，工业总产值合计 1 万亿元，约占全省总量的 52%，其中，较典型的有温州鞋革和服装、绍兴（县）印染和织造、乐清低压电器、萧山化纤、海宁皮革、嵊州领带、永康五金、永嘉纽扣、桐庐制笔、诸暨袜业等。目前，这些"块状经济"已经成为浙江乃至全国的专业生产加工出口基地。浙江产业集群的特点是：第一，产业集群区生产和销售规模很大，在全国同类产品中占据很大的份额。例如，温州打火机产量占世界的 70%；嵊州领带产量占全国的 80%，占世界领带市场的 30%；永康衡器产量占全国的 2/3；苍南铝制徽章的国内市场占有率高达 45%；海宁许村、许巷的装饰布占全国市场份额的 35% 以上；乐清柳市的低压电器在全国的市场占有率超过 1/3（魏后凯，2006）。第二，产业集群使专业化分工达到了极致。这种分工集群，促进了竞争，不断推进质量的改进和成本的降低。第三，分工降低了生产和交易的成本。浙江的许多地区都走上了集群化的发展道路，用他们自己的话说，是一种"块状经济"———镇一业，出现了有特色的产业群，如温州的皮革、绍兴的纺织、义乌的小商品、永康的五金等。

据统计，广东经济规模达到 20 亿元的专业镇有 160 多个。在这些专业镇中，以工业产品为主的专业镇占了 90% 以上。2003 年，这些专业镇所创造的工业总产值占广东的份额接近 1/3。较典型的专业镇有顺德容桂的家电、中山小揽的五金、古镇的灯饰、澄海的玩具、西樵的纺织品、大沥的铝型材、石湾的陶瓷、伦教的木工机械、乐从的家具、虎门的服装。中山古镇民用灯饰销量占全国的 60% 以上，大沥铝材产量占全国的 40%，江门恩平麦克风占全国销量的 70% 以上（魏后凯，2006）。

但这种专业化的集镇，一旦发展到一定程度——市场饱和、劳动力成本上升，就会面临挑战。

广东的产业集群中，也有相当一批是依靠外资而形成的，其中又以东莞最为著名。这些集群的标志是："三来一补"成为对外经济最重要的形态；一般是港澳台企业的产业转移，本地企业不掌握核心技术，不掌握营销渠道；企业家有很强的创业意识，但长期依靠订单，缺乏真正的创新意识；没有基本的研究开发机构和人才；缺乏高校、研究机构的有效支持；企业的竞争力取决于廉价的劳动力。因此，广东的产业集群基本上是一个基于全球产业分工的集群，但这种全球化战略，非常容易将企业锁定于发包公司控制的产业链内，企业非常容易受到全球市场变动的冲击。有的学者把广东的这种产业集群发展模式称为"双重边缘化"——在全球生产网络中处于边缘位置，在国内生产体系中也处于边缘位置（王缉慈，童昕，2001）。金融危机中广东企业的困境，加上工资上升的压力，使得广东的区域创新模式面临前所未有的挑战。

6.3　政府通过产业链扶植产业集群

在产业集群中，相当多的是自发型的，这一类型尤以浙江为典型，且这种类型的产业集群有许多优点；另外一种是外来投资形成的产业链。两种模式都有可能锁定在产业链低端，因此，如何使这两种产业集群高端化，是许多地区面临的挑战。

江苏在产业集群的高端化方面取得了一些有用的经验，其核心是通过分工与合作，打造产业链配套体系。

第一，建立产品链和产业链配套体系以及提高区域产品链和产业链配套能力是江苏城市群吸引国际先进产业转移的成功手段。以苏州为例，苏州能从战略高度认识到产品链和产业链配套体系建设与国际先进制造业区域集群优势构建之间的互动机制，积极筹划民企与外企的配套协调会，以提升地区产品链和产业链配套能力为重点，开拓吸引国际先进制造业区域集群的新路径。至 2005 年年底，昆山地方民企为本地区集群的台资和其他外资企业提供了 3100 亿元的配套总量，昆山地方民企总计超过 7 万家①，同时也大大降低了外来投资企业在昆山集群的商务成本，成为昆山企业集群最大的竞争优势所在。郑江淮等（2004）对苏州、南京、无锡、常州等沿江八市 63 家重点龙头企业的调查结果显示，有 60% 的支柱企业的配套企业达到了 3 ~ 6 家，尤其是在冶金、汽车及零部件、化工、机械电子等行业，这说明江苏沿江开发区的支柱企业总体上形成了产业配套关系。

　　第二，通过产品链和产业链配套体系建设来提高本土企业的国际化水平。产品链和产业链配套体系建设，为本土企业形成和发展提供了巨大的机会，更为本土企业参与国际产业分工和国际竞争开拓了崭新的思路和途径。无锡积极引导地方企业参与国际分工，在形成区域特色产业和骨干外商投资配套体系上大做文章，拓宽了本土企业的学习机会。同时，还通过民企与外资嫁接和融合的方式，提高了本土企业与外资企业合作的效率，这方面以跨国公司研发机构的区域集群为代表，这为本土企业学习能力提升和接受先进技术国辐射创造了十分有利的条件。随着昆山制造业发展和产业链的不断完善，越来越多的跨国大公司在昆山建立研发中心。目前昆山集聚了微星科技、通力电梯、恩克斯、统一食品、台湾神达等 30 多家研发中心，这标志着江苏城市群产品链和产业链配套体系正在走上一个新台阶。

　　第三，地方政府在产品链和产业链配套体系建设上进行了有益探索。决定高新技术企业集群优势高低的主要因素是新型人力资本因素和区域产品链和产业链配套能力因素等。因此，决定一个地方或一个城市产业集群竞争力高低的主要因素发生了由传统的区位条件、市场条件向产品链和产业链配套体系和能力因素的转变。而人力资本条件和创业文化制度条件等都是影响区域产品链和产业链本来配套体系完善和能力提升的基本因素。

　　20 世纪 80 ~ 90 年代，台商对大陆的投资主要以劳力密集型和中小企业为主。2000 年下半年以来，台商投资开始转向资本与技术密集型产业和大中企业为主导的新格局。江苏城市群人力资本积累优势、产业配套优势和创业制度优势等推动了台资的上述"区域大转移"。2001 年，设立在福州马尾的台湾中华牌显像管由于当地不具有产业配套体系能力，不得不到江苏吴江再投资 8 亿美元生产液晶管，与投资昆山的台商笔记本电脑厂家实现产业链配套。台湾高科技产业加速在长江三角洲地区聚集，苏州新区、昆山已形成台资电子信息企业的产业链，无锡等地方政府较早形成了这种战略性认识，积极提高区域产品链和产业链配套体系建设水平，促进了高新技术产业集群和产业集群的政府行为的有为创新。江苏城市群许多城市经济活力和竞争力的凸显，在较大程度上得益于区域内各地政府行

---

① http：//www. chinavalue. net/NewsDig/NewsDig. aspx？ DigId = 19987

为在区域产品链和产业链配套体系建设上的有效定位，因为这是提高地方政府促进高新技术产业集群行为定位的准确性和政府行为高效性的前提。

为了更进一步促进产业配套，国家工业和信息化部和江苏省政府每年都在江苏组织进行产业配套对接洽谈会。例如，在 2009 年江苏装备产业配套对接洽谈会上，700 多家企业参加了产业配套对接供货和采购的洽谈，合同成交额达数百亿，这充分说明了江苏城市群和配套效应正处于蓬勃发展期①。

6.4　通过科技进步实现产业集群的升级

由于江苏多年来一直坚持依靠科技推进结构调整和经济转型升级所形成的良好积淀，一大批高水平的技术成果快速产业化，推动了新兴产业集群的快速崛起。2008 年，江苏社会科技活动经费投入首次突破 1000 亿元，达到 1080 亿元，占 GDP 的比重提高到 1.8%。2009 年，新能源、新材料、生物医药、节能环保等产业的增长率分别为 41%、13%、33% 和 25%，明显高于规模以上工业的增长速度，成为金融危机后带动经济企稳回升的重要力量。目前，江苏的光伏生产骨干企业有 300 多家，电池片产量 2100MW、组件 2300MW，光伏太阳能电池实际产量占到全国总产量的 60% 以上，占全球的 15% 左右；风电装备生产骨干企业有 100 多家，年产值 400 亿元，整机生产能力 1500MW，高速齿轮箱、叶片、轮毂和回转支承等关键部件的国内市场占有率达到 50%~80%；医药及生物技术产业年产值近 2000 亿元，医药产业总量规模占全国的 11.5%，17 家企业进入全国医药百强，制剂、抗肿瘤药、抗肝炎药、医疗器械等市场占有率居全国第一位；节能环保行业从业人员约 40 万，有厂 2000 多家，占据全国的五分之一，主营收入 2300 多亿元②。江苏以创新为驱动的新经济增长极已经出现。

新兴产业一般属于高风险、高投入、高附加值的行业，具有资本密集、技术密集和知识密集的特点，必须依靠大量的资金投入才能有所发展。由于新兴产业的上述特点以及需要较长的时间才能实现回报，资金投入往往成为新兴产业发展初期的重要瓶颈。在这方面，江苏在保证了资金供给充裕的条件下，才使得新兴产业蓬勃发展，并从三个方面建立了有效的新兴产业培育发展投入机制，被称为"三个确保"。③

一是确保政府引导性资金投入的稳定增长，重视发挥政府投入对社会的示范效应。2004 年起，江苏设立了科技成果转化专项资金，资金规模从每年的 3 亿元

---

① 资料来源：2009 年江苏省装备产业对接洽谈会官网。
② 依据江苏省科学技术厅公告整理。
③ 根据江苏省科学技术厅厅长朱克江的讲话整理。

逐年增加到 10 亿元。2008 年，在受金融危机影响、财政收入最紧张的情况下，江苏建立 50 亿元再担保资金，以解决科技型中小企业的资金困难。当年省财政科技支出达 91.5 亿元，比财政一般性预算收入增长 10.1 个百分点，全社会科技活动经费 1134 亿元。2009 年，江苏全社会研发投入 680 亿元，占全省 GDP 的比重突破 2%，提前一年完成"十一五"规划目标，基本达到创新型国家投入水平。2009 年，江苏实施国家重大科技专项项目 215 项，国拨预算 27.3 亿元；获国家其他科技计划项目 2300 项，国拨经费 14 亿元，均居全国前列。江苏各级政府部门也加大了科技投入，其中组织实施 135 个重大科技成果转化项目，安排省级专项资金 11.8 亿元。省科技计划每年掌握的 20 亿元资金加上国家科技经费，70% 以上都用于支持新增长点培育和新兴产业发展。以徐州为例，2010 年，徐州决定安排重大项目 130 项，总投资 2122.7 亿元，其中计划当年实施项目 100 项，总投资 1435.3 亿元，年度计划安排投资 491.2 亿元；前期推进项目 30 项，总投资 687.4 亿元。

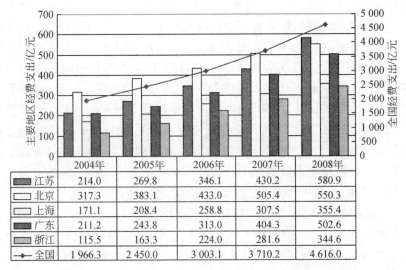

	2004年	2005年	2006年	2007年	2008年
江苏	214.0	269.8	346.1	430.2	580.9
北京	317.3	383.1	433.0	505.4	550.3
上海	171.1	208.4	258.8	307.5	355.4
广东	211.2	243.8	313.0	404.3	502.6
浙江	115.5	163.3	224.0	281.6	344.6
全国	1 966.3	2 450.0	3 003.1	3 710.2	4 616.0

图 6-1   2004~2008 年全国主要地区 R&D 经费支出比较①

图 6-1 显示了近几年全国主要地区的 R&D 经费支出情况，可以看出江苏的科技研发投入一直居于全国前列。2008 年更是赶超北京，位居全国第一名。

二是确保社会多元化资金投入的大幅度增长。新兴产业的发展需要大量资金投入，必须撬动社会资本市场。这几年，江苏各级政府通过贷款担保、贴息、风险补贴等方式逐年加大对科技金融的引导和激励。全省金融机构科技贷款总额于

① 资料来源：根据 2005~2009 年《中国科技统计年鉴》数据整理。

2009 年突破 400 亿元；还鼓励发展创业投资，建立创投骨干机构 115 家，创投资金管理规模 277 亿元；同时，探索企业债券、私募基金和股权投资等多种方式，建立起适应新兴产业发展的社会融资体系。

三是确保企业主体性资金投入的持续增长。全省企业研发投入年均增幅超过 30%，2009 年达 580 亿元，占全社会研发投入的 83%。近几年，江苏的企业在新兴产业领域的投资以年均 45% 的速度增长。2009 年，新兴产业完成投资 1700 多亿元，比 2008 年提高了近 10 个百分点①。

新医药和新能源是江苏新兴产业中增长速度最快的两个产业。2009 年 1~6 月份，全省生物医药产业实现产值 615 亿元，光伏产业实现产值 434 亿元。江苏是传统的医药大省，这得益于省高校和研究机构的支持，医药行业是全省具有较强竞争力的优势产业之一，拥有较强的产业基础和综合实力。国外开发一种新药，平均需要 12 年左右的时间，耗费 3 亿~4 亿美元，对于新药开发这个"烧钱"的过程，中国的医药企业还处于低级水平，无论是品种还是规模都无法与国外大公司相比。江苏目前的医药工业总量在全国已经连续四年名列第一，但这个数字也只是一个国外大公司的零头。即便面临许多困难，江苏对于医药创新的投入和支持从未间断过，其中，泰州的发展尤为引人瞩目。

根据泰州的产业发展特点，在江苏省政府的直接指导支持下，泰州于 2006 年启动建设了中国医药城。泰州医药高新技术产业园发展医药产业的路径是：从引进研发机构和创新成果入手，通过搭建技术服务平台，在创新成果转化中实现产业化。在培育壮大医药产业过程中，泰州大力推进自主创新，以增强企业核心竞争力。据泰州经济贸易委员会统计，"十五"期间，泰州医药企业技术创新投入 20 亿元左右，年均增幅超过 20%。经过多年发展，泰州在江苏全省第一医药大市的地位已经确立，其医药产业各项经济指标已连续多年稳居全省第一，在全国同行业中也具有一定影响力。截至 2008 年年底，泰州全市共有药品生产企业 25 家、医疗器械生产企业 148 家、药品包装材料生产企业 36 家、药品批发企业 25 家、药品零售企业 982 家，从业人员 2 万多人，拥有符合 GMP 标准的制药厂房近 25 万平方米，是全国最大的中成药、麻醉药和维生素药类生产基地，初步形成了以新型抗生素、心脑血管药、抗肿瘤药等九大领域为主体的医药产业群。2008 年，医药行业年销售收入亿元以上的产品达 15 个，10 多个产品市场占有率全国第一，呼吸机、麻醉机、X 洗片机等占全国销量的 50%。泰州拥有扬子江药业、济川医药、江山制药、苏中制药等 4 家进入"全国制药企业 100 强"的龙头企业，产销占全市医药产业总量的 85% 以上，利税占 90% 以上。

---

① 根据江苏省科学技术厅厅长讲话资料整理。

根据《泰州市医药产业振兴规划纲要（2009~2012 年)》所述，到 2012 年，医药产业销售收入将达 750 亿元，占全省医药产业销售总量的比重将提高到 30% 以上，年均增长 35% 以上。泰州会进一步加强对医药产业发展的政策支持，制定创新扶持政策，争取各类专项资金，支持医药企业和科研机构进行新医药产品的研发。同时，全面落实国家高新区、国家医药出口基地、国家火炬计划医药产业特色基地等相关税收的优惠、积极推进将生物医药企业认定为高新技术企业、按 15% 的税率减征企业所得税、加大生物医药企业研发经费税前 150% 抵扣政策的落实力度。此外，泰州还特别制定地方优惠政策，完善土地供应政策，优先安排重点企业、重大项目用地指标。落实出口倾斜政策，充分发挥国家医药出口基地作用，促使外贸、海关、金融、税务、商检等部门在授信额度、外汇管理、出口信用担保、进出口配额、许可证管理、出口退税兑现、建立出口审批快速通道等方面向医药企业倾斜。在资金保障方面，泰州建立多元化的投入机制，以市场运作为主，政府公共财政投入为辅，运用资本运营、风险投资、金融信贷、吸引外资等多种渠道，为医药产业发展提供支持。

目前，江苏已形成"四大医药板块"，即苏中的中国泰州医药城、苏南的苏锡常医药产业群、南京的"药谷"以及苏北的连云港新医药产业基地。从药品研发投入看，国家一类新药已经成为江苏新药产业的重要增长点，仅 2007 年就组织实施了 22 个生物医药类的省重大科技成果转化专项资金项目，总投资 17.9 亿元，省拨款 2.25 亿元。

通过几组数据我们可以看出江苏对于科技创新的投入力度（表 6-7）。

表 6-7　江苏 2004~2008 年科技活动情况①

经费数额/亿元	2004 年	2005 年	2006 年	2007 年	2008 年
全省科技活动经费筹集总额	515.47	613.55	713.79	935.59	1 181.51
上级拨款	62.14	89.97	93.90	119.98	138.62
自筹资金	384.00	435.52	522.90	706.46	925.84
金融机构贷款	43.70	57.05	74.33	81.42	77.67
事业单位资金	8.16	8.17	8.31	13.20	22.95
国外资金	1.95	1.69	2.33	3.66	4.62
其他收入	15.52	21.15	12.01	10.87	11.81

---

① 表 6-7，图 6-2，图 6-3 资料来源于历年《中国科技统计年》和《江苏省统计年鉴》。

续表

经费数额/亿元	2004 年	2005 年	2006 年	2007 年	2008 年
全省科技活动经费支出总额	518.50	621.48	726.98	948.92	1 188.69
大中型工业企业科技经费筹集额	309.48	389.79	480.39	661.50	769.99
上级拨款	4.88	8.00	11.25	13.19	18.51
金融机构贷款	25.53	43.09	60.05	67.29	56.61
本企业自筹	271.17	324.39	401.90	571.20	684.84
大中型工业企业科技经费支出总额	312.03	400.08	497.87	685.93	797.24
大中型工业企业研究与发展经费内部支出总额	123.99	175.84	238.77	321.85	409.02

从上面的数据中我们可以看到江苏每年的科技投入都在大幅增加，而且这些资金大多来自江苏的企业自筹资金，图 6-2 说明了这一点。

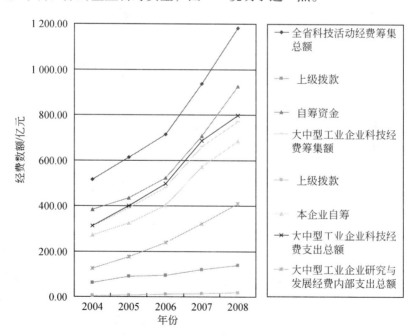

图 6-2 江苏全省科技活动经费筹集分类

不仅企业界的投资日益增多，科研单位和高校也得到了更多的资助，从而促进了大量科研成果的转化。江苏申请专利的数量也在全国名列前茅（图 6-3）。

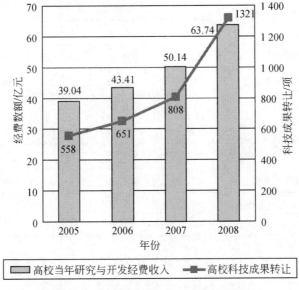

图 6-3　江苏高校科研经费和成果转化

6.5　发展战略新兴产业，突破产业技术轨道锁定

产业经济学认为产业升级是指在特定的国内外经济环境和资源条件下，按照一般的产业结构演变规律和产业发展的内在要求，采取一定的措施，不断地提高产业的结构层次和发展水平，保障国民经济能够长期持续增长的一种经济活动。

产业升级是指三次产业的结构升级，即随着国民收入水平的提高，劳动力依次向第一、第二、第三产业转移，或者说总产值和劳动力分布从农业逐次向工业和服务业转移。

制造业内部的结构升级是指：从以劳动密集型的轻工业为主的阶段，向以资本密集型的重工业为主的阶段转变，最后向以技术密集型产业为主的阶段转变。

尽管产业集群可带来经济的外部性，带来报酬递增效应，但也会带来产业技术发展的路径依赖（David，1985）。格拉伯赫把产业集群失去活力的锁定效应分为三种：①功能性锁定（Functional Lock-ins），本地企业间的关系锁定；②认知锁定（Cognitive Lock-ins），即思维模式的锁定；③政治锁定（Political Lock-ins），原有产业组织关系的锁定。这些锁定的存在会导致集群竞争力的降级。而要突破锁定就要从根本上改变原有的制度安排和市场秩序，但这需要极高的转换成本，这是集群内的企业、政府及其他机构都不愿意接受的事情。因此需要在技术、制度、文化及集群与外部的关系等方面持续创新，实现产业集群升级，从而使产业集群能够持续发展。

以浙江和广东为代表的传统产业集群被锁定的原因有如下几个方面：

一是产业的技术层次低。传统产业集群绝大多数是依托于农村或小城镇发展起来的，主要集中于技术含量较低的劳动密集型行业，如纺织、服装、鞋业、玩具、家具等。这些产业对企业的规模、技术、劳动力的素质要求都不高，产业的进入壁垒低，因此很多地区仅仅通过简单的模仿与学习，就迅速形成了大量低技术的产业集群。这类集群企业的竞争优势大多建立在低成本、低价格，特别是劳动力成本低廉的基础上。然而，正因为其产业进入壁垒低、容易被模仿，其他地区也都纷纷进入此类产业，再加上人们消费结构向高端移动，使得近几年这类集群的竞争优势明显减弱，特别是在中国东南沿海省份表现得更为明显，如著名的浙江温州桥头钮扣拉链集群近几年已经陷入了发展的困境。这就迫使此类传统产业集群寻找新产业、新产品和新生长点，也就是说只有升级，它们才能生存和发展。

二是大部分产品处于产业链低端。中国传统产业集群不仅产业技术层次低，而且其大部分产品处于产业价值链低端，产品质量不高，名牌产品少。这使得产品的数量大，而市场价值较小，获得的利润低。如中国的纺织品、服装、皮鞋等的价格只是法国、意大利等国同类产品价格的几分之一。这种低端路线不可能持久，这就要求产品向价值链高端移动，要求产业集群升级。

三是产业纵向分工程度不高、产业链前后联系不强。中国许多产业集群内企业之间的业务关联性和技术关联性不大，产品结构趋同严重，难以形成互动机制。大量"小而全"的企业在同一个集群中阻碍了产业链的延伸，不利于集群自我发展和竞争力的提升。例如，中国很多服装业集群都缺乏设计、面料辅料、展览、模特、贸易、信息咨询、出版等相关产业的支持。这就要求加强产业纵向分工，要求集群内的企业不是搞"小而全"，而是搞"专、精、深"，要求产业集群升级。

四是企业规模小、创新意识不强、创新能力不足。中国大多数传统产业集群是由众多中小企业组成的。这些企业存在规模小，技术创新意识不强，技术人员缺乏，研发人员和研发条件更缺乏，研发经费没有或很少等缺点，再加上劳动力技能普遍低下，"技工荒"日益严重，不少企业存在"一流设备、二流管理、三流产品"的现象。但随着市场竞争的不断加剧、技术性贸易壁垒的加剧和知识产权保护的加强，这种建立在技术模仿和低技术能力基础上的产业集群已经显示出明显的后劲不足，因而难以为继。这就要求产业集群升级。

五是共性技术供给不足、创新环境条件较差。近几年尽管中国一些传统产业集群在共性技术供给方面已经进行了一些探索和行动，如广东南海的行业技术创新中心，但总的来看共性技术供给不足是中国传统产业集群存在的一种普遍现象。共性技术供给不足不仅表现在直接支撑生产的技术创新和服务不足，而且表现为许多产业集群没有完整的质量管理体系和公共质量监督体系，因此无法保证产品质量的稳定性。与此同时，集群技术创新的环境条件较差，这主要表现在共性技术的创新平台缺乏；科技中介机构薄弱；金融担保体系不健全使中小企业融资困难，缺少创新启动资金；技术创新和服务人才缺乏；知识产权保护意识薄弱、保护能力不强，包括品牌意识不强和品牌开发力度不够等方面。这也要求产业集群升级（肖广岭，2006）。

在广东和浙江，许多地区的传统产业已经出现了一些被锁定的现象。

一是一些地区的传统产业集群占据了大量土地，但产生的附加值不高。这类产业集群在产业集群比较发达的东南沿海省份比较多，其升级的主要目标就是要在有限的土地上创造更多的产值，获得更多的利润。近来广东、浙江提出的对一些传统产业集群实行"腾笼换鸟"，就是针对此类产业集群升级问题的。这类产业集群升级的途径就是要把部分低附加值的产业和产品从产业集群区域转移出去，腾出土地和空间发展高附加值的产业和产品。按照上面产业集群升级的四个阶段，此类集群升级主要属于产品升级和价值链升级，是比较高级的集群升级，尽管这样进行产业集群升级难度比较大，但却是比较根本的，升级后的效果也会较大。

二是对那些大量从事贴牌生产的产业集群，这类产业集群在经济外向度较高的广东较多，其升级的主要目标是创建自主品牌，从而延长集群的价值链，特别是向价值链的高端移动，从而创造更多的价值，获得更高的利润。近来广东提出的品牌战略主要就是针对此类产业集群升级的问题，这是传统产业集群升级的一条重要途径。按照上面产业集群升级的具体过程，此类升级就是从 ODM 到 OBM，是比较高级的升级，是向价值链高端迈进的关键性的一步，尽管这样进行产业集群升级难度比较大，但升级后的效果会很好。

三是对那些有大量中小型企业而又缺少大型企业的产业集群，这类产业集群数量比较多，其升级的主要目标是通过显著增强共性技术的供给和科技中介服务，促进产品升级，使其价值链向高端移动，从而创造更多的价值和获得更高的利润。广东佛山南海区通过行业技术创新中心、浙江绍兴通过生产力促进中心为集群中大量中小企业提供技术服务的做法是一种比较有效的途径。与此同时，要促进龙头大企业的形成和发展，并充分发挥龙头大企业对整个产业集群的发展，特别是技术进步与创新的带动作用（肖广岭，2006）。

据我们观察，江苏的产业在发展中已经较好地避免了广东和浙江出现的相对产业轨道锁定的现象。

政府的行为大大促进了新兴产业的发展，这种政府行为是政府对市场行为的干预，在某些领域中，政府效率要高于私人部门的效率。西方经济学一般认为：市场机制会直接推动创新，但在某些需要巨额投资和具有极高风险的技术领域或产业却会出现调节失灵的情况，新兴产业往往属于这一类，这些高投资、高风险的领域是企业、特别是中小企业自身难以涉足的。

新兴产业由于其发展特点需要政府的扶持，而且发展新兴产业对于国民经济发展具有长远的重要意义。一般而言，新兴产业能够促进产业结构优化升级和经济增长方式转变。但是，同在一个国家，在同样的国家战略指导下，各地区的发展路径和实际效果却大相径庭。江苏经过近十年的发展，企业自主创新能力显著增强，新兴技术产业呈现勃勃生机。江苏能够在全国诸多省份中脱颖而出，并不是没有道理的。

江苏的发展首先必须立足于地区特点。江苏境内平原辽阔、水网稠密、湖荡众多、农业和水利资源丰富，但是不像山西、内蒙古和东北等地方，其化石能源十分匮乏。改革开放以后，苏南地区通过发展乡镇企业，走了一条先工业化、再市场化的发展路径，也就是著名的"苏南模式"。"苏南模式"的本质实际上是"政府超强干预模式"。在计划经济向市场经济转轨初期，政府直接干涉企业，动员和组织生产活动，具有速度快、成本低等优势，因而成为首选形式。到20世纪90年代末，"苏南模式"取得了很大的成功。

进入90年代以后，国际资本加速转移。1992年后，江苏积极利用外资，迎来了一个短暂的黄金期。

伴随着轻工业的快速发展，江苏作为传统工业大省也迈入了重化工阶段，由此带来的结果是：工业能耗已占全省能耗总量的80%，高于全国平均值10个百分点，远高于广东、浙江、上海等沿海省市。此外，加工贸易不仅增值率低，而且对提升产品附加值的作用不大，江苏对外资的依赖，削弱了对发展内生型动力的重视。

与此同时，江苏虽然农业和水利资源丰富，但是其石化能源十分匮乏，"苏南模式"的弊病也开始显现。传统产业和加工贸易使其资源快速消耗，环境急剧恶化。这种外向型经济造成了江苏资源、市场"两头在外"的尴尬局面，能源对外依存度达88%，外贸依存度达89.9%，导致经济增长过度依赖于外部市场。

实际上，改革开放以来，江苏经历了三个经济转型时期：第一次转型以发展乡镇企业为标志，实现了从农业经济向工业经济的历史转变；第二次转型以扩大对外开放为动力，实现了向开放型经济的转型；第二次转型就是现阶段的由资源依赖向创新驱动转变，向创新型经济升级。

因此，江苏大力发展新兴产业，与其说是企业在经济发展的自然阶段要求获得技术升级，不如说是江苏在一种"内忧外患"的危机之下，不得不采取的

"上上之策"。加之此前政府强力干预市场的"苏南模式"的成功，江苏省政府在推进新兴产业上的愿望就更加迫切了。

既有了发展新兴产业的意识，又有了发展新兴产业的需求，接下来就是如何发展新兴产业的问题了。新兴产业行业众多，在资金和其他资源有限的情况下，选择何种产业就成为至关重要的问题。面对这个问题，江苏是如何做的呢？

2009 年，江苏提出重点培育和发展六大新兴产业：新能源、新材料、新医药、环保产业、软件和服务外包以及新传感网产业。这六大新兴产业与国家提出的新能源、节能环保、电动汽车、新材料、新医药、生物育种和信息产业七大"战略性新兴产业"有相当程度的重叠。具体选择何种产业是由地方政府的资源和积累决定的。

以江苏六大新兴产业中的新传感网产业为例。传感网也被称为"物联网"，是指将各种信息传感设备，比如射频识别（RFID）装置、红外感应器、全球定位系统、激光扫描器等装置与互联网结合起来而形成的一个巨大网络。其目的是让所有的物品都能够远程感知和控制，并与现有的网络连接在一起，形成一个更加智慧的生产生活体系。

以传感网为代表的信息获取技术，被很多国家称为信息技术革命的第三次浪潮，其应用遍及智能交通、环境保护、政府工作、公共安全、平安家居、智能消防、工业监测、老人护理、花卉栽培、水系监测、食品溯源、敌情侦查和情报搜集等多个领域，世界各国对物联网技术都非常重视和关注。

中国科学院于 1999 年就启动了传感网的研究。现在，中国科学院无锡微纳传感网工程技术研究中心是国内目前研究物联网的核心单位。同时，传感网产业是集成电路产业的延伸，处于微电子产业链的顶端。依托国内顶尖的科研机构，加上在软件、集成电路设计、通信技术、网络技术等领域较强的产业优势，除了产业基础上的优势，政府决策层前瞻性的眼光和坚持创新的理念将无锡打造成传感网技术产业化的最佳孵化器。

以光伏产业为例，江苏太阳能光伏产业的发展始于 2001 年无锡尚德公司的创立。经过近 10 年的发展，该产业已经形成了相对完整的产业链，呈现出"上游企业有所发展、中游企业迅速壮大、下游企业不断涌现"的发展特点。截至2008 年年底，无锡高新区已经聚集了 30 余家光伏企业，太阳能电池及组件产能已占到全国同行业的 50% 以上，2008 年销售额约为 215 亿元，形成了以太阳能电池标准制订和产品检测为依托、晶体硅太阳能电池及组件生产为核心的光伏产业链，产业规模位居全国第一。[①] 但是，并不被很多人知晓的是，当时如果没有

①《中国高新技术产业导报》，无锡高新区：重点发展光伏产业和传感网，http：//paper. chinahight-ech. com. cn/html/2010-01/04/content_ 15144. htm

无锡市政府的强力支持，也许就没有今天的尚德。

公司创始人施正荣刚开始进行创业融资时，大多数投资者都认为太阳能光伏产业有很好的前景，但是孵化太早了，因此不愿投资。在无锡市政府的鼎力推动之后，才有股东愿意投资。尚德成立之后的运作也十分艰难，2002 年的销售额为 1000 多万元，亏损 700 多万元。在困难时，甚至两个月都发不出工资。后来，在无锡市相关部门的协调下，由股东提供担保，公司获取担保资金 5000 万元。无锡市政府一方面协调各方积极支持尚德公司，另一方面以自身的实际行动支持尚德发展——新区创业中心直接负责公司项目筹备及申办的工作，在短时间内完成了批准证书和营业执照办理，优先提供办公用房和生产用房，协助申报省级以上高新技术企业、高新技术产品认定，争取国家科技攻关项目、国家创新基金项目资助，获批省级工程技术中心。2003 年和 2004 年，政府共为尚德公司争取了 9 个项目，累计扶持资金近 4000 万元，其中省科技厅支持的科技成果转化基金就有 2500 多万元，而且都是通过无偿拨付的方式来支持企业发展。之后，政府又积极帮助尚德公司争取到低息贷款资金 5000 多万元，江苏省地方政府可以说是一路助资、融资，帮助创业中的尚德公司破解发展难题。为帮助尚德做大做强，在创业期引导尚德的无锡国有投资股份全部退出，支持尚德成功在美国上市。在公司发展过程中，江苏从各级领导到各相关部门始终都在积极为尚德公司的发展出谋划策，尽可能为其提供各种尽善尽美的服务。无锡新区党工委书记周谦经常到企业现场办公，深入了解企业发展中的需求与困难，多次现场帮助企业协调解决发展中遇到的各种困难和问题。从某种程度上说，是无锡市政府造就了尚德的成功。

现在看来，扶持尚德，也许只是江苏省政府准备大力推进新兴产业发展的试金石。

江苏之所以重视发展新兴产业，是由其自身经济发展的需求决定的。随着美国"新经济"的出现，世界经济的总体发展逐渐好转。20 世纪 90 年代以来，以智能信息技术、生物工程技术等为代表的新一轮基础技术创新，致使了一大批新兴产业部门的出现。在经济全球化的背景下，这些新技术和新产业国际转移的速度日益加快。各国之间国际经济关系的逐步改善，为技术和产业的国际转移提供了便利，带动了世界经济的发展。

这一时期，外资企业以信息技术产业为依托，以全球为资源、生产和销售地点，进行生产要素的全球化配置，中国在这个过程中扮演了"世界加工厂"的角色。

在此期间，国家进行了三次重大的宏观经济调控：第一次是针对 1992 年的经济过热，从 1993 年起实施的紧缩性的宏观调控；第二次是针对 1997 年经济偏冷，从 1998 年开始实施扩张性的宏观调控；第三次是针对 2003 年经济运行中出现的一些新的不稳定、不健康因素，从 2004 年开始实施的中性宏观调控。在中国经济高速发展的同时，国家从宏观层面提出经济发展从"又快又好"转变为"又好又快"。

与此形成对比的是：临近的浙江在制度方面勇于创新，利用传统经商优势，大力发展个体私营经济，依靠"温州模式"实现了经济的持续快速发展。1978～2002 年浙江的 GDP 增长了 19 倍，在全国 GDP 总量中所占的份额由 3.4% 上升到7.6%；同期人均 GDP 增长 50.9 倍，在全国的位置也由第 15 位上升到第 4 位。江苏由于改革和创新方面相对滞后，1978～2002 年 GDP 增长 16.1 倍，在全国GDP 总量中所占比重由 6.9% 提高到 10.4%，低于浙江的增长幅度；人均 GDP增长 33.5 倍，在全国居于第 6 名的位置。

虽然发展新兴产业可能面临各种风险，但是江苏仍然较早地确定了大力发展新兴产业的方向，这既说明江苏在新经济形势下不得不采取的内涵式的增长模式，而且也体现了地方政府的高瞻远瞩。

与之相对应的是：虽然同为外向型经济发展模式，江苏拥有更为强大的工业基础，如大型设备机械等制造业一直是江苏的龙头行业，与广东和浙江这些主要依靠市场拉动增长模式的省份相比较，江苏在技术推动方面做得更为出色，因此具备更持久的增长动力和一定的抗风险能力。加之此前政府干预主导的"苏南模式"的成功，更坚定了江苏省政府在推进新兴产业上的决心。

对于发展新兴产业，江苏绝对可以说得上是大手笔，舍得花血本投入影响未来发展的战略性新兴产业，帮助高新技术企业穿越瓶颈，跨过"死亡谷"。据粗略统计，"十五"期间江苏仅在新能源开发上的投入就达到 300 多亿元。能做到这一点，不得不说是江苏改革开放 30 年来积累的成果。该省 17 年来连续保持了两位数的增长，2009 年全年生产总值突破 3.3 万亿元，同比增长 12% 左右，总量占全国的 1/10。一方面，没有数十年经济的飞速发展和积累，地方政府和企业均无力支持如此高昂的科技研发投入；另一方面，以低端产业、低附加值产品、低层次技术、低价格竞争为主的发展路子正走向尽头，江苏企业需要逐步改变低附加值、低利润局面，实现制造业的转型升级，完成由"制造"向"创造"的质变。

6.6 结　语

产业集群已经被证明是地区竞争力的重要源泉。通过产业的集群，可在一个区域内实现产业能力的合力，促进不同企业知识按照一个特定的方向进行流通，促进竞争与合作，实现新知识的产生，完善产业链。因此，产业集群的能力是衡量一个地区创新能力的核心因素。但集群的方式是多种多样的，有外资嵌入式产业集群（广东东莞和江苏苏州），有草根式产业集群（浙江），有政府推动的高技术产业集群。目前来看，凡是集群的地区，都显示出了更强的区域创新能力。但集群之后是否会形成轨道锁定，取决于产业链是否完善，以及当地能否以科技带动产业升级，适时发展战略新兴产业。而在这点上，江苏和一些地区政府显示出了更强的资源整合和战略能力，取得了更好的创新绩效，实现了产业集群和持续升级的均衡。

第7章 城市群与区域资源极化配置

7.1 城市与城市群

创新不是一个人的事。创新需要人的合作，需要不同人之间思想的碰撞，需要一定的设施，需要供应链体系，需要用户，需要工厂和实验室。因此，城市作为一个空间载体，提供创新者的优势要高于农村。创新是与工业化、城市化相互依托的。今天的研究，把知识的交流作为理解创新能力的钥匙，发明者和创新者不是孤立运作的，创新是一个过程，往往涉及整合和重组现有来自不同个体、不同地域和不同组织的知识来源（Lenski，1979；Mokyr，2002；Fleming，2001）。而城市可为各类知识的交换提供方便的场所，人口密度大和居住紧凑的城市中心促进了人际互动，从而为加强信息流动创造了更多的机会。因此，历史上中心城市一直是许多创新的发生地。从物质、文化、政治、体制和组织等方面发挥城市在科学技术、发明创造中的特殊作用，一直是历史学家、城市规划专家、地理学家、人类学家和区域经济学家关注的问题。城市一旦产生，城市发展的自循环效应，就会促使城市人口规模不断扩大。经济活动的聚集动力来自于交易成本的节约，它们与聚集经济效应共同构成了人口空间聚集的向心力，即聚集本身也会成为吸引人口和要素进一步聚集的动力。聚集经济不仅是城市的本质特征，还是推动城市空间结构成长的根本动力。

上述理论分析可以演绎出以下理论猜想：城市规模的增长会带来更多高技术、高素质人员的集聚，即城市规模对科技人员数量的影响是边际报酬递增的；同时，由于网络效应的存在，科技活动人员在特定区域内的聚集，会导致知识流动的加速，从而带来更高的研发效率，还会带来更大规模的创新产出，即科技人员数量对创新产出的影响同样也是边际报酬递增的。那么，考虑以上两个边际报酬递增的正向传导，得出的结果必然是城市人口规模对创新产出的影响是边际报酬递增的，"马太效应"① 同时适用于城市创新。

在中国区域创新能力报告中，我们发现，江苏作为一个城市化程度低于上海

---

① 马太效应（Matthew Effect），指强者愈强、弱者愈弱的现象，广泛应用于社会心理学、教育、金融以及科学等众多领域。

和北京这种特大城市的省份，却表现出了巨大的创新能力。因此，我们反思：不是规模越大，创新能力就越强。在世界上，特大城市并不一定是特大创新中心。我们提出城市规模与创新效率不一定是线性的关系，而是一个倒 U 字曲线。在城市规模到一定程度之后，规模增大但创新的边际效率下降。而中小城市在一定距离上的群集效应有可能是一个更优的资源空间配置模式。

本章的出发点是找到一个更适合创新的地理空间模式，其中中小城市集群是我们的考察对象，并以江苏苏南的中小城市群为主要考察对象。

在中国的一个行政区域内，特大的城市是少见的。除了北京、上海外，大多行政区域是由众多中小规模城市构成。随着城市化和区域经济一体化进程的加快，城市群现象不断涌现，成为社会各界关注的焦点。由不同功能和规模的多个城市聚合而成的城市群，正在深刻地改变着中国经济发展的空间格局。因此，在区域创新体系的研究中，一个重要问题是：一个区域内的城市之间能否形成一个可以有效促进知识流动与应用的制度组织，以促进区域创新。

2008 年，长江三角洲、珠江三角洲以及京津冀三大城市群在仅占 3.63% 的国土面积上，聚集了全国近 20% 的总人口，创造了超过半数的国内生产总值及 60% 多的工业总产值，显示出强大的生产力和人口、产业与财富聚集力。在全球化日益显著的今天，以城市群推动城市化的空间发展模式，已成为工业化、信息化发展的客观要求，也是提高国土利用效率、提高城市竞争力的必然选择。

近两年来，位于珠江三角洲和长江三角洲两大城市群的广东和江苏的区域创新能力排名再创新高，尽管区域创新能力排名与诸多因素相关，如评估指标的选取、不同统计单位的规模差异等，我们仍然有兴趣探讨现象背后的深层次原因。我们想知道，如果城市群是一种可取的区域经济发展模式，那么，城市群到底给区域带来了什么？城市群果真能够带来创新绩效的放大效应吗？如果是，又是什么因素导致了城市群创新绩效的提升呢？同时，本章还将关注江苏区域城市群的创新能力。

7.2　城市群的形成与发展机制

按照 Gottmann（1961）的说法，城市群是指在一定的地域范围内，以单个或多个大城市为核心，借助现代化的交通通讯网络聚合而成的一个高密度、联系紧密的城市空间。从地理学角度，这个概念强调了在一定地域范围内城市的紧密分布，突出了城市群的空间结构特征；从经济学角度，这个概念强调了城市群内部密切的经济社会联系和合理的分工协作体系。

城市群是如何形成的？一般来说，主要存在两种机制，一是微观动力机制，二是分工和专业化机制。

7.2.1 聚集与扩散是城市群形成与发展的微观动力机制

在市场经济条件下，微观主体的逐利行为推动了人口和经济活动的空间聚集与扩散。这种机制在要素层面上表现为人口与资本的流动与聚集以及技术的创新与扩散过程；在企业层面上表现为企业的区位选择与再选择过程。城市化过程产生的人口和消费的聚集，决定了市场规模和结构，引导着产业结构的转换方向；企业的聚集有利于节约交易成本和提高交易效率，促进分工以及规模经济的实现；产业的聚集又培育了专业化劳动力市场、中间产品市场和中间性生产组织，优化了生产的外部环境；人才和技术的聚集则促进了信息的交流和思想观念的碰撞，从而促进了创新活动。追求聚集经济是聚集产生的主要原因，聚集经济是一种由外部规模经济和外部范围经济共同作用的复合经济，以地理上的接近、生产专业化以及财富与技术的集中为特征，来源于劳动力市场的共享、中间投入品的规模经济以及技术的外溢。作为一种动力机制，聚集不仅仅来源于外部经济，还来源于自身的"循环累积效应"，即聚集本身也会成为吸引人口和要素聚集的动力，进一步强化聚集过程。聚集经济不仅是城市的本质特征，还是推动城市空间结构成长的根本动力。城市一旦产生，城市发展的自循环效应就会促使城市规模不断扩大。经济活动的聚集动力还来自于规模收益的递增、交易成本的节约，它们与聚集经济效应共同构成了人口与产业空间聚集的向心力。

7.2.2 分工和专业化构成了城市群形成与发展的产业支撑

第三次技术革命推动了劳动分工向产品内分工的演进，产生了一种更为灵活的专业化生产组织方式——纵向分离。纵向分离是一种基于产业链分割的专业化分工过程，生产环节的分离不但增大了生产的迂回化和社会化程度（杨小凯等，1999），也引起了企业生产组织方式和产业空间组织结构的转变，出现了多厂、多部门的现代化大型企业以及具有高度专业化特征的柔性产业集群。这些生产技术和组织结构的转变，在交易成本机制下作用于厂商的区位选择过程，产生了集聚和扩散两种空间布局形式。那些有着密切经济联系的厂商，为了节约交易成本，倾向于聚集到各自的经济重心，从而产生空间聚集的拉力。而那些单位生产成本低的部门，则倾向于向外围地区扩散，以寻找生产成本最低的区位（Scoott，1988）。产业组织和厂商区位之间的相互作用，能积极地引导产业的空间转移和扩散，有力地推动城市空间结构成长。纵向分离在提高生产效率的同时，也扩大了企业外部联系，由此产生了错综复杂的交易网络。如同科斯特把纵向一体化看成是企业出现的原因，斯科特把纵向分离及由此产生的联系网络看成是现代城市出现的原因。他把这种由交易关系网络联接的产业综合体称为"原始城市形态"（宁越敏，1995）。一旦这个产业综合体得以建立，便会产生集聚经济效益，并围绕它形成城市。在福特制时代，这种产业综合体具有"核心—外围"的结构特征，并由此促进了具有垂直等级结构特征的中心地城市体系的形成。在后福特制时代，随着劳动分工日益外部化和零碎化，产生了由若干中小企业聚集而成的柔性产业聚集体，企业之间网络化经济联系的增强，将有利于网络化城市体系的建立。一般而言，生产的纵向分离程度越高，企业之间的联系网络就越庞大、越稠密。企业之间的联系网络，最终决定着地区之间经济联系的密切程度，促进了城市群内聚力的形成。作为一种具有内聚力的区域城市体系，城市群内部既有网络化经济联系，又有双向垂直经济联系，各种联系网络错综复杂地交织在一起，不但加强了城市之间的分工与合作，也提升了城市群的整体竞争优势。

随着大城市数量与规模的不断扩展，作为其更高形态的"城市群"开始"扎堆"出现，并全面"开花"，中国出现了众多的城市群。据 2006 年《城市竞争力蓝皮书：中国城市竞争力报告 No. 4》记载，目前已纳入中国城市群竞争力排名榜的就达到 15 个之多，依次是长江三角洲城市群、珠江三角洲城市群、京津冀城市群、半岛城市群、辽中南城市群、海峡西岸城市群、中原城市群、徐州城市群、武汉城市群、成渝城市群、长株潭城市群、哈尔滨城市群、关中城市群、长春城市群、合肥城市群。同时也有研究报告预测，到 2020 年，中国将出现 18 个城市群。这不仅是对过去以发展中小城市、城镇为主导的城镇化战略的重要补充与调整，也是对中国城市在都市化进程中如何发展的理论创新与积极肯定。各种区域性中心城市、国际化大都市甚至是世界级城市群，成为中国实现现代化与推动经济社会发展的核心目标。

长江三角洲城市群是中国城市化程度最高、城镇分布最密集、经济发展水平最高的地区。它以上海为中心，南京、杭州为副中心，包括江苏的扬州、泰州、南通、镇江、常州、无锡、苏州，浙江的嘉兴、湖州、绍兴、宁波、舟山、温州，共 15 个城市及其所辖的 74 个县市，以沪杭、沪宁高速公路以及多条铁路为纽带，形成一个有机的整体。

长江三角洲位于中国沿海、沿江发达地带交汇部，区位优势突出，经济实力雄厚，其核心城市上海是世界最大城市之一。长江三角洲城市群人口数量已接近北美、西欧、日本的世界级城市群，并有可能突破 1 亿。长江三角洲是中国乃至世界经济增长最迅速、城市化进程最快的地区之一，构造世界级城市群的条件已基本具备。率先建设长江三角洲世界级城市群，能为探索中国的城市化道路进行试验、积累经验，为中国城市群建设提供示范。长江三角洲是中国最大的综合性工业基地，工业总产值占全国近 1/4。改革开放后，长江三角洲多次出现大规模工业化浪潮。首先是乡镇工业异军突起，继浦东开发后外向型经济又迅速发展。20 世纪 90 年代后期，台湾电子信息制造业大批转向长江三角洲，上海、苏州已成为全球重要的电子信息产业基地。长江三角洲城市群处在中国东部"黄金海岸"和长江"黄金水道"的交汇处，对内、对外经济联系都十分便利。长江三角洲城市群有如此优越的条件，因此能够成为世界级城市群，成为中国经济融入世界经济的重要枢纽，从而加速提升中国的国际竞争力，加快中国的经济国际化进程。

珠江三角洲城市群以广州、深圳为核心，包括珠海、惠州、东莞、清远、肇庆、佛山、中山、江门等城市所形成的珠江三角洲城市群，是中国三大城市群（其他两个是长江三角洲城市群，环渤海湾城市群）中经济最有活力、城市化率最高的地区。珠江三角洲城市群的面积及综合实力不及长江三角洲城市群，但它是中国乃至亚太地区最具活力的经济区之一，它以广东 30% 的人口，创造着广东 77% 的 GDP。这里平均每万平方公里有 106 座城镇，是全国城镇密度最大的地区之一。广东城镇人口的比重已超过农村人口，占了全省总人口的 55%，其中珠江三角洲城市群是外来打工人数最多的地区之一，城市化率已高达 72% 以上，城市群也已经形成。究其原因，主要有如下几点：

第一，政府政策的机遇。自 1978 年实行改革开放以来，中国城镇化发展出现了新的契机，尤其是改革前沿的广东，更是从中得到了空前的发展。深圳是中国最先建立的经济特区，早在 1979 年就进行了以市场为取向的经济改革；1980年珠海成为经济特区；1984 年广州成为对外开放城市；1985 年珠江三角洲开辟为沿海经济开放区。改革开放先行一步的经济和政策优势，对珠江三角洲城市群的形成和发展具有重大意义。这种经济体制的改革与对外开放格局的初步形成，极大地吸引了全国的资金、人才、技术等生产要素在这里聚集，为珠江三角洲城市群的形成铺平道路。

第二，地缘优势发挥着积极的作用。珠江三角洲区位优势十分明显。其一，珠江三角洲比邻港澳，且改革开放初期正逢港澳产业结构升级换代，需要依托大陆转移其成本日渐高昂的轻型产品加工制造业，于是大量资金流入珠江三角洲各城市；其二，面临南海，与东南亚隔海相望，越过海洋能与整个世界联结在一起。

第三，行政区域规划对珠江三角洲有利。珠江三角洲同属一个省管辖，在资源整合协调上明显优于长江三角洲或京津唐地区，后二者由三省市管辖，整合协调相对较难。这一因素可以使得珠江三角洲更好地在统一的规划与安排下整合城市的资源、发挥各个城市的优势、相互分工合作，使城市群进行良性循环。

第四，城市群发展初期有足够的资金流入。珠江三角洲是中国著名的侨乡，港澳同胞、海外侨胞最多，与海外有天然便利的人文联系。珠江三角洲吸引的外资中，港澳和侨资占绝大部分，这对珠江三角洲外向型经济的发展起了主导作用。

第五，岭南文化的极大包容性。这种文化毫不排斥地接受来自五湖四海的投资者、企业家和各方面的人才，这也填补了本土很多资源的不足。综观珠江三角洲的发展历程，外来人员所作的贡献是巨大的，他们还将发挥更大的作用来帮助珠江三角洲形成世界级的城市群。

京津唐城市群位于环渤海湾地区、华北平原北部，空间地域范围涉及两市一省，包括北京、天津两个直辖市和河北的唐山、保定、廊坊、张家口、承德、沧州6个地级市。受首都北京的影响，该城市群的第三产业比较发达，并已经形成了"三、二、一"型的产业结构，但其第一产业比重高于长江三角洲、珠江三角洲，说明其第二、三产业还有待进一步提升。该城市群区位优势明显。继长江三角洲与珠江三角洲城市群之后，其 GDP 规模位列第三，此外，其对外贸易与经济发展总体水平得分值较高。北京是全国的政治、经济、文化中心；天津是中国北方最大的工商业港口城市，在环渤海经济圈中具有举足轻重的地位；唐山煤铁资源丰富，秦皇岛港口条件良好，交通运转方便。但存在的问题是城市群规模等级结构不合理，大城市少，中小城市相对缺乏，城镇网络不完善，多类型的城市间功能互补性较弱。

7.3　城市群创新绩效的测度

城市群是否是区域经济发展的可取模式？城市群果真存在所谓的"群效应"，从而能够带动创新绩效的提升吗？本节将试图对城市群的创新绩效进行测度。

我们认为创新绩效的测度应重点关注城市群内单位创新资源投入的产出效率增加，而单纯的创新产出或者创新能力评价均是绝对指标，不足以衡量城市群内可能因分工协同效应所导致的资源效率提升。此次创新能力提升到第一位的江苏依托中国最大的城市群——长江三角洲城市群，江苏沿江八市是长江三角洲城市群的重要组成部分，因此本研究选择长江三角洲城市群作为创新绩效测度的研究对象。

我们将从全国不同区域对比的层面考察长江三角洲城市群的创新绩效。在创新效率测度过程中，本研究认为无论是省级行政区还是长江三角洲城市群的众多地级市，都是作为一个地理层面的区域概念而存在的，我们所要关注的是创新投入在哪些地理区域内产生了更大的创新产出，从而为创新资源的投入和流动提供科学的依据。本研究选择数据包络分析（Data Envelopment Analysis，简称 DEA）

作为效率测度方法。DEA 是由美国运筹学家查恩斯（Charnes）、库伯（Cooper）及罗兹（Rhodes）等在 1978 年首先提出的，它是解决多输入、多输出决策问题的理想方法。DEA 借鉴了计量经济学的边际效益理论和高等数学中的线性规划模型，构造出生产可能性集合的分段线性前沿边界，通过界定是否位于"生产前沿面"来比较各决策单元之间的相对效率、规模收益、显示最优值（投影值）。DEA 的基本模型为 C^2R 和 C^2GS^2 两种，C^2R 模型是同时针对规模有效性和技术有效性而言的"总体"有效性，而 C^2GS^2 模型只能评价技术有效性，故在相对效率评价中多选 C^2R 模型。

对于创新效率投入产出指标的选择，沿用前文的分析结果，我们选择三种专利申请总量和每十万人口中专利授权量两个指标表征。当年专利申请总量是一个流量指标，表征当期创新产出的活跃程度，而当年专利授权量是以前专利申请在当期的反应，在某种程度上是一个存量指标，两个指标从不同角度反映该区域的创新产出水平。从资金投入和人力投入两个角度选择创新的投入指标已经得到广泛的认可，本研究分别选择当年研究开发经费投入和从事科技活动人员数量作为投入指标。限于篇幅，原始数据文中不再列示。采用 Deap2.1 软件数据处理结果见表 7-1。

表 7-1　各经济区域创新效率评价值得分

经济区域	综合效率	纯技术效率	规模效率	规模效益区间
北京	0.108 0	0.249 0	0.436 0	递减
天津	0.247 0	0.335 0	0.736 0	递减
河北	0.167 0	0.180 0	0.926 0	递减
山西	0.137 0	0.142 0	0.968 0	递增
内蒙古	0.209 0	0.222 0	0.941 0	递增
辽宁	0.222 0	0.335 0	0.662 0	递减
吉林	0.198 0	0.199 0	0.993 0	递增
黑龙江	0.203 0	0.213 0	0.952 0	递减
安徽	0.139 0	0.140 0	0.993 0	递增
福建	0.271 0	0.317 0	0.858 0	递减
江西	0.149 0	0.152 0	0.975 0	递增
山东	0.289 0	0.523 0	0.553 0	递减
河南	0.256 0	0.320 0	0.798 0	递减
湖北	0.273 0	0.387 0	0.705 0	递减
湖南	0.338 0	0.393 0	0.859 0	递减

续表

经济区域	综合效率	纯技术效率	规模效率	规模效益区间
广东	0.513 0	1.000 0	0.513 0	递减
广西	0.270 0	0.279 0	0.967 0	递增
海南	0.453 0	0.594 0	0.762 0	递增
重庆	0.310 0	0.325 0	0.955 0	递减
四川	0.215 0	0.290 0	0.742 0	递减
贵州	0.326 0	0.338 0	0.965 0	递增
云南	0.261 0	0.268 0	0.974 0	递增
陕西	0.100 0	0.100 0	0.994 0	递减
甘肃	0.108 0	0.118 0	0.914 0	递增
青海	0.172 0	0.337 0	0.511 0	递增
宁夏	0.246 0	0.300 0	0.820 0	递增
新疆	0.471 0	0.494 0	0.953 0	递增
南京	0.225 0	0.240 0	0.941 0	递减
无锡	0.380 0	0.390 0	0.9750	递增
常州	0.481 0	0.494 0	0.975 0	递增
苏州	0.447 0	1.000 0	0.447 0	递减
南通	0.868 0	0.971 0	0.894 0	递增
扬州	0.443 0	0.598 0	0.741 0	递增
镇江	0.655 0	0.779 0	0.841 0	递增
泰州	0.482 0	0.990 0	0.487 0	递增
上海	0.246 0	1.000 0	0.246 0	递减
杭州	0.894 0	1.000 0	0.894 0	递减
宁波	1.000 0	1.000 0	1.000 0	—
嘉兴	0.822 0	0.867 0	0.948 0	递减
湖州	0.919 0	0.938 0	0.982 0	递增
绍兴	0.747 0	0.823 0	0.907 0	递增
舟山	0.886 0	1.000 0	0.886 0	递增
台州	1.000 0	1.000 0	1.000 0	—

注：综合效率＝纯技术效率×规模效率

创新效率是一个相对概念，单纯的创新资源的投入绝对量抑或是创新资源的产出绝对量都无法科学度量创新的效率，从 DEA 直观输出的结果来看，创新能力排名非常靠前的省市创新效率反倒不高，尤其是北京。从本研究选定的研究数据来看，北京巨大的创新投入并没有产生与之匹配的创新产出，规模效益区间的检验结论也验证了在该区域创新投入的边际效应已经进入了下降区间。从另外一个角度来看，对于一些创新基础比较弱的省市，由于所处的发展阶段较低，单位创新投入也可能产生较大创新产出，从而表现出创新效率评价值较高，当然，这种类型的创新效率提升不是我们所期望的结果。依据中国创新能力分布的东部、中部和西部的梯度差异，有必要分类检验城市群与具有不同创新基础的其他区域之间的创新效率差异，地区分类标准采用《中国科技统计年鉴》的划分标准。

本研究采用方差分析的方法判断各个组别创新效率的差异，方差分析的前提是各个水平下（在这里指 group 变量不同取值）的总体服从方差相等的正态分布，其对正态分布的要求并不十分严格，但对于方差相等的要求是比较严格的，因此必须对方差分析的前提进行检验。文中采用的方差相等检验方法是 Homogeneity of Variance Test 方法，该方法也是统计推断的方法，其零假设是各水平下总体方差没有显著差异。相伴概率小于显著性水平 0.01，可以认为各个组总体方差是相等的，满足方差检验的前提条件，其余各组也同时满足方差齐性假设，方差齐性检验结果文中不再列示。

描述性统计显示：全国组的平均效率得分为 0.2463，长江三角洲城市群的平均效率得分为 0.6559，方差检验结果显著性水平小于 0.01，显示两组存在明显差异，长江三角洲城市群创新效率明显优于全国平均水平（表 7-2）。同理，依次通过分区域方差检验，显示长江三角洲城市群创新效率整体优于东部地区、中部地区和西部地区（表 7-3 ~ 表 7-5）。值得进一步关注的是：在除长江三角洲"两省一市"以外的其他省级区域创新效率排序中广东的综合效率值最高，而广东恰恰培育了中国另外一个较为成熟的城市群——珠江三角洲城市群，这实际上从另外一个角度佐证了城市群发育成熟的地区创新资源的投入有更高的产出效率。

表 7-2　长江三角洲与全国组方差检验结果

区域	均值	方差检验 F 值	显著性水平
长江三角洲	0.655 9	50.264	0
全国	0.246 3		

表 7-3　长江三角洲与中部地区组方差检验结果

区域	均值	方差检验 F 值	显著性水平
长江三角洲	0.655 9	23.531	0
中部	0.211 3		

表 7-4　长江三角洲与东部地区组方差检验结果

区域	均值	方差检验 F 值	显著性水平
长江三角洲	0.655 9	15.324	0.001
东部	0.282 2		

表 7-5　长江三角洲与西部地区组方差检验结果

区域	均值	方差检验 F 值	显著性水平
长江三角洲	0.655 9	18.85	0
西部	0.245 4		

总之，从统计结果来看，长江三角洲城市群的创新效率整体高于北京等创新资源投入高度集中的大城市，也高于创新基础相对不足的中西部地区，虽然暂时无法准确判断是否是因为在城市群内因分工协同效应以及资源要素的合理流动所导致的创新效率提升，但从长江三角洲和广东创新效率较高的现实出发，资源在一定区域内的合理分散布局将产生更高的配置效率。在创新型国家建设背景下，除了增加落后地区的创新资源投入，完善创新基础设施以外，也应当改变资源过度集中于少数大城市的区域布局，积极鼓励围绕中心城市构建分布合理的城市群，更有利于创新提升资源投入的边际效应。

7.4　区域资源极化集聚离心机制的实证分析

7.4.1　区域集聚的成本外部性与空间知识溢出

空间知识溢出是指区域之间通过信息交换获得 R&D 成果，区域之间相互学习相互沾光，带来经济增长，知识溢出一般不给知识的创新者以补偿或给予的补偿小于 R&D 成果的价值（王铮，2003）。知识溢出是内生经济增长理论、新经济地理学等经济学分支解释集聚、创新和区域增长的重要概念之一。由于知识生产具有明显的空间外部性，仅将企业作为知识溢出的观察对象并不合适（Audretsch and Feldman，1996；Maurseth and Verspagen，2002）。在这种背景下，许多学者转向空间研究知识的外部性，强调知识外部性的动态特征，特别是在城市与区域空间范围内探讨知识在空间溢出的机制，以及知识溢出促进集聚、创新和增长过程中的空间特征。尽管大部分研究基本达成一致，认为知识溢出是重要的，但是究竟是什么因素促使了知识的空间溢出，有关知识溢出发生机制的证据都是间接的（赵勇，白永秀，2009）。Caniels 和 Verspagen（2001）使用中心地理论分析知识溢出，认为空间距离和知识缺口是影响知识溢出的基本因素。

知识溢出和集聚之间的逻辑关系极易理解。知识溢出的存在促进经济活动的空间集聚，空间集聚提高了经济主体交换思想以及意识到最初重要知识价值的可能性，特别是降低了科学发现和科学商业化的成本。知识溢出和集聚之间的关系不是单方面的，而是互相强化的，表现为累积循环因果关系。已有文献强调知识溢出与集聚的内生互动关系，并在模型化方面取得了进展，为深刻认识外部性与集聚的关系作出了贡献（Keely，2003；Berliant et al.，2006）。

在实际情况中还有其他因素在起作用，特别是资源承载力、投入品共享等因素导致的成本外部性在该过程中也发挥了重要的作用。需要将技术外部性与成本外部性结合起来对集聚和空间知识溢出的关系进行综合分析。

资源极化集聚的结果可能超过生态系统的负荷和自净能力，从而带来愈发严重的环境问题，因此经济要素不可能无限聚集。资源配置空间的过度集聚将面临土地使用结构调整、土地资源储备有限、建设用地规模扩大、土地后续使用量和生态空间不足的瓶颈。区域集聚带来的拥挤成本主要包括交通堵塞、空气污染、水污染、噪音、绿地面积减少等。这些拥挤成本使相关疾病和传染病增加，劳动力和土地等资源价格增加，同时使生活成本增加。随着区域人口规模扩大和文化多样性增加，群体之间的沟通日益困难、摩擦增加。受当地资源和空间的限制，聚集过程不可能无限扩张下去。当阻塞出现时，高昂的地价、交通阻塞、环境污染，将成为推动人口和产业的空间扩散与转移的离心力。空间知识溢出过程正是向心力和离心力共同作用的结果。当向心力大于离心力时，知识溢出倾向于本地收敛，溢出半径和溢出强度衰减；当离心力大于向心力时，知识溢出倾向外部扩散，溢出半径和溢出强度增加。区域集聚的技术外部性对空间知识溢出的"向心力"作用与地理临近性的作用是重叠的，同样反映在空间知识溢出强度随着地理距离的增加而呈衰减趋势。基于以上分析，针对区域集聚的成本外部性与空间知识溢出的关系，形成假设如下。

假设1：知识中心区域土地资源短缺和发展空间不足，将加速空间知识溢出的扩散过程；

假设2：知识中心区域人均公共基础设施的不足，将加速空间知识溢出的扩散过程；

假设3：知识中心区域日益严重的环境污染，将加速空间知识溢出的扩散过程。

7.4.2　地理临近性与空间知识溢出

空间知识溢出具有的局域性特征，使得经济活动的地理区位具有重要的作用。经济活动的空间集中会有效地促进空间知识溢出，空间知识溢出的作用强度呈现出随着距离增加而衰减的特征（Funke and Niebuhr，2005）。在解释空间知识溢出发生机制时，地理的临近性成为不得不考虑的影响因素。已有文献用空间计量方法证实了知识溢出空间效应的存在，溢出效应超越了行政区域的地理范围，并且这种溢出呈现出明显的距离衰减趋势（Fischer and Varga，2003；Fischer et al.，2006）。区域间的知识溢出整体上对区域创新贡献明显，但受空间交易成本影响，仅有部分知识溢出可为邻近区域所利用并使其受益（Bode，2004）。中国的区域研发、知识溢出与创新的空间计量研究证实：知识溢出存在空间局域性，地理距离仍是影响知识溢出的重要因素（吴玉鸣，2007）。以上研究针对空间知识溢出的特征，认为知识溢出对创新影响的决定因素是地理范围，溢出呈现出明显的距离衰减趋势。相应的地理临近性与空间知识溢出的关系假设如下。

假设 4：空间知识溢出强度随着地理距离的增加而呈衰减趋势。

7.4.3　吸收能力、知识缺口与空间知识溢出

知识溢出的过程是不同主体之间通过直接或间接方式进行互动、交流，并在此过程中发生的无意识的传播过程。虽然知识溢出在较近的空间范围内更容易发生，但并不排除在较大空间内传播的可能性。显性知识可以编码化、记录，以专利或书面文字等形式存在，能够通过间接的方式，在比较大的空间范围内进行传播。隐性知识难以进行编码化或记录，只能通过直接的互动和交流，在特定区域范围内通过面对面的交流和不断接触等形式进行交流传播。根据主体之间互动、交流形式的不同，知识可以通过不同途径和方式在个人和区域之间的互动过程中发生溢出，区域间的知识溢出部分源于知识人才的跨区域流动。基于知识人才流动的知识溢出与区域吸收能力（吸收以及应用科学知识）的概念是紧密联系的（Berliant et al.，2006）。区域吸收能力本身是对知识存量的一个间接衡量，知识越丰富，知识发挥作用的范围和方式就会越广，程度就会越强（郑展等，2007）。这些知识增量能发挥更大的效力并更能促进今后的知识溢出吸收。Caniels 和 Verspagen（2001）针对知识缺口是影响知识溢出基本因素的后续研究成果，证明了知识存量绝对差距（知识缺口）越小，越有利于知识的空间溢出。这一研究结论与吸收能力对空间知识溢出的影响在某种程度上存在一致性。相应的吸收能力和知识缺口与空间知识溢出的关系假设如下。

假设 5：区域吸收能力越强，越有利于空间知识的溢出；

假设 6：知识缺口绝对差距越小，越有利于空间知识的溢出。

7.4.4 空间知识溢出模型推导与变量定义

7.4.4.1 空间知识溢出的基本模型推导

依据 Caniels 和 Verspagen（2001）经典的空间知识衰减模式，i 地区接受 j 地区的知识溢出可表示为：

$$S_{ij} = \frac{\delta_i}{r_{ij}} e^{-\left(\frac{1}{\delta_i^{(k)}} G_{ij}^k - \mu_i\right)^2} \tag{7-1}$$

式中，S_{ij} 为 i 地区接受 j 地区的知识溢出，$G_{ij}^k = \frac{k_j}{k_i}$ 表示两地区的知识缺口，其中，k_j 为 j 地区人均 GDP，k_i 为 i 地区人均 GDP，δ_i 表示 i 地区的学习（吸收）能力，r_{ij} 表示两地区的空间距离，$\frac{1}{\delta_i^{(k)}}$ 为知识缺口系数，μ_i 为随机误差项。增加空间知识溢出动力/阻力影响因素，上述模型可改造为：

$$S_{ij} = \alpha_i e^{-\left(\frac{1}{\delta_i^{(k)}} G_{ij}^k - \mu_i\right)^2 + \sum_{m=1}^{M} \frac{1}{\delta_i^{(m)}} G_{ij}^m - \sum_{n=1}^{N} \frac{1}{\delta_i^{(n)}} G_{ij}^n - \beta r_{ij}} \tag{7-2}$$

其中 α_i 为固定项，$\frac{1}{\delta_i^{(k)}}$ 为知识缺口系数，$\frac{1}{\delta_i^{(m)}}$ 为空间知识溢出其他动力因素系数，$\frac{1}{\delta_i^{(n)}}$ 为空间知识溢出其他阻力因素系数，β 为空间距离系数，G_{ij}^m（$m = 1 \cdots M$）和 G_{ij}^n（$n = 1 \cdots N$）为空间知识溢出的动力/阻力因素，比如当地理质心（j）区域人口密度过大，高昂的土地成本使得人才外流，可能导致知识向周边地区（i）的加剧外溢，地理质心交通拥堵、环境污染等都可能有助于加速知识的空间溢出。依据李山和王铮（2009）对空间知识溢出模型简化和调整的思路，式（7-2）可调整为：

$$S_{ij} = \alpha_i e^{-\left(\frac{1}{\delta_i^{(k)}} G_{ij}^k\right)^2 + \sum_{m=1}^{M} \frac{1}{\delta_i^{(m)}} G_{ij}^m - \sum_{n=1}^{N} \frac{1}{\delta_i^{(n)}} G_{ij}^n - \beta r_{ij}} ,$$

取双对数模型可转化为：

$$\ln S_{ij} = \ln \alpha_i - \frac{1}{\delta_i^{(k)2}} G_{ij}^{(k)2} + \sum_{m=1}^{M} \frac{1}{\delta_i^{(m)}} G_{ij}^{(m)} - \sum_{n=1}^{N} \frac{1}{\delta_i^{(n)}} G_{ij}^{(n)} - \beta r_{ij} \tag{7-3}$$

7.4.4.2 实证模型变量定义

在文献回顾的基础之上，综合考虑空间知识溢出的各种影响因素，从空间距离、吸收能力、知识缺口、空间缺口、道路交通和环境治理等五个方面进一步将空间知识溢出基本模型细化，在式（7-3）基础上构建如下实证模型，其中，β_k，β_f，β_x，β_j，β_h，β_d 为能量回归系数。模型自变量定义见表 7-6。

$$\ln S_{ij} = \ln\alpha_i - \beta_k G_{ij}^{(k)2} + \beta_f G_{ij}^{(f)} + \beta_x G_{ji}^{(x)} + \beta_j G_{ji}^{(d)} + \beta_h G_{ji}^{(h)} - \beta_d r_{ij} \qquad (7\text{-}4)$$

表7-6 空间知识溢出模型变量定义

变量名称		定义	计算公式
自变量	空间缺口	土地成本（拥挤程度）的代理变量，地理质心与卫星城市人口密度的比值	$G_{ij}^{(f)} = \ln(\text{RKMD}_j/\text{RKMD}_i)$
	道路面积	交通基础设施的代理变量，卫星城市与地理质心之间人均道路面积的比值	$G_{ji}^{(d)} = \ln(\text{DLMJ}_i/\text{DLMJ}_j)$
	污染治理	环境污染的代理变量，卫星城市与地理质心之间三废综合治理率的比值①	$G_{ji}^{(h)} = \ln(\text{HJZL}_i/\text{HJZL}_j)$
控制变量	空间距离	卫星城市距离地理质心的直线距离（或交通距离）②	$\ln R_{ij}$
	吸收能力	卫星城市与地理质心之间人均科技教育支出的比值	$G_{ji}^{(x)} = \ln(\text{KJTR}_i/\text{KJTR}_j)$
	知识缺口	地理质心与卫星城市的知识存量差异，人均GDP表示知识存量	$G_{ij}^{(k)} = \ln(\text{GDP}_j/\text{GDP}_i)$

　　实证研究选取空间范围大小的不同以及空间的异质性，都可能使分析结论不具有可比性。中国地区经济发展水平差异明显，知识溢出的特质在东部发达地区和西部欠发达地区将会存在明显的差异。针对实证研究选取空间范围大小问题，必须引入地理质心的概念，以此度量知识溢出的空间距离。而针对空间异质性问题，有必要控制样本选择的基本属性差异。本研究选择中国经济最发达的三大"城市群"：长江三角洲、珠江三角洲和京津冀数据为样本，同时引入地理质心度量空间距离。从已有的研究来看，准确衡量知识溢出效应并不是一件容易的事情，但专利信息依然提供了知识溢出的蛛丝马迹（Jaffe et al.，2000；Bottazzi and Peri，2003）。本研究将实证模型因变量定义为每十万人中专利拥有量（以授权专利申请日期为准），变量数据来源于中国专利库数据检索系统。对2003～2007年专利授权数据进行通过聚类分析（限于篇幅，文中不再列示），提炼各个地区的知识中心，珠江三角洲表现出明显的"双核"特征，即广州和深圳两个中心，长江三角洲和京津冀的地理质心（知识中心区域）分别为"上海"和"北京"，除地理质心以外的周边城市被定义为卫星城市。三大城市群内卫星城市与地理质心空间距离如图7-1所示。

---

① "三废"综合治理率指工业固体废物、城镇生活污水和生活垃圾无害化的处理率。

② 本研究定义卫星城市仅仅是从区别地理质心的角度考虑，并无其他特殊含义。

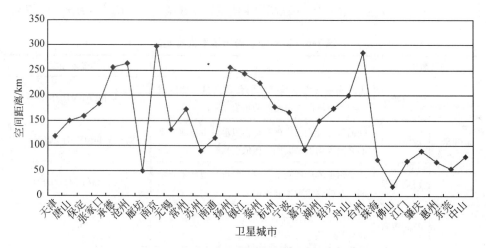

图 7-1　三大城市群内卫星城市与地理质心的空间距离分布
资料来源：全国交通里程查询系统软件

对珠江三角洲城市群进行测度时，相应的知识溢出空间距离选择距离"双中心"交通距离较近的一个为准。比如佛山距离广州的直线交通距离要短于深圳，佛山更倾向于接受来自广州的知识溢出，因此选择佛山与广州间的直线交通距离作为自变量。知识缺口、空间距离、吸收能力、发展空间、道路交通和环境治理等自变量原始数据均来自历年的《中国统计年鉴》、《中国科技统计年鉴》和《中国城市统计年鉴》。

7.4.5　空间知识溢出影响因素作用机制的实证检验

为考察自变量影响空间知识溢出过程的稳健性，实证检验同时使用逐步回归检验和总体模型检验两种方式，对 2003～2007 年三大"城市群"面板数据变截距模型建模。面板数据变截距模型根据对个体影响处理形式的不同，分为固定影响模型和随机影响模型两种。在估计"窄而长"的面板数据时，二者区别不大。但由于本研究面板数据"宽而短"，从降低回归结果不一致的风险出发，选择固定效应模型进行估计。相应的考虑到时间因素，式（7-4）转化为以下基于面板数据的实证模型：

$$\ln S_{ij,t} = \ln \alpha_{i,t} - \beta_{k,t} G_{ij,t}^{(k)2} + \beta_{f,t} G_{ij,t}^{(f)} + \beta_{x,t} G_{ji,t}^{(x)} + \beta_{d,t} G_{ji,t}^{(d)} + \beta_{h,t} G_{ji,t}^{(h)} - \beta_{d,t} r_{ij,t} + \varepsilon_{i,t}$$

$$(7\text{-}5)$$

其中，i 表示三大城市群内 29 个卫星城市，j 表示不同城市群的地理质心，$S_{ij,t}$ 表示 2003～2007 年度卫星城市专利授权数量，而其他不同年度的自变量定义同式（7-4）（表 7-7）。

表 7-7　自变量相关性检验

变量	均值	标准差	KJJL	ZSQK	TDQK	XSNL	HJZL	DLMJ
KJJL	151.93	76.89	1.000					
ZSQK	0.277 2	0.259 6	0.007	1.000				
KJQK	0.413 1	0.749 0	-0.083	-0.025	1.000			
XSNL	-0.909 1	0.530 9	-0.378	-0.160	0.261	1.000		
HJZL	-0.002 9	0.398 7	0.175	-0.258	0.001	-0.173	1.000	
DLMJ	2.465 1	0.510 1	-0.077	-0.217	0.019	0.096	0.147	1.000

　　变量相关性分析的结果显示（表 7-8）：解释变量之间总体相关性不高，结合 VIF 检验结果（均小于 2），基本可以排除解释变量之间多重共线性对回归结果的影响。

表 7-8　逐步回归检验与总体模型检验结果（固定效应）

变量	模型 1	模型 2	模型 3	模型 4	模型 5	模型 6
C	1.816 3 ***	1.918 5 ***	2.352 9 ***	1.795 1 ***	1.750 1 ***	2.336 5 ***
	(0.221 7)	(0.214 0)	(0.218 7)	(0.281 2)	(0.219 4)	(0.273 4)
KJJL	-0.000 8 *	-0.000 8 *	-0.000 6	-0.000 8 *	-0.000 7 *	0.000 4
	(0.000 5)	(0.000 4)	(0.000 5)	(0.000 5)	(0.000 5)	(0.000 5)
ZSQK	-0.364 9 **	-0.363 2 **	-0.391 9 ***	-0.373 1 **	-0.382 4 **	-0.230 1 *
	(0.155 2)	(0.148 5)	(0.144 4)	(0.158 9)	(0.158 7)	(0.155 9)
KJQK		0.165 4 ***				0.095 9 **
		(0.045 9)				(0.047 8)
XSNL			0.430 1 ***			0.363 8 ***
			(0.078 3)			(0.082 3)
DLMJ				0.018 9		0.044 1
				(0.065 2)		(0.059 9)
HJZL					-0.083 0	0.188 1
					(0.081 7)	(0.078 7)
R^2 值	0.817 5	0.830 8	0.827 0	0.814 2	0.823 6	0.845 7
调整的 R^2 值	0.807 4	0.819 9	0.815 8	0.802 1	0.812 1	0.831 0
D-W 检验值	2.081 8	2.017 7	1.637 1	2.089 8	2.059 4	1.728 0
F 值	81.363 1 ***	75.780 8 ***	73.742 2 ***	67.604 7 ***	72.010 6 ***	57.563 1 ***

　　注：＊＊＊、＊＊和＊分别代表显著性水平为 1%、5% 和 10%

1. 逐步回归模型检验结果

F 值检验值显示模型 1~5 的整体拟合效果较为理想，D-W 检验值基本上在 2 附近，表明不存在明显的自相关问题。检验结果归纳为空间距离对知识溢出的影响显著但不稳健，知识溢出的空间衰减过程，明显受区域吸收能力的阻尼，在控制吸收能力后，知识溢出空间衰减的趋势变得并不显著。知识缺口对知识溢出影响明显且稳健，表明经济发展水平接近的区域之间，知识溢出的效果更加明显，这和空间地理学相关理论是吻合的。更应引起重视的是吸收能力对空间知识溢出的影响稳定且显著，在控制其他因素不变的情况下，周边区域与中心城市之间的相对科教投入强度每提高 1%，将显著提升知识溢出绩效 0.36%，提升区域吸收能力，能够有效地阻尼知识溢出的空间衰减速度。空间缺口反映中心城市与周边区域土地成本和拥挤程度的差异，本研究发现空间缺口加大，显著提升了知识溢出的效果，中心城市与周边区域的相对拥挤程度每增加 1%，将显著加速中心区域的知识溢出绩效 0.16%。这一研究发现可以解释为中心城市人口过度集聚，带来高昂的土地成本，将加速中心区域向外的知识转移。在基础模型 1 中增加空间缺口和吸收能力变量后，模型的拟合优度（R^2 值）得到进一步改善，这从另外一个角度揭示了两个自变量对知识溢出的独立影响作用非常显著。遗憾的是，衡量环境污染和人均基础设施差异的代理变量总体上均没有通过显著性检验。

2. 总体模型检验结果

总体模型检验结果（模型 6）显示，知识缺口、发展空间和吸收能力三个变量显著性水平通过检验，空间距离、道路面积和环境治理三个变量影响不显著。检验结果与逐步回归模型保持了较好的一致性，显示整个实证过程具有很好的稳健性。空间距离不显著的原因可以通过逐步回归模型解释，即在控制周边地区吸收能力的影响后，空间距离对知识溢出的影响变得不再显著，吸收能力明显阻尼了空间知识溢出的衰减过程。进一步分析道路面积和环境治理两个影响因素不显著的原因，对原始指标数值的考察发现卫星城市的环境治理状况与中心城市并没有明显的差距。另外，环境状况也因个人感知程度不同而有所差异。尽管卫星城市人口密度较低，但基础设施建设水平与中心区域存在差距，使得作为公共基础设施代理变量的人均道路面积在两类地区之间并没有表现出明显的差异。换句话说，知识中心区域人均公共基础设施不足和环境污染问题，在卫星城市同样存在。

7.4.6 区域资源极化集聚离心机制：集聚的成本外部性

本研究以知识扩散而非要素投入作为研究视角，引入地理质心，以此度量知识溢出的空间距离，重新思考空间知识溢出的扩散过程，对空间知识溢出影响因素的作用机制进行更深入的刻画，主要实证结论汇总见表 7-9。

表 7-9　主要实证发现

变量名称		实证结论表述
自变量	空间缺口	发展空间缺口加速地理质心知识外溢显著且稳健
	道路面积	交通基础设施的相对差异，对空间知识溢出影响不显著
	污染治理	环境污染的相对差异，对空间知识溢出影响不显著
控制变量	空间距离	知识溢出强度随空间距离增加而衰减的过程显著但不稳健
	吸收能力	吸收能力阻尼知识溢出空间衰减的过程显著且稳健
	知识缺口	知识缺口绝对差距对空间知识溢出的阻尼作用显著且稳健

从资源集聚的成本外部性出发，本研究得出了一个重要的实证结论，即使用城区人口密度比值表征的发展空间缺口对空间知识溢出的作用效果显著且稳健。中心城市面临越来越严重的发展空间瓶颈，高昂的土地成本、拥堵成本正日益成为促进知识外溢的离心力量，通过鼓励多极发展模式实现创新空间的扁平化，既有利于提高土地利用效率，又拓展了知识溢出的空间渠道。

另外，通过本研究可以发现，尽管空间的接近性对于隐性知识的有效产生、传播和共享来说非常关键，地理空间特征对创新而言也非常重要，但本研究结论发现，现有研究对空间知识溢出会随着距离增加而呈现衰减趋势的强调，过度夸大了空间距离对知识溢出的影响。从城市群内中心城市空间知识溢出的过程来看，空间知识溢出发生的背后推手，不仅仅包括地理距离、知识缺口，同时还受中心城市发展空间缺口、卫星城市吸收能力差异等因素的影响。知识缺口始终是影响空间知识溢出的重要影响因素，知识缺口绝对差距越大对空间知识溢出的阻尼作用越明显。这一点在某种程度上体现了经济发展和知识流动的双向互动关系。从这个角度不难解释北京对周边地区的知识溢出效果，无法同上海在长江三角洲地区的辐射作用相比较。因此，必须通过促进跨区域合作，实现经济发展的协同性，才能缩小空间知识缺口，真正提升知识溢出水平，也只有通过差距缩小才能实现区域发展的相互沾光。实证研究的另一个重要发现是在控制周边地区吸收能力的影响后，知识溢出空间衰减的过程并不明显。企业吸收能力理论作为波特的竞争战略和竞争优势理论以及资源基础理论的发展，应用于区域创新理论同样适合。因此，得出这样的结论应该是合理的，即吸收能力将有效阻尼知识溢出空间衰减的速度，处于同样知识衰减半径的不同区域，吸收能力强的地方将获得更多的知识溢出，这些知识增量能发挥更大的效力并更能促进今后对知识溢出的吸收。

7.5 从专利合作看中国区域间的创新合作

7.5.1 地理与创新合作

7.5.1.1 地理接近性和制度环境

创新与地理接近性的关系是区域创新体系，甚至是创新理论研究的核心问题之一。也可以说，如果创新与地理接近性无关，则区域创新体系理论也不复存在。因为区域创新体系理论本质上是一种关于创新地理集聚性的理论，而地理上的接近是创新在地理上集聚的必要条件。

研究表明知识的生产、扩散和转化过程主要是在地区的边界内进行的，即地理因素对于知识的生产、扩散和转化过程起着重要的影响（Marshall，1920；Saxeinian，1996）。因为创新是一个社会经济现象，它并不是在一个企业内孤立地进行的，而是在企业与其他组织和个人（包括供应商、用户、竞争者等其他企业和个人以及大学、研究机构、政府部门等非企业组织）的合作和相互影响中完成的。一个区域内，由于地理上的接近，经过长期演化形成的特定的制度环境（包括文化、习惯、惯例、风俗、行为规范等非正式制度和特定的法律、政策等正式制度）会激励和促进这种合作和影响过程。另外，由于地理上的接近和拥有共同的制度环境，在一个区域内也经常会形成某些产业的集聚，产业上的集聚，会在区域内形成一种共同的"行业语言"。这样，地理上的接近和拥有共同的制度环境和行业语言使得创新时在区域内合作比与区域外合作相对容易，从而造成创新活动在区域内的集聚。研究还表明不论是分析型的科学知识，还是诀窍类的意会知识，都需要人与人近距离的交流才能产生最好的交流效果（Asheim and Gertler，2005）。

因此，地理接近性是通过制度环境因素影响一个区域的创新合作水平的。我们可以认为同省之间的联合专利申请数多于与省外合作的专利申请数。与此类似，我们还可以认为地理上越接近，联合专利申请便越多，即同省内的联合申请多于与邻省的联合申请，而与邻省的联合申请多于与外省合作的联合申请。

7.5.1.2 区域差异与经济科技发展水平

我们认为地理接近性对创新合作的影响会随着区域的不同而不同，即区域差异起着一种调节变量的作用。为简化分析，我们采用东部、中部和西部的划分方式。这种划分虽然是国家为了政策目的进行的，但将其作为一种调节变量来分析与创新合作的关系还是有一定的合理性的。因为区域差异背后反映的是东部、中部和西部地区在经济发展水平、科技投入水平、拥有的科技资源丰富程度等各个方面上的差异。而由于在这些条件上的差异，不同的区域在对创新合作的影响上会存在明显的差异。

一般认为，经济发展水平和科技投入水平较高、拥有较多的科技资源的地区会比经济发展水平和科技投入水平较低、科技资源较贫乏的地区对创新的需求更高，相应创新合作的水平也更高。由于东部地区在这些条件上要高于中部地区，中部地区要高于西部地区，我们预期在同等条件下，东部地区的创新合作水平高于中部地区，而中部地区要高于西部地区。因此，我们可以认为在同等条件下，东部地区的专利联合申请数要多于中部地区，而中部地区要多于西部地区。

7.5.1.3　专利类型与知识的复杂性

一般情况下，知识的复杂性越高，难度越大，越需要合作。因为合作是为了获得互补性的知识和资源，复杂度和难度较小，意味着对互补性知识和资源的需求程度较小，对合作的需求也就较小。在中国目前的专利制度下，专利分为发明、实用新型和外观设计三种类型。相对来说，发明专利的科技知识含量要高于实用新型和外观设计，且难度也较大。因此，我们认为地理接近性对创新合作水平的影响会随着专利的类型的不同而不同，创新合作与创新的难度有关。也就是说，发明专利的联合申请数要高于实用新型和外观设计。上面论述的分析框架用图 7-2 表示如下。

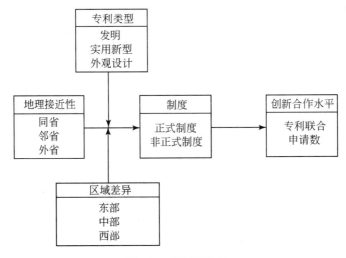

图 7-2　分析框架图

7.5.2 研究方法

7.5.2.1 数据来源

本章分析所用专利申请数的原始数据由国家知识产权局提供，数据库为"中外检索数据库系统"（CFPASS2.1）。如图7-3所示，数据的口径是已经完成初步审查，开始进入实质性审查（发明专利）或授权审查（实用新型和外观设计专利）阶段的国内专利申请数。从开始提出专利受理申请到完成初步审查的期限为18个月。与《中国科技统计年鉴》公布的专利申请受理数的口径相比，申请专利的质量更高，更能反映专利申请的真实情况。

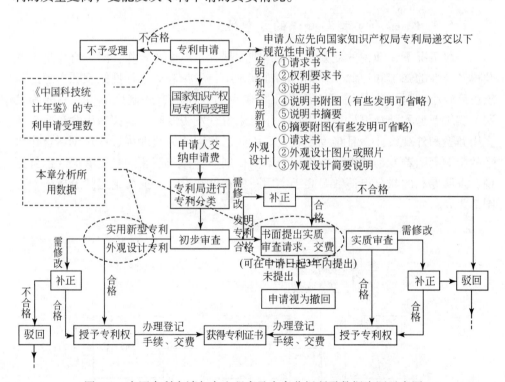

图 7-3　中国专利申请与审查程序及本章分析所需数据来源示意图

在原始数据的基础上，我们对每一项专利进行了编码、赋值和统计，得到了分省（市、自治区）、专利类型、申请人（机构）类型、联合申请和非联合申请的数据。

在编码和统计时，将两个或两个以上个人联合申请的专利编码归入个人；个人与一个机构（企业、高校和科研院所）联合申请的专利归入相应的机构，个人被忽略；个人与两个以上的机构联合申请的专利视为机构间联合申请，即职务专利联合申请，个人被忽略；除医院外，政府机关、事业单位和部队，在编码时视为无效数据；医院视同企业。

在此基础上，我们进一步对联合申请的职务专利进行了编码和赋值。为了仅反映国内企业之间的专利合作，剔除了国内企业与国外及港澳台地区机构（企业、高校和科研院所）之间联合申请的数据，在编码时作为无效数据处理。这一处理主要影响到少数外资较多的地区，其中主要是广东和江苏，并且主要是受台湾鸿海精密工业股份有限公司（鸿海集团）① 与其在广东和江苏的两家全资子公司的影响，其他省市影响不大。另外，为了分析方便，对于三个以上的单位之间的合作，编码时拆分成多个两个单位之间的合作，这样在联合专利申请的统计中，出现了重复计算，不过重复计算的量并不大，对分析结果影响较小。

7.5.2.2　数据特点

1. 总体数据

从统计结果看，2003 年，中国共有 15 万多件专利申请，其中发明、实用新型和外观设计三种类型的专利分别占 20.7%，37.6% 和 41.7%。在申请人（机构）类型上，除了个别地区外，非职务申请（个人）仍然占有非常大的比重（57.8%）；职务专利申请中企业占有绝对的比重（34.5%），大学和科研院所所占的比重很小（4.2% 和 2.5%）；在发明专利的申请上，大学和科研院所所占的比重稍高一些，但在大多数地区，仍然低于企业的比重。

从地区分布来看，经济发展水平和创新能力高的地区的专利申请水平远远高于其他地区。2003 年，全国 15 万多件的三种专利申请中，仅广东、上海、浙江、北京和江苏五个地区就占了 8.6 万多件，占全国的 56.5%。具体到发明专利、实用新型和外观设计的情况也基本相同，只是领先地区各自的特点稍有不同，如北京在发明专利申请上优势明显，广东则在实用新型和外观设计专利占有优势，上海、江苏、浙江的优势也是实用新型和外观设计，但与广东相比，在内部结构上，实用新型的比重较高。

2. 联合申请数据

（1）合作水平普遍较低。2003 年，全国 15 万多件的三种专利申请中，只有

---

①　台湾鸿海集团目前是全球最大的 PC 连接器、PC 准系统制造商。2001 年度超过台积电，至今稳居台湾民营制造商第一大宝座。2002 年超过"摩托罗拉公司"成为"中国大陆出口 200 强"第一名。从目前我们掌握的数据来看：从 2001 起鸿海集团一直占据广东和江苏全部专利申请量的一半以上，甚至占据更大的份额。另外，国家知识产权局公布的 2005 年上半年"国内企业专利申请十强"排行榜上，华为技术有限公司的专利申请总量为 1231 件，排名第二位的是鸿富锦精密工业（深圳）有限公司，第十位的是富士康（昆山）电脑接插件有限公司。

1%左右是职务联合申请；发明专利情况稍好一些，但发明专利联合申请量最高的上海和北京也分别只占各自所有发明专利申请的6.1%和5.2%。这说明如果仅从专利合作数据看，中国各地区创新合作水平普遍较低。

（2）区域内的合作多于区域外的合作。专利数据显示，同省之间的合作要远远高于与邻省和外省之间的合作。2003年，全国1672件联合专利申请中，有1083件是同省机构之间的合作，占全部的64.8%。值得注意的是，与外省之间的合作（413件）要高于与邻省之间的合作（176件），即并不是地理上越接近，创新的合作越多，这一结果为区域创新体系理论提供了实证支持。在下面的计量分析中我们还会对这一问题进行详细讨论。

（3）东部地区多于中部和西部地区。从区域分布来看，不论是同省之内的合作，还是与邻省和外省的合作，东部地区都要远远高于中部和西部地区，中部地区要高于西部地区，但差距不大。在2003年全部联合申请中，东部地区所占的份额高达81.5%，而中部和西部地区只有10.6%和7.9%。

（4）发明专利上的合作多于实用新型和外观设计。在全部1672件联合申请专利中，发明专利为1027件，占全部的比重为61.4%，是实用新型（546件，32.7%）的近两倍；外观设计专利的合作很少，只有99件，占全部的5.9%。

（5）企业与大学和科研院所间的合作高于企业之间及大学和科研院所之间的合作。企业之间的合作为449件，占全部的26.9%；企业和大学的合作为728件（43.6%）、企业和科研院所的合作为309件（18.5%），大学和科研院所之间的合作为186件（11.1%），企业与大学和科研院所的合作共有1037件，占全部的比重为62.1%，远远多于企业之间及大学和科研院所之间的合作。

（6）产学研合作中大学和科研院所起着主导作用。在企业与大学的合作中，有235件（14.1%）是以企业为主，493件（29.5%）是以大学为主的；在企业与科研院所的合作中，有122件（7.3%）以企业为主，187件（11.2%）以科研院所为主。以大学和科研院所为主的合作比以企业为主的合作高出90%，说明目前在产学研合作中，大学和科研院所起着主导作用。

3. 测度方法

因变量为专利联合申请数，代表创新合作水平。联合申请数高，创新合作水平就高；自变量中，地理接近性分解为同省内合作（缺省变量）、与邻省的合作（$Xd2$）和与外省（在行政边界上不相邻）的合作（$Xd3$）三个虚拟变量；区域分解为东部地区（缺省变量）、中部地区（$Xr2$）和西部地区（$Xr3$）三个虚拟变量；专利类型分解为发明专利（缺省变量）、实用新型和外观设计（$Xp1$）两个虚拟变量。为了简化分析，将实用新型和外观设计合并为一类。

7.5.3　研究结果

我们对创新合作水平和地理接近性、区域、专利类型之间的关系进行了多元线性回归分析。分析的结果如表 7-10 所示。

表 7-10　模型 1 主要统计性质

变量名	系　数	标准差	标准化系数	T 检验	
				T 值	显著性
Constant（常数）	8.103	0.732		11.068	0.000
Xd2（邻省）	− 3.913	1.010	− 0.199	− 3.874	0.000
Xd3（外省）	− 2.900	0.847	− 0.176	− 3.422	0.001
Xr2（中部）	− 3.304	0.954	− 0.171	− 3.465	0.001
Xr3（西部）	− 3.965	0.986	− 0.199	− 4.022	0.000
XP1（实用新型和外观设计）	− 1.489	0.755	− 0.094	− 1.972	0.049

注：$F = 9.257$；$P < 0.01$；$R = 0.324$，$R^2 = 0.105$

用数学公式可表示为：

$$Y = 8.103 - 3.913 Xd2 - 2.900 Xd3 - 3.304 Xr2 - 3.965 Xr3 - 1.489 Xp1$$

基准（缺省）情况为进入方程的变量全部取 0 时的情况，即同省、东部地区、发明专利。在基准情况下，公式变为 $Y = 8.103$，其含义是东部地区、同省内、发明专利的联合专利申请的平均数为 8.103 件。

如果相应的虚拟变量取值为 1（同组的其他变量取 0），即为该虚拟变量代表条件下的联合专利申请数的值。如东部地区、同省内、实用新型和外观设计专利的联合专利申请的平均数为 6.614（8.103 ~ 1.489）件；中部地区、同省内发明专利的联合专利申请的平均数为 4.799（8.103 ~ 3.304）件；其他情况类似。

1. 同省与邻省合作

实证的结果是：首先，同省内的合作要高于与邻省和更远的外省的合作；其次，邻省之间合作要少于与外省之间的合作，与假设 2 的判断不一致。

在基准情况下，即在东部地区同省内发生的发明专利联合申请数平均为 8.103 件，而与外省的合作为 5.203 件，与邻省的合作为 4.190 件，分别比同省内的合作低 3.913 件和 2.900 件；与外省的合作比与邻省的合作多 1.013 件。实用新型和外观设计专利的情况与发明专利一样，只是在同等条件下，专利合作数比发明专利均少 1.489 件。

2. 东中西部地区

结果说明，在区域分布上，东部地区的合作创新水平高于中部和西部地区，中部地区高于西部地区，但差距不大。在基准情况下，即在东部地区同省内发生的平均发明专利联合申请数为 8.103 件，而中部地区为 4.799 件，西部地区为 4.138 件，分别比同东部地区低 3.304 件和 3.965 件。

3. 创新的难易程度

实证结果说明，创新合作水平与专利类型有关。在基准下，即东部地区同省内的发明专利平均联合申请数比实用新型和外观设计高出 1.489 件。

7.5.4 讨论

实证结果为区域创新体系理论提供了实证支持，即地理上接近是创新活动在区域内集聚的必要条件，但不是充分条件；一个区域内由于地理上的接近，经过长期演化形成的、具有路径依赖性的社会、经济、科技、政治和文化环境才是区域创新的根本决定因素。

从专利数据来看，长江三角洲地区间的专利合作是全国相邻行政区域间合作最多的地区。2003 年，长江三角洲地区内各省市间的合作共 76 件，占长江三角洲地区三省与邻省的合作合计（90 件）的 84.4%，占长江三角洲地区三省与邻省和外省的合作合计（194 件）的 39.2%。而江苏和浙江是少数几个与邻省合作超过与外省合作中最多的两个地区（表 7-11，表 7-12）。

表 7-11　长江三角洲地区和京津冀地区三种专利联合申请情况　（单位：件）

地区	全部	同省	邻省	外省	邻省与外省合计	邻省合计	长江三角洲、京津冀
上海	432	317	38	77	115		
江苏	112	77	24	11	35	90	76
浙江	106	62	28	16	44		
北京	426	269	21	136	157		
天津	34	15	3	16	19	30	30
河北	20	5	6	9	15		

表 7-12　长江三角洲地区各省市间的三种专利联合申请情况　（单位：件）

地区	上海1	上海2	上海3	江苏1	江苏2	江苏3	浙江1	浙江2	浙江3
上海1	106	19	18	8	0	1	3	0	0
上海2	109	3	9	11	1	0	6	3	0
上海3	28	13	12	0	1	0	4	0	0
江苏1	2	8	0	19	10	10	1	2	0

续表

地区	上海1	上海2	上海3	江苏1	江苏2	江苏3	浙江1	浙江2	浙江3
江苏2	0	0	0	24	3	4	3	0	0
江苏3	0	0	0	5	1	1	0	0	0
浙江1	3	0	0	4	2	0	16	12	0
浙江2	8	5	0	0	0	0	29	1	0
浙江3	0	0	0	0	0	0	4	0	0

注：省市名称后的数字为专利申请单位类型，1代表企业，2代表大学，3代表科研院所。下同

与长江三角洲地区相比，京津冀地区间的合作要少得多（表7-13）。2003年，京津冀地区三省市间的合作只有30件，占三省与邻省和外省的合作合计（191件）的15.7%。值得注意的是：京津冀地区三省市间的30件联合专利申请也是这三个省市与邻省合作的全部，意味着在另外一个所谓的更大的跨行政经济区域——环渤海经济圈之间要形成一个真正的跨行政区域的创新体系还有很长的路要走。

表7-13　京津冀地区各省市间的三种专利联合申请情况　（单位：件）

地区	北京1	北京2	北京3	天津1	天津2	天津3	河北1	河北2	河北3
北京1	24	46	27	1	3	2	2	1	4
北京2	96	5	3	1	2	0	1	0	0
北京3	49	11	8	0	0	1	1	1	1
天津1	0	1	0	7	1	0	0	0	0
天津2	2	0	0	6	1	0	0	0	0
天津3	0	0	0	0	0	0	0	0	0
河北1	1	2	2	0	0	0	1	1	0
河北2	0	0	0	0	0	0	3	0	0
河北3	0	0	0	0	1	0	0	0	0

实证的结果显示了创新合作水平与区域分布有关。创新合作的水平为什么与区域分布有关？是什么因素决定了东部地区高于中部和西部地区？

正如在分析框架中所提出的，区域差异的影响所反映的实际上是东部、中部和西部地区在经济发展水平、科技投入水平、科技资源丰富程度等各个方面的差异对创新合作的影响。如我们用人均GDP代替东部、中部和西部三个虚拟变量重新做的回归分析显示，反映一个地区经济发展水平的人均GDP与创新合作水平呈正相关，人均GDP每增加1万元，平均专利联合申请数增加2.362件（表7-14）。

表 7-14　模型 2 主要统计性质

变量名	系数	标准差	标准化系数	T 检验	
				T 值	显著性
Constant（常数）	2.522	0.804		3.136	0.002
$Xd2$（邻省）	−4.018	0.954	−0.204	−4.211	0.000
$Xd3$（外省）	−3.128	0.799	−0.190	−3.915	0.000
$XP1$（实用新型和外观设计）	−1.513	0.713	−0.096	−2.122	0.034
人均 GDP	2.362	0.281	0.379	8.411	0.000

注：$F = 24.301$，$P < 0.01$；$R = 0.444$，$R^2 = 0.197$

　　同时，区域对创新合作的影响是这些因素共同作用的结果。有证据显示，这些方面有着非常密切的关系。我们对人均 GDP、科技活动经费筹集额占全国比重、政府科技投入占 GDP 比重、企业科技投入占销售收入比重、科技活动经费筹集额中政府投入部分与企业投入部分的比值、科技活动经费筹集额中大学和科研院所所占比重及企业销售收入中三资企业比重这些指标与三种专利联合申请数进行了相关性检验（表 7-15）。检验的结果显示，除了与科技活动经费投入结构（政府/企业）的相关性很低外，三种专利联合申请数与其他几个指标显现出明显的正相关性，并且都在 0.01 的水平上显著。

表 7-15　相关性检验结果

指标	Y	$X1$	$X2$	$X3$	$X4$	$X5$	$X6$
$X1$	0.376**						
$X2$	0.317**	0.666**					
$X3$	0.249**	0.437**	0.662**				
$X4$	0.254**	0.439**	0.694**	0.959**			
$X5$	−0.096	−0.117*	−0.360**	−0.230**	−0.276**		
$X6$	0.300**	0.565**	0.827**	0.957**	0.945**	−0.305**	
$X7$	0.287**	0.794**	0.654**	0.273**	0.312**	−0.062	0.411**

　　注：1. ＊＊为 0.01 水平上显著（2-tailed）；＊为 0.05 水平上显著（2-tailed）

　　　2. Y：三种专利联合申请数，反映一个地区创新合作的水平；

　　　　$X1$：人均国内生产总值，反映一个地区经济发展水平；

　　　　$X2$：科技活动经费筹集额占全国比重，反映一个地区的科技投入水平；

　　　　$X3$：政府科技投入占 GDP 比重，反映政府科技投入水平；

　　　　$X4$：企业科技投入占销售收入比重，反映企业科技投入水平；

　　　　$X5$：科技活动经费筹集额中政府投入部分与企业投入部分的比值，反映科技活动经费投入的结构；

　　　　$X6$：大学和科研院所科技活动经费筹集额占全国比重，反映一个地区大学和科研院所的实力；

　　　　$X7$：企业销售收入中三资企业比重，反映一个地区的外资水平值得注意的是，在几个影响因素中，除了反映外资水平的企业销售收入中的三资企业比重与科技活动经费投入结构（政府/企业）之间的相关性很低外，其余指标间的相关性都非常高，并且也几乎都在 0.01 的水平上显著。这意味着创新合作水平较高的地区，一般是经济发展水平较高的地区；而经济发展水平较高的地区，一般也有着较高的科技投入，相应政府和企业的科技投入水平也高；同时，这些地区的大学和科研院所的研究实力也较强；最后，经济发展水平较高的地区，外资水平一般也较高（图7-4，表7-16）。

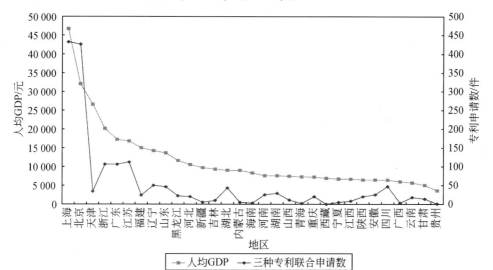

图 7-4　人均 GDP 与专利联合申请数比较

表 7-16　经济发展水平、创新合作水平与创新能力

地区	人均 GDP /元	三种专利联合申请数/件	创新能力排名	区域	地区	人均 GDP /元	三种专利联合申请数/件	创新能力排名	区域
上海	46 718	432	1	东部	河南	7 570	25	19	中部
北京	32 061	426	2	东部	湖南	7 554	29	15	中部
天津	26 532	34	7	东部	山西	7 435	11	16	中部
浙江	20 147	106	5	东部	青海	7 277	2	30	西部
广东	17 213	106	3	东部	重庆	7 209	20	10	西部
江苏	16 809	112	4	东部	西藏	6 871	0	31	西部
福建	14 979	24	9	东部	宁夏	6 691	5	28	西部
辽宁	14 258	50	8	东部	江西	6 678	8	22	中部
山东	13 661	46	6	东部	陕西	6 480	20	11	西部
黑龙江	11 615	22	14	中部	安徽	6 455	25	12	中部
河北	10 513	20	17	东部	四川	6 418	47	18	西部

续表

地区	人均 GDP /元	三种专利联合申请数/件	创新能力排名	区域	地区	人均 GDP /元	三种专利联合申请数/件	创新能力排名	区域
新疆	9 700	5	25	西部	广西	5 969	3	23	西部
吉林	9 338	10	21	中部	云南	5 662	18	29	西部
湖北	9 011	43	13	中部	甘肃	5 022	14	27	西部
内蒙古	8 975	5	20	西部	贵州	3 603	1	26	西部
海南	8 316	3	24	东部					

　　实证的结果证实创新合作水平与专利类型有关，前面对实际数据特点的分析也显示，专利联合申请中发明专利占有很大的比重，而与专利联合申请中发明专利占有绝对优势相对应的是大学和科研院所在合作中的主导地位。

　　创新合作时以谁为主，或谁起主导作用，主要与当地的科技资源特点有关。大学和科研院所力量比较丰富的地区，一般以大学和科研院所为主。如果把科研院所之间的合作也视为以大学和科研院所为主的合作的话，各地区大学和科研院所科技经费筹集额占全国的比重这一指标（用以反映当地大学和科研院所力量的水平）和以大学和科研院所为主的三种专利联合申请数这一指标之间具有非常高的相关度，图 7-5 是这两个指标间这种相关程度的直观表现。从图 7-5 中可以看

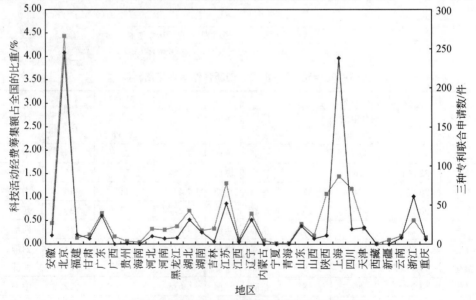

图 7-5　创新合作水平与当地科技资源特点比较

出，以大学和科研院所为主的专利联合申请数较高的地区，一般都是大学和科研院所力量比较强的地区。其中北京和上海明显是两个中心，从专利数据来看，上海对周边地区的辐射作用要比北京相对大一些（表7-17，表7-18）。

表 7-17 北京和上海三种专利联合申请结构

地区	专利联合申请数/件				占全部比重/%		
	全部	同省	邻省	外省	同省	邻省	外省
北京 1	181	97	13	71	53.6	7.2	39.2
北京 2	143	104	4	35	72.7	2.8	24.5
北京 3	102	68	4	30	66.7	3.9	29.4
北京合计	426	269	21	136	63.1	4.9	31.9
上海 1	194	143	12	39	73.7	6.2	20.1
上海 2	167	121	21	25	72.5	12.6	15.0
上海 3	71	53	5	13	74.6	7.0	18.3
上海合计	432	317	38	77	73.4	8.8	17.8

表 7-18 北京和上海三种专利联合申请情况 （单位：件）

地区	北京 1	北京 2	北京 3	上海 1	上海 2	上海 3
北京 1	24	46	27	6	32	0
北京 2	96	5	3	5	3	1
北京 3	49	11	8	2	0	0
上海 1	1	6	3	106	19	18
上海 2	0	0	1	109	3	9
上海 3	0	0	13	28	13	12

7.6 结　语

　　知识是在一个地理空间内分布的，但在一个特定的地理边界内，知识是不会均衡分布的。人口密度大和居住紧凑的城市中心，促进了人际互动，而聚集本身也会成为吸引人口和要素进一步聚集的动力。

　　然而仅把知识溢出和创新的关系以及知识溢出与集聚之间的关系看成纯粹的技术外部性问题是不全面的，相对于全面地理解知识溢出与集聚的内生互动关系来说，还需要进一步考虑成本外部性的作用。撇开地理集聚的硬约束，一味地探索知识溢出和集聚之间的循环强化的效应，存在一厢情愿的可能。中心城市面临越来越严重的发展空间瓶颈，高昂的土地成本、拥堵成本正日益成为促进创新区域扩散的离心力量。由不同功能和规模的多个城市聚合而成的城市群，正在深刻地改变着中国经济发展的空间格局。

我们的政策建议是，应通过鼓励多极发展模式实现创新空间的扁平化，既有利于提高土地利用效率，又拓展了知识溢出的空间渠道。也就是说，在区域空间力量的配置中应注意大城市配置与中小城市配置的均衡。这一点对大城市而言同样重要。它们可以通过加强与卫星城市和周边城市的网络化，提高创新能力。当然，对过于强调行政化的今天，做到这一点并不容易。

对跨区域专利合作的研究也表明，在长江三角洲城市群内，已经初步形成了区域内的城市之间有效促进知识流动与应用的制度组织，以促进区域创新，实现知识资源的空间流动和均衡配置。

第 8 章　区域创新体系中政府与市场力量的均衡

政府与市场的关系，对应着主张国家干预与自由放任两大对立的经济思潮，引发了经济学界历经几百年的争论。美国经济学家查尔斯·林德布洛姆（1992）指出："一个政府同另一个政府的最大不同，在于市场取代政府或政府取代市场的程度。"从某种意义上讲，政府与市场二者之间是此消彼长的关系，但这并不绝对，也存在二者同时强大的可能性。二者的关系复杂而多变，如何找到二者之间的平衡点，不仅是一个理论问题，更多的是一个实践问题。

随着区域创新体系理论研究和实践探索的深入，在区域创新体系的范畴内探讨政府与市场的关系成为一个新的关注焦点。Uyarra（2010）指出区域创新体系包含两个维度，一个是自下而上（Bottom-up）的维度，由区域创新的规模和学习过程决定；另一个是自上而下（Top-down）的维度，体现了特定的制度和治理机制所扮演的关键角色，应该采用演化的方法将这两个维度有机地结合。Uyarra所提出的这两个维度实际上体现了区域创新体系中政府和市场的关系问题。对于这一问题，现有的研究并没有给予很多的关注，而是主要集中于探讨政府在区域创新体系中的作用（Cooke et al.，1997），如认为政府应在基础设施、制度政策、市场环境、法制环境和文化环境等方面发挥作用。也有一些研究对不同国家之间区域创新体系中政府的行为进行了比较（Stoneman，1983；姜军，2004），如美国联邦政府采取间接干预方式，充分发挥企业作为创新主体的作用，政府仅从供给、需求和环境保障等方面实施有利于企业创新的措施；日本政府则采取直接干预方式，战后日本的大部分大型科技项目都是"政府直接干预"和"官、产、学密切联合"研究开发的成果；欧盟采取的是加强合作计划推进创新的方式。这些研究虽然指出并认同政府应该对区域创新体系进行干预，但对干预的领域、手段和程度，以及如何与市场力量相互协调来不断完善区域创新体系尚未有深入的研究。我们认为解决上述问题的一个关键难点在于理解区域创新体系中，市场和政府各自在哪些领域更具有比较优势，采用何种手段才能更好地发挥这些比较优势，从而找到二者的平衡点。

对中国而言，政府与市场机制在创新体系中的作用与平衡是现阶段政策讨论的热点。一方面，一些学者高度强调在推进创新中政府的作用。他们认为在发展中国家，由于市场力量薄弱，加上很大的开放度，企业难以承担起创新主体的作用。因此，理应强调政府的作用，通过国家的力量，集中资源进行攻关，从而实现创新能力的提高。而另一方面，也有相当多的学者指出对创新而言，最基本的力量是市场竞争。市场经济发达的地方，创新就会不断涌现。而事实也说明，在中国的南方地区，由于市场更为发达，创新的动力也更为强劲。但在不同地区，如何使政府力量与市场力量达到一种均衡是区域创新体系效率的来源。因此，我们称其为创新体系中的第五大力量均衡，且这一均衡在五大力量中起着举足轻重的作用。

8.1 区域创新体系中的市场力量：效率与市场失灵

8.1.1 区域创新体系中市场机制的效率

在区域创新体系中，企业是直接参与创新活动最主要的行为主体，根据市场需求从事技术创新和知识应用，是技术、知识创新转化成现实生产力的源泉，其目标是实现市场价值。哈耶克（1997）曾说："一个生机勃勃的社会，它的制度的基本原理是鼓励一切个体在一切可能的方向上生活。"从根本上讲，创新是企业基于利润动机的一种自发的市场化行为，企业创新以市场需求为特征，因此，在创新活动中市场要发挥基础性作用。创新经济学的研究表明，市场是目前已知的实现创新的最有效手段，市场制度是培育创新的进化系统，市场过程是创新的组织过程。一个良好的创新系统应是一个以成熟的市场机制以及相关的法律制度为基础，以企业为创新主体，以提高区域竞争力和可持续发展为目的的开放型系统。

很多学者也通过实证研究验证了上述观点，如刘迎秋和徐志祥（2006）对分布在全国 10 个省市的 82 家民营企业的自主创新进行了调查，发现市场经济制度发展快的省份，民营企业自主创新比较突出，创新的整体水平比较高，而市场化程度比较高的地区，市场竞争程度也比较激烈，产权保护也相对较好，政府干预程度则相对较弱。Hu（2001）采用中国工业企业的调查数据进行研究发现，政府对企业的 R&D 资金支持，包括直接的资金支付和补贴贷款等，对于生产效率的提高没有显著的作用，对企业进行免费的 R&D 资金赠予并不是促进中国企业实现技术创新的最佳策略。

从实践的角度，以江苏为例，其地处长江三角洲地区，具有很强的创新文化底蕴，创业活动非常活跃，民营经济近年来取得了长足发展，涌现出一大批优秀的、在全国具有较强实力和地位的企业①，成为江苏新的经济增长引擎和创新主力军。企业是江苏区域创新体系中最活跃的要素，企业活力和企业家精神是江苏创新能力提升的重要原因。我们认为如果没有创新文化和创业精神，一个国家或地区的发展就没有动力，就容易走向衰退。如果有深厚的创新文化底蕴和昂扬的创业精神，就会为发展提供源源不断的动力，就会走向兴盛。因此，我们提出假设：一个地区市场机制的发达程度对经济发展水平有正向影响。

我们分别以中国市场化指数和人均 GDP 代表不同地区的市场机制发达程度和经济发展水平，数据选取时间段为 2001～2005 年，构建如下两个面板数据模型。

模型一：固定效应模型，即 $\mathrm{GDP}_{it} = \alpha_i + \beta_1 \mathrm{market}_{it} + u_{it}$（$\alpha_i = \bar{\alpha} + \alpha_i^*$）

模型二：随机效应模型，即 $\mathrm{GDP}_{it} = \alpha_i + \beta_1 \mathrm{market}_{it} + u_{it}$（$\alpha_i = \alpha + v_i$，$v_i$ 是随机变量）

在两个模型中，GDP 均表示人均 GDP 水平，market 表示市场化指数，u 是随机扰动项，i 代表观测单元，即全国 31 个省（区、市），t 代表时间序列（2001～2005 年）。

固定效应和随机效应模型的结果如表 8-1 所示。在固定效应模型中，常数项 C 和市场化指数的估计值分别为 -6932.485 和 3472.795。在随机效应模型中，常数项 C 和市场化指数的估计值分别为 -6946.101 和 3475.246，且在两个模型中它们的 t 统计量都非常显著。两个模型估计的 R-squared 分别为 0.9704 和 0.6812，说明拟合程度非常高。Hausman 随机效应检验的结果表明固定效应模型和随机效应模型没有实质上的差异，因此我们可以得到如下结论：一个地区的市场化程度确实对经济发展水平有正向影响。

表 8-1　模型估计结果

项目	固定效应	随机效应
C	-6 932.485 *** （-6.105 059）	-6 946.101 *** （-4.411 184）
Market	3 472.795 *** （17.133 07）	3 475.246 *** （18.023 30）
R-squared	0.970 4	0.681 2
Adjusted R-squared	0.962 9	0.679 1
F-statistic	129.922 2	326.973 2
Prob（F-statistic）	0.000 0	0.000 0
DW	0.964 3	0.780 5

注：＊＊＊ $p < 0.01$，括号内为 t 检验值

① 见第 9 章。

表 8-2 列出了固定效应变系数模型的估计结果①。其中，常数项 C 的估计值为 -8600.675，且 t 统计量非常显著。除海南和贵州外，其他 29 个省（自治区、直辖市）的解释变量系数估计值都为正数且 t 统计量显著。我们将上述这 29 个省（自治区、直辖市）的市场化边际效应绘制成折线图，如图 8-1 所示。从图中可以看出，不同地区的市场化指数边际效应存在一定差异，其中，天津的市场化指数边际效应最高，为 8398.829，表明市场化指数每增加 1，人均 GDP 将增加 8398.829 元。总体来看，天津、北京以及上海、广东、浙江、福建、江苏等东部省（自治区、直辖市）的市场化指数边际效应最高，内蒙古、河北、山东、黑龙江、陕西、山西、吉林、辽宁等中部省（自治区、直辖市）的市场化指数边际效应处于中间水平，而青海、河南、新疆、重庆、广西、甘肃、四川、云南、江西、宁夏、安徽、西藏、湖南、湖北等西部省（自治区、直辖市）和个别中部省（自治区、直辖市）的市场化指数边际效应最低。

表 8-2　固定效应变系数模型估计结果

变量	系数	标准差	t 统计量	概率
C	$-8\,600.675^{***}$	803.568 2	$-10.703\,11$	0.000 0
北京	7 666.542***	554.044 7	13.837 41	0.000 0
天津	8 398.829***	715.841 4	11.732 81	0.000 0
河北	4 512.915***	920.427 6	4.903 063	0.000 0
山西	3 147.993***	683.131 3	4.608 182	0.000 0
内蒙古	4 638.641***	669.303 1	6.930 553	0.000 0
辽宁	2 835.001***	566.994 2	5.000 052	0.000 0
吉林	2 926.401***	718.411 1	4.073 435	0.000 1
黑龙江	3 474.722***	846.507 1	4.104 776	0.000 1
上海	6 093.022***	482.715 7	12.622 38	0.000 0
江苏	5 154.600***	599.946 0	8.591 773	0.000 0
浙江	5 312.336***	567.844 9	9.355 259	0.000 0
安徽	1 887.488**	724.389 2	2.605 626	0.010 7
福建	5 165.992***	1 083.482	4.767 955	0.000 0
江西	1 933.299***	614.484 0	3.146 215	0.002 2
山东	3 866.547***	536.141 2	7.211 807	0.000 0
河南	2 546.766***	617.583 0	4.123 763	0.000 1

---

① 由于截面成员个数没有达到随机效应模型估计要求，因此只能估计固定效应变系数模型。

续表

变量	系数	标准差	t 统计量	概率
湖北	1 499.169 * * *	545.619 0	2.747 648	0.007 2
湖南	1 626.552 * * *	490.530 5	3.315 905	0.001 3
广东	5 864.198 * * *	757.135 3	7.745 245	0.000 0
广西	2 173.559 * * *	756.766 7	2.872 165	0.005 0
海南	1 075.298	1 961.994	0.548 064	0.585 0
重庆	2 360.473 * * *	602.431 2	3.918 246	0.000 2
四川	2 113.562 * * *	720.614 0	2.933 002	0.004 2
贵州	1 212.442	771.965 6	1.570 590	0.119 7
云南	1 998.378 * *	901.308 1	2.217 197	0.029 0
西藏	1 659.966 * * *	620.721 2	2.674 254	0.008 8
陕西	3 401.568 * * *	995.009 0	3.418 630	0.000 9
甘肃	2 143.530 * *	881.476 1	2.431 750	0.016 9
青海	2 756.478 * '* *	887.805 8	3.104 821	0.002 5
宁夏	1 898.313 * * *	594.687 4	3.192 119	0.001 9
新疆	2 524.558 * * *	669.349 0	3.771 662	0.000 3

注：* $p<0.1$；* * $p<0.05$；* * * $p<0.01$

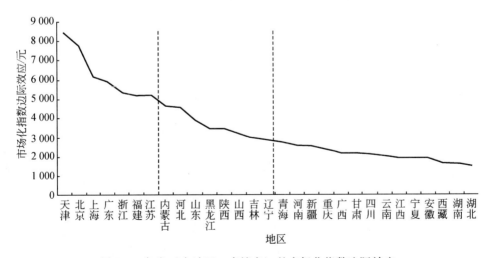

图 8-1 各省（自治区、直辖市）的市场化指数边际效应

表 8-3 列出了随机效应变系数模型的估计结果，可以看出，2001～2005 年，各省（自治区、直辖市）的解释变量系数估计值都为正数且 t 统计量显著。我们将各年的市场化指数边际效应绘制成折线图（图 8-2），结果显示，市场化指数边际效应呈现逐年上升趋势。

表 8-3　随机效应变系数模型估计结果

变量	系数	标准差	t 统计量	概率
C	5 363. 943 *	2 223. 525	2. 412 360	0. 017 1
Market-2001	820. 354 7 *	406. 899 8	2. 016 110	0. 045 6
Market-2002	959. 157 8 *	378. 272 8	2. 535 625	0. 012 3
Market-2003	1 172. 576 * * *	347. 293 0	3. 376 329	0. 000 9
Market-2004	1 459. 835 * * *	316. 306 6	4. 615 254	0. 000 0
Market-2005	1 687. 944 * * *	297. 360 8	5. 676 417	0. 000 0

注：$*p<0.05$；$* * p<0.01$；$* * * p<0.001$

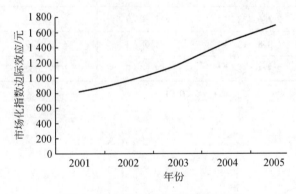

图 8-2　各年的市场化指数边际效应

8.1.2　区域创新体系中的市场失灵

尽管上述实证研究显示出市场机制会对区域经济发展水平有显著的正向影响，但这种影响效应并不能达到 100% 的水平。新古典主义经济学认为，在完全竞争条件下，市场能够在自发运行的过程中，通过自身力量的调节，达到资源的有效配置状态。但是，完全竞争只是一种理想的假设，在现实中市场对资源的配置只能起到基础性作用，并非在任何领域和任何状态下都能够充分展开。即使市场机制能够充分发挥作用，整个社会也无法达到最优的资源配置状态，即市场机制存在自身无法克服的固有的缺陷——市场失灵。区域创新体系的运行过程也存在不同的市场失灵现象，阻碍了技术创新活动中知识的创造，主要体现为以下四个方面。

1. 技术创新产品的公共性

市场失灵的主要原因之一是公共产品的存在。Samuelson（1954）指出任意一个消费者实际消费和可支配的公共产品的数量是该公共产品的总量。因此，公共产品具有两个典型的特征：一是消费的非竞争性（Non-rivalness），即增加消费者对公共产品的享用不会增加或减少任何消费者从公共产品中获得的效用；二是收益的非排他性（Non-excludability），即无法排除不为公共产品付费的消费者对公共产品的享用，消费者也不能因为不愿意享用某种公共产品而拒绝为该公共产品付费。现实中的大部分产品既不是纯公共产品，也不是私人产品，而是介于二者之间的。

技术创新活动提供的是科学技术知识产品（Romer，1990），而知识产品具有公共产品或准公共产品的性质（Nelson，1959）。知识产品的非竞争性和非排他性体现在其可以无限复制使用，与其他公共产品不同的是，对知识产品的消费不仅不会引起知识损耗，而且还有可能增加知识产出。在不存在知识产权和专利保护制度的情况下，一旦技术创新获得成功并得到应用，便很难阻止他人免费使用、复制、传播和使用知识产品的成本与知识产品的生产成本相比可以忽略不计，从而出现很多"搭便车"的使用者。因此，众多企业采取拿来主义、复制性模仿或创造性模仿这些成功率高、成本低、短期利润高的追随战略，而较少选择成功率低、成本高、长期利润高的创新式领先战略（安同良，2003），这就会造成技术创新的停滞。

2. 技术创新产品的外部性

由于知识产品公共性的存在，一个企业可以在没有市场交易的条件下无偿获得其他企业的技术创新成果，增加自身的研发资本存量，谋取利润，这种现象就是技术创新产品的外部性，也被称为外溢效应（Spillover Effect）。外部性的来源主要有四个方面（胡卫，2006）：一是专利保护过期，尽管专利为技术创新的所有者带来了知识产权保护，但专利过了保护期之后，其他企业便可以免费使用。另外，构成专利技术知识的部分信息会在专利申请书中披露，其他企业可以无偿获得这些信息用于支持本企业的技术创新活动。二是联系效应（Linkage Effect）（李平，1999），企业在与供应商或客户打交道时，可能通过业务联系从企业获得产品或工艺的技术创新知识。三是市场溢出（李正风，曾国屏，1999），技术创新企业在开拓市场的过程中可能会出现无法满足的市场需求，剩余的市场空间为其他企业进入该市场提供了机会、降低了成本。四是人员的流动，研发人员是技术创新知识的载体，人员的流动会造成技术创新知识在企业间的流动。

技术创新产品外部性的存在使得技术创新实施者的成果部分或全部被其他企业无偿使用，使得技术创新的社会收益率超过私人收益率，产生外溢差距（Spillover Gap），从而削弱了技术创新实施者的积极性，造成创新供给不足，降低了整个社会的福利水平。例如，Mansfield 等（1981）通过美国专利及技术外溢效应的实证研究发现，一个企业的技术创新成果很快就会扩散到整个行业乃至社会，使社会从其创新中获益。图 8-3 显示了美国和日本学者估算的技术创新产品私人收益率与社会收益率之间的外溢差距。

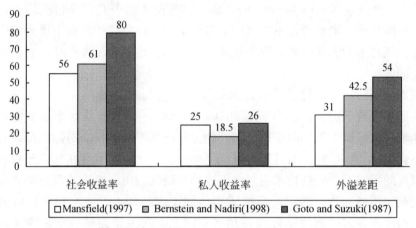

图 8-3　技术创新产品的外溢差距（单位：%）

资料来源：Mani，2002

3. 技术创新的不确定性和信息不对称

技术创新涉及探索、发现、试验、开发、模仿以及采用新产品、新工艺和新的组织结构进行新技术的商业化等一系列活动，每个环节都包含了不确定性。大体来说，可以归纳为两个方面：一方面是技术的不确定性，在技术创新活动开展之前，实施者很难预料到技术创新努力所带来的技术结果（多西等，1992）。在技术创新活动开展之后，实施者对于技术创新向什么方向发展，多长时间能够取得成功，都没有确切的把握。另一方面是市场的不确定性，技术创新活动的目的是商业化，但技术创新的成果是否能够被市场接受，是否有足够的市场容量和利润空间保证初始研发投入的回收和盈利，产品是否在生产规模化、营销定位等方面达到市场的要求，技术创新的实施者都可能没有绝对的把握。

技术创新活动的不确定性直接导致了信息不对称。一方面，技术创新的实施者和资助者之间的信息不对称限制了后者对技术创新活动的资助（安沃·沙赫，2000）。技术创新的实施者为了防止技术外溢而倾向于技术创新的信息保密，同时，技术创新的资助者为了判断投资方向和规模，降低投资风险，希望获得关于技术创新项目的详尽信息，这在二者之间形成了一个不可调和的矛盾，使得很多技术创新项目因为缺乏资助而终止。另一方面，信息不对称还限制了技术创新活动的实施者与其他企业（或主体）之间的技术交易行为。技术创新企业希望通过专利许可允许其他企业使用自身的专利进行生产，但为了防止过多的技术外溢又不愿意提供关于专利的有用信息，这使得专利所有人与使用人之间的技术交易出现阻碍。同时，专利许可的授权方需要通过监督专利使用者的产品产出量来计算特许权使用费，这种监控活动的成本很高，甚至使得监控成为不可能。因此，信息不对称在市场交易之外增加了技术创新和交易的成本。

技术创新的不确定性和信息不对称会带来技术创新企业（特别是中小企业）融资的市场失灵——麦克米伦缺口（Macmillan Gap），即中小企业在融资过程中对负债和资本的需求高于银行等金融体系愿意提供的数额所导致的融资缺口。

4. 技术创新的路径依赖与锁定

根据演化经济学的视角，技术创新系统是具有正反馈机制的随机非线性动态系统，该系统一旦为某种偶然事件所影响，就会沿着一条固定的轨迹或路径一直演化下去，即使有更好的替代方案，既定的路径也很难发生改变，这种现象被Arthur 等学者称为路径依赖（Arthur，1987，1989；David，1985）。技术创新的路径依赖是指技术发展的历史因素在决定未来的技术变迁（核心内容是技术创新）中起到了主导作用（Redding，2002）。这些历史因素包括：最初市场、技术管理、制度、规则、消费者预期等，在它们的作用之下，技术创新受到社会、经济和文化发展变化的影响，进而导致成功的创新和采用新的技术取决于现有技术的发展（Rycroft and Kash，2002）。Arthur（1987，1989）还指出采用现有技术的收益递增（造成积极的正反馈）导致创新"锁定（Lock-in）"于现有的非优的、低效率的技术，并阻止采用好的、优越的、可替换的技术，最终造成技术创新的低效率。

因此，技术的路径依赖和锁定说明技术选择的结果可能是无效的，优秀的技术在市场上可能输给一般的技术，市场表现的并不一定是"优胜劣汰"，而有可能是"劣胜优汰"，原因在于小的事件和偶然情形，都是无法人为控制和预测的。在均衡的条件下，居于支配地位的技术和解决方案并不一定是效率最优的，例如，一些成功的企业，特别是大型企业有可能把低效率的技术强加给消费者，使消费者受到损害。如果相关行业和市场持续锁定这些低效的选择，整个市场将是无效率的，这就产生了市场失灵。

综上所述，区域创新体系确实存在以上四种形式的市场失灵，这为政府干预区域创新体系提供了重要的研究基础和理论依据。学术界对这一点已经达成了共识，但是如何根据不同的市场失灵现象采取合适的政府干预手段，如何使市场机制和政府干预达到一个平衡的关系，这是值得进一步深入探讨的问题。

8.2　区域创新体系中的政府力量：干预与政府失灵

在关于区域创新体系的研究中，很多学派都指出政府对创新体系的干预具有合理性的基础。新古典经济学派认为政府不必在产业部门的技术开发、扩散及商业化过程中扮演任何角色，而只需要对大学和公共部门的基础科学研究进行支援（Arrow，1962）。新熊彼特学派将技术创新视为一个由科学、技术和市场三者相互作用构成的复杂过程，技术创新过程中的各个环节都需要政策支持（Freeman，1987，1994）。国家创新体系学派认为影响技术创新绩效的障碍除市场失灵外，还存在由于国家创新体系结构缺陷导致的系统失灵，政府的干预应基于"系统范式"建设功能完善的组织网络，提高知识、信息和资源扩散及配置效率（Lundvall，1992）。事实上，政府对国家或区域技术创新的推动作用，是通过作用于国家或区域创新体系的完善以至提升来实现的。政府对区域创新体系的干预是指政府借助各种可以借助的媒介（工具、载体、手段、方式、方法等）对创新体系产生的直接或间接的影响。但是，各个国家或地区政府干预的领域、手段和程度都不尽相同。

8.2.1　区域创新体系中的政府干预

政府干预是弥补区域创新体系市场失灵的根本手段。政府对区域创新体系的干预是与不同类型的市场失灵相对应的，当完全依靠市场机制的调节无法实现技术创新资源的最优配置及社会福利的最大化时，就需要政府根据以上不同的市场失灵情形采取恰当的手段和作用程度进行弥补。

1. "激励式"干预：政府对技术创新的激励政策

由于技术创新产品公共性与外部性的存在，技术创新的实施者无法完全独占创新成果或控制其扩散，因而在技术创新方面的投资低于社会期望水平，导致创新供给不足。除此之外，技术创新的高投入、高风险、高不确定性等属性使企业在基础研究、行业共性技术研发等领域的创新动力不足。为了克服上述市场失灵，政府会采取相应的政策工具（如税收激励、项目资助、加速研发设备的折旧等），以解决企业技术创新投入不足、激励缺失等问题。

2. "桥梁式"干预：政府对中小企业的金融政策

由于技术创新的不确定性和信息不对称的存在，很多中小企业无法在技术创新的初始阶段获得融资。政府需要扮演"桥梁"的角色，采取适当的金融政策弥补市场失灵造成的中小企业技术创新的资金约束，如间接的金融补贴、风险投资政策等。

3. "灯塔式" 干预：政府对新兴产业的扶植政策

由于技术创新的路径依赖与锁定的存在，企业或产业容易遵循已有的技术轨道发展，有时会锁定（Lock-in）于非优的、低效率的技术，从而降低技术创新的效率。作为逐利的主体，企业的 "有限视野"（Bounded Vision）（Fransman，1990）往往不能使其摆脱现有的技术发展轨道，即使它是低效率的，特别是当企业面临较大的利润压力时，管理者更容易忽视新知识的价值，除非这种价值能够来自企业正在从事的活动领域。

从区域发展的角度，按照 Furman 等（2002）的观点，一个国家的竞争优势归根到底取决于若干行业的竞争优势，而影响一个国家开发其行业竞争优势的最大和最直接的因素可分为基本要素和高级要素两类，基本要素一般是来自要素禀赋，而高级要素才是决定竞争优势的关键。因此，政府扶植与高级要素紧密相关的高技术或新兴产业对区域和国家的发展是非常重要的，而高技术或新兴产业正是使企业或产业摆脱技术创新的路径依赖与锁定的有效途径。除此之外，根据动态比较优势理论，某产业在发展中国家虽然不具备比较优势，但只要通过政策予以支持和保护，那么等该产业成长到一定规模，反而会符合未来的比较优势（Redding，1999），这说明政府对新兴产业的扶植还能够实现区域创新体系的动态比较优势，韩国的发展就是一个很好的例证。因此，在对新兴产业进行干预的过程中，政府充当了 "灯塔" 的角色。

8.2.2　区域创新体系中的政府失灵

政府本身的行为也有其内在局限性，也会存在失灵现象。市场解决不好的问题，政府也不一定能够解决好，而且政府失灵将给社会造成更大的资源浪费。在区域创新体系中，政府失灵主要体现在两个方面：

1. 内部性导致的寻租

政府是国家权力的执行机构，其并不是一个抽象的存在，而是由拥有不同利益和目的的人组成的集合。公共选择理论把经济人范式引入政府行为分析，认为政府也是由经济人组成的，这些人的行为同经济学家研究的其他人的行为没有任何不同（詹姆斯·布坎南，1989），有可能追求自身的利益而非公共利益，因此产生了政府 "内部性"。

内部性的存在使得政府可能被特殊利益集团所左右，成为特殊利益集团的代言人，而权力则成为这一集团谋求自身利益的工具。各个经济利益主体通过游说、行贿等手段，促使政府帮助其建立优势地位，获取超额利润，即出现了所谓的"寻租"现象。政府干预区域创新体系的过程，在某种程度上也为经济利益主体运用权钱交换和借助政府权力因素谋求垄断利润的寻租活动提供了前提和基础。为了维持这一与生产创新活动无关的逐利行为，社会资源被大量浪费，市场竞争的公平性被打破，从而产生严重的政府失灵。

2. 政府的行政效率受到不完全信息的天然局限

政府在干预区域创新体系的过程中，会面临不完全信息的局限性，不完全信息包括信息不对称、信息缺失、信息失真、信息滞后等多种形式。在信息不完全的情况下，政府往往不能准确地把握市场需求、预测技术发展方向，此时如果进入这些应该由市场机制发挥作用的领域，就会出现干预错误或干预过度的情况，导致市场机制发生作用的范围萎缩，损伤了市场运行效率。一般情况下会产生替代效应和挤出效应两种结果。替代效应是指由于政府在技术创新的总体支出中所占份额过高，替代了一部分私人部门的支出，从而制约了私人部门技术创新的资源配置；挤出效应是指政府公共研究支出的增加会加大对技术创新资源的边际效益，尤其是提高人力资源的边际效益，从而提高了技术创新的成本，抑制私人部门开展技术创新的积极性，并将部分私人技术创新活动排挤出去。

因此，市场失灵不是把问题转交给政府处理的充分条件，在市场"看不见的手"无法使私人的不良行为变为符合公共利益行为的地方，可能也很难构造"看得见的手"去实现这项任务（孙荣，许洁，2001）。

图8-4总结了区域创新体系中市场和政府的角色和相互关系，我们可以得出下列结论：

第一，市场与政府都不是万能的，它们都有自身的局限性，即产生市场失灵

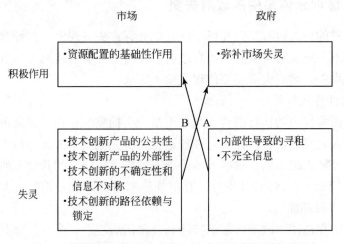

图 8-4　区域创新体系中市场和政府的角色和相互关系

和政府失灵。市场失灵主要表现为技术创新产品的公共性、技术创新产品的外部性、技术创新的不确定性和信息不对称、技术创新的路径依赖与锁定；政府失灵主要表现为内部性导致的寻租以及不完全信息。

第二，市场与政府的作用是相互补充、相互协调的。市场和政府存在各自发挥作用的范围和边界。政府对区域创新体系干预的范围和边界就是存在市场失灵的领域，也就是说，政府干预是为弥补市场失灵而存在的，因此，在图 8-4 中 A 箭头的方向显示为从左下方指向右上方；在市场机制能够正常发挥作用的领域，就应该将区域创新体系的活动让位于市场，不应该出现政府干预创新的活动，否则会出现政府失灵现象，因此，在图 8-4 中 B 箭头的方向显示为从右下方指向左上方。根据以上论述的区域创新体系中市场和政府的角色和相互关系，我们提出如表 8-4 所示的三种情形。

表 8-4　区域创新体系中市场和政府的相互关系

市场失灵的表现	巨额的投入成本，创新的巨大风险和创新成果有限的专属性限制了预期的私有收益，企业缺乏创新激励，以至于市场不能承担很多社会期望的项目	企业具有很强的动力开展技术创新活动，但由于需要较大的研发强度，中小企业往往受到资金约束	创新的风险高，导致普通企业缺乏创新激励，不愿意对该类产业进行投资。经常存在技术创新的路径依赖与锁定现象，企业的"有限视野"无法预见市场前景和潜在用户
政府干预	"激励式"干预	"桥梁式"干预	"灯塔式"干预
产业类型	复杂系统产业	大多数技术型产业	新兴产业
产业举例	基础设施、交通运输、航空航天	电子、软件、通信设备、仪器仪表	生物医药、新材料、新能源、化学

第三，市场和政府发挥作用的范围与界限会因空间的不同而发生变化。一般来讲，在经济发达的地区，对政府干预的总体需求不紧迫，市场在经济发展中起主导作用，政府起辅助性作用；在经济落后的地区，对政府干预呈现紧迫性需求，政府在经济发展中起主导作用。

既然如此，在区域创新体系中，应该如何实现市场与政府的相互补充与相互协调？换句话说，市场与政府应该如何实现一种均衡状态才能有助于区域创新体系对经济发展产生更大的推动作用？在这个过程中，政府对区域创新体系的干预形式和角色定位又是怎样的？下一节我们将采用实证研究方法部分回答上述问题，而第 9 章将以江苏为例，采用案例研究方法详细地阐述上述问题。

8.3 区域创新体系中市场力量与政府力量的关系：实证研究

8.3.1 市场力量与政府力量发挥的作用

为了探索区域创新体系中政府力量和市场力量的关系，我们首先检验政府力量和市场力量如何影响区域的经济发展。根据前两节的分析，我们认为一个地区的发展是市场力量和政府力量共同作用的结果，因此存在如下函数：

$$区域经济发展 = f（市场力量，政府力量）$$

在本书中，对市场力量和政府力量的衡量，我们参考了国内外部分著名机构发布的研究报告，包括中国经济改革研究基金会国民经济研究所出版的《中国市场化指数：各地区市场化相对进程报告》（樊纲等，2007），加拿大弗雷泽研究所出版的《世界经济自由度报告》和美国传统基金会发布的"经济自由度指数"。其中，实证研究中的大部分指标来自这三个报告。除此之外，我们还根据研究需要补充了少量指标。

8.3.1.1 对市场力量的衡量

我们主要从四个方面衡量各地区的市场化程度，即市场力量：非国有经济的贡献、要素市场的完善程度、商品交易市场的完善程度、法律保障。

1. 非国有经济的贡献

相对于国有经济主体而言，非国有经济主体在经济活动中的行为更符合市场经济的规则。非国有经济在经济活动中的比重越大，市场化程度就越高。我们采用三个分指标的加权平均数衡量非国有经济的贡献，这三个分指标为：非国有经济在工业销售收入中的比重、非国有经济在全社会固定资产投资中的比重、非国有经济就业人数占城镇就业人数的比重。

2. 要素市场的完善程度

市场力量发达的主要表现之一是具备完善的要素市场。一般来说，要素市场主要包括劳动力市场、金融市场和技术市场。由于土地市场的土地使用权数据难以收集，因此本书未考虑该项指标，而从劳动力市场、金融市场、技术市场三个方面衡量要素市场的完善程度。

对于劳动力市场，劳动力的流动性是反映其发育程度的一个重要指标，但城镇劳动力的流动和从农村到农村的劳动力流动都缺乏完整的统计。我们采用外来农村劳动力占当地城镇就业人员的比重近似反映劳动力的流动性。

对于金融市场，采用金融业的市场竞争程度和信贷资金分配的市场化程度两个分指标来衡量其发育程度。其中，金融业的市场竞争程度由非国有金融机构吸收存款占全部金融机构吸收存款的比重来衡量；信贷资金分配的市场化程度由金融机构短期贷款中向非国有经济部门贷款（包括农业贷款、乡镇企业贷款、私营企业贷款、外资企业贷款）的比重来衡量。

对于技术市场，采用各地技术市场成交额与当地科技人员数的比值来近似衡量其发育程度。

3. 商品交易市场的完善程度

由市场供求关系决定价格的机制是市场经济的核心，市场定价是市场经济的基本条件。因此，可以用商品定价自由反映商品交易市场的完善程度，包括三个分指标：社会消费品零售总额中市场定价比重、农副产品收购总额中市场定价比重、生产资料销售总额中市场定价比重。

4. 法律保障（知识产权保护）程度

市场经济必须是法制经济，法制对市场机制的保障非常重要，否则有可能出现某些经济主体侵犯其他经济主体的现象。我们通过各地区的知识产权保护情况来衡量其法律保障程度。由于无法搜集到各地区知识产权侵权案件的数据，我们只能以三种专利申请量与科技人员数的比值、三种专利授权量与科技人员数的比值来间接衡量知识产权的保护程度。这两个指标还在一定程度上反映了各地区技术市场的活跃程度。

8.3.1.2　对政府力量的衡量

我们主要从五个方面衡量各地区的政府力量：政府消费支出的比重、政府财政支出水平、政府规模、企业家和政府打交道的时间、企业税外负担。其中，前三个指标比较容易理解，反映了地方政府的总量干预，但尚不能完全说明政府对区域创新体系的干预程度，因此我们增加了企业家和政府打交道的时间、企业税外负担两个指标。

一般来说，一个廉洁、高效、运作透明的政府是市场正常运转的必要条件。如果政府机关办事效率低、规章制度和手续繁杂、政策和操作不透明，甚至某些政府工作人员滥用职权向企业和居民寻租乃至敲诈，都会给企业造成额外的负担，导致市场的扭曲。在很多地区，地方政府常常采用行政审批、控制国有企业以及给不同企业歧视性待遇等手段使企业不得不花大量时间与政府官员打交道或从政府官员那里获得优惠支持，甚至会有少数不法企业通过拉拢收买政府工作人员，在正当的市场竞争以外谋取额外的利益（樊纲等，2007）。因此我们使用企业主要管理者花在与政府部门和人员打交道的时间占其工作时间的比重这一企业抽样调查数据来近似度量政府对企业的干预程度。除此之外，中国各地的企业税率相差不大，但企业的税外负担很不相同，反映了各地政府对企业的干预程度不同。

指标列表如表8-5所示。

表8-5　市场力量和政府力量的测量指标

一级指标	二级指标	三级指标
市场力量	非国有经济的贡献	非国有经济在工业销售收入中的比重
		非国有经济在全社会固定资产投资中的比重
		非国有经济就业人数占城镇就业人数的比重
	劳动力市场的完善程度	外来农村劳动力占当地城镇就业人员的比重
	金融市场的完善程度	非国有金融机构吸收存款占全部金融机构吸收存款的比重（金融业市场竞争程度）
		金融机构短期贷款中向非国有经济部门贷款信贷的比重（信贷资金分配的市场化程度）
	技术市场的完善程度	各地技术市场成交额与当地科技人员数的比值
	商品交易市场的完善程度	社会消费品零售总额中市场定价比重
		农副产品收购总额中市场定价比重
		生产资料销售总额中市场定价比重
	知识产权保护程度	三种专利申请量与科技人员数的比值
		三种专利授权量与科技人员数的比值
政府力量	政府消费支出的比重	
	政府财政支出水平	
	政府规模	
	企业家和政府打交道的时间	
	企业税外负担	

上述测量指标的数据来源于《中国市场化指数：各地区市场化相对进程报告2006》（樊纲等，2007）和《中国统计年鉴》。我们采用31个省（自治区、直辖市）2001～2005年的数据，构成了一个面板数据。为了使各指标的得分跨年度可比，我们设定2001年为基期年份。为了消除量纲上的差异，我们采用如下方法获得指标得分：指标得分 $= [(V_i - V_{min})/(V_{max} - V_{min})] \times 10$。$V_i$ 是某个地区第 i 个指标的原始数据，V_{max} 是与所有31地区基年（2001年）第 i 个指标相对应的原始数据中数值最大的一个，V_{min} 则是最小的一个。

8.3.1.3　模型构建和实证结果

为研究需要，共构建三组实证计量模型：

$$\Delta AGDP_{i,t} = \alpha_0 + \alpha_1 FGY_{i,t} + \alpha_2 LDSC_{i,t} + \alpha_3 JRSC_{i,t} + \alpha_4 JSSC_{i,t}$$
$$+ \alpha_5 SPJY_{i,t} + \alpha_6 ZSCQ_{i,t} + \varepsilon_{i,t} \tag{8-1}$$

$$\Delta AGDP_{i,t} = \beta_0 + \beta_1 ZFXF_{i,t} + \beta_2 CZZC_{i,t} + \beta_3 ZFGM_{i,t} + \beta_4 DJD_{i,t} + \beta_5 QYSF_{i,t} + \varepsilon_{i,t} \tag{8-2}$$

$$\Delta AGDP_{it} = \lambda_0 + \lambda_1 FGY_{i,t} + \lambda_2 LDSC_{i,t} + \lambda_3 JRSC_{i,t} + \lambda_4 JSSC_{i,t} + \lambda_5 SPJY_{i,t} + \lambda_6 ZSCQ_{i,t}$$
$$+ \lambda_7 ZFXF_{i,t} + \lambda_8 CZZC_{i,t} + \lambda_9 ZFGM_{i,t} + \lambda_{10} DJD_{i,t} + \lambda_{11} QYSF_{i,t} + \varepsilon_{i,t} \tag{8-3}$$

其中：$\Delta AGDP_{i,t} = AGDP_{i,t} - AGDP_{i,t-1}$，表示第 i 个地区 t 年的人均 GDP 比 $t-1$ 年的增加值；FGY 表示非国有经济的贡献，LDSC 表示劳动力市场的完善程度；JRSC 表示金融市场的完善程度；JSSC 表示技术市场的完善程度；SPJY 表示商品交易市场的完善程度；ZSCQ 表示知识产权保护程度；ZFXF 表示政府消费支出的比重；CZZC 表示政府财政支出水平；ZFGM 表示政府规模；DJD 表示企业家和政府打交道的时间；QYSF 表示企业的税外负担。

各个变量的描述统计如表 8-6 所示。

表 8-6　变量的描述统计

变量	均值	标准差	变量	均值	标准差
AGDP	2. 745 1	2. 748 7	ZSCQ	3. 203 8	4. 465 6
FGY	5. 610 1	3. 005 9	ZFXF	5. 137 7	2. 942 7
LDSC	3. 302 7	2. 764 2	CZZC	4. 110 5	3. 083 2
JRSC	5. 735 7	2. 376 9	ZFGM	5. 150 0	3. 394 6
JSSC	4. 176 2	4. 270 7	DJD	4. 190 5	2. 546 0
SPJY	6. 830 9	2. 298 8	QYSF	9. 732 6	3. 649 0

根据对个体影响处理形式的不同，面板数据变截距模型分为固定影响模型和随机影响模型两种。在估计"窄而长"的面板数据时，二者区别不大。但由于本研究面板数据"宽而短"，从降低回归结果不一致的风险出发，选择固定效应模型进行估计。三个模型均以人均 GDP 的增加值为因变量，模型 1 仅考虑了市场力量的影响；模型 2 仅考虑了政府力量的影响；模型 3 则考虑了市场力量和政府力量的综合影响。结果如表 8-7 所示。

表 8-7　模型检验结果

项目	模型 1	模型 2	模型 3
非国有经济贡献	0.034 0***		0.048 8***
金融市场完善程度	0.028 9**		−0.027 5*
劳动力市场完善程度	−0.021 7**		−0.010 4
技术市场完善程度	0.027 9***		0.035 1***
商品交易市场完善程度	−0.003 5		0.001 9
知识产权保护	0.016 1+		0.006 8
政府消费支出比重		−0.010 2*	−0.004 2
政府财政支出水平		0.033 0***	0.014 1+
政府规模		−0.027 9***	−0.040 1***
企业家和政府打交道的时间		0.033 2***	0.013 7*
企业税外负担		0.035 2***	0.031 2***
R^2 值	0.712 1	0.767 0	0.899 1
D-W 检验值	1.223 6	1.215 0	1.568 4
F 值	56.394 9	90.547 5	92.626 5

注：*** $p<0.001$，** $p<0.01$，* $p<0.05$，+ $p<0.1$

从表 8-7 可以看出，三个模型的效果都较好，但是模型 3 的效果优于模型 1 和模型 2。在模型 1 中，非国有经济的贡献、金融市场完善程度、技术市场完善程度、知识产权保护都对人均 GDP 的增加值有显著的正向影响。但由于加入了政府力量的相关变量，在模型 3 中，金融市场完善程度和知识产权保护的影响被削弱，对人均 GDP 的增加值不再有显著的正向影响。类似地，在模型 2 中，政府消费支出比重和政府规模对人均 GDP 的增加值有显著的负向影响，而政府财政支出、企业家和政府打交道的实践、企业税外负担则对人均 GDP 的增加值有显著的正向影响。但由于加入了市场力量的相关变量，在模型 3 中，政府消费支出比重的影响被削弱，对人均 GDP 的增加值不再有显著的负向影响，而其他四个变量的影响依然显著，而且方向没有变化。总体来看，非国有经济贡献、技术市场完善程度、政府财政支出、企业家和政府打交道时间、企业税外负担对人均 GDP 的增加值有显著的正向影响，也就是说区域的经济增长更容易受这些因素的影响；而政府规模对人均 GDP 的增加值有显著的负向影响，说明地方政府的规模大，对区域的经济增长反而会起抑制作用。

实证结果还表明，市场力量和政府力量均会对区域的经济发展产生影响。以市场力量为例，非国有经济的贡献会对区域经济增长产生显著的正向影响，这在本章第 1 节中已经得到验证。以政府力量为例，政府财政支出虽然反映了一种直接干预手段，但是地方政府对区域创新体系的资金支持确实是必不可少的，尤其是对于面临经济快速增长的发展中国家。我们在第 10 章也会说明，只有具备较好的经济基础和充裕资金的省份才更有可能优先发展战略新兴产业，解决市场失灵带来的瓶颈，以促进区域创新能力的提升。企业家和政府打交道的时间往往容易被认为会对区域经济发展产生负向影响，因为在中国很多地区，地方政府集中了大量的资源和权力，企业需要花费更多的时间与政府打交道，这会增加企业通过不正当竞争手段谋取额外利益的机会。而实证结果说明，企业家和政府打交道的时间对区域经济发展的影响可能是正向的，因为这可以预示着在一个高效透明的政府环境下，企业和政府有更多的紧密联系，有更好的官产合作，这种联系和合作可以使政府以更敏锐的视觉把握市场，促进战略新兴产业的发展；这种联系和合作也可能使政府在企业发展初期以风险投资方式介入，这些问题在第 10 章和第 11 章还会详细提到。因此，我们可以得出这样的结论，区域创新体系中的市场力量和政府力量均可以发挥作用，关键的问题是要准确地把握市场和政府发挥作用的范围、手段和程度，使市场和政府各司其职，这样才能更好地促进区域创新体系的发展。

8.3.2　市场力量与政府力量的关系

根据以上的分析，我们将市场力量和政府力量作为两个基本维度，形成如图 8-5 所示的四个象限。

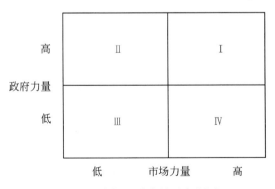

图 8-5　市场 – 政府关系象限图

在第 I 象限中，市场机制能够充分发挥资源配置的基础作用，从而提高市场效率；同时，政府也能很好地弥补市场失灵和市场机制相互协调，这种情形是最理想的状态。

在第 II 象限中，市场发育不充分，强政府和弱市场的格局容易导致政府失灵的出现。政府角色错位，自身的组织制度存在缺陷与市场运行机制相冲突，容易产生低效率和寻租活动。

在第Ⅲ象限中，一方面，地方政府不能制定有效的政策保证其得到实施和贯彻，缺乏发动能力，不能解决公共产品的瓶颈；另一方面，当地市场发育迟缓，缺乏企业活力和市场机制的高效率。政府力量和市场力量的缺失容易形成一种恶性循环。

在第Ⅳ象限中，市场能够充分发挥对资源配置的基础性作用，政府力量的某些方面能够适应市场化进程中的基本需要，但其他方面的不平衡性容易影响地区发展的后劲和可持续性。

我们采用与上一实证研究相同的测量指标，同时，各个测量指标采用2003～2005年3年数据的平均值，将全国31个省（区、市）按照市场力量和政府力量两个维度分类。

我们采用主成分定义样本之间的距离，将11个变量引入聚类分析。方差分析的结果表明，除政府消费变量外，其他类别之间距离差异的概率值均小于0.001，聚类效果很好，如表8-8所示。根据聚类的结果，31个省（区、市）被划分为四类，图8-6列出了相应的结果。

表8-8 聚类方差分析结果

项目	聚类		误差		F	显著性
	均方	自由度	均方	自由度		
政府消费支出比重	9.188	3	2.456	27	3.742	0.023
政府财政支出水平	57.861	3	5.508	27	10.505	0.000
企业家和政府打交道的时间	30.880	3	2.539	27	12.163	0.000
企业负担	19.601	3	0.858	27	22.844	0.000
政府规模	47.546	3	6.214	27	7.652	0.001
非国有经济贡献	60.805	3	2.256	27	26.948	0.000
金融市场完善程度	32.914	3	1.544	27	21.319	0.000
劳动力市场完善程度	41.568	3	5.453	27	7.622	0.001
技术市场完善程度	136.731	3	9.370	27	14.593	0.000
商品交易市场完善程度	24.411	3	2.647	27	9.220	0.000
知识产权保护程度	247.429	3	1.850	27	133.781	0.000

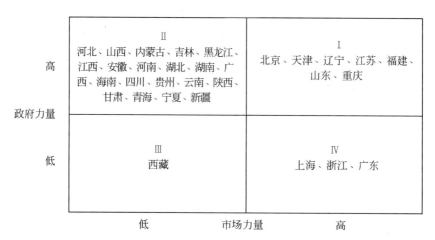

图 8-6　各省（自治区、直辖市）政府能力和市场化程度聚类分析结果

图 8-6 的结果显示，北京、天津、辽宁、江苏、福建、山东、重庆七个省市位于第 I 象限，表明这些省市的市场力量和政府力量均比较强。河北、山西、内蒙古、吉林、黑龙江、江西、安徽、河南、湖北、湖南、广西、海南、四川、贵州、云南、陕西、甘肃、青海、宁夏、新疆 20 个省（区、市）位于第 II 象限，这些地区均属于中西部省（自治区、直辖市），政府力量较强，但是市场机制不够发达，从而会影响到这些地区的效率。位于第 III 象限的只有西藏自治区，市场力量和政府力量均比较薄弱，属于经济发展的落后地区。最后，上海、浙江、广东三个省市位于第 IV 象限，很明显，这三个地区是中国市场经济最发达的地区，充分地强调市场竞争和资源配置的基础性作用。但也可以发现，这三个地区与第 I 象限的省市相比，特别是与江苏相比，创新的后劲略显不足。

8.4　结　语

结合本章的理论分析部分，我们认为对于区域创新体系的建设和发展，特别是发展中国家的区域创新体系，仅强调政府的干预或者仅强调市场竞争和市场机制的效率都有失偏颇，市场和政府本身都具有各自的优势，也都存在不可回避的失灵问题，二者必然要相互协调、共同演化，才能促进区域创新休系的发展。我们既提倡依靠市场机制鼓励企业成为创新的主体，也主张政府在合适的领域弥补市场失灵。但其中最关键的问题是如何把握市场和政府发挥作用的范围、手段和程度，也就是说，市场和政府在哪些方面更具备比较优势；在各自发挥作用的领域，针对不同的问题采取哪些手段更为有效；发挥作用的力度应该在多大程度上是合适的。位于图 8-6 中第 I 象限的 7 个省市都为回答上述问题提供了很好的依托和参照。在接下来的三章，我们将主要以江苏为例来分析区域创新体系的市场力量和制度能力，即如何通过市场机制以及有效的制度、方法和政策促进区域创新体系的发展。

第9章　江苏区域创新中的市场力量和能力基础

市场体系作为目前最为有效的一种经济模式，为人类的文明作出了重要贡献。中国在邓小平的引导下走上了社会主义市场经济的道路，使中国从一个穷国成长为一个在 2010 年 GDP 仅次于美国的国家。但尽管中国已经成为一个经济的大国，但在创新中中国还远非如此。中国的许多经济成绩是靠大规模的投资、过度开发资源、利用廉价劳动力获得的。因此，中国市场经济体系的建设，远没有完成。

从中国发展的历史看，南方地区是中国最发达的地区，也是市场经济最发达的地区，如广东、江苏、上海、浙江等。这从一个角度说明，虽然市场经济在推动创新层面上存在缺陷，但它是目前而言推动创新最好的制度。江苏能够成为中国区域创新能力报告中的第一名，得益于其市场体系的不断完善。当然，江苏的市场经济观念，有着历史的渊源。江苏的创业，带着明显的历史烙印。但江苏的市场经济体系的建设，并非是不可复制的。在本章，我们将分析市场力量对江苏创新要素的推动作用。同时，我们也会对江苏区域的创新能力基础作一个分析。

9.1　江苏创新体系的形成

9.1.1　历史的积淀

江苏地处中国东部沿海地区，境内河流密布、湖泊众多，水面面积 1.73 万平方公里，占全省总面积的 16.8%，素有"鱼米之乡"之称，其社会和经济拥有着雄厚的基础。清代时，其田赋和税收分别占全国的 3/10 和 7/10，是富甲之地（龚浔泽，2008）。公元 14～17 世纪中叶以后，苏州成为全国最繁华的工商业都会，苏州、松江和南京等地，成为中国资本主义萌芽的发祥地。江苏的手工业、商业、交通运输业的发展为中国资本主义萌芽的发展奠定了基础。清代时，手工业主要包括丝织业、棉织业和印染业。以丝织业为例，官营的 3 个丝织业中江宁和苏州两个属于江苏境内，且规模甚大。除官营之外，民间的丝织手工业作坊更加普遍。以南京为例，"乾、嘉间机以三万余计"（出自《上江两县志》），从而有了专业的分工。另外当时的造船业也十分发达，可以建造各式各样的船只。

在经历了19世纪40年代的鸦片战争后，洋务运动得以发展。此时的江苏地区采用西方技术，先后兴办了一批官办的近代军事工业和民用工业，同时太平天国运动也为江苏带来先进的近代工业。1865年金陵机器局在上海洋炮局迁至苏州的基础上扩建而成，落户南京；1883年成立了徐州利国矿务局；1896年无锡业勤纱厂开工；1897年苏州苏纶纱厂开工；1899年南通大生纱厂投产。江苏的工业基础初步建立，形成了重工业和轻工业共同发展的格局。

清末，企业总数达到118家，总资本达到了1518.1万元，工业发展进一步加强，行业也从原来的以纺织业为主发展到包括矿业、机械和水电在内的多个行业，但轻工业仍占主导地位（见表9-1）。

表9-1　晚清江苏各区域工业结构比较（1882～1911年）

项目	苏南				苏中				苏北			
工业部门	企业数/个	占总数百分比/%	资本/万元	占总数百分比/%	企业数/个	占总数百分比/%	资本/万元	占总数百分比/%	企业数/个	占总数百分比/%	资本/万元	占总数百分比/%
建材	1	1.2	2.0	0.2					1	9.1	140	36.6
粮食	13	15.4	91	10.1	9	39.1	54.8	23.7	5	45.5	134.4	35.2
矿业	2	2.4	18.1	2					2	18.1	101.0	26.4
纺织	51	60.1	576.8	63.6	4	17.4	128.7	55.6	2	18.2	2.5	0.7
水电	9	10.7	176.0	19.5	1	4.3	10.0	4				
机械	1	1.2	0.3	0.03	1	4.3	7	3				
其他	7	8.3	40.4	4.5	8	34.8	30.9	13.4	1	9.1	4.2	1
合计	84	100	904.6	100	23	100	231.4	100	11	100	382.1	100

　　资料来源：根据杜恂诚《民族资本主义与中国政府附表》上海社会科学院出版社1992年版和孙毓棠《中国近代工业史资料》科学出版社1958年版部分地方史志编制

民国前期，电业发展起来了，成为当时江苏工业的重要组成部分之一；同期，苏南也发展起了以面粉业为代表的农产品加工业，也构成了江苏工业的一个重要组成部分。根据国民政府实业部国际贸易局的调查，1932年江苏工业资本中，外国资本占2.3%，官僚资本占17.4%，民族资本占80.3%（桑学成，彭安玉，1999）。民国后期时，企业数达到了5762家，资本达到6953.9万元，这充分表明江苏工业在新中国成立前就具有相当大的规模（表9-2）①。

表 9-2　民国后期江苏工业结构比较（1912～1927 年）

项目	苏南				苏中				苏北			
工业部门	企业数/个	占总数百分比/%	资本/万元	占总数百分比/%	企业数/个	占总数百分比/%	资本/万元	占总数百分比/%	企业数/个	占总数百分比/%	资本/万元	占总数百分比/%
纺织	329	16.7	2 190.6	45.9	28	10.5	1 348.3	78.2	5	0.4	2.1	4.5
粮食②	963	48.8	656.2	13.8	2 455	91.7	190.3	11	955	85.9	179.9	39.2
矿业	6	0.3	57	1.2					4	0.4	200	43.5
水电	86	4.4	1 234.9	26	35	1.3	145	8.4	7	0.6	62.6	13.6
机械	116	5.9	58.9	1.2	7	0.3	26.3	1.5			0.4	0.1
化学	46	2.3	265.9	5.6	3	0.1	6.9	0.4	11	0.9	5.5	1.2
其他	429	21.7	304.7	6.4	147	5.4	7.4	0.05	123	11.1	11	2.4
合计	1 975	100	4 768.2	100	2 675	100	1 724.2	100	1 112	100	461.5	100

资料来源：转自王国平，姜新，2004

9.1.2　苏南模式的崛起

改革开放以来，在一些国有企业原本不发达的地区，出现了许多新工业企业的所有模式，为一些地区的工业化注入了新的活力，如浙江的手工业、私营企业。江苏则发展了独特的"苏南模式"③。在这一时期，江苏农民巧妙地利用了计划经济体制所让出的市场调节的一块，不是拾遗补漏，就是与城市工业配套。他们利用劳动密集、成本低廉的优势，通过灵活的经营手段，在非规范性的市场操作中为乡镇工业企业的发展寻得了一席之地，进而演变成了后来所称的"苏南模式"。

"苏南模式"最早是由著名的社会学家费孝通提出的，其最初是指在中国体制转轨的大背景下，苏南地区农民通过集体办工业的形式来发展集体所有制乡镇企业的农村经济现象。而在渐进式的改革开放大背景中，通过政府的强力干预，这种模式得到了淋漓尽致的发挥。传统"苏南模式"的内涵和本质特征：一是企业的产权以集体（社区）所有制为主。苏南大部分乡镇企业的创业资本源自

---

① 以上内容主要是根据王国平和姜新的《略论近代江苏区域工业结构差异》总结。

② 粮食加工业中包括部分手工业作坊。

③ 以下关于"苏南模式"的概括来自于2006年于晓菲在兰州大学所作的硕士论文《"苏南模式"的制度变迁、制度创新分析及对中国西部经济发展的启示》。

社区范围内的集体投入，其所有制的基本属性便是以社区政府为代表的集体经济。二是以乡镇企业为主，包括村办企业，他们大部分实行集体所有制。三是企业的创办以基层政府行政推动为主，经济运行机制以市场导向为主。苏南乡镇企业是由镇、村两级党政组织直接策划与创办的，并根据市场导向进行商品生产。

江苏乡镇工业企业的快速成长可通过它们的数目、从业人员以及产值的迅速增长来体现。在 1984～1988 年的五年时间里，全省乡镇工业单位数从 68 002 个增加到了 104 900 个，增长了 54.26%；从业人员从 435.46 万人增加到了 632.41 万人，增长了 45.23%；乡镇工业总产值从 231.02 亿元增加到了 980.79 亿元，增长了 324.55%，年平均增长率为 34.22%。由此，乡镇工业在江苏农村经济和全省国民经济中的地位进一步提高。1988 年，全省乡镇工业总产值分别占全省农村社会总产值和全省工业总产值的 57.6% 和 45.6%，分别比 1984 年上升了 16.1% 和 14.6%。1988 年，全省乡村两级乡镇工业企业实缴税金 30.29 亿元，比 1987 年增长了 37.43%，占当年省财政收入的 26.22%；实现利润总额 29.45 亿元，比 1987 年增长了 47.03%；全部流动资金周转天数比 1987 年加快了 20 天，亏损企业比 1987 年下降了 15.19%。

这一时期的乡镇工业之所以取得成功，主要归功于以下几个方面：第一，经营机制灵活，可以运用国有企业所不具备的用人机制、报酬手段和交易手段，在与国有经济的竞争或交易中获得原料、人才和市场；第二，成本低廉，农业剩余劳动力具有边际成本为零的特征，而乡镇工业企业所选择的恰恰主要是劳动密集型产品，所以与国营企业相比，具有很强的成本与价格优势；第三，"船小好掉头"的小规模经营优势，尽管这并不利于乡镇工业企业的长远发展，但是这种典型的市场机会主义行为确实在 20 世纪 80 年代成了江苏乡镇工业企业的成功法宝之一；第四，集体所有制的制度特征，这是"苏南模式"的灵魂所在，它使得江苏乡镇工业企业与农村地方政府的利益息息相关，因而能够最大限度地得到社区政府的支持，同时也正是由于这种利益关系所催生出的乡镇工业企业的体制与制度安排，导致了江苏乡镇工业企业在发展到一定阶段以后出现了制度障碍，从而不得不进行管理体制、企业制度以及产权制度的改革。

20 世纪 90 年代是江苏乡镇工业企业全面调整的阶段。"苏南模式"存在着一些弊端，突出的至少有三点：其一，过于强调乡镇企业"集体为主"，特别是这个"为主"曾被一味推崇到"唯一"的地步，便导致在实践工作中长期排斥个体私营企业的发展，要求已有的个体和私营企业也得戴上集体的"红帽子"。其二，从原人民公社框架脱胎而来的乡办乡有、村办村有的集体企业，财产关系模糊、产权界定不清，乡镇政府直接参与企业的经营决策，使乡镇企业的"政企不分"更甚于国有企业。这虽然有利于在当时社区范围内协调工农利益矛盾，进而支撑农业的稳定发展，但却制约了企业活力，加重了企业的社会负担，特别是强化了以乡村社区为范围的"块块经济"，阻碍了企业在较大区域内实施统一的产业政策，因而形成"小、散、乱"的企业布局，且产品产业结构低水平重复的弊端变本加厉。其三，依靠乡镇企业的"贡献"搞起来的小城镇建设也只能局限在本社区内进行，分散化、无序化的布局阻碍了中心镇、小城市的发育成长，这也是社区办企业的必然逻辑；而"块自为战"的结果，给苏南中心城市增添了无形的"围墙"压力，进而影响到城乡经济的优势互补和协调发展（顾松年，2009）。

在严重困境的压力下，素有改革创新传统的"苏南模式"以思想的进一步解放和认定市场经济的改革方向，迈开了改革重构微观基础的大步，即冲破"集体为主"所有制框框的束缚，放手实施乡镇企业产权制度的大面积改革改制。大中型企业大多转制为股份合作制或有限责任公司，中小企业除转制为股份合作制或有限责任公司外，多数通过拍卖或转让，改制为私营企业。乡镇企业的"老板"就由原来乡镇政府担当转换为由产权所有者的代表或私营企业主自主负责。

"苏南模式"以重构市场经济的微观基础而显现其新的机制活力，这不仅带来多元化混合所有制经济的长足发展和多种所有制企业百舸争流，而且在促进城乡工业经济互动发展上显现了其扩散放大的积极效应。"苏南模式"由乡办乡有、村办村有的所有制格局决定，以工业为主的乡村企业都是在乡村社区内实现投资，且都是为本社区创造劳动就业、增加农民收入而创办的。与此相应，也就必然实行以乡村社区为范围的封闭或半封闭的行政管理体制。形成于这一体制框架下的"苏南模式"，实际上是由一块块在乡镇政府主导下的社区经济组合而成的模式。它的最大的深层弊端就是带来块块分割、重复建设，阻碍城乡资源配置的市场化，尤其是它放慢了城乡经济"突破二元、走向一体"的转型步伐。因此，在乡镇企业产权制度的自我突破的带动下，苏南农村各业首先是在工业布局和产业结构的调整上跨出了一大步，原来乡办乡有、村办村有的"社区经济"也随之突破。乡镇企业的全面改制以及产权关系的明晰化，使得乡镇政府对企业的无限责任得以解除，迫使政府不得不改变以往直接干预企业，包括向企业无度索取等行为，跨出了政企分开的步子。这样，便从管理制度上突破了乡镇企业在行政区划内自我封闭的"块块化"发展格局，企业得以以市场为导向，或进城或跨地区，向城镇乃至大中型城市园区集聚。这不仅实现了苏南工业从城乡分块发展向城乡联动发展的转变，而且也在某种程度上催化了苏南大中型城市建设从"关门造城"到城乡互动发展"造城"的逐步转型（顾松年，2009）。

1989 年 9 月，中共十三届三中全会提出"治理经济环境，整顿经济秩序，全面深化改革"的发展国民经济的新方针，对污染严重、产品质次价高、原材料无来源、严重亏损的企业进行调整、整顿，加上市场竞争的自然淘汰，到 1989 年，全省乡镇工业企业数目为 103 841 家，1991 年进一步下降为 93 903 家，1991 年比 1988 年减少了 10 997 家，减少了 10.48%；1989 年乡镇工业企业的从业人数为 600.15 万人，比 1988 年减少 32.26 万人，减少了 5.1%；1989 年乡镇工业产值达到 1113.84 亿元，比 1988 年增长了 13.57%，大大低于 1984～1988 年的年平均增长率（34.22%）。但这一阶段中乡镇企业的规模进一步扩大。1988 年末，江苏每个乡镇工业企业的固定资产原值平均为 21.6 万元，1991 年上升为 39.5 万元，上升了 82.87%；同期平均每个乡镇工业企业的产值由 93.5 万元上升为 156.3 万元，上升了 67.17%。

1993 年 11 月起，宏观经济的紧缩政策开始实施。于是，江苏的乡镇工业步入了全面调整的困难阶段。在总需求受到遏制、市场日趋疲软、竞争日益激烈的情况下，江苏乡镇工业企业竞争力不足的问题越来越成为制约其进一步发展的严重障碍。

1994～1996 年，江苏乡镇工业企业数目从 98 916 个减少为 91 138 个，减少了 7778 个；从业人员由 603.01 万人减少为 536.16 万人，减少了 66.85 万人，乡镇工业产值年平均增长率为 8.52%，远低于 1984～1988 年 34.22% 的增长水平，并且表现出了震荡性增长的特征。但这一时期，乡镇工业在全省工业总产值中的比重仍然有所上升，1995 年这一比重高达 78.5%。同时也表现出规模上扩张的趋势：1994～1997 年，乡镇工业平均每个企业的年末固定资产原值从 107.5 万元上升为 216.8 万元，增长了 101.67%。同时，平均每个企业的年工业产值也从 616.6 万元上升为 1009 万元，增长了 63.64%。1997 年平均每个企业的固定资产原值是 1993 年的 2.79 倍，平均每个企业的年工业产值是 1993 年的 2.38 倍。

1994 年，江苏乡镇企业在全国乡镇企业中的地位是总产值占全国的 1/6，工业总产值占全国的 1/5，出口创汇占全国的 1/4，上缴税金占全国的 1/11，固定资产原值占全国的 1/3，具有明显的领先地位。政策鼓励及苏南乡镇企业的巨大成功带来了极强的示范效应，饱受贫困落后之苦的广大农村干部和农民看到了共同富裕的希望，苏南的发展道路被视为一种成功模式在许多地区推广。然而好景不长，正当"苏南模式"在农村经济增长和社会发展方面创造的奇迹备受世人瞩目的时候，它却开始走上了下坡路。1996 年，苏南工业产值为 3849.38 亿元，比 1995 年下降了 827.85 亿元，降幅达 17.70%，且这一态势在 1997 年仍无转机。

江苏乡镇企业经过产权的改制，转变为私营或民营企业。但江苏乡镇企业对江苏工业化的贡献是不可磨灭的[①]。如今，翻看江苏前 100 强私营企业名单，其中超过半数都是由乡镇企业转制而来，位居前列的华西集团、阳光集团、红豆集团都清一色是过去的"红帽子企业"，这更加证明了"没有过去的乡镇企业，就没有今天的江苏民营经济"的说法。截至 1997 年年底，全省个体工商户已发展到 136.4 万户，从业人员 234.8 万人，注册资本 114.5 亿元，分别是 1987 年的 1.6 倍、1.95 倍和 10.1 倍。在个体工商户基础上发展起来的私营企业达 69 943 户，从业人员 80 万人，注册资本 322 亿元。1997 年全省个体私营经济实现总产值 461.9 亿元，社会商品零售额 621.6 亿元，全年实现增加值 189.3 亿元，纳税 40.5 亿元，个体私营经济开始成为江苏国民经济的一支重要力量。据统计，2002 年底，江苏私营企业的从业人员达 295.6 万人，注册资金 2170.8 亿元，创造产值 2180.4 亿元，个体私营经济占 GDP 的比重已达 28.4%。个体私营经济逐步成为国民经济新增长点中的亮点。2008 年江苏 GDP 突破 3 万亿元，民营经济更是超过 1.5 万亿元，占 GDP 的比重达到 51.3%，是全省经济的重要组成部分。

9.1.3　市场经济与江苏创业

企业是自主创新的主体，区域经济的提升和竞争力的增强，关键是要强化区域内企业自主创新的主体地位，从而全面增强企业的自主创新能力。当今全球经济一体化进程的加快及知识经济时代的到来使得创新和创业成为时代的主旋律，也成为实现经济发展的重要途径。江苏是全国最早提出"科技兴省"战略的省市，也是中国科技最发达的地区之一。改革开放以来，江苏大力加强企业的自主创新能力建设，使其成为创新体系中非常活跃的主体。根据日本著名经济学家小宫隆太郎的观点，产业和企业能否不断提升创新能力和竞争力、成功成长，关键在于三个相互联系的因素，即有能够创新的企业、有创新和成长激励、能够获得资源。本章将分析企业活动和企业家精神对江苏创新能力的影响。

全球创业观察项目曾将一国或一个地区的全员创业活动指数（TEA）与 GDP 增长率进行时间序列回归分析。统计结果显示，创业活动越活跃的国家或地区，经济增长速度越快。尽管有的国家或地区创业活动不太活跃，但经济增长仍然很快；并没有出现一个国家或地区创业活动活跃，但经济增长速度低的情况（姜彦福等，2003）。创业之所以能带动一个国家或地区的经济发展，主要是因为创业活动使得一些新的产业、新的市场出现，并且极大地促进了技术成果的转化和产业结构的升级。

历史上，苏商作为中国五人商派之一，与徽商、晋商、浙商和潮商齐名。改

---

① 取自江苏 60 年经济社会发展系列分析之三十二。

网址：http://www.jssb.gov.cn/jstj/fxxx/tjfx/200912/t20091222_110428.htm

革开放以来，江苏的企业家发扬眼光长远、敢为天下先、敢于冒险、实干等苏商精神，推动了江苏经济持续快速的发展。20 世纪 80 年代，江苏抓住了农村改革的机遇，大力发展乡镇企业，实现了由农业大省向工业大省的转变。其 1990 年的工业增加值比 1980 年翻了近两番，这次创业得益于农民企业家的创业，大大加快了工业化进程。20 世纪 90 年代，江苏抓住了浦东开发的大好机遇，大力发展开放型经济，形成了经济国际化与工业化、城市化和市场化互动并进的新格局，这是江苏的第二次创业。2006 年 4 月，江苏召开的"全省科技创新大会"提出，要用 10 年左右时间，把江苏率先建设成创新型省份，因此第三次创业以推进科技创新和科技创业为主要特征。

创业是挖掘财富并实现自身价值的一条重要途径。在创业浪潮的推动下，近年来江苏创业活动非常活跃。表 9-3 是 2001～2005 年全国各地区新注册企业的数目，2004 年和 2005 年江苏新注册企业数均列在全国第 3 名，位居北京和上海之后（图 9-1）。由此可以看出，江苏的企业发展，尤其是中小企业的发展充满活力。这对江苏的创新能力起到很大的带动作用，这一点也得到了很多学者理论上的验证。如戴西超等（2006）以江苏工业企业为研究对象，采用实证研究的方法得出了江苏中小企业的技术创新水平大于大规模企业的水平，私营和三资企业的技术创新水平均大于国有企业，但是私营企业和三资企业之间的创新水平没有显著差异的结论。

表 9-3　2001～2005 年各地区新注册企业数　　　（单位：家）

地区	2001 年	2002 年	2003 年	2004 年	2005 年
北京	104 307	119 944	134 885	149 825	149 825
上海	67 898	103 498	117 084	130 670	130 670
江苏	101 432	121 975	124 661	127 346	127 346
广东	82 020	105 218	109 336	113 454	113 454
山东	65 340	94 214	92 739	91 263	91 263
浙江	77 477	98 790	93 697	88 604	88 604
四川	39 673	51 579	53 145	54 711	54 711
河南	33 272	36 031	43 580	51 129	51 129
辽宁	39 090	41 014	43 751	46 488	46 488
湖北	31 072	40 799	41 482	42 164	42 164
福建	23 782	36 453	37 052	37 651	37 651
河北	23 737	28 217	29 165	30 113	30 113
陕西	20 692	21 074	24 937	28 800	28 800

续表

地区	2001 年	2002 年	2003 年	2004 年	2005 年
安徽	25 227	31 065	29 650	28 235	28 235
湖南	19 030	30 619	29 219	27 818	27 818
山西	17 700	21 324	22 482	23 639	23 639
黑龙江	20 807	22 685	22 564	22 442	22 442
江西	15 413	23 174	22 441	21 708	21 708
天津	14 317	21 481	21 387	21 292	21 292
云南	14 519	18 725	19 560	20 395	20 395
重庆	16 268	18 958	19 297	19 636	19 636
广西	15 095	18 775	18 816	18 857	18 857
新疆	14 776	18 162	17 787	17 142	17 412
吉林	12 483	14 039	15 084	16 129	16 129
内蒙古	15 985	13 249	14 251	15 252	15 252
甘肃	10 664	12 893	12 650	12 407	12 407
贵州	9 182	11 124	11 352	11 580	11 580
海南	6 442	8 101	8 305	8 508	8 508
宁夏	4 382	5 392	5 384	5 376	5 376
青海	3 831	3 183	2 830	2 476	2 476
西藏	659	773	902	1 031	1 031

资料来源：根据《中国统计年鉴》整理

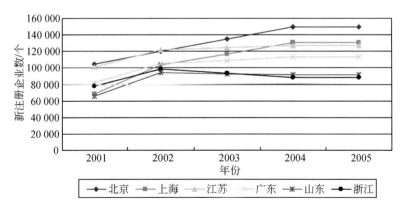

图 9-1　2001~2005 年江苏和主要省市新注册企业数

资料来源：根据《中国统计年鉴》整理

江苏作为民营企业大省，民营经济近年来取得了长足的发展，民营经济总量和比重稳步提高，已经成为全省经济的重要组成部分，与国有和外资形成三足鼎立之势，并逐步成为投资的主体，在发展生产力、繁荣市场、解决就业、增加居民收入、增加财政收入、促进企业改革和经济结构调整方面发挥着越来越积极的作用，成为江苏新的经济增长引擎和创新的主力军。

2008 年，江苏共有 101 家企业跻身全国"民营企业 500 强"之列，占全国的比重为 20.2%。进入全国前 10 名的企业有 3 家，分别是江苏沙钢集团有限公司（第 2 名），苏宁电器集团（第 3 名）和江苏雨润食品产业集团有限公司（第 6 名）（表 9-4）。从图 9-2 可以看出，在全国"民营企业 500 强"名单中，江苏有 31 家企业进入前 100 名，是企业进入前 100 名数量最多的省份（浙江为 26 家企业，山东为 8 家企业，上海为 7 家企业，北京和广东各为 2 家企业），其中有 20 家企业位居 101～200 名之间，19 家企业位居 201～300 名之间，20 家企业位居 301～400 名之间，以及 11 家企业位居 401～500 名之间。因此，江苏可以说是全国民营企业最为发达的省份。

表 9-4 2008 年江苏进入中国"民营企业 500 强"的企业

名次	企业	行业
2	江苏沙钢集团有限公司	钢铁、钢管运输装卸
3	苏宁电器集团	家用电器连锁销售
6	江苏雨润食品产业集团有限公司	销售百货、连锁房地产
14	江苏永钢集团股份有限公司	钢材、钢坯
17	三胞集团有限公司	IT 数码产品、光电线缆、房地产开发
21	华芳集团有限公司	棉纱、棉布、呢绒
26	红豆集团有限公司	服装
27	江阴兴澄特种钢铁有限公司	轴承钢、齿轮钢等
28	中天钢铁集团有限公司	钢材、粗钢、生铁
29	江苏三房巷集团有限公司	聚酯切片、涤纶短纤、印染
31	江苏新长江实业集团有限公司	钢坯、螺纹钢、宽厚板
40	宏图三胞高科技术股份有限公司	IT 直营连锁
41	红星家居集团有限公司	建材家具销售、租赁
52	远东控股集团有限公司	电线电缆、新材料医药
53	扬子江药业集团	医药
55	法尔胜集团公司	金属制品、新材料光通信
56	江苏金浦集团有限公司	石化产品
59	江苏苏宁环球集团	房地产开发及相关产业、高档酒店、连锁及百货

续表

名次	企业	行业
65	百兴集团有限公司	专业市场房地产、工业制造
66	波斯登股份有限公司	羽绒服装、其他系列服装、酒店服务
68	江苏南通二建集团有限公司	建筑施工
71	江阴市西城钢铁有限公司	螺纹钢、中板、薄板
73	恒力集团有限公司	涤纶长丝服装、面料、热点能源
78	江苏南通三建集团有限公司	房屋建筑
86	无锡尚德太阳能电力有限公司	太阳电池、太阳电池组件
87	江苏申特钢铁有限公司	钢坯、铁水、烧结矿
90	江苏高力集团有限公司	房地产开发汽配、家居连锁市场经营等
92	江苏大明金属制品有限公司	金属制品
93	大亚科技集团有限公司	木制品、铝箔
97	盛虹集团有限公司	化纤印染、纺织品贸易
98	亚邦化工集团有限公司	染料及染料中间体、不饱和聚酯树脂颜料中间体
101	亨通集团有限公司	光电电缆
102	江苏张铜集团有限公司	金属铜制品
104	无锡兴达泡塑新材料有限公司	可发性聚苯乙烯珠粒
110	江苏三木集团有限公司	环氧树脂、醇酸树脂及其他
113	无锡市雪浪钢铁集团有限公司	钢压延加工、煤炭批发、金属材料销售
122	澳洋集团有限公司	精纺呢绒、毛纱、黏胶纤维
125	江苏隆力奇集团股份有限公司	保健品、日化用品
129	江苏锡兴集团有限公司	钢坯、带钢、氧电
130	南通四建集团有限公司	房屋、建筑工程安装、工程装修工程
133	苏州市相城区江南化纤集团有限公司	渡轮短纤维、涤纶毛条、复合差别化纤维
137	江苏华宏实业集团有限公司	涤纶短纤、合成革铜管
140	新华昌集团有限公司	集装箱制造
158	江苏新城实业集团有限公司	房产开发、投资制药
161	江苏常发实业集团有限公司	柴油机、拖拉机、蒸发机、房地产
165	红太阳集团有限公司	化学农药、油漆涂料、棉花种子
167	江苏综艺集团	软件及服务、芯片及应用、其他
176	江苏华尔润集团有限公司	浮法玻璃
178	江苏吴中集团有限公司	贵金属加工、房地产、服装

续表

名次	企业	行业
179	江苏苏中建设集团股份有限公司	房屋建筑工程、房地产业、国际建筑、劳务
184	江苏骏马集团	帘子布、钢帘线、无纺布
202	江苏梦兰集团有限公司	床上用品及配套件、冷轧薄板、机顶盒
205	江苏飞达工具股份有限公司	板材、工具
209	江苏南通六建设集团有限公司	房屋建筑工程、建筑装修装饰、市政公用工程
219	江苏万宝铜业集团有限公司	铜丝、铜带、铜管
229	吴江鹰翔化纤有限公司	化纤丝供热、供电
235	江苏旋力集团股份有限公司	钢板、钢管、钛管
236	中利科技集团股份有限公司	电缆系列、光缆系列、铜丝、电缆料等
240	江苏申久化纤有限公司	聚酯切片、涤纶纤维 POY、FDY
242	江苏新华发集团有限公司	金属制品、特种沥青
244	通州建总集团有限公司	房屋建筑工程施工、建筑装修装饰、钢结构施工
245	大全集团有限公司	开关柜、母线桥架
264	江苏倪家巷集团有限公司	精纺呢、绒涤纶短纤维、棉纱
265	无锡西姆莱斯石油专用管制造有限公司	石油专用管
267	江苏天工工具有限公司	高速钢工具、模具钢
274	江苏英田集团有限公司	低速载客汽车、柴油机
275	金龙联合汽车工业（苏州）有限公司	海格牌大中型客车
277	攀华集团有限公司	彩涂、镀锌、镀铝锌、冷轧卷板
283	南京福中信息产业集团有限公司	IT 产品销售、商品房销售、医疗器械和餐饮等
297	江苏东源电器集团股份有限公司	高低压开关及成套设备
303	南京丰盛产业控股集团有限公司	建筑业
312	无锡江南电缆有限公司	电缆、电线
314	南通建工集团股份有限公司	房屋建筑设备、安装钢结构
317	江苏顺通建设工程有限公司	土木工程
321	南通新华建筑安装工程有限公司	施工总承包
323	江苏万翔集团有限公司	涤纶短纤维、化纤纱
325	南通华新建工集团有限公司	建筑施工、装饰装潢、房地产开发、设备安装
336	天地集团	棉纱、布、房地产业、文化产业
343	无锡中彩集团有限公司	彩涂卷镀锡、卷多晶硅
345	月星集团	家居销售、家具制造、家居用品销售

续表

名次	企业	行业
347	苏州第一建筑集团有限公司	房屋建筑施工
359	江苏沃得机电集团有限公司	压力机械、农业机械、草坪机械
364	中天科技集团有限公司	普通光缆、光纤、电线、电缆、导线
368	梅兰化工集团有限公司	氯碱、甲烷、氯化物、氟制冷剂、氟材料、热电
372	好孩子集团有限公司	儿童用品研发制造
379	无锡市兆顺不锈钢中板有限公司	普碳钢中板、低合金中板、不锈钢中板
381	苏州市天创物资贸易有限公司	钢材、焦炭
387	南通五建建设工程有限公司	房屋、建筑
391	江苏邗建集团有限公司	房屋、建筑施工
400	江苏诚德钢管股份有限公司	无缝钢管、大口径无缝钢管
405	江苏兴达钢帘线股份有限公司	帘线、胶圈、电力
407	江苏华朋集团有限公司	油浸式变压器、环氧树脂、浇注干式变压器
415	启东建筑集团有限公司	建筑营造工业、设备安装
425	江苏雨花钢铁有限公司	钢材
428	江苏康泰化学集团有限公司	除虫菊脂、新型环保制冷剂及其他原料
431	南京乐金熊猫电器有限公司	家用电器
443	常州天合光能有限公司	光伏组件、硅片、电池片
451	江苏通润机电集团有限公司	油压千斤顶
453	江苏国强镀锌实业有限公司	焊管、镀锌管、公路护栏
474	常州老三集团有限公司	织造、染整、印花、绣花、水洗、成衣生产
477	南京钢加工程机械集团	挖掘机、装载机、推土机等的整机销售、零件、服务

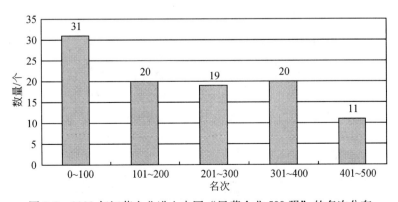

图9-2　2008年江苏企业进入中国"民营企业500强"的名次分布

经过市场的洗礼，江苏民营企业的自主创新组织化程度不断提高，高技术产业化规模不断增加。根据江苏科技厅数据统计，在2005年江苏的民营科技企业中，51.8%设有独立的研发部门，能自主开发新产品或新工艺；25.1%有独立的技术部门，能吸收和消化引进的新产品或新工艺；16.1%的企业技术部门能做好企业内的一般技术服务；仅有7.0%的企业没有研发和技术服务部门。

伴随着国有企业的改制和民营企业的发展，一大批擅长经营与管理的人才进入私营企业；一大批有知识、有能力的科技人才及大学毕业生也纷纷进入民营经济领域。他们共同汇聚成为江苏的民营企业家队伍，塑造了"新苏商"的形象，他们有强烈的爱国情怀，他们自强不息、勇于创新、稳健务实、以人为本、义利结合。

9.2　巨大的创业热情

市场经济力量的一个重要表现是推动人们在市场中寻找创业的机会。越是市场完善的地方，人们的创业热情就越高。

表9-5显示了2001~2007年全国各地区的人均企业数。江苏的人均企业数从2001年的2.68家/万人增加到2007年的5.49家/万人，增长了1倍以上。同时，江苏的人均企业数在2001年和2002年均排名在全国第5位（前4名均为上海、天津、浙江、北京），2003~2007年超越了北京，一直保持在全国第4名的位置。从增长速度来看，浙江和江苏的人均企业数在2001~2007年间增长最快（图9-3）。总体来看，无论是人均企业数的绝对值还是其增长率，长江三角洲地区的省市都居于全国领先地位。

表 9-5　2001~2007 年全国各地区人均企业数　（单位：家/万人）

地区	2001 年	2002 年	2003 年	2004 年	2005 年	2006 年	2007 年
浙江	4.04	4.71	5.46	6.76	8.22	9.17	10.20
上海	6.05	6.19	6.49	7.21	8.33	7.94	8.13
天津	5.54	5.31	5.28	4.96	5.89	5.86	5.70
江苏	2.68	2.91	3.22	3.65	4.31	4.81	5.49
广东	2.66	2.88	3.08	3.13	3.82	4.03	4.47
福建	1.91	2.15	2.64	2.97	3.51	3.87	4.24
北京	3.15	3.20	2.76	2.90	4.10	4.05	3.92
山东	1.36	1.48	1.77	2.21	2.98	3.43	3.86
辽宁	1.39	1.43	1.63	1.86	2.73	3.45	3.85
湖南	0.75	0.82	0.90	0.97	1.27	1.42	1.61

续表

地区	2001 年	2002 年	2003 年	2004 年	2005 年	2006 年	2007 年
湖北	1.04	1.03	1.04	1.09	1.19	1.33	1.58
河北	1.15	1.13	1.17	1.18	1.45	1.54	1.57
吉林	0.97	0.95	0.84	0.92	1.02	1.19	1.46
河南	1.02	1.01	0.94	0.99	1.16	1.27	1.44
内蒙古	0.58	0.61	0.69	0.84	1.03	1.28	1.40
重庆	0.66	0.66	0.72	0.83	1.05	1.14	1.39
江西	0.78	0.73	0.72	0.80	1.02	1.23	1.38
安徽	0.58	0.62	0.65	0.69	0.86	1.07	1.33
山西	1.01	1.05	1.09	1.01	1.32	1.38	1.32
四川	0.53	0.57	0.63	0.74	0.97	1.10	1.32
宁夏	0.73	0.68	0.72	0.82	1.15	1.26	1.22
广西	0.65	0.60	0.59	0.66	0.79	0.86	0.92
陕西	0.67	0.67	0.68	0.69	0.81	0.90	0.90
青海	0.75	0.75	0.75	0.80	0.74	0.79	0.85
黑龙江	0.66	0.68	0.67	0.68	0.76	0.77	0.83
新疆	0.69	0.67	0.65	0.63	0.72	0.72	0.75
甘肃	1.22	1.24	1.11	1.11	0.67	0.67	0.70
贵州	0.54	0.54	0.55	0.60	0.69	0.69	0.61
云南	0.47	0.48	0.46	0.45	0.53	0.58	0.60
海南	0.74	0.75	0.76	0.65	0.74	0.71	0.58
西藏	1.44	1.29	1.20	0.60	0.71	0.73	0.35

资料来源：根据《中国统计年鉴》整理

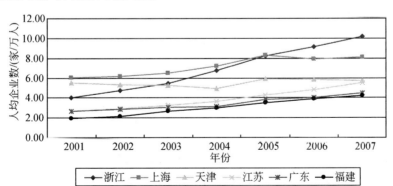

图 9-3　2001~2007 年江苏和主要省市人均企业数

资料来源：根据《中国统计年鉴》整理

从企业规模上看，我们采用大中型工业企业数作为主要指标，江苏的大中型工业企业数由 2001 年的 2273 家上升到 2007 年的 4068 家，增长了 78.97%（表9-6）。2006 年和 2007 年均排名在全国第 3 位，位居广东和浙江之后（图9-4）。由此可以看出，江苏工业发展迅速及大企业的数量呈不断增加的趋势。

表 9-6　2001 ~ 2007 年全国各地区大中型工业企业数　（单位：家）

地区	2001 年	2002 年	2003 年	2004 年	2005 年	2006 年	2007 年
广东	2 267	2 412	2 677	4 009	3 894	5 328	6 039
浙江	1 149	1 067	1 939	3 043	3 220	3 851	4 295
江苏	2 273	2 217	2 634	3 157	3 373	3 672	4 068
山东	2 629	2 495	2 575	2 943	3 099	3 255	3 451
河南	999	968	1 019	1 189	1 321	1 490	1 885
上海	1 405	1 837	1 181	1 352	1 213	1 563	1 667
福建	914	894	853	1 015	1 202	1 438	1 648
河北	1 091	1 046	1 018	1 164	1 206	1 298	1 346
辽宁	869	879	800	964	1 013	1 085	1 164
四川	827	948	814	909	840	927	1 098
山西	352	330	607	771	844	927	987
湖北	872	847	702	747	803	857	930
安徽	632	669	540	593	625	688	734
湖南	613	594	522	576	618	679	722
北京	621	565	432	496	520	567	606
天津	804	832	481	516	549	563	601
重庆	404	392	395	435	457	493	568
广西	578	546	297	422	396	397	541
江西	389	374	326	396	441	476	537
陕西	428	418	386	467	473	490	521
黑龙江	589	565	379	479	432	454	481
吉林	521	479	344	394	353	404	451
内蒙古	275	271	254	337	378	411	449
云南	511	599	317	375	341	379	406
贵州	212	191	230	261	269	251	261
新疆	178	169	190	203	208	207	255
甘肃	195	194	165	238	228	234	250

续表

地区	2001 年	2002 年	2003 年	2004 年	2005 年	2006 年	2007 年
宁夏	112	115	98	115	121	120	130
海南	134	124	46	60	74	82	88
青海	61	59	55	58	56	61	73
西藏	359	359	359	8	359	0	1

资料来源：根据《中国科技统计年鉴》整理

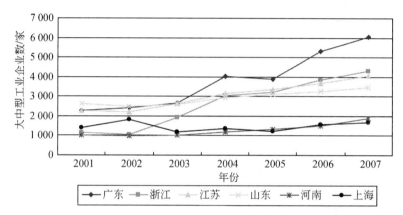

图 9-4　2001～2007 年全国各地区大中型工业企业数
资料来源：根据《中国科技统计年鉴》整理

9.3　企业技术创新能力不断增强

衡量市场经济体系是否完善的一个指标是企业建立研究开发机构的比例。因为只有从创新中得到了好处，企业才会主动建立研究开发机构或技术中心。

从产业特征来看，江苏以劳动密集型为主，技术密集型企业逐步兴起，资本密集型企业发展缓慢。随着企业规模的扩大，企业的产品结构正从低档次、松散型逐步向系列化、集群化方向转变，并愈发注重品牌塑造和科技创新。很多企业已经设立了研发中兴和技术中心以及博士后工作站，还组建了研究所，并重视科技的投入，因此技术密集型企业正逐步兴起。

表 9-7 显示了 2001～2007 年各地区有技术中心或研究所的企业数量。江苏有技术中心或研究所的企业数从 2001 年的 794 家上升到 2007 年的 1266 家，增长了 59.45%。2001～2004 年，江苏有技术中心或研究所的企业数一直位居全国第 1 名，但是 2005～2007 年被浙江超过，列全国第 2 名（图 9-5）。

表 9-7 2001～2007 年各地区有技术中心或研究所的企业数（单位：家）

地区	2001 年	2002 年	2003 年	2004 年	2005 年	2006 年	2007 年
浙江	365	344	673	845	1 094	1 386	1 628
江苏	794	757	782	894	884	984	1 266
广东	562	593	549	634	733	893	1 050
山东	681	620	541	599	584	620	740
河南	292	258	269	292	304	321	421
福建	183	166	168	201	259	312	350
四川	218	231	198	243	234	261	306
安徽	225	235	230	227	231	254	281
河北	314	296	245	269	251	247	252
上海	179	210	171	206	200	226	251
湖南	198	203	161	193	186	202	232
湖北	218	178	159	224	190	219	216
辽宁	187	187	177	191	176	179	182
重庆	137	146	140	147	163	173	182
北京	116	103	78	106	99	125	174
陕西	146	148	126	157	152	146	171
天津	131	129	75	114	138	138	160
江西	101	104	100	108	112	117	138
山西	115	101	101	144	140	124	137
广西	159	150	96	105	102	89	99
黑龙江	134	130	87	91	105	106	96
贵州	78	66	50	83	82	87	85
云南	129	138	89	87	72	81	84
吉林	105	105	74	89	79	81	70
甘肃	59	66	49	63	55	57	66
内蒙古	66	62	51	55	58	60	58
新疆	49	52	46	46	39	43	56
宁夏	29	31	27	28	24	25	38
青海	21	16	23	16	20	13	22
海南	9	11	10	10	9	10	9
西藏	0	0	0	1	1	0	0

资料来源：根据《中国科技统计年鉴》整理

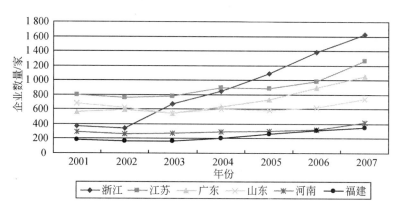

图9-5　2001～2007年江苏和主要省市有技术中心或研究所的企业数

资料来源：根据《中国科技统计年鉴》整理

　　表9-8是2001～2007年全国各地区规模以上工业企业科技活动的经费投入情况。2001年江苏规模以上工业企业科技活动的经费投入位居广东和上海之后，列全国第3名；2002～2003年超越了上海，位居广东之后；2004～2007年又超越了广东，一直稳居全国第1名的位置（图9-6）。企业在科技创新方面的大力积极投入是江苏创新能力提升的重要原因之一。

表9-8　2001～2007年各地区规模以上工业企业科技活动的经费投入情况

（单位：亿元）

地区	2001 年	2002 年	2003 年	2004 年	2005 年	2006 年	2007 年
江苏	155.71	191.64	243.78	384.00	434.26	523.15	706.45
广东	197.28	222.38	262.99	321.98	380.87	447.60	583.01
山东	135.05	144.80	174.26	235.27	294.84	365.15	507.55
浙江	89.78	113.62	150.56	202.76	287.33	369.20	459.61
上海	166.23	181.12	201.96	242.81	314.52	323.50	385.91
北京	118.73	153.60	174.84	236.06	293.14	364.32	375.22
天津	41.85	45.60	66.28	92.20	134.01	150.61	214.96
辽宁	69.33	89.46	101.02	132.11	152.36	157.26	202.28
河南	36.00	41.00	56.81	83.90	88.46	130.08	175.16
四川	48.04	56.76	68.29	95.82	130.76	139.31	167.64
山西	19.78	24.80	31.14	48.00	56.07	101.06	150.09
福建	40.31	40.00	60.57	72.81	93.58	123.24	147.45
湖北	71.47	60.68	69.30	81.04	100.12	111.41	132.02
安徽	30.88	42.30	51.80	68.29	77.02	96.80	126.15

续表

地区	2001 年	2002 年	2003 年	2004 年	2005 年	2006 年	2007 年
河北	31.11	38.76	46.17	64.50	90.12	97.58	122.10
湖南	44.50	45.51	51.88	66.67	76.68	95.88	116.00
陕西	31.59	31.60	46.06	65.15	63.10	66.84	82.49
吉林	18.10	38.59	36.78	36.83	68.94	73.88	82.02
重庆	22.22	25.08	31.90	41.33	55.76	57.20	74.94
黑龙江	26.40	27.57	36.87	49.20	47.79	67.78	70.72
江西	11.55	13.44	19.93	26.80	36.36	51.32	61.14
甘肃	9.90	9.19	10.86	18.98	26.22	35.56	48.85
广西	13.42	14.95	21.27	25.40	36.22	31.99	42.09
云南	9.30	10.71	12.46	17.10	23.47	30.55	35.03
内蒙古	6.10	7.90	11.11	16.37	24.03	28.53	34.06
贵州	7.28	8.09	10.10	13.57	16.27	20.59	25.42
新疆	8.49	9.59	11.75	19.06	19.43	23.08	22.94
宁夏	3.18	3.84	4.36	5.15	5.03	9.23	14.38
青海	2.56	3.78	4.04	5.15	6.82	7.66	9.24
海南	1.33	0.94	0.97	2.88	6.68	6.56	5.74
西藏	0.01	0.01	0.01	0.03	0.03	0.03	0.03

资料来源：根据《中国科技统计年鉴》整理

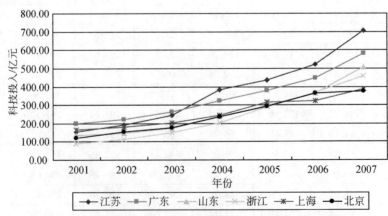

图 9-6　2001~2007 年江苏和主要省市企业的科技投入情况

资料来源：根据《中国科技统计年鉴》整理

专利可以反映企业技术创新能力的效果。表 9-9 和图 9-7 显示了 1985~2007 年江苏和主要省市专利授权量的情况。从中可以看出，在这 23 年间，广东的专利授权量增长速度最快，浙江其次，江苏的增长速度低于这两个省份，但高于上海、山东和北京。从专利授权总量来看，截至 2007 年年底，全国 31 个省区市（不包括港、澳、台）的专利授权总量在 10 万件以上的共有 6 个省市，其中，江苏的专利授权总量为 137 832 件，占全国的 7.70%，位居全国第 3 名，超过了山东、上海和北京，仅次于广东和浙江。

表 9-9　1985～2007 年江苏和主要省市专利授权量的情况　（单位：件）

年份	广东	浙江	江苏	山东	上海	北京
1985	1	1	7	8	2	52
1986	78	119	220	118	220	439
1987	182	319	473	450	575	776
1988	379	546	859	815	909	1 376
1989	683	842	1 117	1 040	957	1 789
1990	889	989	1 455	1 273	924	2 268
1991	1 348	1 217	1 482	1 569	1 025	2 369
1992	1 708	1 577	2 086	2 108	1 215	3 265
1993	4 546	2 946	3 757	4 019	2 146	5 806
1994	3 149	2 028	2 436	2 647	1 454	3 914
1995	4 611	2 131	2 413	2 861	1 436	4 025
1996	5 273	2 410	2 578	2 630	1 610	3 295
1997	7 173	3 167	2 962	2 907	1 886	3 327
1998	10 707	4 470	3 787	4 127	2 334	3 800
1999	14 328	7 071	6 143	6 536	3 665	5 829
2000	15 799	7 495	6 432	6 962	4 050	5 905
2001	18 259	8 312	6 158	6 725	5 371	6 246
2002	22 761	10 479	7 595	7 293	6 695	6 345
2003	29 235	14 402	9 840	9 067	16 671	8 248
2004	31 446	15 249	11 330	9 733	10 625	9 005
2005	36 894	19 056	13 580	10 743	12 603	10 100
2006	43 516	30 968	19 352	15 937	16 602	11 238
2007	56 451	42 069	31 770	22 821	24 481	14 954
合计	309 416	177 863	137 832	122 389	117 456	114 371
占全国比例/%	17.28	9.93	7.70	6.84	6.56	6.39

资料来源：根据 1985～2007 年国家知识产权局统计年报整理

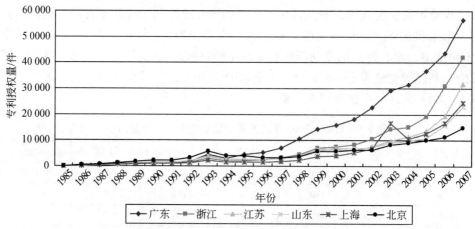

图 9-7　1985～2007 年江苏和主要省市专利授权量的情况
资料来源：1985～2007 年国家知识产权局统计年报

　　从专利的授权结构来看，2002～2008 年，江苏的专利授权给企业、个人以及高校和科研院所的绝对数量呈逐年增加的趋势。虽然 2002～2007 年授权给企业的专利数量一直低于授权给个人的专利数量，但是 2008 年授权给企业的专利数量急剧增加，超过授权给个人的专利数量，在专利总量中所占的比重达到53.59%。江苏授权给高校和科研院所的专利数量增长缓慢，一直只占很小的比例，连续七年均低于 9%，如表 9-10 所示。从其他几个专利授权量最多的省市来看，江苏的情况与上海相似，授权给企业的专利比例是最大的，表明这两个省市企业的创新能力很强；广东、浙江和山东则属于另外一种情况，即授权给个人的专利比例非常高；北京的情况与前两种都不同，体现在授权给高校和科研院所的专利比例是所有省市中最高的，达到近 30%，而且授权给企业、个人、高校和科研院所的专利比例相对比较均衡，这与北京的高校和科研机构非常密集有很大关系。

表 9-10　2002～2008 年江苏和主要省市专利授权结构的情况比较

地区	年份	当年总量/件	企业		个人		高校与科研院所	
			数量/件	比例/%	数量/件	比例/%	数量/件	比例/%
广东	2002	22 760	8 612	37.84	13 854	60.87	270	1.19
	2003	29 235	9 452	32.33	19 258	65.87	419	1.43
	2004	31 446	9 899	31.48	20 883	66.41	606	1.93
	2005	36 894	11 518	31.22	24 732	67.04	599	1.62
	2006	43 516	13 801	31.71	28 857	66.31	786	1.81
	2007	56 451	19 776	35.03	35 535	62.95	1 031	1.83
	2008	62 031	25 703	41.44	34 898	56.26	1 313	2.12

续表

地区	年份	当年总量/件	企业		个人		高校与科研院所	
			数量/件	比例/%	数量/件	比例/%	数量/件	比例/%
浙江	2002	10 478	2 570	24.53	7 751	73.98	145	1.38
	2003	14 402	3 059	21.24	11 006	76.42	268	1.86
	2004	15 249	3 184	20.88	11 585	75.97	459	3.01
	2005	19 056	3 892	20.42	14 333	75.22	789	4.14
	2006	30 968	5 366	17.33	24 570	79.34	996	3.22
	2007	42 069	8 236	19.58	32 340	76.87	1452	3.45
	2008	52 953	11 084	20.93	39 183	74.00	2612	4.93
江苏	2002	7 595	3 240	42.66	4 066	53.54	247	3.25
	2003	9 840	4 247	43.16	5 149	52.43	375	3.81
	2004	11 330	4 836	42.68	5 827	51.43	603	5.32
	2005	13 580	5 436	40.03	7 021	51.70	1 078	7.94
	2006	19 352	7 835	40.49	9 876	51.03	1 602	8.28
	2007	31 770	14 616	46.01	15 199	47.84	1 826	5.75
	2008	44 438	23 816	53.59	18 072	40.67	2 439	5.49
山东	2002	7 293	2 313	31.72	4 652	63.79	218	2.99
	2003	9 067	2 545	28.07	5 605	61.82	300	3.31
	2004	9 733	3 046	31.30	6 254	64.26	380	3.90
	2005	10 743	3 314	30.85	6 843	63.70	506	4.71
	2006	15 937	4 750	29.80	10 404	65.28	694	4.35
	2007	22 821	6 544	28.68	15 272	66.92	894	3.92
	2008	26 688	7 275	27.26	18 220	68.27	1 005	3.77
上海	2002	6 693	3 952	59.05	2 268	33.89	432	6.45
	2003	16 671	13 628	81.75	1 906	11.43	997	5.98
	2004	10 625	7 099	66.81	1 991	18.74	1 458	13.72
	2005	12 603	8 486	67.33	2 222	17.63	1 741	13.81
	2006	16 602	11 503	69.29	2 360	14.22	2 450	14.76
	2007	24 481	15 383	62.84	3 097	12.65	3 617	14.77
	2008	24 468	14 946	61.08	3 345	13.67	4 406	18.01
北京	2002	6 341	2 063	32.53	3 501	55.21	755	11.91
	2003	8 248	2 768	33.56	3 891	47.18	1 492	18.09
	2004	9 005	3 135	34.81	3 815	42.37	1 996	22.17
	2005	10 100	3 641	36.05	4 154	41.13	2 228	22.06
	2006	11 238	4 143	36.87	4 447	39.57	2 575	22.91
	2007	14 954	5 721	38.26	5 810	38.85	3 324	22.23
	2008	17 747	7 518	42.36	5 798	32.67	4 854	27.35

资料来源：根据国家知识产权局网站公告数据整理

从授权专利的产出效率角度来看，2000～2007年江苏和上海每万名R&D人员一年产出的专利授权量和每亿元R&D经费投入产出的专利授权量都有较快的增长，而北京每万名R&D人员一年产出的专利授权量和每亿元R&D经费投入产出的专利授权量始终处于最低位置，明显落后于其他省市（图9-8和图9-9）。

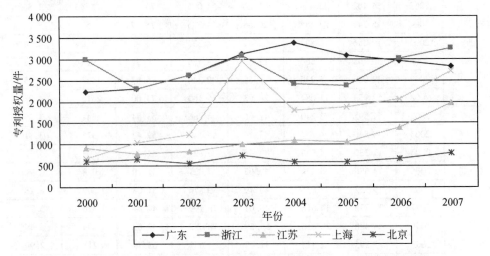

图9-8　2000～2007年江苏和主要省市每万名R&D人员一年产出的专利授权量

资料来源：根据2001～2008年《中国科技统计年鉴》整理

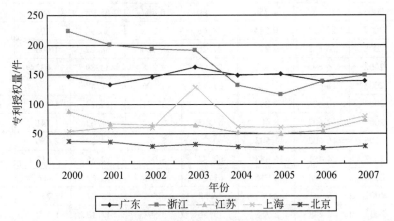

图9-9　2000～2007年江苏和主要省市每亿元R&D经费投入产出的专利授权量

资料来源：根据2001～2008年《中国科技统计年鉴》整理

从发明专利的产出效率角度来看，江苏每万名R&D人员一年产出的发明专利授权数的增长率居于中间水平，高于北京和浙江，但低于上海和广东（图9-10）。2000～2007年江苏和主要省市每亿元R&D经费投入产出的发明专利授权数累计增长率分别为 276.96%、43.08%、10.47%、156.63% 和 38.38%，江苏每亿元 R&D 经费投入产出的发明专利授权数增长率是最低的（图9-11）。

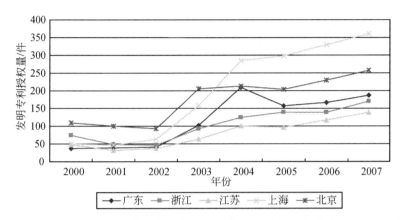

图 9-10 2000～2007 年江苏和主要省市每万名 R&D 人员一年的发明专利授权量
资料来源：根据 2001～2008 年《中国科技统计年鉴》整理

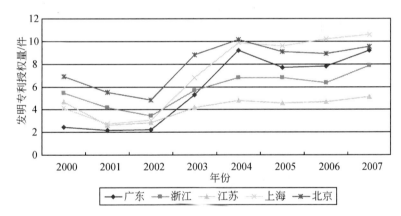

图 9-11 2000～2007 年江苏和主要省市每亿元 R&D 经费投入产出的发明专利授权量
资料来源：根据 2001～2008 年《中国科技统计年鉴》整理

9.4 高新技术企业发展迅速

表 9-11 显示了 2001～2007 年全国各地区的高新技术企业数，江苏的高新技术企业数从 2001 年的 1968 家增长到 2007 年的 5186 家，增长了近两倍。北京的高新技术企业数一直在全国保持遥遥领先的状态。2003～2006 年，江苏的高新技术企业数位居北京和广东之后，但是 2007 年超过了广东，位居全国第 2 位

（图 9-12）。从高新技术产业规模以上企业的产值来看，广东和江苏都处于绝对领先的位置（图 9-13）。

表 9-11 2001 ~ 2007 年全国各地区高新技术企业数　　（单位：家）

地区	2001 年	2002 年	2003 年	2004 年	2005 年	2006 年	2007 年
北京	8 231	9 997	12 495	14 441	16 925	18 715	19 172
江苏	1 968	2 519	3 065	3 774	4 198	4 502	5 186
广东	2 213	2 441	3 208	3 944	4 758	5 599	5 119
山东	1 714	2 021	2 470	2 994	3 130	3 488	3 127
上海	1 335	1 726	1 904	2 153	2 383	2 621	2 677
浙江	883	1 104	1 360	1 666	2 000	2 300	2 602
陕西	2 206	2 415	2 869	3 176	3 459	3 725	1 919
湖北	754	897	1 078	1 315	1 608	1 924	1 795
四川	909	946	1 076	832	1 266	1 070	1 688
河南	872	887	989	1 167	1 358	1 509	1 523
辽宁	2 712	2 887	3 288	3 967	3 726	3 724	1 428
福建	400	508	617	764	895	1 008	1 191
湖南	824	831	935	1 138	1 175	1 218	1 096
黑龙江	507	600	695	859	963	1 076	1 079
天津	1 169	1 863	1 562	2 768	2 358	3 247	965
安徽	477	455	519	544	623	807	953
吉林	1 087	1 195	1 436	1 472	1 614	1 692	824
河北	816	837	977	960	1 030	1 135	719
山西	391	490	625	784	877	738	621
重庆	492	579	549	856	539	919	537
广西	497	551	583	639	647	702	355
江西	259	220	255	328	402	443	333
内蒙古	282	337	363	458	555	418	305
云南	156	208	218	228	229	173	240
新疆	121	118	119	185	214	225	146
贵州	89	96	113	156	187	181	141
海南	147	167	178	184	190	213	121
甘肃	380	442	399	404	464	529	90
宁夏	40	49	49	52	48	50	50
青海	0	8	10	14	20	25	24
西藏	8	5	7	9	9	15	21

资料来源：根据《中国统计年鉴》整理

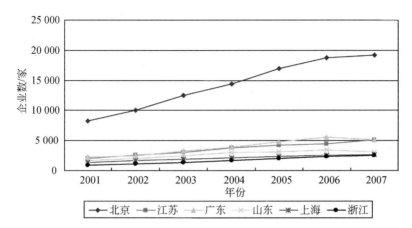

图 9-12　2001～2007 年全国各地区高新技术企业数

资料来源：根据《中国统计年鉴》整理

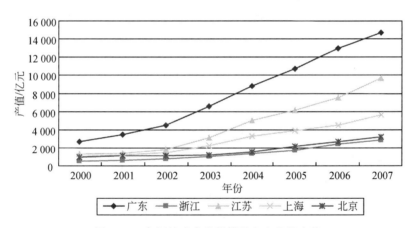

图 9-13　高新技术产业规模以上企业的产值

资料来源：根据科学技术部"中国主要科技指标数据库"整理

9.5　企业实力增强，涌现出一批优秀企业

在江苏企业整体规模增加的同时，一批优秀的企业脱颖而出，像雨润、红豆、苏宁等企业集团已经走出江苏，走向全国。表 9-12 列出了 2007～2009 年江苏进入"全国 500 强的企业"名单，可以看出，2007～2009 年江苏分别有 45家、53 家和 51 家企业跻身"全国 500 强"之列。在这三年中，每年均有 3 家企业进入全国前 100 名，沙钢集团和苏宁电器两家企业一直名列其中，而且它们在全国前 100 名企业中的位次在不断提升。从图 9-14 可以看出，江苏进入"全国

500 强"的企业排名在 201～300 名、301～400 名、401～500 名这三个区间的企业数量是最多的。总体来看，这三年进入"全国 500 强"的企业基本保持稳定的态势，说明江苏已经形成了一批在全国具有较强实力和影响力的企业。从表 9-12 可以看出，这些企业中的 60%以上均是民营企业。

表 9-12　2007～2009 年江苏进入"全国 500 强"的企业名单

2007 年			2008 年			2009 年		
排名	企业名称	性质	排名	企业名称	性质	排名	企业名称	性质
59	苏宁电器股份有限公司	民营	36	江苏沙钢集团有限公司	民营	35	江苏沙钢集团有限公司	民营
63	江苏沙钢集团有限公司	民营	53	苏宁电器股份有限公司	民营	54	江苏苏宁电器集团有限公司	民营
94	江苏华西集团公司	乡镇企业	99	江苏华西集团公司	乡镇企业	98	南京钢铁集团有限公司	非国有控股
119	江苏悦达集团有限公司	国有	115	南京钢铁集团有限公司	非国有控股	106	江苏悦达集团有限公司	国有
129	南京钢铁集团有限公司	非国有控股	132	江苏悦达集团有限公司	国有	110	江苏华西集团公司	乡镇企业
170	希捷国际科技（无锡）有限公司	外商独资	165	江苏雨润食品产业集团有限公司	民营	151	徐州工程机械集团有限公司	国有
175	苏果超市有限公司	合资	168	徐州工程机械集团有限公司	国有	156	仁宝资讯工业（昆山）有限公司	外商独资
179	春兰（集团）公司	民营	201	希捷国际科技（无锡）有限公司	外商独资	165	江苏雨润食品产业集团有限公司	民营
191	徐州工程机械集团有限公司	国有	208	江苏阳光集团有限公司	国有	190	乐金显示（南京）有限公司	外商独资
192	江苏永钢集团有限公司	民营	218	三胞集团有限公司	民营	201	金东纸业（江苏）股份有限公司	民营
196	江苏阳光集团有限公司	国有	224	江苏五星电器有限公司	民营	212	江苏新长江实业集团有限公司	民营
216	江苏五星电器有限公司	民营	227	华芳集团有限公司	民营	220	三胞集团有限公司	民营
232	江苏三房巷集团有限公司	民营	245	江苏三房巷集团有限公司	民营	223	中天钢铁集团有限公司	民营

2007 年			2008 年			2009 年		
排名	企业名称	性质	排名	企业名称	性质	排名	企业名称	性质
248	江苏国泰国际集团有限公司	国有	259	红豆集团有限公司	民营	242	江苏阳光集团有限公司	国有
266	红豆集团有限公司	民营	261	江阴兴澄特种钢铁有限公司	民营	269	红豆集团有限公司	民营
268	中天钢铁集团有限公司	民营	264	中天钢铁集团有限公司	民营	271	江阴澄星实业集团有限公司	民营
274	三胞集团有限公司	民营	270	江苏新长江实业集团有限公司	民营	277	江苏三房巷集团有限公司	民营
279	海澜集团有限公司	民营	277	江苏国泰国际集团有限公司	国有	284	江阴市西城钢铁有限公司	民营
281	江阴兴澄特种钢铁有限公司	民营	288	海澜集团有限公司	民营	295	徐州矿务集团有限公司	国有
291	江阴澄星实业集团有限公司	民营	299	江阴澄星实业集团有限公司	民营	296	海澜集团有限公司	民营
302	江苏雨润食品产业集团有限公司	民营	302	江苏红太阳集团有限公司	民营	297	华芳集团有限公司	民营
318	徐州矿务集团有限公司	国有	311	徐州矿务集团有限公司	国有	301	百兴集团有限公司	民营
319	南京汽车集团有限公司	国有	321	南京医药产业（集团）有限责任公司	国有	302	江苏国泰国际集团有限公司	国有
321	法尔胜集团公司	民营	325	东海粮油工业（张家港）有限公司	外商独资	322	南京医药产业（集团）有限责任公司	国有
322	江苏小天鹅集团有限公司	合资	332	无锡威孚集团有限公司	国有	323	南京物资实业集团总公司	国有
337	江苏新长江实业集团有限公司	民营	333	江苏开元国际集团有限公司	民营	342	江苏开元国际集团有限公司	民营
340	无锡威孚集团有限公司	国有	334	江苏省苏中建设集团股份有限公司	民营	346	扬子江药业集团有限公司	民营

续表

2007 年			2008 年			2009 年		
排名	企业名称	性质	排名	企业名称	性质	排名	企业名称	性质
343	南京医药产业（集团）有限责任公司	国有	359	扬子江药业集团有限公司	民营	352	江苏省苏中建设集团股份有限公司	民营
344	苏州创元（集团）有限公司	国有	362	法尔胜集团公司	民营	353	无锡产业发展集团有限公司	国有
349	波司登股份有限公司	民营	367	南京物资实业集团总公司	国有	354	法尔胜集团公司	民营
367	江苏南通二建集团有限公司	民营	370	江苏金浦集团有限公司	民营	371	江苏高力集团有限公司	民营
376	江苏开元国际集团有限公司	民营	375	苏州三星电子有限公司	外商独资	378	江苏申特钢铁有限公司	民营
381	江苏省苏中建设集团股份有限公司	民营	381	江苏苏宁环球集团有限公司	民营	381	无锡威孚高科技股份有限公司	国有
384	维维集团股份有限公司	民营	389	远东控股集团有限公司	民营	385	恒力集团有限公司	民营
415	南京物资（集团）有限公司	国有	393	波司登股份有限公司	民营	392	苏州创元投资发展（集团）有限公司	国有
421	金东纸业（江苏）股份有限公司	民营	394	江苏南通二建集团有限公司	民营	393	江苏金浦集团有限公司	民营
425	江苏高力集团有限公司	民营	401	江阴市西城钢铁有限公司	民营	396	江苏舜天国际集团有限公司	国有
450	江阴市西城钢铁有限公司	民营	407	恒力集团有限公司	民营	407	江苏南通二建集团有限公司	民营
455	江苏南通三建集团有限公司	民营	415	纬创资通（昆山）有限公司	台商独资	408	尚德电力控股有限公司	民营
458	江苏金辉集团公司	民营	418	索尼数字产品（无锡）有限公司	外商独资	419	正太集团有限公司	民营
467	亨通集团有限公司	民营	421	苏州创元（集团）有限公司	国有	426	江苏南通三建集团有限公司	民营

续表

2007 年			2008 年			2009 年		
排名	企业名称	性质	排名	企业名称	性质	排名	企业名称	性质
470	南京纺织品进出口股份有限公司	国有	425	江苏三木集团有限公司	民营	438	江苏金辉集团公司	民营
474	华宝通讯（南京）有限公司	国有	427	江苏华厦融创置地集团有限公司	民营	441	海力士—恒忆半导体有限公司	外商独资
482	江苏银行股份有限公司	国有	433	仁宝资讯工业（昆山）有限公司	外商独资	449	亨通集团有限公司	民营
486	江苏中烟工业公司徐州卷烟厂	国有	437	维维集团	民营	451	宝胜集团有限公司	国有
			456	尚德电力控股有限公司	民营	453	丰立集团有限公司	民营
			458	江苏申特钢铁有限公司	民营	482	维维集团股份有限公司	民营
			464	奇梦达科技（苏州）有限公司	合资	483	远东控股集团有限公司	民营
			477	金东纸业（江苏）股份有限公司	民营	485	江苏扬子江船业集团公司	民营
			483	苏州三星电子电脑有限公司	外商独资	490	亚邦化工集团有限公司	民营
			488	江苏金辉集团公司	民营	493	盛虹集团有限公司	民营
			489	亨通集团有限公司	民营			
			494	江苏双良集团有限公司	民营			

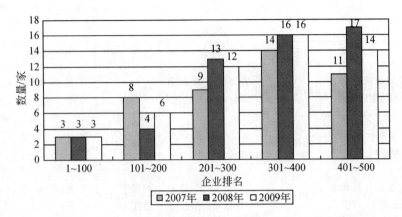

图 9-14　2007~2009 年江苏进入"全国 500 强"的企业情况

第 10 章　江苏区域创新中的政府作用

近年来，区域创新体系的研究越来越强调制度的重要性（Nischalke and Schollmann，2005），形成了区域发展的制度派视角，也被称为"新区域主义"（New Regionalism）（Amin，1999；Danson，2000；Gibbs et al.，2001；Healey，1999；Morgan，1997）。制度派视角更倾向于基于区域治理的自下而上的以及体现区域特色的政策活动，来实现创新参与者的共同学习（Jessop，1998；Zenker，2000）。政策能够通过加强制度能力来支持经济发展，加强经济系统的联系，从而完善区域创新体系的职能。政策的制定者——政府是这个过程的促进者和催化剂。

政府对区域创新体系的干预有两种方式：一种是直接干预，另一种是间接干预。以直接干预为例，图 10-1 列出了 2000～2007 年江苏和主要省市的政府科技投入情况，在这 8 年间，北京市政府科技投入增长速度最快，而且在绝对值上远高于其他几个省市，江苏的政府科技投入位于北京和上海之后。由此可以看出，虽然政府在创新资源配置中发挥着重要作用，但政府的直接干预并不能完全决定一个地区的创新能力。相反，政府采取一些间接干预手段，通过政策和法规为区域创新体系的主要参与者提供良好的运作和发挥作用的正常环境，才能够不断提高区域的创新能力。近年来，江苏各级政府在这方面积极探索，积极转变职能，逐步以促进者、催化剂和合作者的角色发挥自己的作用。除了贯彻实施国家的科技创新政策法规，江苏还制定颁布了一系列有特色并且取得良好效果的政策，较好地体现了地方政府在区域创新体系中发挥的作用。

本章在第 8 章分析区域创新体系中市场和政府相互关系的基础之上，以江苏为例，从政府的"灯塔式"干预、"桥梁式"干预、"激励式"干预和创新平台建设等角度详细阐述地方政府在区域创新体系的制度能力构建上所扮演的重要角色。其中，"灯塔式"干预主要是指地方政府如何促进战略新兴产业的发展；"桥梁式"干预主要是指针对中小企业资金缺口的金融政策；"激励式"干预主要包括地方政府鼓励技术创新所采取的财政税收政策；创新平台建设主要包括科技人才政策。前三个方面（"灯塔式"干预、"桥梁式"干预、"激励式"干预）将制度和政策作为应对市场失灵的手段，而最后一个方面（创新平台建设）将制度和政策看做是构建和维持有效的创新系统的方法（Nelson，2009）。我们认为这两种视角是互补的，只有相互结合才能更好地揭示制度能力对于区域创新体系的重要性。

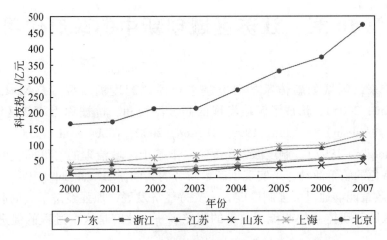

图 10-1　2000～2007 年江苏和主要省市政府科技投入情况

资料来源：根据科学技术部《中国主要科技指标数据库》整理

10.1　地方政府的"灯塔式"干预：战略新兴产业的发展

10.1.1　什么是战略新兴产业？

关于新兴产业的具体定义，学术界尚没有统一的界定。Porter（1990）将新兴产业定义为新建立的或者是重塑（Re-formed）的产业，出现原因包括科技创新、相对成本机构的改变、新的顾客需求，以及因为经济与社会的改变使得某项新产品或服务具有开创新事业的机会。Low 和 Abrahamson（1997）以及 Van de Ven 和 Garud（1989）从产业生命周期的角度，将新兴产业界定为处于自身生命周期最早的形成阶段的产业。因为新兴产业的产生往往来自于新兴技术，因此突破性的创新经常成为新兴产业产生的重要标志。可以说，新兴产业代表着市场对经济系统整体产出的新要求和产业结构转换的新方向，代表着新的科学技术产业化新水平，代表着具有未来竞争力和前瞻性的产业。称之为战略新兴产业，更加突出了新兴产业对其他产业的带动作用，以及对增长方式改变的先导作用。

Porter（1980）指出新兴产业具有很大的不确定性，没有游戏规则，且充满了机会和风险。中国企业家黄鸣认为新兴产业的特点是没有显性需求、定型的设备、可参照的产业和成熟的政策。总体而言，战略新兴产业的不确定性主要体现在三个方面：一是市场的不确定性，如技术满足什么需求，未来的需求会如何变化，潜在市场有多大等；二是技术的不确定性，如技术路线是否可行，能否达到标准，能否按时交付等；三是竞争的不确定性，如竞争对手是谁，采用什么策略等。

10.1.2　地方政府为什么干预战略新兴产业的发展？

根据西方经济学理论，在某些领域中，政府的效率要高于私人部门的效率。一般情况下，市场机制会直接推动创新，但在某些需要巨额投资和具有极高风险的技术领域或产业却会出现调节失灵的情况，战略新兴产业往往就属于这一类。如前所述，战略新兴产业的发展面临市场、技术和竞争方面的很多不确定性，投资较大、风险较高，因此一般企业缺乏创新激励，不愿意对该类产业进行投资，或者难以承受转型的痛苦和成本，抑或是根本没有能力对新兴产业进行投资。企业的"有限视野"使其有时无法预见战略新兴产业的市场前景和潜在用户。由于上述特点，战略新兴产业在发展过程中单纯依靠市场力量很难取得快速发展，即出现了所谓的市场失灵，因此，政府的干预、引导和支持成为促进战略新兴产业发展的一个关键因素。很多学者的实证研究结果都证明了这一点，如 Hung 和 Chu（2006）以台湾的生物芯片和纳米产业为例，指出政府可以通过一些引导政策和技术支持来刺激新兴产业的成长；Parker（2008）对日本和澳大利亚新能源引导政策的分析表明，光伏系统的安装要形成需求必须有国家政策的扶持；Sovacool（2008）对美国大力推广风能和太阳能的研究表明，政治和经济因素特别是传统发电系统的刚性是主要的障碍因素。

尽管如此，对于中国这样一个地域广阔、文化多元、市场动态复杂的发展中大国来讲，战略新兴产业仅靠中央政府的支持，往往很难起到作用。例如，计算机、激光、芯片等战略新兴产业在中国的发展均属于失败的例子。其中，深层次的原因包括：一方面，中央政府站在很高的层面将制定政策作为发力点，往往缺乏产业和商业意识，和市场脱节严重，出现"不完全信息"的政府失灵；另一方面，中央政府的干预往往将大学和科研机构作为推动战略新兴产业发展的主要力量，尽管大学和科研机构所从事的基础研究是突破性创新的重要源泉，因而成为战略新兴产业发展的重要推动力，但是新兴技术必须与市场需求结合才能发展成为真正的战略新兴产业，如图 10-2 所示。即便是在同一个国家，在同样的国家战略指导下，各地区的发展路径和实际效果也会大相径庭。在中央政府很难将科学技术和市场需求很好结合的情况下，地方政府可以弥补这一不足。地方政府更容易根据当地的发展历史，经济文化特点，市场需求的演变，与当地企业家、大学或科研机构更密切的交流将科学技术和市场需求有机地结合，从而促进战略新兴产业的发展。因此，区域创新体系是推进战略新兴产业发展的一个新模式，这也正是本书强调区域创新体系建设和发展区域创新能力的原因之一。

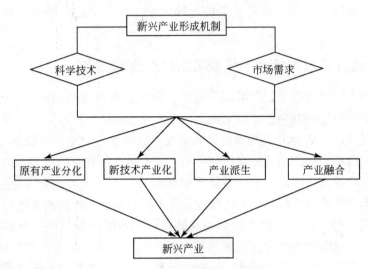

图 10-2　新兴产业形成机制

　　虽然政府为了弥补市场在资源配置和调节中出现的"失灵"，通过投入资本、政策扶持和提供服务等方式推动战略新兴产业的发展，但是这种弥补行为本身并不总是能够促进战略新兴产业发展的，即存在所谓的"政府失灵"。新兴产业的参与者处于一种经济行为，根本目的还在于追逐更高的经济利益，因此就有可能产生外部负效应、竞争失败和垄断以及失业问题，政府主体本身往往也会从不同角度谋求个人或者集团的利益最大化，两者的和谐发展必须寻求到一个合适的平衡点。战略新兴产业虽然具有重大的社会效益，但根本上仍属于经济组织的行为，政府行为除了提升经济效益的任务之外，还承担着社会公益等职责。如果把促进新兴产业变成了纯粹的政府行为，把很多产业当成是事业来办，并不利于形成良性的再生和自循环体系。无论是政府还是战略新兴产业，参与其中的人才是真正决定未来发展方向和结果的关键。政府和战略新兴产业的互动，实际上是政府官员和企业家的互动，是政府服务意识和企业发展意识的互动，市场的机制很好，政府的干预也颇有裨益，只有双方面形成动态的互动机制，不断地寻找彼此的切合点，把市场化运作和行政干预有机结合起来，才能有效地提高整个区域创新体系的效率。

10.1.3　地方政府如何干预战略新兴产业的发展

战略新兴产业由于其发展特点需要地方政府的干预和扶持，发展战略新兴产业对于国民经济发展具有长远的重要意义。一般而言，新兴产业能够促进产业结构优化升级和经济增长方式转变。江苏经过近十年的发展，企业自主创新能力显著增强，新兴技术和战略新兴产业呈现勃勃生机。江苏能够在全国诸多省份中脱颖而出，并不是没有道理的。我们认为，在江苏，地方政府推动战略新兴产业成功发展的关键因素包括以下几个方面。

10.1.3.1　对科技的重视奠定了发展战略新兴产业的基础

回顾江苏的发展历程可以发现，江苏政府一直都高度重视科技事业的发展，采取有力措施，推动科学技术进步。20 世纪 80 年代末，江苏就明确提出将经济建设和发展转移到主要依靠科技进步和劳动者素质的轨道上来。1989 年，江苏率先在全国确立了"科技兴省"的发展战略。1994 年，又进一步决定将"科技兴省"战略充实为"科教兴省"战略。1995 年全国科学技术大会后，国家明确提出实施科教兴国战略①，指出"要实现中华民族在 21 世纪的伟大复兴，必须确立新的发展战略，必须依靠科学技术进步和提高全民族科学文化素质"。随后，江苏出台了《贯彻〈中共中央国务院关于加速科技进步的决定〉的意见》和《关于实施科教兴省战略加速科技进步若干政策措施的通知》，在科技工作适应市场经济、增强科技投入及有关科技税收政策上有所突破，这对加快全省科技事业发展具有深远的影响。2000 年又颁发《贯彻〈中共中央、国务院关于加强技术创新，发展高科技，实现产业化的决定〉意见》。2003 年，提出把高新技术产业作为全省战略先导性产业，先后组织实施两轮高新技术产业"双倍增"计划，即到 2007 年全省高新技术产业产值实现 7500 亿元，比 2002 年的 2500 亿元增长两倍。2006 年，率先提出建成"创新型省份"的发展目标，颁发了《江苏省科技发展"十一五"规划纲要》和《关于鼓励和促进科技创新创业若干政策的通知》（简称"50 条政策"）。2008 年，江苏率先在全国建立创新型省份和创新型企业评价指标体系，把自主知识产权和自有品牌产品作为重要指标。

近十年来，江苏的高新技术产业产值一直居于全国第二的位置，明显领先于上海、北京和浙江三个省市，仅次于广东，而且与广东都保持了较快的增长速度。图 10-3 显示了 2001～2008 年全国主要省市的高新技术产业产值。

---

① http://www.stdaily.com/special/content/2009-09/17/content_105570.htm

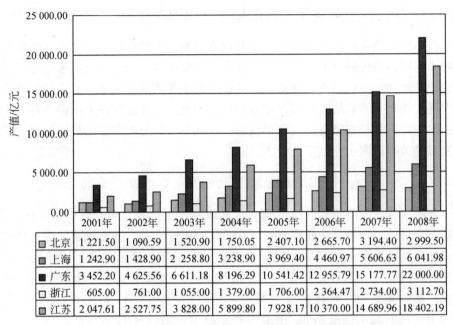

	2001年	2002年	2003年	2004年	2005年	2006年	2007年	2008年
北京	1 221.50	1 090.59	1 520.90	1 750.05	2 407.10	2 665.70	3 194.40	2 999.50
上海	1 242.90	1 428.90	2 258.80	3 238.90	3 969.40	4 460.97	5 606.63	6 041.98
广东	3 452.20	4 625.56	6 611.18	8 196.29	10 541.42	12 955.79	15 177.77	22 000.00
浙江	605.00	761.00	1 055.00	1 379.00	1 706.00	2 364.47	2 734.00	3 112.70
江苏	2 047.61	2 527.75	3 828.00	5 899.80	7 928.17	10 370.00	14 689.96	18 402.19

图 10-3　2001 ~ 2008 年全国主要省市的高新技术产业产值
资料来源：根据历年《中国科技统计年鉴》整理

在政府的推动下，江苏逐渐形成了几个成规模的高新技术产业，如新材料制造、电气机械及设备制造、专用科学仪器设备制造、医药制造、电子及通信设备制造、计算机及办公设备制造、航空航天制造等产业。其中，电子及通信设备制造业近年来的发展速度最快，产值也最大，占江苏高新技术产业产值的三分之一（33.05%）。图 10-4 显示了 2001 ~ 2008 年上述高新技术产业的产值及所占比重情况。

通过不断地推进技术升级，江苏在高新技术产业方面的实力也越来越强。到2012 年，江苏新兴产业研发经费支出占销售收入的比重预计达到 2% 左右，将培育 100 家知识产权优势企业，国家和省级企业研发中心预计达到 300 家以上，6大产业企业专利申请量占全省专利申请量的 70% 以上[①]。从专利产出来看，2008年，江苏的专利申请量达到 128 002 件，比 2003 年增长了 6 倍，由 2007 年的全国第二位跃居至全国第一位，如表 10-1 和图 10-5 所示。可以看出，江苏的专利申请数量增长速度非常快。

---

① 《江苏经济报》，2009。

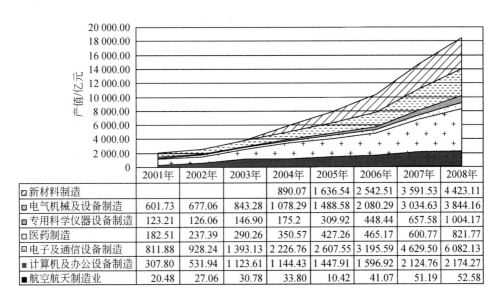

	2001年	2002年	2003年	2004年	2005年	2006年	2007年	2008年
□ 新材料制造				890.07	1 636.54	2 542.51	3 591.53	4 423.11
▨ 电气机械及设备制造	601.73	677.06	843.28	1 078.29	1 488.58	2 080.29	3 034.63	3 844.16
▤ 专用科学仪器设备制造	123.21	126.06	146.90	175.2	309.92	448.44	657.58	1 004.17
□ 医药制造	182.51	237.39	290.26	350.57	427.26	465.17	600.77	821.77
□ 电子及通信设备制造	811.88	928.24	1 393.13	2 226.76	2 607.55	3 195.59	4 629.50	6 082.13
▨ 计算机及办公设备制造	307.80	531.94	1 123.61	1 144.43	1 447.91	1 596.92	2 124.76	2 174.27
■ 航空航天制造业	20.48	27.06	30.78	33.80	10.42	41.07	51.19	52.58

图 10-4　江苏主要高新技术产业产值

资料来源：根据历年《江苏统计年鉴》整理

表 10-1　**2003～2008 年全国主要省市的专利申请情况比较**（单位：件）

地　区	项　目	2003 年	2004 年	2005 年	2006 年	2007 年	2008 年
北京	授权	8 248	9 005	10 100	11 238	14 954	17 747
	申请	17 003	18 402	22 572	26 555	31 680	43 508
上海	授权	16 671	10 625	12 603	16 602	24 481	24 468
	申请	22 374	20 471	32 741	36 042	47 205	52 835
江苏	授权	9 840	11 330	13 580	19 352	31 770	44 438
	申请	18 393	23 532	34 811	53 267	88 950	128 002
浙江	授权	14 402	15 249	19 056	30 968	42 069	52 953
	申请	21 463	25 294	43 221	52 980	68 933	89 931
广东	授权	29 235	31 446	36 894	43 516	56 451	62 031
	申请	43 186	52 201	72 220	90 886	102 449	103 883

资料来源：根据历年《中国科技统计年鉴》整理

　　江苏对科技的重视和高新技术产业的快速发展为发展战略新兴产业奠定了坚实的基础。一方面，高新技术产业是发展战略新兴产业的承载体和辐射源。例如，20 世纪 80 年代，高新技术的特征是源自于微电子和数码技术的信息技术，后来形成了计算机软硬件、网络产业和移动通信等战略新兴产业；20 世纪 90 年代迅速发展的生物技术源自于生命科学的基础研究，正在形成生物医药、生物种

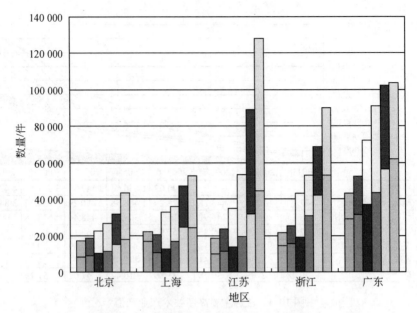

图 10-5　2003～2008 年全国主要省市的专利申请情况比较

注：从左至右依次是每个地区 2003～2008 年的专利申请情况，柱顶对应为专利申请数量，

中端对应为专利授权数量。

业、生物质能源和生物环保产业；2000 年以来，新能源又成为高新技术产业的重点①。另一方面，江苏发展高新技术产业的经验有利于把握战略新兴产业的规律，如战略新兴产业的发展需要经过基础研究突破，应用技术研究，创新产品开发，初期市场培育，形成产业链分工，建设产业化基地，拓展应用市场等阶段，这为培育战略新兴产业提供了好的做法和实践。

10.1.3.2　抢占先机

江苏经济发展快，进入重工业化时代早，比其他地区更早感受到环境恶化对经济发展的威胁和缺乏能源的紧迫感。

与此形成对比的是，临近的浙江，在制度方面勇于创新，利用传统经商优势，大力发展个体私营经济，依靠"温州模式"在经济发展的道路上走得越来越远，实现了经济的持续快速发展。1978～2002 年浙江的 GDP 增长了 19 倍，在全国 GDP 总量中所占份额由 3.4% 上升到 7.6%；同期人均 GDP 增长 50.9 倍，在全国的位置由第 15 位上升到第 4 位。江苏由于改革和创新方面相对滞后，

---

① "建设高新技术产业化基地，大力培育战略性新兴产业"，《经济日报》，2010 年 7 月 21 日。

1978～2002年 GDP 增长 16.1 倍，在全国 GDP 总量中所占比重由 6.9% 提高到 10.4%，提升幅度仅三分之一，而浙江幅度上升近一倍；江苏人均 GDP 只增长 33.5 倍，在全国的位置仍保持在第 6 位。

在此期间，国家进行了三次重大的宏观经济调控：第一轮是针对 1992 年的经济过热，从 1993 年起实施的紧缩性的宏观调控；第二轮是针对 1997 年经济偏冷，从 1998 年开始实施扩张性的宏观调控；第三轮是针对 2003 年经济运行中出现的一些新的不稳定、不健康因素，从 2004 年开始实施的中性宏观调控。中国在经济高速发展的同时，国家从宏观层面提出经济发展从"又快又好"转变为"又好又快"。经济的高速发展为江苏发展新兴产业积累了较为雄厚的基础，与仍在着力考虑提升经济总量问题的中西部欠发达地区相比，江苏更有实力考虑经济发展的质量问题。从图 10-6 所示的 1992～2008 年全国主要省市的 GDP 变化中可以看出这一点。

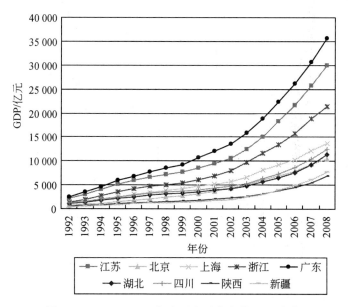

图 10-6　1992～2008 年全国主要省市的 GDP 变化
资料来源：根据历年《中国统计年鉴》整理

与之相对应的是，虽然同为外向型经济发展模式，江苏拥有更为强大的工业基础，如大型设备机械等制造业一直是江苏的龙头行业，与广东和浙江这些主要依靠市场拉动增长模式的省份相比较，江苏在技术推动方面做得更为出色，因此具备更持久的增长动力和更强的抗风险能力。

虽然发展战略新兴产业可能面临各种风险，但是江苏仍然较早地确定了大力发展战略新兴产业的方向，这既是江苏在新的经济形势下不得不采取的内涵式的增长模式，而且也体现了地方政府的高瞻远瞩。

同时，江苏十分注重对科技的金融投入。图 10-7 则显示了 2001～2008 年江苏的科技活动经费筹集情况。可以看出，科技活动经费筹集总额呈现逐年递增的趋势，而且增长的速度较快。从结构上看，来自政府的资金仅占 10% 左右，来自企业的资金所占比例接近 80%，而且企业资金所占的比例呈现逐年递增的趋势，体现了企业资金投入的主体性地位。尽管来自金融机构的贷款仅占 8%，但相比之下，江苏的企业比其他省市的企业更容易获得金融机构的贷款，图 10-8 显示了 2001～2007 年全国主要省市大中型工业企业科技活动获得金融机构贷款

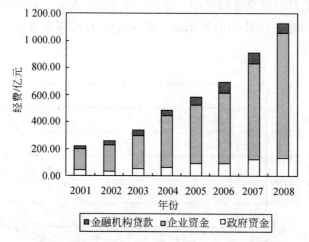

图 10-7　2001～2008 年江苏科技活动经费筹集情况

资料来源：根据历年《中国科技统计年鉴》整理

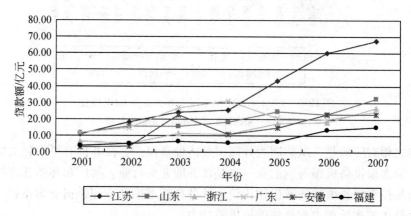

图 10-8　2001～2007 年全国主要省市大中型工业企业科技活动获得金融机构贷款额

额，可以看出，2005～2007 年江苏连续三年位居全国第 1 名，远远高于其他主要省市。这在某种程度上体现了社会多元化资金所发挥的作用，使得江苏的金融体系支持能够与企业的快速发展相匹配。

10.1.3.3 集群式发展

从世界范围看，集群化已是一个普遍现象，而且，越是崛起中的新兴产业，越是高度集群化。Porter（1990）研究了美、日、德、瑞典等国有国际竞争优势的产业，发现其共同点是：一个国家在国际上有竞争力的产业大多是集群模式。Furman 等（2002）指出一个强大的集群创新环境能够增强创新基础设施的实力，而较弱的集群创新环境能够遏制创新基础设施。因此，集群式的创新环境能够对创新效率产生影响。产业集群作为某个特定产业中相互关联、在地理位置上相对集中的若干企业和支撑体系的集合，是工业化发展到一定阶段的必然趋势，是提高区域经济竞争实力的有效手段。战略新兴产业的培育发展涉及资金、政策、信息、人才、技术等多个方面，江苏的战略新兴产业的集群式发展模式很好地满足了战略新兴产业的需求。有了政策和资金的推动和保证，新兴技术在江苏多个产业集聚地快速实现规模产业化。江苏各市县共同努力，通过打造新兴产业集群，使各类资源有效整合，促进了软件、集成电路、光伏、风电、生物医药等产业的快速发展。

在很多战略新兴产业集群中，具备自主知识产权和品牌的骨干龙头企业已经形成。例如，尚德是全国规模最大的太阳能光伏企业，其生产的晶硅电池全球第三、组件位于世界首位。江苏以尚德为核心，同时支持关联产品和配套发展，先后培育出以生产高纯多晶硅为主的协鑫江苏中能、江苏顺大等企业，以生产多晶和单晶切片为主的常州亿晶、江阴海润等企业，以生产电池及组件为主的常州天合、南京中电光伏、苏州百世德等企业，以做电站和发电系统为主的中盛光电、江苏兆伏企业，以及以做生产与检测设备为主的常州华盛天龙、无锡南亚等 300 多家光伏生产骨干企业，建立了以自主知识产权和核心产品优势为基础的"多晶硅—硅片—电池—组件—集成系统设备—光伏应用产品开发"这一较为完整的产业链，如图 10-9 所示。

在风电领域，江苏的企业瞄准技术集成的重大整机产品，向产业链高端攀升。江苏通过加强政策引导，推动风电产业通过自主研发、合作开发以及收购海外研发力量等方式，从配套产品向整机产品推进，常州新誉、南通安迅能的 1.5 兆瓦机组已形成批量生产，江苏国信、南通锴炼、无锡宝南 2 兆瓦机组进入样机测试阶段，3 兆瓦以上海上机组研制进展顺利。以核心企业或主导产品为基点，推动产业链条向两端延伸。如全省风电装备产业已构建了从高速齿轮箱、发电机、叶片、法兰、轮毂、主轴、回转支承、变压器（变电站）及控制装置等关键

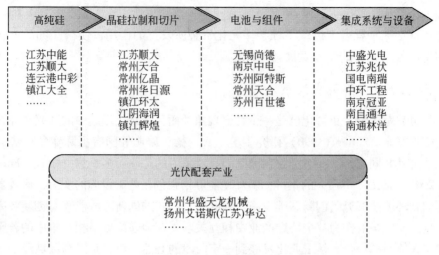

图 10-9 江苏光伏产业集群示意图

配套件到兆瓦级整机的较完整产业链，整机制造企业有 12 家。

产业集群中的企业通过建立产业技术创新联盟，提高了企业在产业链创新中的组织程度。江苏推动轨道交通上下游企业在技术、人才和市场等方面全面整合，依托南京、常州两地，组建全省轨道交通产业技术创新联盟，将整车设计制造、动力牵引、门系统、信号控制、空气制动以及综合管理等领域的一批骨干企业与研发机构联合起来，组织产业技术联合攻关，形成了整体发展优势。全省 200 多家轨道交通企业，实现产值 220 多亿元。南京康尼自主开发的轨道车辆门系统占全国 50% 以上的市场份额，被誉为"中国第一门"，并向阿尔斯通提供配套；常州常牵的轨道交通牵引传动控制系统占全国 35% 的市场份额，今创的车辆内装系统的市场份额占 60%。常州的车体、转向架、牵引传动、电气控制以及车内装饰，南京的地铁车辆、信号系统、售检票系统、给排水设备等都已形成明显的技术领先和产业链优势①。

由于市场经济环境下生产要素的不完全流动性、生产要素的不完全可分性和生产与服务间的不完全可分性等，江苏通过在省内各市县建立各新兴产业集群，为不同行业提供包括资源、生产要素、人力资本等方面的支持，这些集群的形成大多依托当地多年经济发展的基础，与当地人文环境、资源配套设施等形成良好的匹配模式，在一定地理空间范围内实现上下游衔接，各种资源能够在区域内快速流动，有助于知识和技术的转移扩散，尽快形成整体竞争能力。此外，在相对集中的某个区域内发展一种新兴产业，能够避免地区间的重复建设和恶性竞争，

① 江苏科学技术厅党组书记、厅长朱克江——依靠科技培育发展战略性新兴产业的实践与思考。

在现代高科技行业分工日益专业的情况下，新兴产业集群有利于企业采取差异化竞争方式，通过不断研发打造核心竞争力来提高整个区域内的整体竞争力。

除了在区域内形成产业集群，江苏通过"校企联盟"的组织方式，动员高等学校、科研院所的科技力量服务企业，企业依托"两院两校两部委"实施的产学研合作项目数达524项，总投资额134亿元。如中国科学院的"龙芯CPU"选址常熟，北京大学"众志芯片"落户常州，清华大学"OLED"南移苏州昆山，东南大学"PDP"入驻南京浦口。目前，各地与江苏省内外高校院所建立产学研用合作工作机构253个，企业与941家高校院所建立稳定合作关系，常年在江苏企业从事产学研用合作的科技人员达50 000多人，产学研的良好结合加快了优质创新资源向企业流动，实现了企业创新能力的较大提升。仅从江苏省内的高校来看，其在获得了大量研究开发经费资助的基础上，促进了科研成果的转化，科技成果转让从2005年的558项增加到2008年的1321项，如图10-10所示。

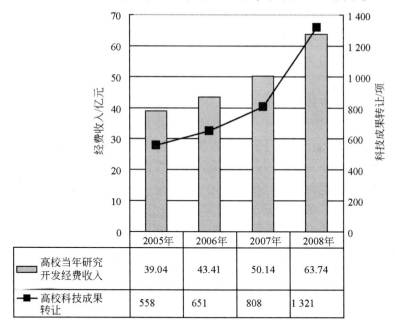

	2005年	2006年	2007年	2008年
高校当年研究开发经费收入	39.04	43.41	50.14	63.74
高校科技成果转让	558	651	808	1 321

图 10-10 江苏高校研究与开发经费收入和科技成果转让情况

资料来源：根据历年《江苏统计年鉴》整理

虽然新兴产业集群受历史规范制度的约束较少，但其更加依赖于地方社会网络（例如区域政策和公共服务部门），更加依赖于制度分割，这些因素都促使新兴产业更容易在品牌化城市集群（任寿根，2004）。江苏就是通过各种政策引导在省内多个市县打造各个地区的新兴产业"品牌"，如今，已形成无锡"硅谷"、南通"船谷"、泰州"药谷"和正在加紧建设的南京"无线谷"、苏南"生物谷",可谓是"五谷"丰登。

这些企业集群和产学研联盟主要是在江苏的高科技园区中获得了快速发展,高新区可以为这些技术或资本密集型的产业提供一个资源相对集中、环境较为优化的条件,这些科技园区成为了技术与智力的聚集地,全省的 16 个国家和省级高新园区集中了全省 40% 的高新技术产业产值和 60% 的新兴产业产值,光伏、风电、生物医药等 90% 以上的高技术新兴产业都是从高新区内成长起来的,地方政府通过加大园区基地内科技创新元素的注入,引导和支持技术创新与产业发展融合,推动新兴产业加快集聚,促进了创新集群的形成和新兴产业的发展。

10.2 地方政府的"桥梁式"干预:中小企业金融政策

我们在第 8 章中已经说明为什么技术创新的不确定性和信息不对称会产生市场失灵,即中小企业的融资缺口。本节从中小企业金融政策的角度,阐述地方政府在弥补区域创新体系中这一市场失灵问题时扮演了怎样的角色,干预的领域、手段和程度是怎样的情形。

图 10-11 显示了不同主体在技术创新过程的不同环节所发挥的作用。政府对技术创新的资金支持体现在技术发展的早期阶段,特别是基础研究阶段。此时,技术可能具有良好的市场前景,但由于巨大的投入和高风险,技术对商业资本没有任何吸引力,因此,政府需要采取直接干预的方式。风险投资的角色是帮助中小企业克服研发资金短缺的困难,缩短技术转移的时间,因此在技术创新的中间环节其发挥的作用更大。在产品商业化方面,没有风险投资的企业一般需要花费 3~5 年的时间,与之相比有风险投资参与的企业一般能够缩短 1~2 年的时间。风险投资的参与有助于为企业的进一步融资创建更好的平台。而像银行这样的金融机构往往在企业发展的晚期才进行投入。

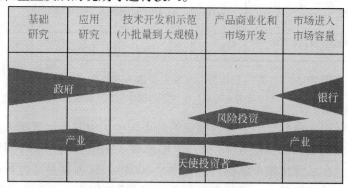

图 10-11 技术创新的融资

资料来源:SDTC website www.sdtc.ca

尽管在技术创新的中后期，风险投资和银行等商业资本能够较好地发挥作用弥补中小企业的资金缺口。但是，这并不意味着政府在这些环节的作用消失。相反，一个国家或地区的风险资本以及银行业对中小企业支持的活跃程度与政府的干预有很大关系，政府能够通过合适的政策手段和工具为这些主体创造良好的发挥作用的环境。例如，很多学者都从理论和实证的角度验证了政府支持风险投资发展的必要性，探讨了政府在资助风险投资方面如何扮演合适的角色（Cressy，2002；Leleux and Surlemount，2003；Cumming，2006，2007）。Lerner（1999）指出，风险投资的正外部性促使政府对风险投资产业进行扶持，政府的介入是为了减少市场失败率，消除结构刚性（Salmenkaita and Salo，2002）；此外，政府对于风险投资的扶持还能够刺激非政府风险投资（OECD，1997）。Cumming（2007）采用实证研究方法研究了 1982~2005 年澳洲 280 个风险投资公司对 845 个风险投资企业的投资，并将澳洲的政府扶持工程（IIF）与加拿大、英国和美国的扶持工程相比较，结论是虽然澳洲政府风险投资工程的成功退出率不高，但是这却成功造就了澳洲风险投资发展的土壤。Mason（2009）回顾了欧洲政府干预风险投资的模式变化，主张政府应该以恰当的方式介入风险投资领域。OECD（1997）和 Aernoudt（1999）都强调了政府支持对于风险投资产业发展、经济增长和就业的重要作用。而政府对风险投资和银行业的支持是对中小企业融资问题的一种间接干预。

因此，以下将以江苏为例，从政府对中小企业融资的直接干预、政府对风险投资的干预，以及政府干预银行业对中小企业的资金支持三个方面进行论述。其中，政府的直接干预主要是指政府的中小企业技术创新基金；而后两个方面都属于政府的间接干预。政府对企业技术创新活动的高强度金融支持，是江苏与其他地区的一个明显的区别，也是江苏具备优良创新环境的重要标志，这也是我们以江苏为例的原因。

10.2.1　政府的直接干预：中小企业技术创新资金

在技术创新的早期阶段，企业需要跨越所谓的"死亡之谷"（图 10-12），商业资本的特性使得其很难在该阶段对企业进行投资，因而政府资金的直接干预会扮演重要的角色，且往往是以创新基金的形式进行干预。而且，Lerner（1999）的实证结果表明，政府认可的创新研究项目往往更容易获得风险投资基金的青睐。因此，政府创新基金的支持对于企业跨越"死亡之谷"，并在之后的快速成长扩张阶段获得更多的风险投资基金具有非常重要的意义。很多国家或地区的政府都设立了面向中小企业的技术创新基金，如美国的小企业创新研究计划（SBIR）、英国的 SMART 计划、加拿大产业研究支持计划（IRAP）等。

以美国 1982 年设立的小企业创新研究计划（SBIR）为例，该计划规定将国

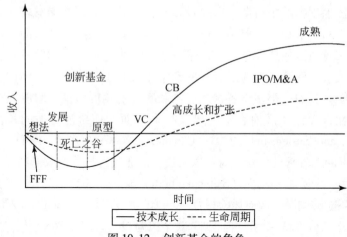

图 10-12　创新基金的角色

家科学基金会与国家研究发展经费的 10% 用于支援小企业的技术开发。美国《小企业发展法》规定，年度研究与开发经费超过 1 亿美元的联邦政府部门，必须依照 SBIR 计划，每年拨出法定比例的研发经费（最大比例为 1.25%）用于支持外部小企业的发展。SBIR 的资金接受者必须是独立的、雇员少于 500 人的美国公司。SBIR 为初步挑选出的每个企业提供 10 万美元，以尝试项目的可行性，然后，这些企业中的 50% 将再次获得 75 万美元的资金，以支持其进一步发展。SBIR 计划项目产生的知识产权和技术属于项目单位所有，出资的政府部门可以免费使用 5 年，但不能与企业界分享。在该计划的支持下，美国激光、医学、机器人等领域的研究都取得了长足的发展，由此形成的技术和产品增强了美国在世界范围内的竞争优势。

　　1999 年，中国设立了科技型中小企业技术创新基金，专门用于鼓励、培育、支持和促进科技型中小企业的技术创新，资金上的支持分别采用无偿资助、贴息、资本金投入等三种不同方式。截至 2009 年年底，财政累计安排了 104.5 亿元，共立项资助了 20 297 个中小企业技术创新项目。如图 10-13 所示，2009 年的资助力度增长尤为迅速，资金规模比 2008 年翻了一番。在受资助的企业中，有 33% 是成立不足 18 个月的初创型企业，有 59.5% 是人数在 100 人以内的企业。该基金项目自实施以来，支持和培育了一大批科技型中小企业的创新创业，有效地促进和带动了高新技术产业和区域经济的发展，如无锡尚德、"龙芯"CPU、开米股份、中航惠腾等一批中小企业已经成长为行业的"领头羊"。由于中小企业在技术创新早期阶段的特征，完成验收的初创期企业项目的失败率为 13.6%，但这个数字仍远低于国际同类资金支持的项目失败率（如硅谷风险投资项目的成功率不足 50%）。

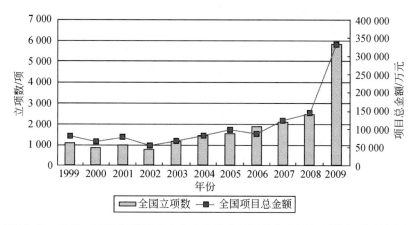

图 10-13 1999～2009 年科技型中小企业技术创新基金全国立项数和项目总金额

资料来源：根据国家科技型中小企业技术创新基金网站整理

江苏作为科技大省，科技型中小企业的技术创新活动非常活跃，国家的科技型中小企业技术创新基金使江苏的中小企业创新创业环境得到了进一步改善，也为江苏整合科教资源优势、扶持科技型中小企业成长、加快科技成果转化提供了一个新的重要机遇。截至 2009 年年底，江苏累计有 1863 个项目获得立项支持，占全国立项总数的 9.18%；资助金额 11.67 亿元，占全国总量的 9.59%（表 10-2）。以 2009 年为例，江苏的立项数位居全国第二（551 项），仅落后于上海（592 项），而资助金额位居全国第一，为 3.18 亿元。

表 10-2 江苏历年获得"国家科技型中小企业技术创新基金"立项数与资助金额

年份	立项数/项	占全国百分比/%	支持金额/万元	占全国百分比/%
1999	92	8.45	7 169	8.78
2000	130	14.91	9 950	15.08
2001	115	11.41	9 278	11.84
2002	90	11.54	6 445	11.93
2003	96	8.02	5 575	8.40
2004	103	7.04	6 540	7.91
2005	148	9.54	9 715	9.83
2006	150	7.87	6 885	8.17
2007	142	6.72	8 885	7.07
2008	246	9.96	14 437	9.87
2009	551	9.42	31 827	9.55
合计	1 824	8.99	114 004	9.36

资料来源：根据国家科技型中小企业技术创新基金网站整理

　　为满足江苏各地科技型中小企业的快速发展和创新创业的旺盛需求，加大对全省科技型中小企业技术创新的引导和扶持力度，2007 年年初，江苏省财政厅和科学技术厅联合设立了江苏科技型中小企业技术创新基金，该计划定位于"以培育高成长性科技型中小企业和培养高素质科技型企业家为目标，通过对中小企业创新项目的扶持，培养一批引领和推动省内高新技术产业发展的高素质科技型企业家队伍，为高新技术产业发展提供支撑"。该创新资金重点支持国家级和省级科技企业孵化期内的具有独立法人的科技型中小企业，年销售收入不超过 3000 万元，资金经费一般不超过 30 万元。2007 年和 2008 年江苏分别投入 7000 万元、1.2 亿元资金用于该计划。

10.2.2　政府的间接干预：风险投资

　　风险投资在创新和经济增长活动中扮演重要的角色，这一点已经得到学术界和企业界的广泛认可（Bottazzi et al.，2008）。Cumming（2007）认为政府对风险投资业的参与大体上可分为两个方面：一是通过制定政策法规；二是通过直接的政府投资。在第一种参与方式中，调整资本利得税是一种重要的工具（Jeng and Wells，2000），其他还包括政府采购、贷款与担保等；而第二种参与方式主要是政府出资成立政府背景的风险投资机构。

　　近年来，中国的风险投资市场发展迅速，投资额从 2001 年的 5.18 亿美元增加到 2008 年的 42.10 亿美元，增长了 7 倍多（图 10-14）。从风险资本的结构来

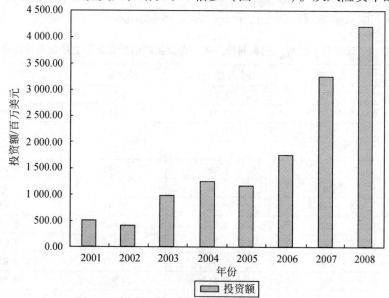

图 10-14　2001~2007 年中国风险投资市场的投资额

资料来源：Zero ZIPO Research Center，2009

看，来源于政府的资金仍占主导地位。2004 年，风险投资资本来源中，政府的比例为 39%，国内企业约占 25%，外资机构发展迅速，约占 20%（表 10-3）。

表 10-3　1994～2004 年中国各类风险资本所占的比重（%）

年份	政府	国内企业	外资机构	金融机构	其他类型
1994	58.7	4.7	36.2	0.4	0.0
1995	56.5	8.2	34.9	0.4	0.0
1996	55.7	9.4	34.4	0.5	0.0
1997	48.9	8.9	29.9	11.7	0.6
1998	49.1	16.2	23.6	10.2	0.9
1999	45.7	24.1	22.0	6.4	1.8
2000	34.6	35.6	23.0	4.3	2.5
2001	34.3	37.0	21.9	4.1	2.7
2002	35.0	23.0	35.0	4.0	3.0
2003	62.0	27.0	11.0	0.0	0.0
2004	39.0	28.0	21.0	7.0	5.0

资料来源：谈毅等，2008

　　江苏风险投资业的发展在全国处于领先的地位，从图 10-15 可以看出，2007 年江苏的风险投资机构数量和资本规模是全国所有省（自治区、直辖市）中最多的，共有 85 个风险投资机构，占全国风险投资机构总数（383 个）的 22.2%；资本规模达到 302.1 亿元，占全国风险投资机构资本总额（1051.5 亿元）的 28.7%。

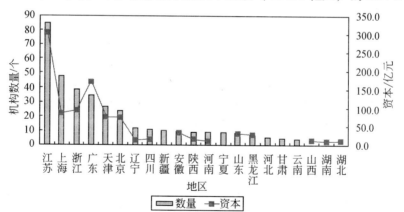

图 10-15　2007 年部分地区创业风险投资机构数量和资本分布

资料来源：根据《中国风险投资年鉴》整理

　　鉴于中国风险投资领域政府资金占主导地位的特点，以及江苏在探索政府参与风险投资方面的成功经验，我们在本书中只讨论政府参与风险投资的第二种方式，即政府背景的风险投资，以及政府风险投资对其他类型资本投资的带动作用。

江苏的风险投资在国内起步较早，是在政府的有力推动下发展起来的。政府先后出台了《关于进一步推进科技成果转化和高新技术产业化的若干规定》、《江苏省科技发展风险投资基金管理办法》等一系列加快高新技术产业和风险投资事业发展的政策。1992 年 7 月成立了"江苏省高新技术风险投资基金"（以下简称"江苏高新公司"），由省政府注入 1.5 亿元资金，到 2001 年由于省政府的专项财政拨款，资金规模达到 6.5 亿元。江苏高新公司作为政府 6.5 亿元资金的管理人，采用了委托投资管理人的模式，将政府资金作为有限合伙人的出资，再从社会上寻找和培育一批风险投资者，吸引更多的社会资本合作参与，共同投资创业项目。

具体运作方式有两种：第一种方式是契约制，即由江苏高新公司根据有关规定选聘管理公司，江苏高新公司负责投资方向和具体投资项目的最终审核，管理公司负责项目的评价、选择和管理，每年可以拿到 2% ~ 3% 的管理费用，同时作为激励，其可以拿到项目成功后资本增值部分的 30% 。在确定风险投资项目之后，管理公司必须拿出投资总额 10% 的资金与江苏高新公司 90% 的资金捆绑在一起，投入到风险企业。同时，管理公司负责对外融资 100% ，配套注入基金所投资的风险企业，从而使风险企业投资主体多元化，股权结构更加合理，减少投资风险。这种模式使政府利用自己的资金带动了民间资本，克服了政府主导型创业投资在风险管理和项目运作等方面的不足（葛崎中，2003）。第二种方式是江苏高新公司与境外商业资本合作，共同发起设立风险投资公司，聘请专业的管理公司管理风险投资公司（基金），管理公司承诺投资 20% ~ 30% 。

江苏省政府以 6.5 亿元政府基金为依托，向海内外公开招贤，与多家省内、国内其他地区和境外资本合作，吸收外部资金，既有效地扩大了政府的资金规模，又引入了外部专业化的管理（图 10-16）。至 2009 年，省级基金共主导和参与发起基金 31 个，管理资本规模达到 160 亿元，实现了明显的"杠杆效应"。共投资了 220 多个科技型创业企业，投资领域包括新能源、新材料、现代装备制造、生物医疗、电子信息、现代服务业、文化产业等。培育出了无锡尚德、中国传动、北京超图、康力电梯等 16 家上市公司，还有近 40 个企业符合或基本符合上市条件。

由此可以看出，江苏省政府参与风险投资的发展有两个特点：一是政府不直接进行风险投资和管理，而是作为投资方，并委托专业商业机构来完成。这样有效地规避了由于政府经营者缺乏风险投资经验、任期小于风险投资周期、政府官员对风险投资公司监管不严等问题。二是政府风险资本是作为与民间资金合作的方式出现。目前，中国风险投资的资金来源以政府为主导，这体现了在发展的起步阶段，政府资本对不充裕的企业资本和民间资本的一种替代；而随着经济的发展和社会财富的增加，政府资本应该逐步带动企业资本和社会资本，发掘潜能，使其发挥巨大的经济效益和社会效益。江苏属于经济发达地区，过去多年的积累使其已经具备这样的基础，因此形成了政府资本和企业资本、社会资本，甚至是境外资本互动的良性机制。通过以上两个方面，我们认为江苏的这种间接式的风险投资干预模式更加符合市场的规律，更加符合地区经济发展的路径，因此对国内其他地区风险投资业的发展具有很大的启示意义。

政府风险投资具体对一个企业的支持以尚德为代表，可见本书所附的案例。

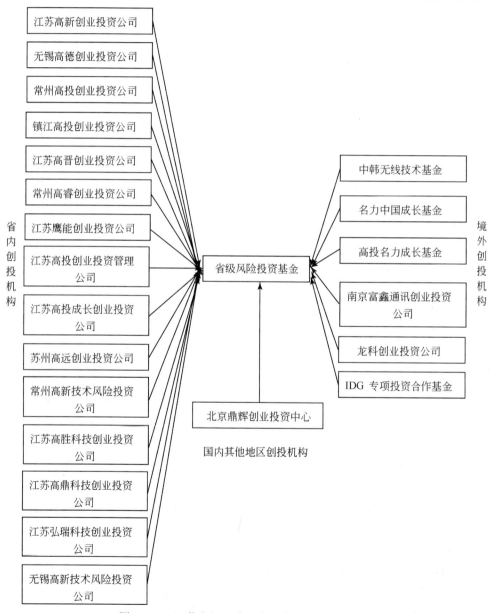

图 10-16　江苏省级风险投资基金的"杠杆效应"

10.2.3　政府的间接干预：银行对中小企业的资金支持

前面已经说过，银行往往是在技术创新的后期阶段才会介入，这与金融机构自身的特点密不可分。为鼓励和引导各类金融机构支持自主创新与科技项目产业化，2007 年江苏设立了科技贷款风险补贴专项资金，对从事科技贷款的金融机构给予风险补贴，并制定了科技贷款风险补偿专项资金管理办法。风险补贴资金是指财政专门用于对江苏省内银行业金融机构发放科技贷款可能产生的风险进行补贴的资金，用于充实金融机构科技贷款的风险准备金。江苏目前对贷款风险进行补偿的方法主要有三种：第一种是只要银行给中小企业发放一笔贷款，政府将对银行支付 1%～2% 的额外利息；第二种是如果银行给中小企业发放贷款形成了不良贷款，政府科技部门要承担不良贷款的 20%～40%，以减轻银行的风险；第三种是如果担保公司愿意为中小企业进行担保，政府给担保公司 1% 的风险奖励。

此外，江苏对科技贷款增速超过 20% 的金融机构给予风险补贴。例如，对全省汇总后科技贷款余额同比增长 20% 以上的银行业金融机构，江苏省财政厅对该银行业金融机构全省各分支机构的当年新增科技贷款，均按 1% 进行风险补贴；对全省汇总后科技贷款余额同比增长没有达到 20% 以上的银行业金融机构，江苏省财政厅仅对该银行业金融机构中科技贷款增长 20% 以上的分支机构，按 1% 对其科技贷款新增额进行补贴。

对于财政贴息，由于其不能有效降低银行的风险，银行不愿意为中小企业提供贷款。对于政府优惠贷款，因为其资金规模有限，所以能够获得贷款的企业数量非常少，而且政府部门也没有足够的能力去筛选企业，进行贷款管理。对于建立贷款担保公司，由于其要求较高，程序繁杂，贷款企业的筛选要经过政府科技部门、担保公司和银行的三层考核，从而延长了审批时间。相反，建立科技贷款风险补偿专项资金后，银行科技贷款的风险下降，提高金融机构科技贷款的积极性，而且科技贷款风险补偿专项资金的放大倍数也远远高于财政贴息，同时贷款企业就只由银行筛选，从而缩短了审批时间。

10.3　地方政府的"激励式"干预：财政税收政策

技术创新产品公共性与外部性的存在，以及技术创新的高投入、高风险、高不确定性等属性使企业在基础研究、行业共性技术研发等领域创新动力不足，在技术创新方面的投资低于社会期望水平。因此，需要政府采取激励手段克服上述市场失灵，以解决企业技术创新投入不足、激励缺失等问题。在区域创新体系中，财政税收政策是政府鼓励企业研发和创新经常采用的工具。在本节中，我们仍以江苏为例，探讨其在支持企业开展研发创新活动、支持企业加速科技成果转化、支持高新技术产业发展，以及支持科技人员创业等方面出台的一系列财政税收激励的组合政策。

10.3.1　支持企业开展研发创新活动

在税收政策方面，江苏出台了《关于增强自主创新能力建设创新型省份的决定》和《关于鼓励和促进科技创新创业若干政策的通知》，这些规定的许多条款与国家规定的条款相同，有些甚至更加优惠。

除此之外，江苏鼓励企业利用海内外的资源开展技术创新活动。"十五"期间，江苏正式实施了国际科技合作计划，该计划定位于："以推进江苏省产业技术创新国际化为目标，充分利用国际科技资源，重点支持引进海外高层次创新创业人才和团队、引进一流外资研发机构并与省内企业开展合作研发、开展重大国际科技交流活动，引导省内企业在境外设立研发机构，支持国际合作研究，推动技术出口。"自实施以来，该计划为江苏高技术研究、科技成果转化资金、科技攻关等重大科技计划提供了海外优质技术源和项目源。江苏首批 3 亿元成果转化资金项目中的重大项目如光纤、高性能碳纤维、太阳能晶体硅、永中 OFFICE 等，均来自国际科技合作计划支持的海外资源。一批接受国际科技合作计划资助的项目有效推动了当地经济和社会的发展。扬州惠通聚酯技术有限公司执行的省国际科技合作计划项目"高性能碳纤维"与省攻关项目配套实施，形成了具有自主知识产权的高性能聚丙烯氰基碳纤维技术和工业化生产技术，打破了国外的技术垄断。泰州梅兰集团以交钥匙工程方式，引进了俄罗斯一套西方国家对中国封锁的年产 2.5 万吨有机硅单体生产技术，有效带动了江苏有机硅系列产品的生产，形成富有地方特色的高附加值产品群。

10.3.2　支持企业加速科技成果转化

早在 1998 年，江苏就出台了《江苏省人民政府关于进一步推进科技成果转化和高新技术产业化的若干规定》，2000 年又正式公布了《江苏省促进科技成果转化条例》。归纳近些年来江苏在支持企业科技成果转化方面的主要财政税收政策如下。

科技成果转化专项资金计划。该计划定位于："以促进具有自主知识产权的重大科技成果转化与规模产业化为目标，以企业为主体，加强产学研合作，推动高层次人才创业创新，强化引进消化吸收与再创新，突破制约产业发展的关键技术，培育高技术新兴产业，提升高新技术产业核心竞争力，为优化产业结构、转变发展方式提供重要支撑。"每年省政府专门安排 10 亿元资金用于该计划。资助条件包括三个方面:一是重大科技成果。项目的核心技术或关键技术,有重大创新,具有自主知识产权,具备实现产业化的技术基础。二是市场前景良好。目标产品明确,市场容量大,竞争力强。在项目的实施期内,能较快形成较大的产业规模,经济效益和社会效益显著,且能带动相关产业的发展,对调整产业结构和提升经济竞争力起重大推动作用。三是实施主体可靠。项目的申报单位为项目的实施主体,具备较强的科技创新能力,拥有能保障项目实施的技术、管理团队和体制机制。企业技术开发和产业化条件完善。有较高的资信等级和企业信誉,具备与实施项目相匹配的资金筹措能力。

资助对象为在江苏省内注册,具有独立企业法人资格的单位,资金鼓励企业联合省内外高校院所进行产学研合作。资助的方式有三种:第一种是拨款资助。主要用于对重大科技成果转化项目中试或产业化过程中的研究开发工作给予补助。第二种是贷款贴息。主要用于形成较大产业化规模效益而面向银行大额借贷的重大科技成果转化项目。根据项目技术水平、贷款规模等,确定相应的贴息额度。第三种是有偿资助。主要用于能较快产生经济效益、在合同确定的项目实验周期结束后的一定期限内能偿还资助资金的产业化开发项目。

总体来看,江苏科技成果转化专项资金计划有四个特点:一是优先支持产学研结合项目。在已立项的 300 个科技成果转化专项资金项目中,属于产学研合作的项目有 238 项,占项目总数的近 80%。二是在成果转化专项资金中引入风险投资。2006 年专门设立了创业风险投资类项目,引导风险投资 3.75 亿元。三是逐步提高有偿资助、贷款贴息资助方式的比例,引导社会资本加大对科技成果转化的投入。四是开展职务技术成果挂牌转让。2007 年年初,江苏省科学技术厅发布了职务技术成果挂牌转让实施细则,组织 1162 项职务技术成果进行挂牌转让,目前已成交 367 项,合同金额 5.26 亿元。

税收政策:①高等院校、科研院所在高新技术成果转化中建立的有限责任公司或股份有限公司,校、所按照股权比例分得的利润部分由地方所征收的所得税 3 年内实行先征收后返还的办法。②企业技术转让所得免征、减征企业所得税。在一个纳税年度内,企业技术转让所得不超过 500 万元的部分,免征企业所得税;超过 500 万元的部分,减半征收企业所得税。③企业从事技术转让、技术开发业务和与之相关的技术咨询、技术服务业务所取得的收入,免征营业税。

10.3.3 支持科技人员创业

为了鼓励高校院所科技人员携带科技成果出来创业,江苏创新政策在改革权益分配上出了新招,加大了激励强度,规定高等学校与企业横向科研课题的节余经费，允许用于兴办科技企业的注册资金；成果完成人可享有该注册资金对应股权的80%，学校享有20%。以股权投入方式，其成果完成人可享有不低于20%的股权；以技术转让方式，其成果完成人可享有不低于转让所得的税后净收入的20%；以合作方式，盈利后3~5年内，成果完成人可从实施该项成果的税后净利润中提取不低于5%的比例作为奖励。

为加大对科技企业孵化器载体建设的支持，江苏创新税收激励政策规定，对国家及省认定的科技企业孵化器，自认定之日起，一定期限内免征营业税、所得税、房产税和城镇土地使用税。这在很大程度上减轻了各类创新创业载体建设的负担，并将提高更多的社会机构及个人参与建设的积极性。例如，对于经省批准的高新技术产业开发园区内的科技创业中心（孵化器），属孵化项目缴纳的所得税，由财政列收列支返还给科技创业中心，用于基地建设和培育孵化项目。

此外，江苏也鼓励高校学生科技创业。政策规定，高校大学生可休学创办科技型企业或进行科技中介服务，在校大学生休学创办的利技型企业或科技咨询类中介服务机构，可按规定免征个人所得税两年。

10.4 地方政府的创新平台建设：科技人才政策

人是知识技能的载体，是创新能力形成的基础要素。因此，高素质的人才是一个地区提高创新能力、构建区域创新体系的坚实基础。在区域创新体系中，良好的教育和人才培养体系是塑造善于创新、探索和吸收全球知识来源，在技术和创业方面具有创造力的人力资本的基础（World Bank，2010）。对于江苏来说，转型升级需要更多地依靠智力资源和科技进步，而政府是搭建人才平台的主要推动者。江苏历史上就有尊师重教的文化传统，在新的发展时期，江苏仍然对教育和人才非常重视，采取了一系列有效的政策，地方政府对人才平台的搭建主要体现在三个方面：一是对教育和科技人力资源的投入；二是对人才的培养；三是对人才的引进。

10.4.1 对教育和科技人力资源的投入

江苏的高等教育资源丰富，图10-17的数据显示，2008年江苏共有146所普通高校，位居全国各省（自治区、直辖市）之首。当年的招生数为410 705人，仅少于山东，位居全国第二名。

同时，江苏也非常重视对教育资源的投入，2008年的教育经费支出为851亿元，仅次于广东，位居全国第二名，如图10-18所示。

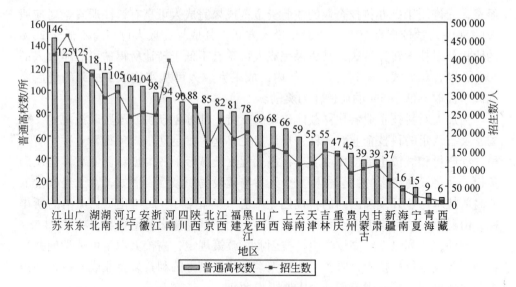

图 10-17　2008 年全国各省（自治区、直辖市）的普通高校数和招生数

资料来源：根据 2009 年《中国统计年鉴》整理

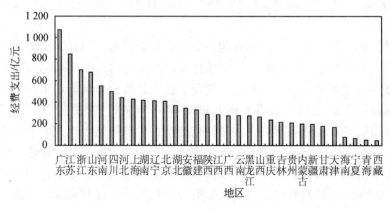

图 10-18　2008 年全国各省（自治区、直辖市）教育经费支出

资料来源：根据 2009 年《中国统计年鉴》整理

　　2008 年，江苏的科技活动人员数为 51 万人，在全国位居第二名，仅落后于广东。在科技活动人员中，江苏的科学家和工程师人数为 32 万人，在全国位居第三名，落后于广东和北京（图 10-19）。从江苏历年科技活动人员的发展情况来看，自 2001 年以来，科技活动人员总数和科学家与工程师人数呈现逐年递增趋势，从 2001 年的 30 万人增加到 2008 年的 51 万人，增长了 70%；科技活动人员中科学家与工程师的数量从 2001 年的 17 万人增加到 2008 年的 32 万人，增长了 88%；科学家与工程师的数量占科技活动人员总数的比重一直保持在 60% 上

下（图 10-20）。由此可见，江苏的科技人员队伍成长很快，这为江苏开展创新活动，增强创新能力奠定了坚实的基础。

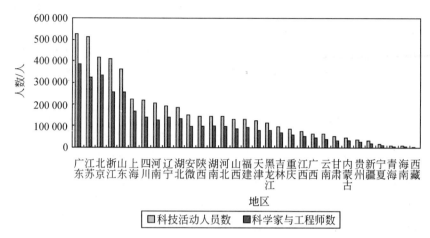

图 10-19　2008 年全国各省（自治区、直辖市）科技活动人员数和科学家与工程师数

资料来源：根据 2009 年《中国科技统计年鉴》整理

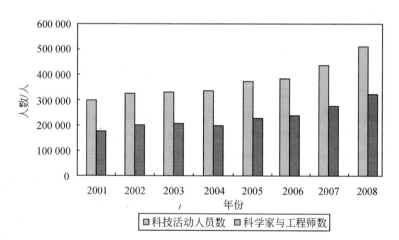

图 10-20　2001～2007 年江苏科技活动人员数和科学家与工程师数

资料来源：根据历年《中国科技统计年鉴》整理

10.4.2　人才培养政策

10.4.2.1　"333 高层次人才培养工程"

近年来，尽管江苏经济与社会发展取得了令人瞩目的成就，但据统计，江苏的人才流失较为严重，1996 年以前向江苏流入的人才仅占全国年流动量的 5% ~ 6%。面对国内外日益激烈的竞争，连续 10 多年保持了经济高位增长的江苏也面临着新的战略抉择，靠什么保持在全国的优势和领先地位，如何在更高的层次上求得更大的发展？并在此基础上明确提出，要顺利实现江苏现代化建设的战略目标，必须要强化高层次人才培养，以先进的科学技术、雄厚的人才优势特别是高层次人才优势作为主要支撑力量，拥有了人才优势，特别是高层次人才优势，才能拥有竞争发展的主动权。

　　1995 年，江苏在跨世纪的构想中，提出在未来 10 ~ 20 年要把培养跨世纪学术技术带头人作为新时期知识分子和人才工作的重点，并利用两年的时间对全省的人才状况进行了深入调研。1997 年，江苏开始实施"333 跨世纪学术技术带头人培养工程"（以下简称"333 工程"）。这一工程的最初含义是：第一期从 1997 年至 2000 年，目标是重点培养出 30 名能进入世界科技前沿并在国际上具有较高知名度的杰出专家；培养出 300 名国内学术、技术界具有重大影响的高级专家；培养出 3000 名省内各学科、各行业成就突出、具有一定声望的学术技术带头人。2001 年 3 月，在一期工程建设取得丰硕成果的基础上，江苏又组织实施了"333 工程"二期，即"333 新世纪科学技术带头人培养工程"，提出了从 2001 年到 2003 年每年新增培养对象 1000 名左右，其中第一层次的杰出专家 10 名左右，第二层次的高级专家 100 名左右，第三层次的学术技术带头人 1000 名左右。2006 年，江苏颁布了《关于实施江苏省"333 高层次人才培养工程"的意见》，从 2006 年起，选拔了 30 名中青年首席科学家、300 名中青年科技领军人才和 3000 名中青年科学技术带头人。通过培养，到 2010 年，第一层次的 30 名中青年首席科学家，在科学技术前沿取得重大突破，具有世界领先水平并能带领一个国际水准的学术团队，其中 10 名左右成长为"两院"院士；第二层次的 300 名中青年科技领军人才，在国内科学技术界具有一流水平，在相关领域做出重大贡献，其中 150 名左右成长为杰出科学家、工程技术专家和科技企业家；第三层次的 3000 名中青年科学技术带头人，在省内科学技术界具有一流水平，取得了显著成果和突出业绩并能推动地区和行业的发展，其中 1500 名左右成长为各领域的科技领军人才。

　　一期工程（1997 ~ 2001 年）。江苏在一期阶段共选拔出"333 工程"培养对象 3116 人，其中第一层次 33 人，第二层次 305 人，第三层次 2778 人。

　　在培养对象的选拔上，江苏成立了由 9 名两院院士和 14 名行业知名专家组成的专家委员会以及 7 个行业专家评审组。在培养方式上，实行省培养和各地、各部门培养相结合，政治培训和业务培训相结合，国内培训与国外培训相结合，基地定点培训和聘请导师结对培训相结合，项目资助与发放补贴相结合等方式。在南京大学、东南大学等高校建立了"333 工程"培养基地，为一半以上培养对象选聘了导师,为培养对象创造良好的环境氛围。

从实施的效果来看,培养对象中有 2 人分别当选为中国科学院和工程院院士,33 人被评为国家级有突出贡献的中青年专家,145 人被评为部、省级有突出贡献的中青年专家,142 人获得国务院政府特殊津贴,375 人被评为市级专家或拔尖人才,432 人晋升了高一级专业技术职称,519 人被提拔担任一定的领导职务。培养对象们共获得国家级科技成果奖励 87 项,部、省级科技成果奖励 861 项,市级科技成果奖励 724 项,获得专利 199 项,开发新产品 1458 个,出版专著 801 部,发表论文 8879 篇,转让技术成果 1159 项,产生直接经济效益 71.5 亿元。

二期工程(2001~2005 年)。在二期工程的前 3 年,江苏每年选拔培养对象 10 000 名左右,其中,能进入世界科技前沿并在国际上具有较高知名度的杰出专家 10 名左右,在国内科学技术界具有重大影响的高级专家 100 名左右,在省内各学科、行业成就突出,具有一定声望的科学技术带头人 1000 名左右。二期工程的选拔方式是:一期工程培养对象管理期满后,经专家小组考核合格,认为有较大发展前途,需要进一步培养并符合"333 工程"二期同一层次选拔条件的,可直接转入二期工程同一培养层次;符合"333 工程"二期高一层次选拔条件的,可参加高一层次选拔。"333 工程"二期培养重点是全省优势学科、重点学科的科学技术带头人,电子信息产业、现代生物工程和新医药、新材料等新兴产业的技术带头人,以及高新技术产业的创业型人才。

截至 2003 年,江苏已经为高层次人才培养投入 1.4 亿元。其中,省级财政累计投入了 5000 万元,各市、各部门和培养对象所在单位配套投入经费达 9000 万元。2003 年,江苏还拿出 200 万元重奖 10 名"创新创业人才",其中有 9 名是"333 工程"培养对象。在政治理论培训方面,累计办班 55 次,受训人员达 2800 人。在项目资助方面,先后 6 次对培养对象主持的 639 个科研项目进行资助,金额达 1907 万元,培养对象所在市和单位也按 1:1 的比例匹配了科研经费。

从实施的效果来看,截至 2003 年,培养对象中有 4 人当选为两院院士,57 人被评为国家级有突出贡献的中青年专家,191 人被评为部、省级有突出贡献的中青年专家,207 人获得国务院特殊津贴;培养对象共获得国家级科技成果奖 147 项、省部级科技成果奖 1034 项,获得专利 337 项,开发新产品 1592 个,转让技术成果 1288 项,产生直接经济效益 107.4 亿元。如南京理工大学校长吕春绪教授主持的"甲苯选择性硝化反应研究"项目,实现了工业炸药的"一次革命",技术成果已转让给全国 22 个省的 60 多家工厂投入生产,累计新增产值 10 多亿元,累计新增利税 1.8 亿元。再如江苏里下河地区农科所研究员程顺和主持开发的扬麦系列品种，仅扬麦 5 号、158 号两个品种就已创社会经济效益 100 多亿元。在省委知工办直接资助的 563 名培养对象中，已有 345 个项目完成了研究工作，共发表论文 3048 篇，出版专著 121 部，申请专利 55 项，研制出新产品、新装置 254 项，新工艺 223 项，新品种 495 项，成果引用产生的经济效益达 30 多亿元。

在"333 工程"的带动和影响下，一批海外留学人员纷纷来江苏创业，目前已建有苏州、南通、无锡等 9 个沿江留学人员创业园，海外学子在园区建立的高科技企业已近 300 家，全省留学人员创业园数、留学人员兴办的企业数都占全国同类总量的六分之一左右，位居全国各省市之首。

江苏设立了"333 高层次人才培养工程培养资金"，主要用于资助由第一、二层次培养对象主持的研究项目，尤其是国家、省重点研究课题和开发项目，资助培养对象参加国际权威机构组织的学术会议、国际论坛等交流活动或出国培训、进修，资助培养对象出版有重大理论突破的学术专著等。五年内第一层次培养对象可获得 10 万元~20 万元的专项资助，第二层次培养对象可获得 5 万元~10 万元的专项资助。发放图书资料补贴，第一层次每人每年 1 万元、第二层次每人每年 6000 元，由省财政支付；第三层次每人每年 3000 元，由所在单位支付。

2007 年、2008 年及 2009 年江苏分别在以下几个方面加大资金的投入：自然科学领域，应用技术领域，社会科学领域，医药卫生领域。优先支持企业的培养对象申请项目，优先支持高校、科研院所的培养对象与企业联合申报项目，优先支持培养对象研究成果转化项目，特别是到"333 工程科技成果转化基地"（苏州高新区、常州武进区、盐城东台市）转化成果的项目。2007 年资助科研项目 133 项，资助经费总额为 1025 万元。2008 年共资助科研项目 149 项，资助经费总额为 1152 万元。2009 年共资助科研项目 161 项，资助经费总额为 1108 万元。省内外 36 家高校院所携带项目和成果，来到常州武进区、苏州高新区、盐城东台市、徐州市及沭阳县，与 514 家当地企业签订了 783 项初步意向合作项目。这些项目不仅有较高的科技水平和技术含量，而且与电子信息、能源环保、生物制药、装备制造、新材料等江苏重点产业发展的需求相匹配。

10.4.2.2 "六大人才高峰计划"

2000 年初至 2001 年 7 月，江苏在深入调查论证的基础上，提出在重点发展的若干行业构建"六大人才高峰"的战略构想。2001 年 10 月，江苏印发了《关于加快构建六大人才高峰的实施意见》，正式启动"六大人才高峰"项目计划，该计划以教育、医药卫生、电子信息、机械汽车、建筑、农业等领域为重点，推进高层次人才的选拔和培养。

"六大人才高峰"具体包括：教育行业实施"青蓝工程"，医药行业实施"528 工程"，卫生行业实施"135 工程"，电子信息行业实施"IT 高层次人才工程"，机械汽车行业实施"313 人才工程"，建筑行业实施"当代鲁班人才工程"，农业行业实施"226 兴农工程"。在计划实施过程中，凡在上述六个领域从事重点项目研究与开发、实施科技成果转化，主持或参与其他应用性、创新性较强项目的行业拔尖人才和具有突出贡献的高技能人才，以及省外、海外符合申报条件的高层次人才均可按程序申报资助项目。对经评审确定为资助项目的，可获得一定数额的资助经费。项目的主要承担者列入该省高层次人才信息库进行跟踪培养，使之成为创新创业的生力军。

江苏财政从 2002 年起每年安排 1000 万元，专项用于"六大人才高峰"建设。2002 年 9 月，启动"六大人才高峰"首批项目资助工作。共遴选产生 67 个项目，省财政资助经费总额达 805 万元，参与项目建设的行业高层次人才 1000 多人。2004 年 10 月，启动第二批项目资助工作。共遴选产生 164 个项目，省财政资助经费总额达 800 万元，参与项目建设的行业高层次人才 2000 多人。2006 年 7 月，启动第三批项目资助工作。共遴选产生 352 个项目，资助资金总额 1930 万元，参与项目建设的高层次人才近 3000 人。截至 2009 年，已经开展了四批项目资助计划，资助行业创新项目 783 个，参与项目建设的高层次人才近 8000 人，一大批科研成果实现了转化，人才的培养、引进工作取得了显著成绩，有力地促进了行业的发展。

"六大人才高峰"的一个特点是在国内首次提出构建人才高峰的理念，将培养造就行业高层次创新人才与促进行业产业发展有机结合，并逐步将新经济增长领域纳入资助范围。"六大人才高峰"已经实现与"333 工程"的贯通衔接，"六大人才高峰"资助的对象可优先申报、列入省"333 工程"培养范围；"333工程"培养对象可优先申报、列为"六大人才高峰"资助对象。"六大人才高峰"的另外一个特点是打破资助对象的身份、学历限制，将高级技能人才纳入选拔培养的视野。

截至 2009 年，资助项目中有 1 项成果获国际发明银奖，8 项成果获得国家级奖励，61 项成果获得省部级奖励。资助对象发表的专业论文达 1638 篇，其中 SCI 与 EI 论文 204 篇，在核心期刊上发表的论文 1067 篇；出版专著 50 部。资助对象共有 230 项成果申报了专利，其中 73 项已获批准；还有 204 项科研成果经转化后被应用于生产实际，成为新的经济增长点。首批资助对象南京工业大学徐南平教授当选中国工程院院士，有 20 人获得了国家级荣誉称号，有 64 人获得了省部级荣誉称号，有 105 人晋升了教授级职称，53 人晋升了副教授级职称，有

164 人获得博士学位，362 人获得硕士学位。此外，还从省外、海外引进了 200 多名高层次人才。

10. 4. 3　人才引进政策

10.4.3.1　"高层次创新创业人才引进计划"和"高层次创新创业人才培育计划"

2006 年 12 月，江苏启动实施"高层次创新创业人才引进计划"和"高层次创新创业人才培育计划"（以下简称"双创计划"），"十一五"期间财政每年拿出 1 亿元以上资金，围绕省内优先发展的重点产业和重大项目向全球招纳人才，对引进的每个海内外高层次人才或团队，一次性给予不低于 100 万元的创新创业资金资助。2007 年 3 月，计划正式实施。2008 年的人才引进资金从 1 亿元增加至 2 亿元；企业给予引进人才股权或较高的年薪（苏南不低于 40 万元，苏中不低于 30 万元，苏北不低于 20 万元）；引进人才除得到 100 万元资助外，还可优先获得省重大科技成果转化资金、各类科技计划以及中小企业发展基金，优先推荐进入"333 工程"，优先在政府组织下与金融、风险投资机构进行对接。

三年来，"高层次创新创业人才引进计划"共资助 557 人。2010 年，江苏又进一步加大了引才力度，引才资金增加至 4 亿元，引进人数增加至 400 人。与此同时，2010 年开始启动"江苏省科技创新团队"引进和建设计划，每年从引进的科技创新团队中确定 8～10 个给予重点资助和集成支持。对具有世界先进水平和国内顶尖水平的创新团队，除给予核心成员每人 100 万元个人补贴外，还将连续三年每年分别给予 1000 万元和 500 万元的科技项目经费资助。如属于世界一流水平的重要杰出团队，还将采取专项论证的方式给予特别支持。

江苏每年安排科技成果转化资金 10 亿元，目前已有 52 名"双创计划"人才除获得 100 万元资助外，还获得了 1000 万元科技专项经费。设立优秀学科和创新平台专项资金 10 亿元，重点资助高层次人才开展技术创新。设立省创业风险投资基金，发展各类创业投资骨干机构 160 家，创投资金规模达 300 亿元，为高层次人才创业提供了雄厚的资金支持。全省共建立企业院士工作站 142 个、博士后站 621 个、工程技术研究中心 592 个，省级以上科技孵化器面积达到 941 万平方米。省委、省政府出台了鼓励和促进创新创业 50 条政策，从成果评价、技术入股、资金扶持、税收减免等方面支持科技人才创新创业。截至 2009 年，江苏已成立校企联盟 4112 个，组织产学研合作项目 20 800 多项。每两年开展一次"江苏创新创业人才奖"评选表彰活动，每人给予 30 万元奖励。2010 年开始组织开展产业教授选聘工作，每年选聘 100 名左右省"双创计划"、国家"千人计划"资助获得者和科技企业家到高校担任产业教授，推行产学研联合培养研究生的"双导师制"。

"双创计划"带来的顶尖人才的加盟,不仅为江苏带来大批高科技项目和科研成果,更带动着各个领域的精英人才和一流团队加速向江苏流动,为江苏的科技发展注入新的生机与活力。

10.4.3.2 "万名海外高层次人才引进计划"

以"双创计划"为龙头,"万名海外高层次人才引进计划"、"科技创新创业双千人才工程"等相继实施。2008 年 9 月 17 日,江苏与英国、美国、日本等 6 国的国际知名人力资源机构签订《人力资源战略合作协议书》,"江苏省万名海外高层次人才引进计划"正式启动。根据计划,在 2008 年到 2012 年的五年间,江苏将引进 10 000 名海外高层次人才,聚焦 50 名具有世界领先水平的科学家和科技领军人才。2008 年引进 2000 人左右,以后每年递增 7%。

10.4.3.3 "科技创新创业双千人才工程"

也是在 2008 年,江苏启动实施"科技创新创业双千人才工程"(以下简称"双千人才工程"),目标是从 2008 年到 2010 年,力争经过三年努力,重点引进 1000 名高层次科技人才到江苏创业;重点培养 1000 名高素质科技创新创业的领军人才。引进 1000 名高层次科技人才包括:重点引进 100 名左右两院院士及其团队携带创新成果来江苏实施转化和产业化,引进 200 名海外科学家来江苏开展科技产业化合作,引进 700 名海外留学人才到江苏创新创业。培养 1000 名高素质科技人才包括:重点支持 100 名左右高层次科研学者面向江苏地方需求开展应用基础研究,支持 200 名在企业生产一线的博士面向企业需求开展技术创新活动,支持 700 名具有较强技术创新和管理能力的科技型企业家开展创新创业活动。

"双千人才工程"的实施由以下六项计划组成。

1. 院士江苏创业行动计划

该计划旨在广泛吸引国内顶级人才及其创新团队携带高科技科研成果到江苏转化,在充分利用和发挥江苏现有人才资源的基础上,进一步形成高端人才、高水平科技成果向江苏集聚的良好氛围,为江苏若干重点产业领域的发展提供强有力的人才团队支撑。省科技成果转化专项资金设立高层次人才专项,申报该项目的成果为院士及其团队所开发拥有,具有明确的自主知识产权,核心技术或关键技术有重大突破和创新,具备规模产业化的技术基础,对突破瓶颈约束和提升该产业整体水平具有显著作用。项目由院士及其团队在江苏创办企业实施或与江苏企业联合实施。获得省科技成果转化专项资金支持的项目,立项企业所在地将同时为院士个人或其团队提供配套奖励。项目支持加上配套奖励的资助强度可多达千万元。该计划三年拟支持引进 100 名左右院士，2008 年已引进 36 名院士及其创新团队到江苏各地实施成果转化。

2. 海外科学家江苏发展计划

该计划旨在充分利用全球科技资源，吸引海外高端杰出创新人才为江苏的科技创新服务，拓展江苏科技发展的智力资源空间，逐步形成世界一流科技人才云集江苏的浓厚氛围，加快江苏科技创新国际化步伐。该计划入选的海外科学家应在其所研究领域已经取得国际同行公认的创新成果，能够站在国际视角，为江苏科技发展出谋划策，解决实际问题，并能带动一批海外高层次人才团队与江苏开展更深层次、更广范围的科技交流与产业创新合作。重点支持在工程技术领域具有突出成就的一流科学家来江苏指导或参与重大科技创新活动。入选的海外科学家将被纳入到江苏科技发展海外咨询专家库，并通过省国际科技合作计划给予重点资助。省科技基础设施计划将根据需要支持其搭建科研平台。该计划三年拟支持引进 200 名以上海外科学家，2008 年已引进 86 名。

3. 海外高层次人才创业计划

该计划旨在鼓励吸引海外留学人员及其他高层次人才携成果来江苏创业，促进人才、资金和成果向江苏集聚，使江苏成为国内外创新创业的热土。项目必须具有自主知识产权，以海外留学回国人员创办的企业为主体申报，拥有较强的科技创业团队和良好的资金筹措能力，以实现产业化为目标，企业具有较高的成长潜力。重点支持已列入"省高层次创业创新人才引进计划"的人选。省科技成果转化专项资金中设立高层次人才项目，对符合条件的海外高层次人才创业项目给予优先支持，科技支撑、科技基础设施建设等其他计划将予以集成支持。各市、县也设立相应计划，对入选项目给予支持。该计划三年拟支持引进 700 名海外高层次人才，2008 年已支持 262 名。其中，2007 年引进的 115 名高层次创新创业人才中，已有 52 名先后获得省级各类科技计划的直接支持。

4. 科研创新学者攀登计划

该计划旨在充分发挥江苏科教优势，加强应用性基础研究，扩大创新源的培育，鼓励省内高层次科研创新学者面向江苏地方实际需求开展原始创新，勇攀世界科技高峰。该计划面向省内高等院校、科研机构及企业单位，支持优秀学者发挥自己的科研优势，实行自由选题，开展应用基础研究。申请人须在其研究领域已有明显建树，优先支持近年有望成为国内外杰出科学家的人选。入选的科研创新学者将获得省自然科学基金百万元的重点资助。同时，根据其科研需要，省科技基础设施计划将支持其建设重点实验室等科研平台。该计划三年拟支持 100 名左右科研创新学者。2008 年省自然科学基金已重点资助 55 名科研创新学者。

5. 科技企业家培育计划

该计划旨在以各类高新技术创新创业载体为依托，在江苏建设一支高素质的科技型企业家队伍，培育一批敢于创业、善于创新、具有较强组织能力的科技企业家，大力提升江苏企业自主创新能力，加快建设以企业为主体的技术创新体系。项目申请人原则上应为企业法人代表或企业领导，具有较高层次的知识结构和较强的经营管理、技术创新、资本运作、资源整合等能力，具备相关行业的工作阅历或专业技术背景。所创办或领办的企业业绩增长稳定，具有较高的成长性。优先支持具有在国内外成功领办或创办企业经历的申请人。入选的科技企业家将得到省科技型中小企业技术创新资金的重点资助，各级各类科技计划予以集成支持，同时获得创新方法、创新管理等方面的培训和扶持。对科技创业型企业家所在企业，优先推荐其申报国家科技计划项目，对其所在企业申报的产品，优先认定为江苏高新技术产品和江苏自主创新产品，并按规定享受相关激励政策。该计划三年拟支持培育科技企业家 200 名，2008 年省科技型中小企业创新资金已重点资助 55 名科技企业家。

6. 企业博士创新启动计划

该计划旨在鼓励青年科技人员到生产一线创新创业，引导高素质人才向基层流动，支持企业博士面向企业创新需求开展应用基础研究，努力培育一批企业技术创新带头人，提升企业创新能力。该计划主要支持已取得高学历高学位的企业年轻博士，开展自主的研发创新活动。申报者需是企业在职职工，具有良好的知识结构和创新素养，并有望成为企业的技术研发负责人，所从事的研究能为企业开发自主知识产权的技术和自有品牌、提高企业核心竞争力提供支撑。入选的企业博士将获得省自然科学基金资助，其创新活动和研发项目还可获得其他相关科技计划的支持。所在企业均给予配套资金。该计划三年拟支持 700 名企业博士，2008 年省科技计划已首批直接资助 93 名企业博士。

10.4.4　地区性的人才政策

江苏出台的一系列人才培养和引进政策带动了各地各部门，它们纷纷跟进，从政策、资金等方面加大力度，放眼全球招才引智，如苏州的"姑苏人才计划"、无锡的"530 计划"、常州的"千名海外人才聚集工程"、连云港的"创业创新领军人才集聚工程"等。

10.4.4.1　无锡"530 计划"

2006 年 5 月，无锡出台了《关于引进领军型海外留学归国创业人才计划的实施意见》，简称"530"计划，即 5 年内引进不少于 30 名领军型海外留学归国创业人才①，重点是环保、新能源、生物三大先导产业，以及服务外包、文化创意等产业的创业领军人才。

"530"计划的实施源于尚德的成功。2006年，无锡的人均GDP已经达到9300美元，但是强大的制造能力没有带来明显的财富效应，企业的利润愈加微薄，而土地、资源和生态问题却亮起了红灯。尚德的成功为无锡创造了一个高技术产业，确立了中国在全球光伏产业的领军位置，这使无锡的领导认识到，要以人才战略作为突破口，吸引领军型海归人才来无锡创业，培育一大批创新型企业和新的经济增长点，以推动无锡的产业结构和发展方式实现转变。

因此，"530"计划主要针对海外人才，引才对象包括：在海外学习并取得硕士学位，学成后在海外工作五年（取得博士学位在海外工作三年）以上，在国际某一学科、技术领域内的学术技术带头人，拥有市场开发前景广阔、高技术含量科研成果的领军人才；在国外拥有独立知识产权和发明专利，且其技术成果国际先进，能够填补国内空白、具有市场潜力并进行产业化生产的领军人才；在引领无锡传感网、新能源、新材料、生物、环保、软件和服务外包六大新兴产业以及电子信息、机械装备、文化创意等产业中能带技术、带项目、带资金、带团队来锡创业的领军人才。

无锡对于引进的人才和项目给予了很大的支持力度，邀请863和973项目专家，将项目分为A、B、C三类。A类项目中标者，一次性给予100万元创业启动资金，提供不少于100平方米工作场所和不少于100平方米住房公寓，三年内免收租金；从事科技开发项目的，经论证、审批，根据项目的投资需求，市科技风险投资基金给予不低于300万元的创业投资；对具有市场需求的高新技术产品产业化生产过程中流动资金不足的，可给予不低于300万元的资金担保；以技术成果入股投资的，经评估，其技术成果可按注册资本不少于30%作价入股；市政府制定的有关引进海外高层次人才的子女入学入托、家属安置等优惠政策同时享受。对于B类和C类项目中标者，一次性给予60万元和40万元的创业启动资金，除300万元的创业投资资金外，其他支持政策与A类项目相同。

以"530"计划为依托，无锡的人才政策体系日趋完善，先后制订出台了《关于领军型海外留学归国人才创业项目产业化推进计划的实施意见》（即"后530"计划），《关于进一步推进"530"企业服务工作的意见》，《关于引进外籍科技领军型创业人才计划的实施意见》（即泛"530"计划）。如今"5年30个"的目标早已实现，无锡已不再关注"30个"的具体目标，而是提出了更长远的目标。2009年，无锡出台了扶持力度更大的"无锡海外高层次人才引进计划"

---

① 现在"530"计划已经成为引进领军型创新创业人才的品牌项目，不再设置数量的限制。

（简称"无锡千人计划"）。作为中央"千人计划"的分支，从 2009 年开始，用 5 年的时间，引进并重点支持 1000 名以上海外高层次人才来无锡创新创业，聚集一批海外高层次创新创业人才和团队。到 2014 年，努力培育科技领军型创业人才所创办的企业使其预期销售总收入达 800 亿元（其中：100 家年销售收入超 1000 万元的科技领军型创业人才创办的企业，20 家年销售收入超亿元的科技领军型创业人才创办的企业）。再用 6 年时间，引进并重点支持 2000 名以上海外高层次人才来无锡创新创业。力争到 2020 年左右，把无锡建成集聚高层次人才、培育高新技术产业、发展高端服务业、具有高品质人居环境的"东方硅谷"①。

"530"计划实施四年以来，在无锡产生了人才集聚效应，落户项目数平均每年以 4 倍速度增长。2009 年申报项目数为 1420 个，创业团队总人数达到 7488 人，最终共有 817 个项目入围，其中 A 类项目 150 个，B 类项目 210 个，C 类项目 457 个。截至 2009 年年底，共有 639 个项目在无锡落户，总注册资本超过 20 亿元，聚集各类人才超过 6000 人。已有 151 家企业顺利实现销售，其中 15 家企业销售收入突破 1000 万元，如江阴远景能源科技有限公司 2009 年实现销售收入 10.5 亿元。海归创业项目 445 家，项目主要集中在电子信息、新材料、机械装备、汽车及零部件、高档纺织五大支柱产业和环保、新能源、生物医药等先导产业，总注册资本超过 15 亿元。无锡共为"530"计划企业提供创业启动资金 2 亿多元，为 A 类重点项目提供市级风险投资约 7000 万元。

人才聚集产生了产业引领效应、创新创业带动效应。无锡以硅科技和新能源为代表的高新技术产业增势迅猛，集成电路产业产值跃居全国首位，约占全国的 16%；光伏产业产值跃居世界前列，占全国的 50% 以上，全球的 10% 以上。"530"计划成为无锡产业结构调整和经济发展方式转变的重要推动力量。

10.4.4.2 苏州"姑苏人才计划"

过去 30 年，苏州人力资源开发趋势与苏州经济发展的总体趋势呈现较强的一致性。至 2009 年年底，全市共有国家"千人计划"入围人选者 12 名，位居江苏前列；江苏高层次创新创业人才引进计划资助对象 78 名（含专项计划共 86 名），约占全省总数的 20%，连续三年位列全省第一。2009 年，苏州战略新兴产业实现产值 2056 亿元，而这些产业的领军人才有近 30% 是近 5 年引进的新人才。这与苏州近年来制定实施的一系列人力资源政策密不可分，如 2005 年制定《引进紧缺高层次人才资助办法》，对引进的七类对象给予 5 万元～100 万元的安家补贴。2006 年实施"千名高层次创新创业人才引进工程"，把引才重点锁定在集

---

① 无锡市委、市政府《关于以更大力度实施无锡海外高层次人才引进计划的意见》，2009 年 9 月 27 日。

成电路与软件（200余人）、现代通信（90余人）、纳米技术（50余人）、光电子（160余人）、生物医药（60余人）、节能环保（50余人）、汽车零部件（40余人）、装备制造业（200余人）、精细化工（30余人）、特色农业（20余人）、旅游商贸等现代服务业（100余人）等关键领域，以及各类高层次人才管理人员150余人[①]。2007年实施"姑苏创新创业领军人才计划"，每年在上述支持的领域择优引进一批科技领军人才来苏州创新创业，给予20万元~100万元的安家补贴和不少于200万元的科技专项经费。

2010年3月，苏州提出了"姑苏人才计划"框架性政策意见，包括8个子计划和9项配套措施，计划在5年内投入30亿元，引进、培育并重点支持1000名科技创新创业领军人才，10 000名重点产业紧缺人才，以及一批经济社会领域和支撑行业及产业发展的高层次人才，政策还将惠及近30 000名重点领域和行业的高、中级技术和管理人才。

"姑苏人才计划"的8个子计划包括：姑苏创新创业领军人才计划、姑苏重点产业紧缺人才计划、姑苏企业经营管理人才素质提升计划、姑苏高技能人才计划、姑苏文化产业人才计划、姑苏教育人才计划、姑苏卫生人才计划、姑苏旅游人才计划等人才队伍的培育和引进计划[②]。

下面我们重点介绍两个计划。

姑苏创新创业领军人才计划（简称"姑苏双创千人计划"）。围绕新能源（风能，太阳能）、医药及生物技术、新型平板显示、智能电网、新材料、传感网、节能环保、金融、创投、物流、软件和服务外包、现代农业等新兴产业和重点产业规划，5年内市县两级引进3000名高层次创新创业人才，择优资助1000名领军人才，着力引进和资助一批高层次人才创新创业团队。市级创新创业领军人才，给予50万元~250万元的安家补贴；根据创业项目的规模和进度，给予100万元~400万元的科研经费资助；提供不少于100平方米的工作场所，并免除3年租金；给予不少于风险投资基金首次投资总额10%的配套投资；给予最高500万元的担保融资贷款、30万元的科技保险费补贴和50万元的贴息资助；优先推荐在苏高校和科研院所聘任客座教授、研究员以及博士生导师或硕士生导师。鼓励和支持领军人才做强做大企业，5年内重点培育5家以上国内知名、业内领军的旗舰型高科技企业。已经立项支持的领军人才计划企业，3年内年销售收入超过5000万元的，再给予100万元的科研经费资助以及1000万元以内的担保融资贷款，优先辅导并推荐认定国家高新技术企业，优先支持企业落实研发费加计扣除、自主创新产品政府采购等政策。

---

① 苏州《关于实施"千名高层次创新创业人才引进工程"的若干意见》，苏办发（2006）64号。
② 中共苏州市委、市政府《关于进一步推进姑苏人才计划的若干意见》，2010年3月23日。

姑苏重点产业紧缺人才计划。积极鼓励新能源、新医药、新材料、金融保险和现代服务业等重点优势产业和战略性新兴产业的企业引进紧缺高层次人才。从2010 年开始，5 年内引进 10 000 名具有博士、硕士学位和研究生学历的企业创新人才，充分发挥创新型人才在助推企业转型升级中的积极作用。重点产业和新兴产业领域企业引进的紧缺人才，博士研究生给予 10 万元的安家补贴，硕士研究生给予 5 万元的安家补贴，补贴在 2 年内分两次拨付。重点产业和新兴产业领域企业现有的紧缺人才，5 年内享受政府薪酬补贴，博士研究生每人每年补贴 2 万元，硕士研究生每人每年补贴 1 万元。

10.4.4.3　常州"千名海外人才聚集工程"

2007 年 3 月，常州出台了《常州市千名海外人才聚集工程实施意见》，标志着"千名海外人才聚集工程"开始实施，计划在 5 年内吸纳集聚 1000 名海外人才，其中 100 名领军型创新创业人才，具有硕士、博士以上学历的高层次人才占80% 以上，现代制造业和服务业的人才占 70% 以上。优惠政策包括：引进的海外创新创业人才，优先向风险投资公司推荐，并从公司注册之日起，3 年内企业上交的税收地方留成部分由同级财政以奖励的形式全部返还企业；引进的硕士或博士，符合相关规定条件的，安家费标准分别提高到 8 万元和 10 万元；引进的高层次人才，可享受税收、住房、家属安置、子女入学、紧缺人才培养等方面的优惠政策；市科技计划在同等条件下优先支持海外人才负责实施的项目，优先推荐申报省级、国家级科技计划，优先向金融机构、风险投资公司推荐引进人才负责实施的研究开发和科技成果转化项目。自 2006 年"千名海外人才集聚工程"实施以来，仅用 3 年时间就完成了 5 年的目标，共引进近千名海归人才，有 351 个项目列入一般推荐以上资助范围。市、辖市区共资助资金 10 541 万元，其中，市级兑现资助资金 5320.5 万元，100 万元以上项目有 55 个。

10.4.4.4　连云港"创业创新领军人才集聚工程"

2009 年 7 月，连云港出台了《加快引进高层次人才实施办法》和《关于实施创业创新领军人才集聚工程的意见》，"创业创新领军人才集聚工程"（简称"555 工程"）正式启动。利用 5 年的时间，从海内外高校、科研院所、世界 500强企业和国内知名企业，引进 500 名左右高层次创业创新人才，其中创业创新领军人才不少于 50 名。人才引进的重点是新医药、新材料、新能源以及装备制造业、冶金、石化、海洋资源开发、港口物流服务业等领域的领军人才和团队。引进对象为具有硕士研究生以上学历（学位）或副高以上职称，并具有创业创新能力和科研成果的人才。其中领军人才还需拥有自主知识产权和发明专利，或是国际某一学科或技术领域学术技术带头人，拥有可引领连云港产业发展的重大项目和技术。

连云港每年将安排 2000 万元高层次人才引进专项资金，其中，"两院"院士落户该市可享受 60 万元的安家补贴及相应待遇。来连云港创业的领军人才可享有 100 万元~150 万元的资金扶持、不少于 100 平方米的免租用房以及税收奖励、融资担保等优惠政策。来企事业单位创新的领军人才可享有作价入股、50 万元~100万元的资金扶持以及立项支持等优惠政策。另外，领军人物还可享受 10 项个人优惠政策，包括每月最高 8000 元生活补贴、3 万元~60 万元的安家补贴、优先解决职称评聘、配偶工作安排和子女优先进入重点学校等。

2009 年，连云港共引进各类高层次人才 3824 人，其中博士 29 人、硕士 524 人。各类专家选拔培养力度进一步加大，26 人被评为国家、省、市享受特殊津贴专家，96 人被评为全市"农村优秀人才"和"农村实用人才"。

尽管人才政策不是政府针对市场失灵所采取的必要手段和方法，但是教育和人才却是区域创新体系发展的根基，是一个区域持续性创新的源泉。近年来，江苏在科技人才引进和培养方面出台了一系列有影响力的政策，可谓是大手笔，主要有以下几个方面的特点：一是省级政策搭建了一个大舞台，有效地带动了地方的人才政策，创建了良好的人才发展环境；二是人才政策兼顾了不同的领域，既面向以高技术为主的战略新兴产业，也涉及到教育、文化、卫生、旅游等一般性产业；三是既注重海外高端人才的引进，也重视本土人才的培养，形成了合理的人才梯队；四是既鼓励优秀人才创业，也提倡人才在现有领域的创新。总体来看，通过近年来的发展，江苏对人才的引进和培养形成了一个完整的政策体系。但值得一提的是，江苏如此重视人才政策，不仅与尊师重教的传统有关，更重要的是长期以来经济的快速发展和财富的积累为其大力引进和培养人才奠定了坚实的基础。

10.5　结　　语

在本章中，我们将制度和政策是应对市场失灵的手段，也是构建和维持有效的创新体系的方法这两种视角结合起来，以江苏为例，从政府的"灯塔式"干预、"桥梁式"干预、"激励式"干预和创新平台建设等角度探讨了地方政府在区域创新体系的制度能力构建上所扮演的重要角色。可以看出，江苏对区域创新体系的制度能力非常重视，许多科技政策是其他许多地方所没有的，或者说，其投入的强度是其他地区所没有的。例如对战略新兴产业的重金投入、对风险投资的参与、对海内外人才的大力引进和培养等。

从江苏区域创新体系的制度能力发展过程来看，地方政府发挥了积极的作用。首先，对发展科技事业的重视。在江苏科技发展的每个关键时期，地方政府都高度重视，除了贯彻实施国家的科技创新政策法规以外，还制定颁布了一系列符合省内实际的地方性政策法规，推动科学技术进步。在不同时期，随着科技工作指导思想以及侧重点的改变，科技体制改革的不断深化，江苏科技工作的发展经历了从新中国成立后在科技基础薄弱的基础上逐步建立了科研工作体系和科技工作队伍，到积极引导科技为经济服务，建设区域创新体系和大力构建产学研合作平台，深入推进产业技术创新、企业自主创新和民生领域科技创新等三大创新，加快创新型省份建设几个阶段。然后，找准了发挥作用的领域。无论是在全国率先发展战略新兴产业或者有效地解决中小企业融资问题的过程中，还是在采取一系列财政税收政策的组合来激励企业技术创新的过程中，地方政府都扮演了恰当的角色，既在合适的领域让市场机制发挥了高效率，又有针对性地弥补了市场失灵的问题。最后，选择了合适的发挥作用的手段和方法。尽管上述市场失灵问题在各个国家和地区都会遇到，但江苏通过摸索实践能够找到因地制宜的方法，注重实际、突出操作性，体现了地方政府的高瞻远瞩以及勇于创新的精神。例如，地方政府对发展战略新兴产业具有敏锐意识并快速明确投资重点；在解决中小企业融资缺口时，能够找到一种间接的参与风险投资的方法，并在适当的时机退出；能够在产业升级转型的同时，搭建广阔的人才吸引和培养平台，为产业的发展和创新能力的提升助力。尽管学术界和实业界都强调地方政府在区域创新体系构建中的重要作用，我们也积极支持这一观点，但通过上述分析，我们更进一步地认为地方政府选择在哪些领域进行干预，在相应领域干预的手段、方法和程度才是区域创新体系成功更为关键的因素，也是学术界和实业界需要不断探索的问题。

第11章 政府在风险投资中的作用：
以尚德为例

2006 年初，党中央、国务院召开了全国科技大会，提出了建设创新型国家的宏伟战略目标。中国政府一直想推动高科技产业发展，但民间风险投资力量还比较弱小，因此政府在风险投资中起了重要作用。无锡尚德太阳能电力有限公司（以下简称"尚德"）是国内政府风险投资最成功的一个案例：尚德于 2001 年 1 月获得无锡市政府风险投资而成立，经过九年发展，已快速成长为全球最大的光伏产品制造商及太阳能系统解决方案的供应商之一，并带动了中国光伏产业的形成和发展。2005 年年底，它成为国内首家在纽约证券交易所主板上市的民营企业，是中国政府部门在风险投资项目的退出环节上直接介入并深度干预的第一个先例。因此，本节以尚德为例，深入剖析政府在干预风险投资政策中发挥的作用。

11.1　政府风险投资介入尚德项目的起因

1. 国家产业政策的铺垫

太阳能发电属于新能源领域。早在"七五"计划期间，中国就把光伏产业作为重点项目，前后投资数千万美元引进 7 条光伏产品生产线，但后来有 3 条线停产，另外 4 条线也处于亏损状态，故该产业一直没有发展起来。2000 年 9 月15 日，科学技术部、财政部、国家税务总局联合发布《中国高新技术产品目录(2000)》，旨在加快中国高新技术产业发展，鼓励重点高新技术产品的生成，引导社会投向，优化资源配置，从整体上提升中国高新技术产品的市场竞争力。在该目录的 11 个技术领域中，新能源与高效节能位居其一。目录中产品的等级根据技术水平和应优先支持的程度分为高、中、低三档，归属于新能源领域的太阳能电池及其发电设备项下的 8 类产品有 5 类都划入了优先支持程度的最高档，其中就包括后来尚德创始人的专利产品所属类别——太阳能电池及组件，这为太阳能电池产业的诞生和发展提供了有力的国家政策导向。

2. 创业者的自身条件

1986 年，尚德创始人施正荣毕业于中国科学院上海光学精密机械研究所，获硕士学位；1988 年他作为访问学者被公派到澳洲新南威尔斯大学（UNSW）留学，师从国际太阳能权威、诺贝尔奖得主马丁·格林教授，1992 年以优秀的多晶硅薄膜太阳能电池技术研究论文获博士学位，成为该大学第一个攻读博士学位时间最短、成绩最出色的博士生。之后，施正荣于 1995 年吸引了 5000 万美元的投资成立了澳大利亚太平洋太阳能研究中心，任执行技术董事，期间拥有了十多项太阳能电池技术发明专利。但这只是一家单纯的研发公司，施正荣一直希望能够将其科研成果产业化。

通过在这家公司的工作，施正荣积累了丰富的技术开发经验、企业工作经验和几十万美元的积蓄，为回国创业打下了良好的基础。与很多种子期项目的创业者缺乏原始积累、需要先寻找天使投资支持的情况不同的是，这几十万美元为他最终与政府风险投资合作的成功提供了必要条件。他在澳大利亚曾成功引入风险投资创办企业的经历使他具备了与风险投资合作的经验。2000 年，施正荣在国外朋友处获知国内对留学生创业出台了一系列有力的支持鼓励政策，便产生了归国创业的想法。

3. 地方政府的产业化支持举措

施正荣刚回国时，政府资金仍是中国高科技项目的主要经费来源。他在其他城市联系过一些风险投资公司，包括政府风险投资和外资私营风险投资，但都无功而返。究其缘由，"与火力、燃油及核能相比，即使采用最为先进的技术，太阳能的发电成本依然高昂"（李亮，2006），"世界上光伏市场都是政府推动的市场"[①]，在国家没有对太阳能电力的使用者提供补贴的情况下，很难有市场空间。

当时，无锡市政府出资组建的无锡创业投资有限责任公司刚成立不久，拥有1 亿元的启动资金，正在寻找可以投资的高科技创业企业。这是一家典型的政府风险投资公司，它成立的背景是：无锡是 1999 年国家科学技术部推动技术创新工程的试点城市之一，因此由政府财政拨款成立了风险投资公司，挂靠在市科技局，希望学习美国"硅谷"和台湾"新竹"高科技园区的高科技创新模式。公司出刚从无锡财政局副局长任上退休的洪汝乾担任总经理。洪汝乾曾任无锡机床厂厂长，有十多年的企业管理经验。

4. 资金技术对接过程

施正荣在加入澳大利亚国籍之前原本就是江苏人，经同乡介绍，认识了无锡市政府领导。2000 年 10 月，施正荣向洪汝乾和科技局的几位官员演示了商业计划。这是无锡创业投资有限责任公司遇到的第一个项目。由于当时国内电力过剩，太阳能发电在国内看不到市场需求，国内的人对海外市场没有了解，无法判

---

① 无锡尚德太阳能电力有限公司商业发展部经理，《机会与风险同在》，融资洽谈会演讲 PPT，www. new-ventures. org，2002。

断其商业前景，因此项目风险很大。

洪汝乾就施正荣的创业项目向无锡华晶集团的高级技术人员请教咨询。华晶是当时国内最大的集成电路芯片生产商，上游原料也是硅材料。华晶技术专家给出的回复意见是：项目非常好，技术水平也高，具备商业可行性，但在投资时间上感觉早了一些。

2001年2月6日至15日，无锡组织了五人考察小组赴澳大利亚考察太阳能电池的研究和利用，其中包括两位计划经济委员会（现为发展和改革委员会）官员，一名市委办公室秘书，一位科技局处长，以及当时的投资方之一——市信托投资公司代表张维国。当时主要考察两点关键因素：第一，施正荣是不是诺贝尔奖得主马丁·格林教授的弟子；第二，施正荣是否有自己的发明和独立的研究成果。考察的结论是"该产品具有广阔的市场前景"，"施正荣博士从事的多晶硅薄膜太阳能电池研究居世界领先水平"（何伊凡，2006），这对项目落实起到了推动作用。

无锡市政府决定支持施正荣的项目，公司注册资本金为800万美元。政府提出两个条件：一是施正荣个人必须有一定的现金出资比例，将创业者与投资方的利益捆绑在一起；二是施正荣的技术、成果全部都属于合资公司，不得与其他任何一方进行同样的项目合作。股份安排如下：施正荣占25%的股份，其中技术股占20%，折合160万美元，现金股5%，折合40万美元。

由于该项目投资额较大，而当时国内的政府风险投资公司资金规模普遍较小，仅靠无锡市创业投资有限责任公司不足以完成投资。于是，当时的无锡市经济贸易委员会主任李延人为该项目找到了更多的投资方。李延人在尚德立项之前就与施正荣有过接触，也是最初少数几个看好这一项目的官员之一。李延人最初联系过民营企业，但他们大都不敢涉足这一行业。之后，李延人拜访了自己在无锡的国有企业家朋友，联系到八家企业参与投资。李延人在无锡市工商界的影响为该项目起到了政府信用担保的作用，他对施正荣的支持在很大程度上也代表了无锡市政府的立场。政府的影响推动了其他投资方的资金到位。

除施正荣外，另外八家股东分别是：无锡市创业投资有限责任公司、无锡市高新技术风险投资股份有限公司、无锡市科达创新投资有限公司、无锡市国联信托投资有限公司、江苏小天鹅集团有限公司、无锡水星集团有限公司、无锡山禾集团有限公司、上海宝来投资管理有限公司，后五家企业都是标准的法人股东，其中上海宝来投资管理有限公司始终未出资，股份最后由其他几家企业按股权比例再次分配。

资金到位后，李延人从无锡市经济贸易委员会主任的位置上退休，作为无锡市创业风险投资公司代表出任尚德的董事长，施正荣任总经理，无锡市国联信托投资公司的张维国任副总经理。张维国直到2002年才赴任，当时的身份已经不是政府代表。

作为一个高科技创新企业的孵化基地，无锡与施正荣从项目接洽、论证、调查、股权谈判、寻找资金来源，只花了不到 3 个月的时间，体现了无锡在评估、决策风险投资项目上具备的水平。

2001 年 5 月，施正荣正式回国，尚德成为无锡探寻政府主导型风险投资、复制"硅谷"、"新竹"模式的第一个尝试，并获得了科学技术部中小企业科技创新基金的支持（李亮，2006）。

11.2 政府风险投资对尚德项目的培养及增值运作过程

1. 提供管理咨询

早期投资不仅需要资金，还需要管理上的帮助，这使得传统的风险投资者往往在地理距离上更接近被投资的企业（刘曼红，1998）。尚德的各家股东都在无锡市内，交通十分方便，具备为尚德提供深入帮助的地理条件。在尚德正式投产前，股东方之一的江苏小天鹅集团有限公司副总经理徐源就曾到尚德协助施正荣梳理营销渠道。在政府风险投资的支持下，尚德在很短的时间内就能够投入生产，几项科研成果也都转化成了生产力，解决了创业初期容易出现的一系列问题，如设备、工艺、股金、生产、人才问题；各项管理初步到位，ISO9001：2000 已经建立①。2002 年 8 月，尚德第一条生产线投产，产能为 15 兆瓦/年，这相当于此前中国光伏电池产量四年的总和。

2. 提供资金支持，协调股东关系

在硅谷，一家创业公司的投资周期通常只有 2～3 年。风险投资公司与创业者在创办企业时，往往会签订为期 3 年的转让合同，无论企业赢利与否，3 年后，风险投资公司都会将企业安排上市或出售给其他大公司。因此，这 3 年时间是决定创业公司生死的关键，成立之初的尚德也面临着这样的考验。

2003 年初，尚德开始寻求外部贷款，公司董事长李延人通过艰苦的努力，说服江苏小天鹅集团有限公司、无锡山禾集团有限公司、江苏华光企业集团、无锡路灯管理处等几家国有企业股东轮流为尚德提供担保，获取担保资金 5000 万元左右。之后，李延人又运用政府资源，通过无锡劳动局拿到低息贷款资金 5000 多万元。

由于尚德是在政府风险投资支持下创立成长的，除创始人以外的股东又均为国有股东，所以在获得政府技术创新资金方面具有独特的资源优势。2001～2005

---

① 无锡尚德太阳能电力有限公司商业发展部经理，《机会与风险同在》，融资洽谈会演讲 PPT，www. new-ventures. org，2002。

年，无锡市政府共为尚德争取了 11 个项目，这些项目分阶段立项，包括国家、省、市三级，其中 2001 年和 2005 年各 1 个项目，2003～2004 年有 9 个项目，累计支持资金约为 3700 万元，仅省科学技术厅支持的科技成果转化基金就将近2000 万元。这些项目都是无偿拨付的。曾经有言论怀疑政府的大笔资金投入是否能够取得效益，但无锡的主要领导相当开明，政府一直在努力营造鼓励创新、宽容失败的环境。

2004 年，德国光伏发电市场增长了 235%，成为世界上最大的市场并推动全球光伏市场同比增长 61%。期间，尚德第二条 15 万兆瓦的生产线投产。2004 年8 月，第三条 25 万兆瓦的生产线也正式投产，就在同一个月，伊拉克的军事冲突升级使国际石油价格突飞猛涨。施正荣邀请德国人 Graham Artes 担任首席运营官，负责公司的营销，给尚德带来不少订单，因为尚德的产品比国外产品便宜5%，而且质量不错，因此大受德国市场的欢迎。2004 年，尚德在德国的销售收入占总销售收入的 70%，整体销售额则更是以 300% 的超常速度增长（李亮，2006）。在大多数同行还没有为这个突然出现的市场需求作好生产能力准备时，尚德由于先期对生产设备投入了充分的资金，承接了大量订单，如表 11-1 所示。

表 11-1　尚德综合竞争力迅速提升

年份	销售收入/百万美元	产能/兆瓦	技术转换率/%	毛利率/%
2002	3	10	14.5	0.2
2003	14	25	15.0	3.0
2004	85	50	16.5	29.5

资料来源：李亮，2006

2007 年，尚德有 50.9% 的销售收入来自德国，37.8% 的收入来自欧洲其他国家，只有 1.9% 的收入来自中国；而 2008 年，来自德国的销售收入已经下降到29.7%，来自欧洲其他国家的销售收入上升到 48.0%，来自国内的销售收入上升到 7.0%。这表明尚德对德国单一市场的依赖程度有很大程度的降低，而国内销售收入增长很快，这让投资者看到了更为广阔的市场前景。这也证明了政府官员对产业趋势的把握，甚至会超越民间的投资者。

2002 年尚德还处于亏损运营阶段，2003 年就实现销售收入 1400 万美元，利润 92.5 万美元，到 2005 年，尚德销售收入达到 2.26 亿美元。尚德经营逐渐赢利之后，李延人召开了董事会，与国有股东沟通，提出为了企业有更多的资金发展，暂时还不能分红，要耐心等待的想法。如果施正荣没有敏锐抓住光伏电池市场的细微变化，他就没有勇气在资金最紧张的关口竭力扩产，但如果没有来自市政府的助力，他也不可能及时抓住这个市场机会。

11.3　政府风险投资对尚德项目的退出过程

由于行业的特殊性，光伏产业面临两难选择：大型光伏企业必须承接国家大型项目才能抓住市场核心，而国家项目周期长、资金很难及时到位，流动资金不足迫使企业只有依靠银行贷款来负债经营。光伏市场推广的最大问题是成本问题，而降低成本最根本的两条渠道（扩大规模和提高效率）都需要大量资金的支持，企业发展和配套项目也需要融资①。企业进一步发展需要更多资金，而原有股东又不再追加投资，银行贷款也已经高到警戒线上，尚德必须在资本运作上进行新的安排。

一方面，贷款、股东扩股、吸纳新股东、吸引风险投资资金等都难以一次完成企业对资金的需求，而上市融资也遥遥无期。据"尚德控股"向美国证监会提交的上市招股说明书披露，"无锡尚德"2002 年亏损 89.7 万美元，2003 年利润仅为 92.5 万美元，这样的业绩水平根本无法满足国内的上市标准。另一方面，海外资本市场对光伏产业相当认同，美国 SUN POWER 公司、台湾茂迪公司等光伏企业上市时都受到狂热的追捧，因此，施正荣从一开始就瞄准了海外上市。

国内企业海外上市最重要的准备工作之一就是引进海外战略投资机构。对海外投资机构来说，国有企业的管理制度和公司治理结构往往使他们对公司的发展持怀疑态度，而一个由施正荣个人控股的股权结构显然会更有吸引力。对施正荣来说，能够通过海外上市取得对企业的绝对控股也完全符合自身利益。

从 2003 年上半年到 2004 年 3 月，在李延人的主持下，尚德与香港、新加坡的证券机构开始洽谈上市融资的问题，但当时外部投资机构要求国有股东按照 1∶0.9 或 1∶1 的比例退出，故最终没有达成协议。此后，张维国开始在施正荣的要求下，接触各类合作者和财务顾问，寻找新的上市通道。

2004 年 8 月，施正荣开始酝酿国有股的退出问题。一些股东希望一直保留股份直到上市后再退出，实现更大的投资收益，但如果国有股仍然占大股，就很难通过美国资本市场的考验，即使上市，股价也很难超过 15 美元。

施正荣的国有股退出方案最终得到了无锡市委书记杨卫泽的肯定。无锡市政府的意见有两条：第一要满足上市的要求，也就是国有股应该退出；第二要满足投资各方的利益。但如何平衡这两点，国有股退出多少，什么时间退出，由企业和股东商量。如果政府规定企业必须要退出，退出的收益是多少，退出的接收对象是谁，这就超越了政府的干预范围。

---

① 无锡尚德太阳能电力有限公司商业发展部经理，《机会与风险同在》，融资洽谈会演讲 PPT，www. new-ventures. org，2002。

11.4　从尚德项目本身取得的收益

政府退出机制的关键是选择退出方式。既可以通过在产权市场的协议转让退出，又可以通过股权多元化稀释国有股权实现间接退出，也可以尝试管理层收购或员工收购等新型的产权变更方式。然而，无论采取何种方式，都必须保证国有资产的保值增值（战炤磊，2003）。

项目退出收益是衡量风险投资公司经营业绩的最主要指标，分红按常规来讲并不是风险投资公司实现投资收益的主要手段，只是由于无法退出转而求其次的一种无奈选择。由于国内资本市场尚未健全和完善，在尚德需要上市募集进一步发展资金的 2003 ~ 2004 年，国内股市仍在延续长期的低迷状态，上市企业难以获得较高的价格，加之还未实行股改，国有法人股受到不能全流通的政策限制，政府风险投资项目难以通过在国内上市而退出，只能一直持有创业企业的股份，等待每年的分红。赴海外上市又面临海外投资人对国有参股企业经营效率的不认可，再加上内资风险投资公司普遍缺乏海外上市的操作经验，尤其是缺乏熟悉海外上市股权交易结构设计的人才，这导致政府风险投资实现投资退出的能力相对较弱。以无锡为例，直到 2006 年才找到了该问题的解决措施，基于尚德上市的教训，无锡市政府联合无锡市创投公司筹建了另外一家投资公司，主要职责是帮助企业上市。创投公司完成企业前期的培育工作后，由该公司帮助企业进一步做强。

海外风险投资机构熟练地通过一系列复杂的交易安排，帮助尚德成功实现了私有化及海外上市的过程。2005 年 12 月 14 日，"尚德控股"向公众出售 2000 万股新股，老股东向公众出售 638 万股旧股，在纽约证券交易所完成了上市。对外资机构来说，按公司发行价 15 美元计算，其 2.3077 美元的购股成本在半年内增值了 6.5 倍；按公司上市首日收盘价计算，增值了近 10 倍。对施正荣来说，除了"无锡尚德"成立之初的 40 万美元股金外，几乎没有追加任何资金投入就最终拥有了 46.8% 的股份，价值超过 14.35 亿美元。

通过海外上市，施正荣不但成功地取得了企业控制权，而且个人财富获得惊人的增值，"百万电力公司"等过桥资金提供者也都在短期内获得了超额的投资回报。

外资机构在半年内有近 10 倍的投资回报率，使"无锡尚德"成为其对华投资最成功的案例之一。虽然"对赌协议"和"优先股特权"减少了其相当大的风险，但其作为战略投资者毕竟也承担了股票锁定等投资失败风险。

在 2005 年 3 月国有股东退出时，无锡市创业投资风险投资公司的回报最低，获得了 10 倍收益，最高的股东获得了 23 倍投资收益。国有股东退出之前共持有尚德 68.61% 的股份，按 8000 万美元计算，意味着国有股东在 2005 年 4 ~ 5 月对尚德国内公司的估价为 11 660 万元，与高盛等外资机构同期确认的尚德离岸公司价值 2.87 亿美元差距颇大。尽管尚德给予了国有股东丰厚的回报，但国有股东也做出了相当程度的妥协。

与外资机构相比，国有股东对"无锡尚德"的估值和售价偏低，但正是由于国有股东的完全退出，使"无锡尚德"成为了一家外资控股企业，并有机会进一步发展。在外资投资机构进入后，市场愿意支付的价格进一步提高。如果"重组"时不改变"无锡尚德"的国有控股地位，能否吸引高盛等外资机构入股、能否激励施正荣等管理层实现目前的业绩水平，以及能否维持国际资本市场的投资热情都将会是很大的疑问。

11.5　政府风险投资退出后的创业企业发展情况

在光伏行业有"拥硅者为王"的说法，而世界上应用最为广泛的太阳能电池是晶体硅太阳能电池，高纯度多晶硅正是其生产原料。"中国光伏产业的上游和下游目前都卡在国外公司手里，上游就是指硅材料，下游则是指光伏市场，这是尚德最大的潜在危机。尚德不得不大量依靠进口原材料来满足生产，而大量进口不但成本高，而且产量受制于人，国际上少数几个公司掌握着多晶硅的核心生产技术，他们故意限量生产、抬高价格，目前成本只有 20 美元/公斤的多晶硅卖到中国价格翻了 10 倍，达 200 美元/公斤"[①]。一些国外生产企业甚至开始对中国实行禁购，这对于整个产业发展极为不利。有资料显示，2005 年中国多晶硅的产量即使全部供应光伏产业，也仅能满足市场需求的 2.6%，说明硅的供应缺口很大。许多投资者相信，只要尚德能够处理好与上游硅供应商的关系，其发展前景就难以估量。

出于战略性考虑，施正荣将募集的很大一部分资金都投入到硅材料方面。尚德的招股说明书表明，尚德已经与德国一家原材料供应商达成 10 年的长期供货合同，并且与多家供应商在谈或已达成供货意向。在上市募集的资金中，也将有约 1 亿美元用于原材料的采购。尚德倾力支持上游厂商的发展，以推动整个产业链的发展；尚德分别向四川峨嵋和河南洛阳两家硅材料公司提供了 500 万美元和 1000 万美元的资助；此外，国内以前没有硅棒切片技术，尚德向镇江和江阴的相关公司提供技术援助，以促进他们形成、扩大硅切片的生产规模。

2005 年 12 月 18 日，洛阳尚德太阳能生产基地奠基，这是无锡尚德募集资金后投下的第一个项目。按规划，尚德将在洛阳建设一条 30 兆瓦的晶体硅太阳能电池生产线和一条 30 兆瓦的晶体硅太阳能电池组件生产线，于 2006 年 5 月正式

---

① 杨善顺，韩粉琴，顺大多晶硅获 1 亿美元风险投资，扬州日报，2007 年 2 月 28 日。

投入运行。建成投产后，尚德的晶体硅电池年生产能力将达 150 兆瓦。洛阳尚德选址与正在建设中的洛阳中硅太阳能材料厂毗邻，洛阳中硅规划硅原料年生产能力将达千吨以上，可以为洛阳尚德的原料供应提供保证。

另外，无锡尚德公司本部也进行了新增 120 兆瓦太阳能电池生产线的扩建工程，到 2006 年中期，尚德公司的太阳能电池总体产能将达到 240 兆瓦，而尚德的远景目标是于 2010 年末实现 1000 兆瓦的产能，成为全球最大的光伏企业。

2006 年，光伏市场的形势趋好，许多国家都采用了补贴电价、规定电网企业收购比例等扶持方法。德国、日本采用"补贴法"鼓励居民安装太阳能屋顶，而美国加利福尼亚州 50% 的新建住宅都要安装太阳能屋顶，此外，西班牙、意大利等许多发达国家先后出台高价收购太阳能光伏电力的政策，鼓励居民安装太阳能屋顶。同年，依照国外模式，上海启动了"十万屋顶光伏发电计划"，无锡市也宣布要启动"一千个屋顶光伏发电工程"。该工程的启动实施，预示着中国本土庞大的光伏市场才刚刚启动。随着中国《可再生能源法》的正式实施和国内相关配套政策的出台，在能源紧缺的今天，可以提供无限储量的太阳能光伏产业在中国将会大有市场（李亮，2006）。

11.6　政府干预在风险投资各阶段的作用

从尚德案例的成功中我们可以看出，初创企业发展的各个阶段都有不同的需要，政府干预应该根据各阶段的不同需要，为企业提供单纯依靠市场机制不能提供的资源、资金以及各种优惠政策，如图 11-1 所示。

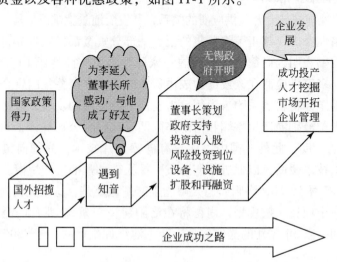

图 11-1　尚德各个发展阶段的政府干预

第一，尚德项目之所以能够运作成功，先决条件是国家对该产业的政策支持。正是因为在公司成立之前国家提出要优先发展该产业，促使施正荣回国创业，才有了后来政府主导的风险投资。

第二，在无锡市政府决定为尚德项目提供风险投资后，作为政府的代表，李延人董事长利用自己在无锡工商界的影响，为公司的资金到位提供了保障。在公司成立初期，李延人通过艰苦的努力，说服几家国有企业股东轮流为尚德提供担保，又运用政府资源，为尚德拿到低息贷款。有了政府的风险投资支持，尚德在资金、资源方面具有了独到的优势，从而成功应对了企业成立之初的各种考验。

第三，尚德在发展到一定规模后具备了在海外上市的一些基本条件，但是需要国有成分的退出，当时无锡市政府采取了开明的做法。在国有成分退出过程中，政府始终坚持一切从企业发展出发的原则，不追求利益，而是力求满足企业在海外上市的条件，甘愿牺牲自身的利益，为尚德最终的上市成功奠定了基础。

政府直接进行风险投资的根本目的只是为了扶持风险投资业的发展壮大，决不是为了从风险投资中获得最大化的回报。因而，当政府投资的风险企业或产业领域成长到可以独立发展的阶段并可以获得充足的民间资本供给时，政府投资必须适时地退出，让利于民。政府直接风险投资的成功退出，一方面，可以提高政府资本的流动性，并可获得继续进行风险投资对高新技术产业发展提供支持的必要的资金来源，实现政府资本的良性循环；另一方面，制度化、规范化的政府直接风险投资退出机制可以为政府直接风险投资传递优质的信号，使风险创业者对风险企业的控制权和发展走向产生良好的预期，同时也可以在一定程度上消除民间资本与政府合作进行风险投资时在企业未来所有权和控制权问题上的顾虑，进而减少政府直接风险投资的综合博弈成本（战焰磊，2003）。国有资本从"无锡尚德"完全退出的一个重要考虑因素是宣传当地的投资环境，吸引更多的投资，这些都是很难用资本量化的。

第12章　寻找均衡与网络化的创新系统

随着把自主创新列入国家战略，并强调在 2020 年把中国建设成为创新型国家，使全社会进入一个推动创新的时代。2006 年以来，国家推出了许多政策，加大了科技的投入，调动了各方的力量进入创新战场中。

但中国创新能力低是一个不争的事实。如何清楚认识制约创新能力的关键因素，对中国而言非常重要。

本书认为，创新是一个需要多种资源进行协作的过程。任何一个单一力量都不能实现创新。这些力量要在一定的张力下达到均衡才能实现持续的创新发展；创新是一个各种要素互动的结果，是知识的组合与交互催生了创新。因此，把学习作为重要的经济变量，把知识作为最重要的经济发展资源，促进创新要素的网络化，实现不同知识的网络化，才能实现区域的创新、国家的创新。

我们提出，在建设区域创新体系的五个不同层面上，有五对基本作用力。或者说，创新体系中有许多作用力，这五对作用力是区域创新体系中最为基本的力量。

第一个层面是外来的创新力量与本土的创新力量的均衡。在强调自主创新的今天，人们对外资的作用从崇拜到鄙视。人们更多地看到了跨国公司的竞争效应、垄断效应以及挤出效应。因此，在中国的创新实践中，存在着自主创新与开放创新的摇摆。或是过于强调外来资源的重要作用，把区域发展等同于引进外资；或是过于强调自力更生，以为越自主，越创新。

关于外资对本土创新的作用，在国际上都是一个说不清的问题。但研究在深化，我们要看到所有的创新都是在前人基础上实现的，因此外来的知识是本土企业创新的出发点，但本土企业的创新能力和战略则是吸收外来知识的基础。

为此，我们首先宏观地分析了外资对江苏和广东两个地区作用的差异。通过对苏州、深圳、无锡、佛山和广州五个发达城市，以及清远、河源、淮安和宿迁内外资结构和增长率关系的分析，我们初步得到下面的一些结论：

（1）区域的发展需要两条腿走路，不仅需要外资企业增长，同时也需要配合内资企业发展，内外资需要均衡发展。对比发现，广东很多地级市经济发展是单纯依靠外资驱动的，而江苏很多城市实际上是内外资双重驱动发展经济。当然，广东也有一个例外，佛山的经济发展较快，这很大程度上也是内外资双重驱动的结果。

（2）民营企业成为经济驱动的一个重要的动力源，具有不同类型内资企业发展的非均衡性特征。例如无锡、佛山以及苏州，都具有民营企业经济总量大的特点。也就是说，民营企业是承接外资技术溢出的桥梁。

（3）我们的基本发现是内外资产业结构相似程度与内外资对行业资源争夺有某种联系。内外资产业相似度越高，内外资对同行业资源的争夺越激烈，越容易排挤内资企业。与此同时，外资扩展速度过快，会阻碍内资企业学习能力的提升，造成外资企业主导当地经济发展的局势，阻碍本土产业结构和经济活动的升级。这些结论有着很好的政策意义和管理意义。

因此，我们总的结论是：中国需要保持外来知识力量和内生知识力量的均衡，同时，强调内生经济力量的崛起，用以吸收外资并利用外资来提高自主创新能力。即外来知识与内生知识的网络化，需要一定的中介体，这种网络化会使本土创新上升一个层次。

第二个层面是创新体系中的纵向层面：企业力量与大学、研究所力量的均衡。区域创新应该主要依靠企业的力量还是高校与研究所的力量？在科技革命的今天，一些部门非常强调高等学校和政府机构的作用。同时，在企业创新能力弱的借口下，把大量的资源集中在少数名校和研究机构中。相当多的科学家们不认可企业家的重要作用，认为他们没有创新能力。另外一些人则认为，创新的主体是企业，政府的政策体系应该围绕如何提高企业的创新能力而设计。但在现实经济中，在强烈的追逐利益的导向下，企业家们不断寻找获得财富的空间，但唯独不重视创新。企业还没有真正成为创新的主体。

本书提出创新是依靠企业家与高校、研究机构力量的一种均衡的结果。其中企业是创新的主体，但企业必须加强与大学、研究所的合作，才能实现创新能力的提高。企业与大学、研究所之间的网络化对提高创新产出率和质量非常重要。

第三个层面的创新均衡是区域创新体系内的横向层面：区域内的企业应该如何实现知识的互动？一个人们认识到的做法是，通过集群以推进创新，这是一种产业向地理集中的向心力。集群已经被证明有利于知识的交流与互动，促进企业创新。

但产业升级和新兴产业的培育则是一种离心力。因此，在一个区域创新体系内，必须注意两种力量的均衡。我们分析了广东、江苏等地的产业集群，发现靠外生的产业集群难以给地区经济带来持续的竞争力，政府需要帮助本地产业不断寻找新兴产业，才能实现发展的均衡。这一方面，从知识资源的角度来说，需要产业内的企业不断的网络化，实现创新。同时，产业内的企业要不断与产业外的企业进行知识的沟通与交流，使产业集群不断地有序升级，并推出战略新兴产业。

第四个层面是区域创新体系内空间资源配置的均衡：是依靠大城市的力量还是依靠城市群的力量。相当多的研究表明，大城市是创新的温床，因为它能够容纳创新所需的各种要素。在证明城市是一个发展创新的重要地理方式后，我们很强调大城市的中心作用，许多城市都把升级为省级直辖市作为发展目标。但大量资源往中心化城市投入，造成了资源配置的不均衡。我们认为中小型城市形成的城市网络所产生的促进创新的力量不可小觑。区域创新需要依靠大城市还是网络化的城市群？在本书中，我们提出网络化的城市群，以中小城市为地理空间分布的模式是更加优化的区域创新空间。

第五个层面是更基础的一个层面：对创新要素的治理。其中创新是依靠政府力量还是依靠市场机制？政府与市场两者都是推进创新的重要作用力，但作用点不同，用力不一，会形成完全不一样的区域创新体系。过于强调政府干预的区域创新体系，创新大多是自上而下的，其中政府计划成为配置资源的重要方式。市场力量则通过市场中的价格信号来调节资源，形成对企业创新的激励。我们的结论是政府力量与市场力量需要保持在一个均衡的层次上，必须重视市场所发挥的基础作用。在相当多的学者强调政府干预是推进创新系统主要力量的时期，我们通过江苏的实例证明只有政府力量与市场力量形成一个有效的均衡点，才会形成强大的创新合力。

尽管大量研究证明，市场化竞争是有利于创新的微观机制，但在发展中国家，总有一种强化政府功能的倾向，把政府的功能泛化于一切竞争领域，且认为需要以国有企业为创新载体，排斥民营企业的作用。我们认为不能把危机中的政府作用推演到常态下的创新系统中。在创新中，尽管存在着市场失灵的空间，但市场仍然是最基础的创新体制。政府的作用是解决市场失灵的环节，而不是政府自身成为创新的主体。政府应该在关系国家安全、关系社会利益和关系产业未来的核心技术领域发挥重要作用。因此，理想的创新治理模式是政府作用力量与市场机制力量的均衡。

本书的一个基本结论是：上述五个层次的五对影响创新的作用力的均衡是一个地区持续竞争力的来源，是区域创新能力不断上升的源泉。因此，这是一种均衡的创新发展观。

我们从过去大城市成为区域创新旗舰到今天江苏成为区域创新旗舰中得到启发。相比较其他地区而言，现阶段的江苏区域创新体系更好地把握住了创新力量的均衡，所以在过去数年，江苏的区域创新能力不断上升。因此，全书以江苏为标杆，重点比较了广东、浙江、北京和上海等地区的区域创新体系。

　　我们一开始就认为创新是多种资源相互配合、多种要素合作、多元文化培育的产物。创新需要市场资源、政府资源的协力，但一些社会资源同样很重要，如非营利的中介组织，包括知识产权的保护、教育体系，都是影响创新体系效率的重要要素。但由于篇幅有限，我们没有在本书中对这些问题进行讨论，但并不等于它们不重要。再者，随着我们认识的深化以及不同地区创新能力的升降，我们会对区域创新推动力进行更深入的思考，并形成更有解释力的相关理论。因此，全书的认识是我们对区域创新和区域竞争力思考的一个中间产品。我们需要不断挖掘区域创新的实践，以丰富我们的区域创新理论。

参 考 文 献

安同良. 2003. 中国企业的技术选择. 经济研究, (7): 76~84

安沃·沙赫. 2000. 促进投资与创新的财政激励. 北京: 经济科学出版社

查尔斯·林德布洛姆. 1992. 政治与市场——世界的政治经济制度. 上海: 上海三联书店

陈章波, 万文均, 王增民. 1999. 引导产学研合作向深度发展的新探索. 研究与发展管理, 11
　(3): 38~41

戴西超, 谢守祥, 丁玉梅. 2006. 企业规模、所有制与技术创新——来自江苏省工业企业的调
　查与实证. 软科学, 20 (6): 114~121

丁堃. 2000. 产学研合作的动力机制分析. 科学管理研究, 18 (6): 42~43, 53

董静, 苟燕楠, 吴晓薇. 2008. 我国产学研合作创新中的知识产权障碍——基于企业视角的实
　证研究. 科学学与科学技术管理, (7): 20~25

杜德斌. 2009. 跨国公司在华研发——发展、影响及对策研究. 北京: 科学出版社

多西等. 1992. 技术进步与经济理论. 北京: 经济科学出版社

樊纲, 王小鲁, 朱恒鹏. 2007. 中国市场化指数: 各地区市场化相对进程报告 2006. 北京: 经
　济科学出版社

冯学华. 1996. 产学研合作的问题及对策. 研究与发展管理, 8 (1): 23~27

葛崎中. 2003. 江苏风险投资发展的特点、问题与对策. 中国科技论坛, (3): 76~80

龚浔泽. 2008. 江苏脉动——网络时代的区域新观察. 南京: 江苏人民出版社

顾松年. 2009. 苏南模式创新发展和苏南经济转型升级——30 年改革开放带来苏锡常发展的历
　史性跨越. 现代经济探讨, (1): 20~25

哈耶克. 1997. 自由秩序原理. 邓正来译. 北京: 生活·读书·新知三联书店

何洁. 2000. 外国直接投资对中国工业部门外溢效应的进一步精确量化. 世界经济, (12):
　29~36

何伊凡. 2006. 首富, 政府造——自主创新的"尚德模式". 中国企业家, (6): 36~49

胡卫. 2006. 论技术创新的市场失灵及其政策含义. 自然辩证法研究, 22 (10): 63~66

惠宁, 谢攀. 2009. 产业集群与区域经济增长的实证研究. 西北大学学报 (哲学社会科学版),
　39 (6): 34~39

姜军等. 2004. 发达国家政府在创新体系中的作用方式及启示. 科学学研究, 22 (4): 442~447

姜彦福等. 2003. 全球创业观察 2002 中国及全球报告. 北京: 清华大学出版社

姜照华, 李桂霞. 1994. 产学研联合: 科技向生产力的直接转化. 科学学研究, 12 (1):
　68~73

蒋殿春. 2004. 跨国公司对中国企业研发能力的影响: 一个模型分析. 南开经济研究, 2004

（11）：62～66

李伯洲，朱晓霞.2007.区域创新体系（RIS）创新驱动力研究.中国软科学，（8）：93～99

李廉水.1998.论产学研合作创新的组织方式.科研管理，（1）：30～34

李亮.2006.尚德：阳光创造财富.IT经理世界，（189）：24～26

李平.1999.技术扩散理论及实证研究.太原：山西经济出版社

李山，王铮.2009.旅游业区域溢出的可计算模型及案例.旅游学刊，（7）：18～27

李维安.2009.中国民营经济制度创新与发展.北京：经济科学出版社

李习保.2007.中国区域创新能力变迁的实证分析：基于创新系统的观点.管理世界，（12）：
　18～30

李正风，曾国屏.1999.中国创新系统研究.济南：山东教育出版社

刘建兵，柳卸林.2005.企业研究与开发的外部化及对中国的启示.科学学研究，（3）：366～371

刘军，徐康宁.2010.产业集聚、经济增长与地区差距.中国软科学，（7）：91～102

刘曼红.1998.风险投资：创新与金融.北京：中国人民大学出版社

刘世锦.2003.产业集群及其对经济发展的意义.转引自湖北省科技情报局《情报与决策》，4
　月22日第4期

刘巳洋，路江涌，陶志刚.2009.外商直接投资对内资制造业企业的溢出效应：基于地理距离
　的研究.经济学（季刊），（1）：115～128

刘小斌，罗建强，韩玉启.2008.产学研协同的技术创新扩散模式研究.科学学与科学技术管
　理，（12）：48～52

刘璇华.2007.产学研合作中组织间学习效果的影响因素及对策分析.研究与发展管理，（4）：
　112～118

刘迎秋，徐志祥.2006.中国民营企业竞争力报告——自主创新与竞争力指数.北京：社会科
　学文献出版社

刘卓平.2006.内、外资企业就业绩效的比较分析——以广州为例.珠江经济，（11）：49～53

柳卸林.1993.技术创新经济学.北京：中国经济出版社

柳卸林.2006.二元的中国创新体系.科学学与科学技术管理，（2）：14～22

柳卸林.2008.全球化、追赶与创新.北京：科学出版社

柳卸林，潘铁.2008.构建以企业为主体的产学研合作模式.中国科技产业，（6）：54～59

吕海萍等.2004.产学研结合的动力障碍机制实证分析.研究与发展管理，16（2）：58～62

罗德明，张钢.1996.产学研合作创新中的激励问题.科学管理研究，14（4）：59～65

骆品亮，余林徽.2004.我国产学研合作的制约因素及其政策研究.上海管理科学，（6）：
　57～59

梅丽霞，王缉慈.2009.权力集中化、生产片断化与全球价值链下本土产业的升级.人文地理，
　（4）：32～37

穆荣平，赵兰香.1998.产学研中的若干问题思考.科技管理研究，18（2）：31～34

宁越敏.1995.从劳动分工到城市形态——评艾伦·斯科特的区位论（一）、（二）.城市问
　题，（2）：18～21；（3）：14～16

潘铁，柳卸林.2007.日本超大规模集成电路项目合作开发的启示.科学学研究，12（S）：

338～344

逄淑媛，陈德智．2009．专利与研发经费的相关性研究——基于全球研发顶尖公司10年面板数据的研究．科学学研究，（10）：1500～1505

彭曙曦，窦志铭．2009．深圳民营经济：比较与借鉴．北京：中国工商出版社

溥琳，赵兰香．2004．彩电产业的产学研合作研究．科学学研究，（5）：498～502

任寿根．2004．新兴产业集群与制度分割——以上海外高桥保税区新兴产业集群为例．管理世界，2：56～62

桑学成，彭安玉．1999．江苏发展史纲．南京：河海大学出版社

沈坤荣，孙文杰．2009．市场竞争、技术溢出与内资企业R&D效率——基于行业层面的实证研究．管理世界，（1）：38～48

孙荣，许洁．2001．政府经济学．上海：复旦大学出版社

谈毅等．2008．2007年中国风险投资行业调研报告

王国平，姜新．2004．略论近代江苏区域工业结构差异．江南大学学报（人文社会科学版），3（3）：37～41，60

王红领，李稻葵，冯俊新．2006．FDI与自主研发：基于行业数据的经验研究．经济研究，（2）：44～56

王缉慈，童昕．2001．论全球化背景下的地方产业集群地方竞争优势的源泉．战略与管理，（6）：28～36

王娟茹，潘杰义．2002．产学研合作模式探讨．科学管理研究，20（1）：25～27

王毅，吴贵生．2001．产学研合作中粘滞知识的成因与转移机制研究．科研管理，（6）：114～121

王争，孙柳媚，史晋川．2009．外资溢出对中国私营企业生产率的异质性影响——来自普查数据的证据．经济学（季刊），（1）：129～158

王铮．2003．区域间知识溢出的空间认识．地理学报，（5）：86～89

魏后凯．2006-1-5．要大力推进产业集群的自主创新．中国改革报

吴敬琏．2002．制度重于技术．北京：中国发展出版社

吴树山等．2000．我国产学研合作模式与机制及其创新．科技进步与对策，（7）：94～96

吴玉鸣，官建成．2009．R&D合作、知识溢出与区域专利创新产出．科学学研究，（10）：1486～1494

吴玉鸣．2007．中国区域研发、知识溢出与创新的空间计量经济研究．北京：人民出版社

肖广岭．2006．以提高自主创新能力推进我国传统产业集群升级，2005～2006中国科技发展研究报告．北京：知识产权出版社

谢建国．2006．外商直接投资对中国的技术溢出———个基于中国省区面板数据的研究．经济学（季刊），（4）：1109～1128

谢薇，罗利．1997．产学研合作的动力机制．研究与发展管理，9（3）：14～18

杨东占．1995．产学研合作是一项促进经济发展的战略措施．中国科技论，（1）：18～21

杨小凯，黄有光．1999．专业化与经济组织———种新兴古典经济学框架．北京：经济科学出版社

杨先明．2000．发展阶段与国际直接投资．北京：商务印书馆

袁志生，周欣荣．2001．质量型的产学研联合模式．中国科技论坛，（2）：45～46

岳贤平，李廉水．2009．我国产学研合作研究述评．商业研究，（8）：120～123

詹姆斯·布坎南．1989．自由、市场与国家——80 年代的政治经济学．平新乔，莫扶民译．上海：上海三联书店

战炤磊．2003．政府直接风险投资的效应分析及均衡机制构建．唯实，（7）：34～37

张海洋．2005．R&D 的两面性，外资活动与中国工业生产率增长．经济研究，（5）：107～117

张丽立．1998．产学研合作中企业与高校的全面合作模式探讨．研究与发展管理，10（3）：15～18

赵勇，白永秀．2009．知识溢出：一个文献综述．经济研究，（1）：144～156

郑江淮等．2004．国际制造业资本转移：动因、技术学习与政策导向——以江苏沿江开发区产业配套为例的实证研究．管理世界，（11）：29～38，46

郑展，韩伯棠，张向东．2007．区域知识溢出与吸收能力研究．科学学与科学技术管理，（4）：97～101

中国科技发展战略研究小组．2009．中国区域创新能力报告（2009）．北京：科学出版社

中国科技发展战略研究小组．2001．中国区域创新能力报告（2001）．北京：经济管理出版社

中国科技发展战略研究小组．2007．中国区域创新能力报告（2007）．北京：科学出版社

周国红，陆立军．2005．产学研对企业竞争力的影响程度研究——基于 1639 家中小企业问卷调查与分析．研究与发展管理，（5）：64～68

Aemoudt R. 1999. European policy towards venture capital: Myth or reality. Venture Capital, 1 (1): 47～58

Ahuja G. 2000. Collaboration networks, structural holes, and innovation: A longitudinal study. Administrative Science Quarterly, 45 (3): 425～455

Amin A. 1999. An institutionalist perspective on regional economic development. International Journal of Regional Research, (23): 365～378

Arrow K J. 1962. The economic implications of learning by doing. The Review of Economic Studies, 29 (3): 155～173

Arrow K. 1970. Economic welfare and the allocation of resource for invention//Douglas Needham. Reading in economics of industrial organizations. New York: Holt, Rinehart and Winston

Arthur W B. 1987. Path-dependence processes and the emergence of macro-structure. European Journal of Operational Research, 30 (3): 294～303

Arthur W B. 1989. Competing technologies, increasing returns and lock-in by historical events. The Economic Journal, (99): 116～131

Asheim B, Gertler M. 2005. The geography of innovation: regional innovation system, in The Oxford innovation handbook. Oxford: Oxford University Press

Asheim B, Meric S G. 2005. The geography of innovation: regional innovation systems//Fagerberg J, Mowery D and Nelson R. The Oxford handbook of innovation. Oxford: Oxford University Press

Audretsch D B, Feldman M P. 1996. R&D spillovers and the geography of innovation and production. American Economic Review, (86): 630~640

Baum J A C, Calabrese T, Silverman B S. 2000. Don't go it alone: Alliance network composition and startups' performance in Canadian biotechnology. Strategic Management Journal, 21 (3): 267~294

Beckman Christine M, Pamela R. Haunschild. Network learning: The effects of partners' heterogeneity of experience on corporate acquisitions. Administrative Science Quarterly, 47: 92~124

Belderbosa R, Carreeb M, Lokshinb B. 2004. Cooperative R&D and firm performance. Research Policy, (33): 1477~1492

Berliant M, Reed R R, Wang P. 2006. Knowledge exchange, matching and agglomeration. Journal of Urban Economics, (60): 69~95

Bode E. 2004. The spatial pattern of localized R&D spillovers: An empirical investigation for Germany. Journal of Economic Geography, (4): 43~64

Boekholt P, Thuriaux B. 1999. Public policies to facilitate clusters// Roelandt J A, Hertog P D. Boosting innovation: The cluster approach. Paris: OECD proceedings

Bottazzi L, Peri G. 2003. Innovation and spillovers in regions : Evidence from European patent data. European Economic Review, 47 (4): 687~710

Bottazzi L, Rin M D, Hellmann T. 2008. Who are the active investors? Evidence from venture capital. Journal of Financial Economics, (89): 488~512

Camagni R. Local milieu, uncertainty and innovation networks: towards a new dynamic theory of economic space//Camagni R. Innovation networks: spatial perspectives. Londres: Belhaven Press

Caniels M C J, Verspagen B. 2001. Barriers to knowledge spillovers, and regional convergence in an evolutionary model. Evolutionary Economics, (11): 307~329

Cantwell J. 1989. Technological innovation and multinational corporations. Oxford: Basil Blackwell

Capello R. 1998. Collective learning and the spatial transfer of knowledge: innovation process in Italian high-tech milieux//Keeble D and Lawson C. Collective learning process and knowledge development in the evolution of regional clusters of high-tech SMEs in Europe. ESRC Center for Business Research, University of Cambridge

Cassiman B, Veugelers R. 2002. R&D cooperation and spillovers: some empirical evidence from Belgium. American Economic Review, 92 (4): 1169~1184

Chesbrough H. 2003. Open innovation: the new imperative for creating and profiting from technology. Cambridge, MA. : Harvard Business School Press

Cohen W M, Nelson R R, Walsh J P. 2002. Links and impacts: The influence of public research on industrial R&D. Management Science, 48 (1): 1~23

Cooke P, Olga Memedovic. 2006. Regional innovation systems as public goods. UNIDO, Vienna

Cooke P, Boekholt P, Todtling F. 2000. The governance of innovation in Europe. London: Pinter

Cooke P, Uranga M, Etxebarria G. 1997. Regional innovation systems: institutional and organizational dimensions. Research Policy, (26): 475~491

Cooke P, Uranga M G, Etxebarria G. 1997. Regional innovation systems: Institutional and organizational dimensions. Research Policy, 26 (4/5): 475~490

Cressy R. 2002. Funding gaps: A symposium. The Economic Journal, 112 (477): 1~16

Cumming D J, Macintosh J G. 2006. Crowding our private equity: Canadian evidence. Journal of Business Venturing, 21 (5): 569~609

Cumming D J. 2007. Government Policy towards Entrepreneurial Finance: Innovation Investment Funds. Journal of Business Venturing, 22 (2): 193~235

Danson M W. 2000. Regional development and the "new regionalism" in England. Regional Studies, (34): 857~873

David P A, Hall B H, Toole A. 2000. Is public R&D a complement or substitute for private R&D? A review of the econometric evidence. Research Policy, (29): 497~529

David P A. 1985. Clio and the economics of QWERT. American Economic Review, 75 (2): 332~337

Ditzel R G. 1988. Patent rights at the university/industry interface. Journal of the Society of Research Administrators, 14 (3): 221~229

Etzkowitz H, Leytesdorff L . 1997. University in the global economy: A triple helix of academic-industry-government relation. London: Croom Helm

Fischer M M, Varga A. 2003. Spatial knowledge spillovers and university research : Evidence from Austria. Annals of Regional Science, 37 (2): 303~322

Fischer M M, Scherngell T, Jansenberger E. 2006. The geography of knowledge spillovers between high – technology firms in Europe: Evidence from a spatial interaction modeling perspective. Geographical Analysis, 38 (3): 288~309

Fleming L. 2001. Recombinant uncertainty in technological search. Management Science, (47): 117~132

Florida Richard . 1995. Toward the learning region. Futures, 27 (5): 527~536

Fransman M. 1990. The market and beyond: Cooperation and competition in information technology. Cambridge: Cambridge University Press

Freeman C. 1987. Technology policy and economic performance: lessons from Japan. London: Pinter

Freeman C. 1994. The Economics of technical change. Cambridge Journal of Economics, (18): 463~514

Funke M, Niebuhr A. 2005. Regional geographic research and development spillovers and economic growth: Evidence from West Germany. Regional Studies, 39 (1): 143~153

Furman J L, Porter M E, Stern S. 2002. The determinants of national innovative capacity. Research Policy, 31 (6): 899~933

Gibbs D C et al. 2001. Governance, institutional capacity and partnerships in local economic development: Theoretical issues and empirical evidence from the Humber sub-region. Transactions of the Institute of British Geographers, (26): 103~119

Giuliani E, Pietrobelli C, Rabellotti R. 2005. Upgrading in global value chains: lessons from Latin American clusters. World Development, 33 (4): 549~573

Godoe H. 2000. Innovation regimes, R&D and radical innovations in telecommunications. Research Policy, 29 (9): 1033~1046

Gottmann J. 1961. Megalopolis: The urbanized northeastern seaboard of the United States. New York:

The Twentieth Century Fund

Haddad M, Harrison A. 1993. Are there positive spillovers from direct foreign investment? Evidence from panel data for Morocco. Journal of Development Economics, 42 (1): 51 ~ 74

Hall Bronwyn, Zvi Griliches, Jerry Hausman. 1983. Patents and R&D: searching for a lag structure. NBER Working Paper, No. W1227

Harhoff D. 1999. Firm formation and regional spillovers. The Economics of Innovation and New Technology, (8): 27 ~ 55

Healey P. 1999. Institutionalist analysis, communicative planning and shaping places. Journal of Planning Education and Research, (19): 111 ~ 121

Hichks D T, Breitzman D O, Hamilton K. 2001. The changing composition of innovation activity in the US: A portrait based on patent analysis. Research Policy, (30): 681 ~ 703

Hu A, Jefferson G. 2001. FDI, Technology innovation and spillover: Evidence from large and medium size Chinese enterprises. Mimeo, Brandeis University

Hu A, Jefferson G. 2004. Returns to research and development in Chinese industry: Evidence from state-owned enterprises in Beijmg. China economic review, 15 (1): 86 ~ 107

Hu G A. 2001. Ownership, Government R&D, private R&D and productivity in Chinese industry. Journal of Comparative Economics, (29): 36 ~ 157

Huang Y, Khanna T. 2003. Can India overtake China? Foreign Policy, July-August: 74 ~ 81

Hung S C, Chu Y Y. 2006. Stimulating new industries from emerging technologies: Challenges for the public sector. Technovation, (26): 104 ~ 110

Jaffe A B, Trajtenberg M, Fogarty M S. 2000. Knowledge spillovers and patents citations: Evidence from a survey of inventors. American Economic Review, (90): 215 ~ 218

Jeng L A, Wells P C. 2000. The determinants of venture capital funding: Evidence across countries. Journal of Corporate Finance, 6 (3): 241 ~ 289

Jessop B. 1998. The rise of governance and the risks of failure: The case of economic development. International Social Science Journal, (50): 29 ~ 45

Keely C. 2003. Exchanging good ideas. Journal of Economic Theory, 111 (2): 192 ~ 213

Kokko A. 1994. Technology market characteristics and spillovers. Journal of Development Economics, (43): 279 ~ 293

Konings J. 2001. The effects of foreign direct on domestic firms: evidence from firm level panel data in emerging economies. Economics of Transition, 9 (3): 619 ~ 633

Krugaman P. 1981. Good news from Ireland: A geographical perspective// Gray A. International perspectives on the Irish economy. Dublin: Indecon

Krugman P. 1991. Geography and Trade. Cambridge, MA.: MIT Press

Krugman P. 1997. Good news from Ireland: a geographical perspective//Gray A. International perspectives on the Irish economy. Dublin: Indecon

Kumara N, Aggarwalb A. 2005. Liberalization, outward orientation and in-house R & D of multinational and local firms. A quantitative exploration for Indian manufactwring, 34: 441 ~ 460

Leleux B, Surlemont B. 2003. Public versus private venture capital: Seeding or crowding out? A pan-European analysis. Journal of Business Venturing, (18): 81~104

Lenski G. 1979. Directions and continuities in societal growth//Hawley A. Societal growth. New York: Free Press

Leonard-Barton D. 1995. Wellsprings of knowledge, building and sustaining sources of knowledge. Boston: HBS Press

Lerner J, Gompers P. 1999. An analysis of compensation in the US venture capital partnership. Journal of Financial Economics, 51 (1): 3~44

Liu X L, White S. 2001. Comparing innovation systems: a framework and application to China's transitional context. Research Policy, 30: 1091~1114

Liu Zhiqiang. 2002. FDI and technology spillover: evidence from China. Journal of Comparative Economics, (30): 579~602

Low M B, Abrahamson E. 1997. Movements, bandwagons and clones: Industry evolution and the entrepreneurship process. Journal of Business Venturing, (12): 435~457

Lundvall B-A. 1992. National Systems of Innovation—Towards a Theory of Innovation and Interactive Learning. London: Pinter

MacKinnon D, Cumbers A, Chapman K. 2002. Learning, innovation and regional development: a critical appraisal of recent debates. Progress in Human Geography, 26: 293~311

Mansfield E, Schwartz M, Wagner S. 1981. Imitation costs and patents: An empirical study. The Economic Journal, (91): 907~918

Mani S. 2002. Government, innovation and technology policy: An international comparative analysis. Chlten harn: Edward Elgar

Mansfield E, Lee J Y. 1996. The modern university: Contributor to industrial innovation and recipient of industrial support. Research Policy, 25 (7): 1047~1058

Marshall A. 1920. Principles of economics. London: Macmillan

Marshall A. 1983. The principle of economics (1920). 中译本《经济学原理》.1983. 北京: 商务印书馆

Mason C M. 2009. Public policy support for the informal venture capital market in Europe: A critical review. International Small Business Journal, 27 (5): 536~556

Maurseth P B, Verspagen B. 2002. Knowledge spillovers in Europe: A patent citations analysis. Scandinavian Journal of Economics, 104 (4): 531~545

Medda G, Piga C, Siegel D S. 2006. Assessing the returns to collaborative research: Firm level evidence from Italy. Economics of Innovation and New technology, 15 (1): 37~50

Metcalfe J S. 1995. Technological system and technology policy in an evolutionary framework. Cambridge Journal of Economics, (19): 25~46

Mokyr J. 2002. The gifts of Athena: Historical origins of the knowledge economy. Princeton: Princeton University Press

Morgan K. 1997. The learning region: Institutions, innovation and regional renewal. Regional Studies,

(31)：491～503

Nelson R R. 1959. The simple economics of basic scientific research. Journal of Political Economy, (67)：297～306

Nelson R R. 2009. Building effective "innovation systems" versus dealing with "market failures" as ways of thinking about technology policy//Foray D. The new economics of technology policy. UK：Edward Elgar

Nelson R. 1993. National innovation systems. Oxford：Oxford University Press

Nischalke T, Schollmann A. 2005. Regional development and regional innovation policy in New Zealand：Issues and tensions in a small remote country. European Planning Studies, 13 (4)：559～579

OECD. 1997. Globalization and Small and Medium Enterprises

OECD. 2002. Benchmarking industry—science relationships. Paris：OECD Publications Office

Parker P. 2008. Residential solar photovoltaic market stimulation：Japanese and Australian lessons for Canada. Renewable and Sustainable Energy Reviews, (12)：1944～1958

Paul D. 1985. Clio and the economics of QWERTY. American Economic Review, (75)：332～337

Penrose Edith. 1959. The theory of the growth of the firm. Oxford：Oxford University Press

Porter M, Stern S. 1999. The new challenge to American's prosperity, finding from innovation index. The Council on Competitiveness

Porter M E. 1980. Competitive strategy：Techniques for analyzing industries and competitors. New York：Free Press

Porter M E. 1990. The competitive advantage of nations. New York：Free Press

Porter M. 1998. On competition. A Harvard University Review Book

Powell W W, Kenneth Koput W, Laurel Smith-Doerr. 1996a. Interorganizational collaboration and the locus of innovation：Networks of learning in biotechnology. Administrative Science Quarterly, 41 (1)：116～145

Powell W, Gordon C Machray, Jim Provan. 1996b. Polymorphism revealed by simple sequence repeats. Trends in Plant Science, 1 (7)：215～222

Powell W, Stine Grodal. 2009. 创新网络. 见法格博格等主编《牛津创新手册》，知识产权出版社，2009，第61页

Ranaganathan K V K, Murthy M R. 2009. Some Aspects of FDI in the Indian Corporate sector 429-470 in the Essays in honour of Professor S. K. Goyal, ISID Volume, edited by S R Hashim K. S. Chalapati Rao K V K Ranganathan M R Murrthy K. S Chalapati Rao. Academic Foundation, 2009

Redding S. 1999. Dynamic comparative advantage and the welfare effects of trade. Oxford Economic Paper, (51)：15～39

Redding S. 2002. Path dependence, endogenous innovation, and growth. International Economic Review, 43 (4)：1215～1248

Roelandt J A, Hertog P D. 1999. Boosting innovation：The cluster approach. Paris, OECD proceedings

Romer P. 1990. Endogenous technological change. Journal of Political Economy, 98 (5)：71～102

Salmenkaita J P, Salo A. 2002. Rationales for government intervention in the commercialization of new technologies. Technology Analysis & Strategic Management, 14 (2): 183~200

Samuelson P. 1954. The pure theory of public expenditure. Review of Economics and Statistics, (36): 387~389

Saxenian A. 1994. Regional advantage. Cambridge, MA.: Harvard University Press

Scoott A J. 1988. Metropolis: From the division of labor to urban form. London: University of California Press

Simmie J. 2001. Innovative cities. London: Spon Press

Solow Robert. 1957. Technical change and the aggregate production function. Review of Economics and Statistics, (39): 312~320

Sovacool B K. 2008. Renewable energy: Economically sound, politically difficult. The Electricity Journal, 21 (5): 18~29

Stoneman P. 1983. The economic analysis of technological change. Oxford: Oxford University Press

Stuart T E. 2000. Interorganizational alliances and the performance of firms: A study of growth and innovation rates in a high-technology industry. Strategic Management Journal, 21 (8): 267~294

Tidd J, Izuminoto Y. 2002. Knowledge exchanges and learning through international joint venture. Technovation, 22 (2): 137~145

Trajtenberg M, Adam B J, Henderson R. 1997. University versus corporate patents: A window on the business of inventions. Economics of Innovation and New Technology, (5): 19~50

UNCTAD. 2005. 世界投资报告－跨国公司与研发活动的国际化

Uyarra E. 2010. What is evolutionary about "regional systems of innovation"? Implications for regional policy. Journal of Evolutionary Economics, (20): 115~137

Van de Ven A, Garud R. 1989. A framework for understanding the emergence of new industries. Research on Technological Innovation Management and Policy, (4): 195~225

Van Dierdonck R, Debackere K. 1988. Academic entrepreneurship at Belgium University. R&D Management, (4): 77~91

Von Hippel, Eric. 1994. Sources of innovations. Oxford: Oxford University Press

Wolfe D. 2001. Social capital and cluster development in learning regions//Holbrook J A, Wolfe D A. Knowledge, clusters and regional innovation: economic development in Canada. Kingston and Montreal: McGill Queen's University Press

World Bank. 2010. Innovation policy: A guide for developing countries

Yves Fassin. 2000. The strategic role of university-industry liaison offices. Journal of Research Administration, (2): 142~160

Zenker A. 2000. Innovation, interaction and regional development: Structural characteristics of regional innovation strategies//Koschatzky K, Kulicke M, Zenker A. Innovation networks: Concepts and challenges in the European perspectives. Heidelberg and New York: Physica

Zerozipo research center. 2009. China venture capital annual reports 2009, http://research. ZeroZipo. com. cn

Zucker L G, Darby M R, Brewer M B. 1998. Intellectual human capital and the birth of US biotechnology enterprises. American Economic Review, 88 (1): 290 ~ 306

Zucoloto G F, Júnior R T. 2005. Technical efforts of the Brazilian transformation industry: a comparison with a group of OECD countries. Review of economic contemporary, 9 (2): 337 ~ 365